KB235431

한국 고전시가 문학의 분석과 탐색

한국 고전시가 문학의 분석과 탐색

나정순 지음

도서출판 역락

책머리에

고전 시가를 전공으로 택하고 공부한지 어언 20년이 되었다. 어느한 방면에서 이 정도의 시간을 두고 갈고 닦다 보면 웬만큼 전문가가될 법도 한데 아무래도 학문의 세계는 그렇지 않은 듯하다. 오히려 갈수록 버겁고 아쉬운 마음도 함께 자라니 말이다. 돌이켜 보면 학문의세계에 겁없이 뛰어 들었던 것 같다. 물론 그때는 나름대로 각오와 의욕도 대단했지만…

내가 국문학과 인연을 맺게 된 계기는 고등학교 시절부터 이어진 것이다. 그때는 막연하게 창작을 꿈꾸며 시를 쓰고 싶다고 생각했다. 그러나 막상 대학을 들어오고 보니 좀더 알아야 할 것도 많고 문학을 통해 우리 선인들의 문화와 미학을 배우고 싶다는 생각이 들었다. 그래서나의 공부는 시작되었다. 늘 부족한 것이 많았던 나는 다행스럽게도 선생님 복이 많아 여러 선생님으로부터 참 많은 것들을 배워 나의 빈자리를 메워 나갈 수 있었다.

내가 박사과정을 시작할 때 김대행 선생님을 만나게 된 것은 참으로큰 축복이다. 선생님께서는 언제나 직접적으로 말씀하시지 않으셨지만학문하는 자세에 대한 지표를 보여 주셨고 문제 의식의 중요성을 일깨워 주셨다. 늘 고전시가를 '문학다운' 것으로 바라보시는 선생님의 명쾌한 논리와 풍부한 감성은 나에게 채찍이 되기도 하고 희망이 되기도 하였다. 그러나 내 그릇이 이것밖에 안 되는지 가르침에 대한 보답을 못하는 것 같아 늘 죄스러운 마음이 앞선다. 이제 그간의 빚진 것들을 조금이나마 보답하고자 부끄러운 책하나를 이렇게 묶어 보았다. 어설프고 모자라기도 하지만 지금까지의 연구들을 정리해 보고 다시 새로운 연구를 위해 하나의 전기를 마련해 보고자 하는 의미에서 용기를 내기로 했다.

이 책에 실린 내용들은 80년대부터 지금에 이르기까지 내가 일관되게 추구해 온 고전 시가의 문학성 탐색에 관한 것들이다. 나는 기본적으로 문학이란 그 시대 역사 속에서 인간의 무한한 상상력을 바탕으로 창출된 미를 추구하는 장르라는 생각을 가지고 있다. 어느 시대건 내적으로 꿈틀대는 인간의 욕구를 잠재울 수 없어 멋들어지게 꾸며 보거나 혹은 자연스럽게 내보이기도 하는 것이 문학이며 시인 것이다. 고전 시가의 경우도 다르지 않다. 선인들의 풍부한 상상력과 감수성 없이 시가는 만들어질 수 없는 것이다. 사정이 그러하기에 고전 시가 연구에서 중요한 것은 역사 사회를 기반으로 한 시각이되 그것을 바탕으로 창출된 풍부한 문학성의 탐색과 복원이어야 한다. 이것이야말로 고전의 가치를 느끼고 이해하는 길이기도 하다. 평상시 지녔던 이런 생각들이 바탕이 되어 이 책이 생겨났다.

1부에서는 향가, 고려가요, 선시를 대상으로 하여 작품에 나타나 선인들의 문학적 상상력을 중심으로 그 구조와 의미를 분석해 보았다. 2부에서는 석사 박사 과정부터 지속적으로 관심을 가져 왔던 시조 장르에 대한 문예 미학적 성격을 위주로 하여 시조 문학론을 탐색해 보았다. 1, 2부에서 비교적 오래 전에 썼던 논문들의 경우에는 최근에 나온 이 방면의 연구 업적들을 다루지 못한 한계도 있을 수 있는데 이것은 전적으로 필자의 책임으로 여러 선생님들의 이해를 구할 뿐이다. 3부에서는 고전시가 중 여성 작을 대상으로 하여 여성의식을 통해 여성 문학의 본질을 찾아보고자 했는데 단지 여성 작자층의 작품을 다루기보다는 사대부층의 작품과도 부분적으로 비교하면서 양자의 특성을 찾아보고자 했다.

이렇게 책을 엮고 보니 이른 시기에 문학이 무엇인지를 가르쳐 주셨던 이혜순 선생님과 이어령 선생님께도 감사의 말씀을 드리지 않을 수 없다. 이혜순 선생님께서는 전공 선생님이 안 계셨던 석사 과정 때 논문 지도를 해주셨고 원전의 중요성이 무엇인지를 알려 주셨다. 그러한 관점은 늘 고전을 공부하는 나에게 중요한 좌표가 되고 있다. 그리고 이어령 선생님께서는 대학 시절 수업 시간에 들었던 문학 작품에 대한 분석의 시각이 지금까지도 나의 밑바탕이 되고 있다는 말씀을 드리고 싶다. 그 외에도 나에게 가르침을 주셨던 여러 선생님들께 그리고 동학들에게도 이 자리를 빌어 고마움을 전하고 싶다.

마지막으로, 여성이 공부하기에는 척박한 이 땅에서 지금의 내가 있기까지 끊임없이 공부하라고 격려하고 뒷받침해 주신 부모님께 진심으로 감사의 마음을 전한다.

2000년 10월
나정순

차례

제1부 고전시가와 문학적 상상력

제1장 『삼국유사』 소재 향가의 성격 / 17

제2장 〈청산별곡〉 해석의 새로운 관점 / 39

차례

 차례

한국 고전시가 문학의 분석과 탐색

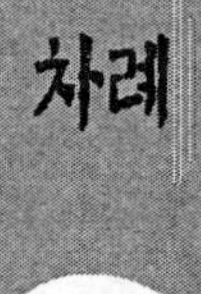

차례

 차례

제1부

고전시가와 문학적 상상력

『삼국유사』 소재 향가의 성격

-기이편과 감통편을 중심으로-

1. 문제의 제기

향가에 대한 연구는 지금까지 다양한 각도에서 접근되었다. 그러나 향가가 수록된 텍스트가 『삼국유사』임에도 불구하고 『삼국유사』의 전반적 기술 태도를 고려한 연구는 미흡한 실정이다. 유사 편목 간의 변별성을 전제로 한 기왕의 연구도 있으나[1] 『삼국유사』에 반영된 불교세계의 질서를 문학 작품과 관련짓지 못한 한계는 여전히 남아 있다. 향가 연구에서 일연의 편찬 태도에 따른 유사 편목 간의 변별성을 전제로 하되 『삼국유사』가 본래 향가집이 아니라 일종의 설화집이었다는 점은 선행적으로 고려되어야 할 것이다.

---

[1] 강은혜(1983), 「삼국유사 기이편의 굿노래와 감통편의 창작 주사 연구」, 『삼국유사와 한국문학』, 학연사.
　　김수경(1990), 「향가에 나타난 죽음 인식의 두 양상」, 『이화어문논집』, 제11집.

본고는 이러한 문제점들을 극복하기 위하여 시도된다. 따라서 향가가 집중적으로 수록된 기이편과 감통편을 중심으로 그 편목의 전반적 성격과 작품을 관련시켜 재고해 보고자 한다. 기이편에 수록된 향가는 〈모죽지랑가〉, 〈헌화가〉, 〈찬기파랑가〉, 〈처용가〉, 〈서동요〉이며 감통편에 수록된 향가는 〈원왕생가〉, 〈도솔가〉, 〈제망매가〉, 〈혜성가〉이다. 이들 일련의 향가는 설화에 부수적으로 수반되어 문학, 불교, 역사라는 다양한 테두리 속에서 매우 복합적으로 생성되었을 것임을 주지해야 할 것이다.

2. 기이편, 감통편 서사의 양상과 의미

『삼국유사』 제1권 기이편은 고조선 이후 삼국을 통일하기까지의 신이를 기술한 것이다. 제2권 기이는 문무왕에서 가락국기에 이르는 내용으로 구성된다. 제2권 기이편에서 무왕, 후백제 견훤, 가락국기를 제외하면 신라 통일 이후 그 멸망까지의 서술이 대부분이다.

제1권의 서술이 신라 혁거세의 출현으로부터 김유신, 태종 춘추공에 이르는 삼국 통일까지 성대업의 과정을 기술한데 반해 2권의 기이는 삼국 통일 이후 문무왕으로부터 금부대왕에 이르는 몰락과정을 기술하고 있다. 그러나 주지하다시피 일연은 역사 사실적인 기록보다는 사건 묘사의 방법을 택하고 있다.

2.1 기이편 서사

제2권의 기이편 서사에서 두드러지게 나타나는 양상은 서사의 핵심 인물의 신이성이다. 이러한 신이함 때문에 일련의 향가와 설화가 굿노래로 파악되거나 무축 주가로 해석되기도 했다. 그러나 일연이 불자였던 점이나 또는 다양한 사찰 연기 설화가 증명하듯이 어떠한 방식으로

든 그 내용이 불교적 세계와 무관하지 않다는 점은 쉽게 이해될 수 있다. 기이편에서는 인물의 신이성을 드러내기 위해 용신 혹은 미륵을 제재로 한 내용이 많은데 특히 용을 제재로 한 서사물이 기이편의 대개를 이룬다.

- 문호왕 법민
……왕이 평시에 지의법사에게 이르되 내가 죽은 후에 호국대룡이 되어 불법을 숭상하고 나라를 수호하려고 한다 하매 법사 가로되 용은 짐승이니 무엇을 보답하리요 왕이 말하되 내가 세간의 영화를 싫어한지 오래라 거칠게라도 갚을 수 있는 짐승이 된다면 나의 뜻에 합당하다고 하였다. 왕이 처음 직위하여 남산에 장창을 설치하니……

- 효소왕대 죽지랑
……일행이 죽지령에 이르니 한 거사가 그 고갯길을 닦고 있었다. 공이 보고 탄미하였고 거사도 또한 공의 위세가 매우 당당한 것을 좋게 여겨 서로 마음에 감동되었다. 공이 임소에 간지 한 달이 되어서 꿈에 거사가 방안으로 들어오는 것을 보았는데 부부가 꼭 같은 꿈을 꾸었다. 더욱 괴상히 여겨 이튿날 사람을 보내어 거사의 안부를 물으니 사람이 가로되 거사가 죽은 지 며칠 되었다 하였다. 사자가 돌아와 거사의 죽음을 고하매 날짜를 따져보니 그의 죽음이 바로 꿈꾸던 날이었다. 공이 말하기를 아마 거사가 우리 집에 태어날 것이라 하고 다시 군사를 보내어 영상북봉에 장사지내고 돌로 미륵을 만들어 무덤 앞에 세웠다. 아내는 과연 꿈꾼 날로부터 태기가 있더니 아이를 낳으매 이름을 죽지라 하였다.……

- 수로부인
……공의 부인 수로가 보고 좌우에게 '누가 저 꽃을 꺾어 오겠느냐' 하니 종자들이 대답하되 인적이 이르지 못하는 곳이라 하여 모두 할 수 없다고 사양하였다. 곁에 한 늙은이가 암소를 끌고 지나다가 부인의 말을 듣고 꽃을 꺾어주며 가사를 지어 함께 바쳤는데 그 늙은이는 어떠한 사람인지 알 수 없었다. 그 후 순행 2일에 임해정이라는 데서 점심을 먹던 차 해룡이 홀연 나타나 부인을 끌고 바다 속으로 들어갔다. 공이 허둥지둥 발을 구르나 계책이 없었다. 또 한 노인이 있어 고하되 옛날 말에 여러 입은 쇠도 녹인다 하니 이제

해중의 짐승인들 어찌 여러 입을 두려워하지 아니하랴 경내의 백성을 모아서
노래를 지어 부르고 막대로 언덕을 치면 부인을 찾을 수 있으리라 하였다. 공
이 그 말대로 하였더니 용이 부인을 받들고 나와 도로 바치었다. 공이 부인에
게 해중의 일을 물으니……

● 경덕왕, 충담사, 표훈대덕

……왕이 기뻐하여 누상으로 영접하고 그의 통 속을 보니 다구가 담겨 있
었다. 네가 누구냐고 물으니 충담이라고 대답하였다. 또 어디서 오느냐고 물
으니, 가로되 내가 매양 중삼과 중구일에는 차를 다려서 남산 삼화령의 미륵
세존에게 드리는데 오늘도 드리고 오는 길입니다 하였다. 왕이 나에게도 차
한 그릇을 주겠느냐 하니 중이 차를 다려 드리었다. 차의 맛이 이상하고 그릇
속에서 이향이 풍기었다. 왕이 가로되 내가 들으니 사의 기파랑을 찬미한 사
뇌가가 그 뜻이 매우 높다 하니 과연 그러하냐 대답하되 그러합니다. 그러면
나를 위하여 안민가를 지으라 하였다.……

● 원성대왕

……왕의 즉위 11년 올해에 당사가 서울에 와서 一朔을 머물다가 돌아갔는
데 1일 후에 두 여자가 내정에 나와 아뢰되, 저희들은 東池 靑池 두 용의 아
내인데 당사가 하서국 사람 둘을 데리고 와서 우리 남편인 두 용과 분황사 용
등 세 마리를 저주하여 작은 고기로 변케 하여 통 속에 담아 가지고 갔습니
다. 폐하는 그 두사람에게 소칙하여 우리 남편들인 호국용을 여기에 머무르게
하소서 하였다.

● 처용랑과 망해사

……이에 대왕이 개운포에 出遊하였다가 장차 돌아올새 낮에는 물가에서
쉬었는데 홀연히 구름과 안개가 자욱하여 길을 잃을 정도였다. 괴상히 여겨
좌우에게 물으니 일관이 아뢰되 이것은 동해용의 조화이므로 좋은 일을 해서
풀 것이라 하였다. 이에 해당관원에게 명하여 용을 위하여 근처에 절을 세우
도록 하였다. 왕명이 이미 내리매 구름이 개이고 안개가 흩어졌다. 그래서 개
운포라 이름지었다. 동해용이 기뻐하여 아들 일곱을 데리고 임금 앞에 나타나
서 덕을 찬양하고 춤을 추며 음악을 연주하였다. 그 중 일자는 임금을 따라
서울에 와서 정사를 보좌하였는데 이름을 처용이라 하였다. 왕이 미녀로써 아
내를 삼게 하여 그를 머물게 하고자 하고 또 급간의 직을 주었다.……

● 진성여대왕 거타지

……그 때 거타가 활을 쏘아 맞히니 중이 곧 老狐로 변하여 땅에 떨어져 죽었다. 이에 노인이 나와 감사하여 가로되 공의 은택으로 나의 성명을 보전하였으니 나의 딸로 아내를 삼아 달라고 하였다. 거타가 가로되 주시는 것을 저바리지 아니함은 진짓 원하는 바이라 하였다. 노인이 그 딸을 한가지 꽃으로 변작하여 품속에 넣어주고 또 두 용을 명하여 거타를 받들고 쫓아가 그 배를 호위하여 당토에 도착하였다. 당인이 신라선에 두 용이 있어 그것을 받들고 있음을 보고 임금에게 아뢰니 임금은 신라의 사자가 반드시 비상한 사람일 것이라 하고 잔치를 베풀새 여러 신하의 윗자리에 앉히고 후히 金帛을 주었다. 고국에 돌아오자 거타는 꽃가지를 내어 여자로 변하게 하여 동거하였다.……

● 무왕

……제 30대 무왕의 이름은 장이다. 그 모친이 과부가 되어 서울 남지변에 집을 짓고 살던 중 그 연못의 용과 교통하여 장을 낳고 아명을 서동이라 하였는데 그 도량이 커서 헤아리기가 어려웠다. 항상 마를 캐어 팔아서 생활을 하였으므로 국인이 이에 의하여 이름을 지었다. 신라 진평왕의 셋째 공주 선화가 아름답기 짝이 없다는 말을 듣고 머리를 깎고 서울로 가서 마를 가지고 동네 아이를 먹이니 아이들이 친해서 따르게 되었다. 이에 동요를 지어 여러 아이들을 꾀어서 부르게 하였는데……2)

이상에서 보듯이 용은 인물의 신이성을 증폭시키기 위한 모티브로 사용되고 있다. 여기서 용은 일종의 神格으로 상징된다. 용은 왕을 수호하거나, 용과의 교통에서 태어난 이들이 왕으로 상징되기도 하는데 그렇다면 이러한 서사물들이 지향하는 궁극적인 의미는 무엇인지 용과 관련된 설화와 사상에 대해 살펴볼 필요가 있다.

용신사상은 인도나 중국에서 유입된 것으로 논의되기도 하고, 우리 선조들이 만들어 쓰던 10간 12지에서 기인한 것으로 해석되기도 한다. 홍범을 풀이한 모든 경서에서 용의 위치는 오직 천하를 볼 수 있는 존

---

2) 이병도(1987), 『삼국유사』, 명문당. 설화와 향가 해석은 모두 이 책의 번역을 그대로 싣는다.

재로 말해진다. 용은 용상에서 임금이 통치할 때 그 임금을 제어하며, 만민이 잠을 잘 때 깊은 바다물에 그 몸을 감추어 여의주를 뱉어놓고 잠을 잔다고 한다. 그리고 때로는 하늘로 올라가서 천하를 굽어보고, 또는 농민들이 목이 마르고 물을 원하면 용은 다시 비로 화하여 논밭에 내리어 농부들과 더불어 존재하는 것이라고도 한다. 이러한 이야기들은 용이 농경문화의 탄생에서부터 비롯되었음을 시사하는 것이기도 하다.

기이편 서사에서 용을 제재로 한 서술은 이미 있었거나 당대에 창작된 용신설화에 불교적 색채가 가미된 것으로 보아야 할 것이다. 사찰 연기 설화와 관련지어 나타나는 용신사상을 단순히 무축의 현상으로 파악하는 것은 바람직하지 못하다. 위의 예문을 통해서도 알 수 있듯이 기이편 서사에서의 용은 호국호법적인 용으로 국가 안위를 목적으로 하면서 동시에 불사를 창건하는데 기여하는 제재로 설정되어 있기 때문이다. 다음의 예문을 보자.

● 만파식적

제 31대 신문대왕 ……聖考문무대왕을 위하여 동해변에 감은사를 세웠다. 寺中記에 이르기를, 문무왕은 왜병을 진압하려 하여 이 절을 짓다가 마치지 못하고 돌아가 해룡이 되고, 그 아들 신문이 즉위하여 開耀 2년에 畢役하였는데 금당 階下를 파헤쳐 동향한 한 구멍을 내었으니 그것은 용이 들어와 서리게 하기 위한 것이다. 생각건대 遺所로 臟骨케 한 곳을 대왕암이라 하고 절은 감은사라 하였으며 그 후에 용의 현형을 본 곳은 이견대라 하였다.

……성고가 지금 해룡이 되시어 삼한을 진호하시고 또 김공 유신은 삼십삼천의 일자로 지금 하강하여 대신이 되었다. 두 성인이 덕을 같이하여 수성의 보배를 내주시려 하니……

이와 같이 분부왕은 생전에는 통삼의 위업을 성취케 한 대왕이었을 뿐만 아니라 사후에는 호국의 대룡이 되어서 나라를 지키겠다고 원하기도 한 왕이었다. 그 용은 곧 국가의 수호신과 같은 것으로서 신으로 하여금 진좌케 한 곳이 감은사라는 절이었다. 처용을 위해 지은 망해사의 경우에도 사찰 연기설화에서 용과 불교적 세계가 무관하지 않음을 보여

준다.

신라의 불교는 크게 미륵과 미타를 신봉하는 양 갈래로 나뉘어진다. 신라의 상층인들은 현실의 영속적 추구라는 측면에서 현세불인 미륵을 기원하였던 반면 신라의 민중들은 내세에서의 안녕을 기원하는 미타를 기원하였다. 그러나 미륵신앙의 경우 그렇게 단순한 것만은 아니었다. 미륵상생에서는 미륵을 신념하는 자가 도솔천 상에 상생하는 데에 그 목적이 있어서 주로 귀족층을 대상으로 풍미되었다. 그러나 미륵하생은 미륵이 세상에 하생해서 많은 중생을 교화할 날이 있으니 그 때를 기다려서 구제를 받게 된다는 장래 희망의 신앙적 내용에 그 목적이 있었다. 미륵하생은 민중 속에 접근했던 점에서 아미타 신앙과의 일맥상통함을 발견할 수 있다.

신라의 불교는 국가 제도상으로 그 발전이 있을 수 있도록 견고한 기반이 닦여 있었다. 신라는 외래 유입의 불교를 단순히 신봉하는데 그치지 않고 그 사상을 신라의 현실에 맞도록 이용후생하였으니 실례로 진호 국가의 행사와 화랑도의 구현을 들 수 있다.3) 화랑으로서의 죽지랑이 그 탄생부터 미륵의 현신이라든가, 충담사가 경덕왕의 측근에 있으면서 미륵 세존을 모셨던 점은 신라 상층인들의 불교 신앙이 미륵의 구현에 있었음을 보여주는 좋은 예가 된다.

여기서 주목해야 할 것은 용과 미륵이 서로 동떨어진 제재가 아니라는 점이다. 고래로 불교와 용은 그 관계가 긴밀하였다. 불멸후 600년경(기원전 1세기 반)에 탄생한 용수보살은 대승불교의 창시자로서 인도, 중국, 조선, 몽고, 만주, 일본 등의 불교계에 중요한 위치를 차지한 사람이었다. 그의 이름을 용수라 했고 그에 대한 전설은 「용수전」에 전해지고 있는데 '그는 용궁에 들어가서 화엄경을 가져왔고 철탑을 열고서 밀법을 전했으며, 그가 이렇게 대승교의 선전에 효과를 올린 것은 순전히 용의 혜택에 의한 바이었다'라 하여 대승경전을 용궁에서 가져왔음이 전해지기도 한다. 또한 용수라는 이름은 용과 나무가 합쳐져 붙여진 이

---

3) 김동화(1987), 『삼국시대의 불교 사상』, 민족문화사, 146쪽.

름이기도 하다. 물론 이러한 이야기들은 다분히 설화에 근거하고 있으나 그 설화가 생성된 근원이 불교와 근접했던 것임을 부정할 수는 없을 것이다. 불교에서는 석가 다음에 당래할 부처를 미륵이라 하였는데 용화수에서 법회를 3회로 나누고 중생을 제도할 것이라고 예언하고 있다. 불교에서 당래할 미륵불의 교설 도량을 용과 관련이 있는 용화수라 하였는바 이는 용과 미륵불의 인연을 짐작케 한다.4) 그런 의미에서 기이편 서사의 의미는 무속적 차원으로만 파악될 수 없으며, 불교와의 습합된 측면에서도 논의되어야 마땅할 것이다.

2.2 감통편 서사

감통편 서사의 특징은 기이편과 달리 상층 인물이 아닌 민중들의 사건 기술이라는 점에 있다. 여기서의 등장 인물은 욱면, 엄장, 초라한 비구, 걸인 등 대개 보잘 것 없는 사람들의 모습을 띠고 있다. 경흥이라는 국사, 〈혜성가〉와 관련된 삼화랑 등이 상층인으로 나타나나 사건의 기술 방식상 실제 일연이 초점으로 했던 인물은 그들이 아니라 민중의 차원에 있었음은 뒤에서 살펴볼 것이다. 감통편 서사의 배경으로 중요하게 드러나는 궁극적 의미는 서방정토 세계의 지향이다. 다음에서 몇 가지 예를 살펴보기로 한다.

●선도성모수희불사
진평왕조에 지혜라는 비구니가 있어 현행이 많고, 안흥사에 거주하여 새로 불전을 수리하려다가 힘이 미치지 못하였다. 꿈에 한 선녀가 어여쁜 모양과 주옥으로 하고 와서 위로하여 가로되, 나는 선도산 신모이다 네가 불전을 수리하려 하는 것을 기뻐하여 금 십근을 시주하여 돕고자 하니 마땅히 내 자리 밑에서 금을 취하여 주존삼상을 분식하고, 벽상에는……
혜가 놀라 깨어 무리를 데리고 신사좌하에 가서 황금 일백육십량을 파서

---

4) 이혜화(1989), 「용사상의 한국문학적 수용양상」, 고대 박사논문. 여기서 용과 미륵의 관계가 논의된 것을 참고로 했다.

얻어 일을 추진 성취하니 모두 신모의 지도한 바에 의한 것이다. 그 사적은 있으되 법사는 폐지되었다. 신모는 본시 중국 제실의 딸로 이름을 사소라 하여 일찍이 신선의 술법을 배워 해동에 왕래하여 오랫동안 돌아가지 아니하였다. 부황이 편지를 소리개 발에 매어 부쳐 가로되 소리개가 머무는 곳에 집을 지으라 하였다. 사소가 편지를 보고 소리개를 놓으니 이 산에 날아와 멈추므로 드디어 왕래하여 地仙이 되었다. 그래서 산명을 西鳶山이라고 하였다.…… 계룡, 계림, 백마 등의 칭이 있으니 鷄는 서쪽에 속하는 까닭이다.

● 욱면비염불서승

경덕왕 대에 강주의 선사 수십인이 뜻을 서방에 구하여 죽경에 미타사를 창건하고 만일을 기하여 계를 하였다. 때에 아간 귀진가에 있는 욱면이라 하는 한 비자가 있어 그 주인을 따라 절에 와서 중정에 서서 중을 따라 염불하였다. 주인은 그가 일을 잘하지 아니함을 미워하여 매양 곡식 이석을 주어 하루 저녁에 찧게 하였는데 비가 초저녁에 다 찧고 절에 와서 염불하여 게을리 하지 아니하였다. 뜰 좌우에 긴 말뚝을 세우고 두 손바닥을 뚫어 노끈으로 꿰어 말뚝에 매이고 합장하여 좌우로 흔들며 격려하였다. 때에 공중에서 부르기를 욱면랑은 당에 들어가 염불하라 하였다. 사중이 듣고 비를 권하여 당에 들어가 예에 따라 정진하게 하였다. 얼마 아니하여 천락이 서쪽에서 들려오더니 비가 솟아 옥량을 뚫고 나가 서행하여 교외에 이르러 육신을 버리고 진신으로 변하여 연대에 앉아 대광명을 발하면서 천천히 가버리니 악성이 공중에서 그치지 아니하였다.

● 광덕 엄장

문무왕대에 사문 광덕과 엄장이라는 두 사람이 서로 친하여 밤낮으로 약속하되 먼저 안양으로 돌아가는 자는 모름지기 알리자고 하였다. 광덕은 분황사 서리에 은거하여 신삼는 것을 업으로 하며 처자를 데리고 살았다. 엄장은 남악에 암자를 짓고 거하여 임목을 베어 화전을 하였다. 어느날 일영은 붉은 빛을 띠고 송음은 고요히 저물었는데 창 밖에 소리가 나며 말하기를 나는 이미 서쪽으로 가니 그대는 잘 있다가 속히 나를 따라 오라 하였다.……

● 월명사 도솔가

……월명이 또 일찍이 망매를 위하여 제를 올리고 향가를 지어 제사할 새, 홀연히 광풍이 일어 지전을 날려 서쪽으로 향해 없어졌다. 그 향가에 하였으

되 '생사의 길은 이에 있으매 저허하여 나는 갑니다 하는 말도 못다 이르고 갔는가 어느 가을 이른 바람에 이곳 저곳에 떨어지는 잎같이 한 가지에 나가 지고 가는 곳 모르는가 아아 미타찰에 만나볼 내 도 닦아 기다리고다' 월명이 항상 사천왕사에 있어 저를 잘 불었다.……

위의 예문에서 공통적으로 지향하는 세계는 서방정토이다. 서방정토의 지향은 곧 아미타불의 구현이다. 아미타불은 무량의 수명과 광명을 가졌다는 말이다. 이 佛은 수명이 무한하기 때문에 시간적으로는 3세가 다하도록 일체의 중생을 제도할 수 있다고 한다. 서방정토는 이러한 무량수 무량광의 각체인 아미타를 중심으로 한 세계이다.5)

위에서 예로 든 서사물 이외에도 '경흥우성'에서 나타나는 경흥의 사상이 미타신앙을 구현하고 있음은 이미 불교적으로 고찰된 바 있다. 또한 '김현감호'에서 일연이 후술한 기록도 눈여겨 볼 필요가 있다. '이 사적의 시종을 자세히 보건대 불사중을 도는 사람에 감동되어 징악을 부르짖으매 스스로 대신하여 신방을 전하여 사람을 구하고 정로를 지어 불계를 강하게 한 것은 오직 짐승의 성이 어질 뿐만 아니라 대개 대성이 물에 접응함이 다방면이어서 현공의 정성껏 탑을 선요함에 감응하여 명익에 보답코자 함이니……'에서 冥益이란 내세의 이익을 말한다. 이는 내세의 복을 기원하는 미타신앙을 반영한 것으로 볼 수 있다.

이상에서 기이편 서사와 감통편 서사가 크게 大別되면서 각각의 의미 지향이 다름을 살펴보았다. 이를 토대로 기이편과 감통편의 향가를 살펴보기로 한다.

---

5) 여기서는 감통편 서사의 지향이 전반적으로 민중의 차원에서 갈구하는 아미타 신앙에 있다는 논지를 펴고자 하는 것이기 때문에 상세한 불교론적 고찰은 생략하기로 한다.

3. 기이편 향가의 성격

3.1 〈헌화가〉

『삼국유사』 수로부인조는 두 개의 이야기 맥락으로 이해되어야 한다. 그 하나는 용과 수로부인과의 관계에 얽힌 이야기이며 또 하나는 노인과 수로부인과의 관계에서 파생된 이야기이다.

〈해가사〉는 용과 수로부인과의 관계, 〈헌화가〉는 수로부인과 노인과의 관계를 함축하고 있다. 용과 수로부인과의 관계에서 수로부인은 용에게 납치될 만큼 아름답고 신비로운 존재로 설정되어 있다. 水路라는 이름이 말해 주듯이 '물길'이라는 것은 농경문화에서 治水의 힘을 발휘했던 용신과 밀접하게 관련된다. 〈해가사〉에서 '거북 거북아 수로를 내놓아라 남의 부녀 뺏어간 죄 얼마나 큰가 네 만일 거역하여 내놓지 않으면 그물로 잡아 구워 먹으리라'고 한 것은 치수를 위한 민중 집단의 바램으로 파악될 수 있다. 여기서 수로는 민중의 구원과 같은 존재로 추정된다.

향가 〈헌화가〉는 '수로부인조'에서 노인과의 맥락에서 해석되어야 한다. 여기서 노인은 不知何人으로 나타난다. 암소를 끈다는 것은 흔히 불가의 이야기에서 보이는데 불가에서 소를 찾아 나서는 행위는 곧 자아를 찾아 나서는 자아의 깨달음의 과정을 암시한다. 이는 심우도를 통해서도 알 수 있는 바이다. 〈헌화가〉에서 노인이 꽃을 바치는 행위는 일종의 꽃공양으로 파악될 수 있다. 지금도 불가에서는 사랑의 행위를 상징하는 꽃공양이 있으며 꽃공양과 관련된 설화가 전해진다. 〈헌화가〉에서 수로부인과 노인과의 관계는 단순한 남녀의 애정이 아닌 보살의 불교적 사랑을 상징적으로 설정한 관계로 보아야 할 것이다. 수로부인의 신이한 인물 설정이나 견우노인의 불가능한 행위 즉 남들이 꽃을 꺾을 수 없었던 상황에서의 해냄의 행위는 불교적 세계의 신이함을 드러내기 위한 상징성으로 해석되어야 마땅할 것이다. 〈해가사〉와 관련된 이야기 맥락도 바로 수로라는 인물의 신이성을 창출하기 위해 당대 혹은 이전의 설화에서 차용된 것으로 볼 때 보다 자연스럽게 이해될 수 있다.

3.2 〈찬기파랑가〉

충담사와 관련된 서사 문맥으로 보아 알 수 있듯이 충담은 미륵을 숭상하는 인물이었다. 기파랑을 찬양한 노래가 '其意甚高'하다는 서사문맥으로 보아 노래의 의미는 매우 깊고 고매하다는 정신적 차원의 측면에서 해석되어야 할 것이다.

「열치매 나타난 달이 흰 구름 좇아 떠가는 어디에, 새파란 냇물 속에, 화랑의 모습 잠겼세라 일오천 조약돌 랑의 지니신 마음 갓을 좇고자 아, 잣가지 높아 서리 모를 화반이여.」

여기서 랑은 고매한 마음을 가진 숭고한 대상으로 묘사된다. 이 시의 화자는 기파랑의 숭고한 마음을 따르고자 하는 의지를 표현하고 있다. 그러나 랑은 이미 현실에서 존재하지 않는다. 랑의 모습은 냇물 속에 잠긴 상징으로 형상화되고 있을 뿐이다.

제목에서 알 수 있듯이 讚기파랑이라고 한 것은 기파랑을 기리고 찬양하는 노래이다. 여기서 우리는 기파랑이라는 인물이 보통과는 다른 신이한 인물임을 알 수 있다. 그런 의미에서 〈찬기파랑가〉는 화랑도를 구현하는 화랑에 대한 찬가로 이해될 수 있다. 신라의 상층인들은 화랑에 대한 비상한 관심을 가지고 있었으며 미륵대성마저도 화랑으로 화하여 당시의 화랑들을 지도해 주기를 염원했던 것이다.6)

---

6) 김동화(1987), 앞글, 144쪽.

3.3 〈안민가〉

〈안민가〉는 충담이 경덕왕을 위하여 지은 노래인데 다음에서 그 내용을 보자.

> 「군은 아비요 신은 사랑하시는 어미요, 민은 어리석은 아이라고 하실진댄 민이 사랑을 알리라. 대중을 살리기에 익숙해져 있기에 이를 먹여 다스리니 이 땅을 버리고 어디로 갈쏘냐 나라를 지닐 줄 알지로다. 아아, 군답게 신답게 민답게 할지면 나라는 태평하리이다.」

이 노래는 군은 군답게 신은 신답게 민은 민답게 각자의 직분을 지키면 나라가 태평할 수 있다는 유교적 질서 체계를 공고히 하는 내용을 담고 있다. '이를 먹여 다스리니'에서도 알 수 있듯이 이 노래는 왕이 백성을 위해 치자로서의 입장을 전달하면서 백성들 역시 각자의 자리를 지켜주기를 바라는 소망을 담고 있다. 특히 관련 설화를 보면 '충담이 미륵세존에게 차를 드리고 오는 길에 경덕왕이 충담에게 명하여 자신을 위해 지어달라'고 한 것이 〈안민가〉이다. 이는 당시 불교와 왕실의 관련성을 짐작케 하는 대목이다.

당시 「미륵하생경」에 근거한 미륵신앙은 왕실과 귀족층의 주도 아래 전개되었다. 신라의 호국불교적 귀족적 미륵신앙을 보여 주는 예로는 진지왕 때 진자의 호국 불교적 미륵화랑신앙, 진덕여왕 때 귀족 술종공의 미륵 하생 신앙, 성덕왕 때 귀족 김지성의 미륵상 조성 — 노힐부득 현신 성도 —, 경덕왕 때 화랑 승려 월명과 충담의 미륵신앙 등을 들 수 있다. 또한 백제의 국가적 미륵 신앙이 끝내 봉건 지배층에 봉사하고 말았던 것도 하나의 예가 될 수 있을 것이다. 특히 진자나 월명과 마찬가지로 화랑과 깊은 관련을 갖고 있던 충담이 경덕왕의 요청에 따라 부른 향가 〈안민가〉는 신라의 호국불교적 미륵신앙의 가부장적 지배 질서를 옹호하고 있음을 명확히 보여주는 예라 할 것이다.7)

3.4 〈모죽지랑가〉

〈모죽지랑가〉 역시 〈찬기파랑가〉와 유사한 성격을 지닌다. 양자의 서사 맥락은 전혀 다르지만 화랑을 기리는 노래라는 점에서는 그 공통성을 찾을 수 있다.

「간 봄 그리매 모든 것이 시름이로다. 아담하신 모습에 주름이 지시니 눈 돌이킬 사이에 만나보기 어찌 이루리. 랑이여, 그리운 마음의 가을 길 다복굴헝에서 잘 밤 있으리.」

〈모죽지랑가〉는 득오곡이 죽지랑을 사모하여 지은 노래이다. 이 노래의 배경사상은 서사 문면에 잘 나타나 있다. 다른 향가와 달리 그 서사 맥락은 매우 특이한데 죽지랑의 탄생담이 바로 그러하다.

……한 거사가 그 고갯길을 닦고 있었다. 공이 보고 탄미하였고 거사도 또한 공의 위세가 매우 당당한 것을 좋게 여겨 서로 마음에 감동되었다. 공이 임소에 간지 한 달이 되어서 꿈에 거사가 방안으로 들어오는 것을 보았는데 부부가 꼭 같은 꿈을 꾸었다. 더욱 괴상히 여기어 이튿날 사람을 보내어 거사의 안부를 물으니 사람이 가로되 거사가 죽은 지 며칠되었다 하였다. 사자가 돌아와 거사의 죽음을 고하매 날짜를 따져보니 그의 죽음이 바로 꿈꾸던 날이었다. 공이 말하기를 아마 거사가 우리 집에 태어날 것이라 하고 다시 군사를 보내어 영상북봉에 장사지내고 돌로 미륵을 만들어 무덤 앞에 세웠다. 아내는 과연 꿈꾼 날로부터 태기가 있더니 아이를 낳으매 이름을 죽지라 하였다. 자라서 출사하여 유신공과 더불어 부수가 되어 삼한을 통일하고 지덕, 태종, 문무, 신문의 4대에 걸쳐 대신이 되어 나라를 안정케 하였다.

죽지랑의 탄생은 '거사 — 미륵의 현신 — 죽지로의 환생'으로 요약된다. 이는 불교의 윤회 사상을 바탕으로 한 미륵 사상의 구현을 바탕으로 한 것으로서 득오의 〈모죽지랑가〉는 궁극적으로 미륵사상을 바탕으

---

7) 정의행(1991), 『한국불교통사』, 도서출판 한마당, 157쪽.

로 한 화랑도 구현의 사모가로 해석될 수 있을 것이다.

3.5 〈처용가〉

'처용랑과 망해사'조는 서사 맥락상 두 가지 체계로 이해될 수 있다. 처용이 용자로서 치수와 풍요의 기능을 담당하고 질병을 퇴치시켰던 기능과 또 다른 하나는 왕좌를 보좌하여 사회에 참여했던 기능이다. 처용이 용의 본질적인 역능으로서의 치수의 힘을 발휘하고 질병을 막아서 역신을 굴복시킨 모습은 다분히 무속 신앙의 형태를 띠고 있다. 이는 신라로 불교가 전파되기 이전에 이미 존재했었던 무속적 성격이 투영된 것으로 보여진다. 그러나 용자로서 왕좌를 보좌했던 점이나 감은사, 신방사에 관련된 연기 설화는 불교적 세계와 무관하지 않음을 단적으로 보여주는 예라 할 것이다. 이는 헌강왕대의 사찰 연기 설화에 불교적 신비의 세계를 강화하기 위해 이전부터 전해지던 처용설화가 차용되었을 것으로 추정해 볼 수 있다.

다음에서 〈처용가〉의 내용을 살펴보기로 한다.

'동경 밝은 달에 밤드러 노니다가, 들어와 자리를 보니, 가라리 네히어라. 둘은 내해이고 둘은 뉘해언고'.한 후 역신이 굴복했던 문맥은 불교적 종교 자세의 일면을 드러낸다. 처용이 아내를 빼앗기고도 노래를 부르고 춤추며 물러난 것은 불교적인 달관의 자세가 없이는 불가능한 일이다. 이러한 체념과 달관의 자세야말로 불교 교리의 정수라 할 것이다. 이러한 처용의 행위는 불전에서 말하는 아수라와 제석이 싸울 적에 '법행룡이 행하여야 할 역능은 곧 正法에 의하여 善事를 行케 하는 것이라고 하는 것'과 상당히 일치한다.8) 〈처용가〉를 불교적인 측면에서 풀이하면 이는 처용이라는 법행룡이 唱한 일종의 眞言이나 呪文으로 이해될 수 있다. 사찰 연기 설화와 관련하여 〈처용가〉를 단순히 무속적 차원에서 파악할 수 없는 이유가 여기에 있다.

---

8) 김종우(1983), 『향가문학연구』, 반도출판사, 156쪽.

3.6 〈서동요〉

〈서동요〉의 경우에는 일반적인 기이편 향가.작품 안에서 보이는 상층 지향적 의식의 구현이 문면에 직접적으로 드러나지는 않는다. 다만 미륵을 구현했던 왕실의 이야기를 수록하는 과정에서 일연은 이 이야기와 관련된 인물들 즉 서동과 선화공주의 만남에 주목했을 것이고 궁극적으로는 〈서동요〉가 왕과 왕비가 되는 그들의 만남에 관한 노래라는 점 때문에 배경설화와 관련하여 기이편 서사에 수록되었을 것으로 보인다.

〈서동요〉와 관련한 설화 역시 기이편 서사 일반에서 드러나는 '용'과 '미륵'에 관한 내용을 담고 있다는 점에서 기이편의 여타 작품들과 그 기본적 배경은 매우 유사하다고 할 수 있다. 서동설화와 관련한 내용을 보면 '서동의 어머니가 용과 결혼하여 서동을 낳았다'는 출생담과 서동과 선화공주의 혼인과 관련한 이야기, 그리고 미륵사 창건 관련설화로 구성된다. 서동이라는 인물의 신이성을 드러내기 위해 용을 통해 부각시켰다는 점, 그리고 그 신이성은 궁극적으로 서동이 선화라는 인물을 통해 왕으로까지 설정되어 나타난다는 점에서 이 이야기는 몇 개의 원형적인 설화가 존재하고 그것이 혼합되었을 가능성이 크다. 이렇게 민간에서 전승되어 오던 설화가 사찰연기설화와 결합되어 나타난 것이 〈서동요〉와 관련한 서사 문맥이라 할 수 있는데 특히 '무왕조'의 내용을 보면 이 설화의 궁극적인 귀결은 '서동이 인심을 얻어 왕위에 올랐다는 것, 그리고 '왕이 부인과 함께 사자사에 가다가 용화산 하의 큰 못에서 미륵삼존을 얻어 미륵사를 지었다는 것'으로 된다. 이러한 설화의 문맥을 통해 볼 때 당시 왕실이 용신사상에 바탕을 둔 미륵사상을 구현하고 있었다는 점을 강조하기 위함에 그 의미의 지향이 있다고 보아야 할 것이다.

선화와 서동을 관음이나 남순동자로 해석하는 불교적 관점9)으로 전체를 해석하기에는 무리가 있지만, 일연이 기이편에 수록한 과정을 추

---

9) 김종우(1974), 『향가문학연구』, 선명문화사.

정해 볼 때 〈서동요〉와 서동관련 설화는 궁극적으로 호국불교적 미륵신 앙과의 관련 속에서 논의되어야 할 것이다.

4. 감통편 향가의 성격

4.1 〈도솔가〉와 〈제망매가〉

감통편의 '월명사 〈도솔가〉'조에는 향가 〈도솔가〉와 〈제망매가〉가 함께 실려 있다. 그 산문 기록을 먼저 검토해 보기로 한다.

경덕왕 19년…… 해 둘이 나란히 나타나 열흘 동안이나 없어지지 않았다. 일관이 아뢰기를 연승을 청하여 산화공덕을 지으면 재앙을 물리치리라 하였다. 이에 조원전에 깨끗한 단을 설하고 청양루에 행행하여 연승을 기다렸다. 때에 월명사가 천백 남쪽 길을 가므로 왕이 사자를 보내 불러 단을 열고 기도문을 지으라 하였다. 월명이 아뢰기를 승은 국선도에 속하여 단지 향가를 알 뿐이요 범성에는 익숙치 못하다고 하였다. 왕이 이르되 이미 연승으로 뽑혔으니 향가라도 좋다고 하였다. 이에 월명은 〈도솔가〉를 지어 바쳤다. 그 가사에 「오늘 이에 산화가를 불러 뿌린 꽃아 너는 곧은 마음의 명을 심부름하여 미륵좌주를 모셔라…….」 조금 있다가 해의 괴변이 사라졌다. 왕이 가상하여 품다 한봉과 수정염주 백팔 개를 하사하였다. 홀연히 외양이 깨끗한 한 동자가 공손히 茶와 珠를 받들고 궁전 서쪽 소문에서 나타났다. 월명은 이것이 내궁의 사자라 하고 왕은 사의 종자라 하였으나 현장의 결과 모두 아니었다. 왕이 매우 이상히 여겨 사람을 시켜 뒤를 좇게 하니 동자는 내원탑 속으로 숨고 茶와 珠는 남벽화 미륵상 앞에 있었다. 월명의 지극한 덕과 정성이 이와 같이 至聖에게 비추운 것을 알고 조야가 모르는 자가 없었다.

위 문맥을 살펴보면, 월명이 〈도솔가〉를 지어 해의 괴변을 물리쳤다는 것, 그리고 월명의 덕과 정성이 부처에게까지 전해졌다는 것으로 요약된다. 〈도솔가〉 자체만으로 보면 〈도솔가〉는 미륵부처를 숭상하는 상층인의 신앙관을 반영하고 있다. 그렇다면 감통편에서 일반적으로 나타나는 서방정토의 구현, 곧 민중적 불교의 지향과는 매우 어긋나 있다는 것을 알 수 있다. 우리는 여기서 〈도솔가〉와 함께 수록된 〈제망매가〉에 주목할 필요가 있다.

〈제망매가〉는 일찍이 죽은 누이를 위하여 월명이 지은 것으로서 그 의미 지향이 서방정토의 구현에 있음은 앞에서 이미 언급하였던 바이다. 죽은 누이와의 미타찰에서의 만남을 기원하는 이 노래는 미타정토 사상을 가장 잘 반영한 노래의 하나이다. 월명을 기술함에 있어 상층인의 불교관과 민중의 불교관을 동시에 기술했던 일연의 의도는 무엇이었을까 하는 의문이 생길 수 있는데 이는 두 가지 측면에서 이해될 수 있다.

첫째는 월명이 미륵 신앙과 미타 신앙을 포괄적으로 수용하면서 상층과 민중의 불교적 괴리를 극복하고자 했던 인물이라는 점을 부각시키기 위해서였을 것으로 추측해 볼 수 있다. 원효나 경흥이 미륵과 미타를 아울러 겸비했던 점으로 미루어 보더라도 이러한 추론은 비교적 타당성이 있다.

둘째는 월명이 공적인 기능과 사적인 기능으로서의 역할을 〈도솔가〉와 〈제망매가〉를 통해 각각 드러낸 것으로 볼 수 있다. 〈도솔가〉는 공적인 기능으로서의 시가로 왕의 측근에서 수행된 노래이나 〈제망매가〉는 개인적 차원에서 죽은 누이에 대한 자신의 심경을 토로한 노래인 것이기 때문이다.

4.2 〈원왕생가〉

'광덕, 엄장'조의 서사 맥락은 매우 드라마틱하다. 광덕, 엄장, 광덕의 처, 세 인물이 서사의 전개에 참여하고 있기 때문이다. 따라서 그 작자에 대한 문제도 그간 논란이 되어 왔다. 필자는 여기서 서사의 핵심인물은 광덕처에 있다고 본다. 왜냐하면 감통편 전반을 두고 볼 때 일연은 여성에게 그 시각의 초점을 두고 있기 때문이다. 지혜라는 비구니, 욱면, 경흥우성에서의 어느 여승, 죽은 망매, 선율 환생의 한 여자, 김현감호에서의 여자, 정수가 구한 여자 걸인 등이 그 예이다.

> 「달아 이제 서방까지 가시나이까 무량수불전에 말씀 아뢰소서. 다짐 깊으신 무량수불전에 우러러 두손 모두고서 원왕생 원왕생하고 그리워하는 사람 있다고 사뢰소서. 아아, 이 몸 남겨 두고 사십팔대원 이루실까.」

〈원왕생가〉는 민중의 아미타 신앙을 기원하는 노래이다. 달에 의탁한 화자의 기도체 화법은 절실한 민중의 기원을 그리고 있다. 광덕이 서쪽 세계를 향하여 가고 난 후 엄장이 觀을 닦아 극락으로 갈 수 있었던 이유는 광덕처에게 있었다. '광덕의 처는 즉 분황사의 종이니 대개 십구응신의 하나다'.라고 한 것은 〈법화보문품〉 삼십삼신 십구설법 중 이 十九를 취한 것으로 관음의 應化를 말한 것이다.

이와 같이 〈원왕생가〉는 정토 신앙을 밑바탕으로 하고 있다. 「무량수경」에 의하면 이 정토교는 법장 비구가 고통받는 민중을 구원하려는 서원을 세워 무수한 수행 끝에 마침내 무량수불(=아미타불)이라는 부처님이 되어 안락국(=극락세계)이라는 이상적인 국토를 건설하였는데, 집 떠나 수도하는 사람뿐만 아니라 배움 없고 힘없는 사람들도 그 정토를 희구하면 모두 다 그 나라에 참여할 수 있다는 내용의 가르침이다. 따라서 정토교의 구원관은 인간의 평등을 전제로 한 것이었다. 그러므로 이제까지 신라사회를 지배해온 귀족불교를 뿌리째 뒤흔들어 놓을 수 있었던 것이다.10)   그런 점에서 〈원왕생가〉는 당대 현실 속에서 기원했던 민중의 기원요로 해석될 수 있다.

---

10) 정의행(1991), 앞책, 137쪽.

4.3 〈혜성가〉

감통편에 실린 '융천사 〈혜성가〉 진평왕 대'의 기록을 보기로 하자.

제5거열랑, 제6실처랑, 제7보동랑 등 세 화랑의 무리가 풍악에 놀려고 하였을 때 혜성이 심대성을 범하였다. 낭도들이 의아하여 여행을 중지하려고 하였다. 이때에 융천사가 향가를 지어 부르매 괴성이 곧 없어지고 일본병이 물러가서 도리어 경사가 되었다. 대왕이 기뻐하여 낭도들을 풍악에 놀러보냈다. 「그 향가에 옛날 동해가의 건달파가 놀던 성을 바라보고 왜군이 왔다고 봉화를 사르게 한 동해변이 있도다. 삼화랑의 오름을 보옵심을 듣고 달도 빨리 그 빛을 나타내므로 길을 쓰는 별을 바라보고 혜성이라 말한 사람이 있다. 아아 달이 아래에 떠갔도다. 어이유 무슨 혜성이 있을꼬」

『삼국유사』 서사물 중 향가에 특히 비중을 두고 기록된 것은 〈도솔가〉와 〈혜성가〉이다. 이는 서사물의 제목을 통해서도 드러나는데, 두 노래가 모두 향가를 지어 부르매 이변을 퇴치시켰다는 기능을 수행하고 있다. 그러나 〈도솔가〉에 비해 〈혜성가〉는 보다 더 사회적 기능이 강화된 양상을 띤다. 〈혜성가〉를 지어 부르매 괴성이 사라졌을 뿐만 아니라 일본병도 퇴치시켰기 때문이다.

〈혜성가〉가 불려진 진평왕 대는 진지왕이 퇴위한 직후 관제를 정비하고 화랑제도를 정립해 나갔던, 정치적으로는 과도기적 상황이라 할 수 있다. 이러한 상황에서 혜성이 심대성을 범했다는 서사의 맥락은 혜성은 부정적 징표, 심대성은 왕권을 상징하는 긍정적 징표로 해석될 수 있다. 서사문맥상 혜성은 곧 괴성으로, 향가를 지어 부르자 즉시 그것이 사라지고 일본병을 물리쳤기 때문이다. '어이유 무슨 혜성이 있을꼬'에서 혜성을 부정하고 싶은 반면, 삼화랑과 달의 친화관계를 긍정적으로 생각하는 시적 화자의 심리 기저를 살필 수 있는데 이는 혼란한 시대 상황 속에서 화랑도를 구현했던 사상이 그 밑바탕에 깔려 있음을 말해준다.

그런 점에서 이 작품은 천체의 이변에 따른 민심의 혼란을 수습한다
는 사회적 기능을 수행한 노래로 볼 수 있다.[11] 그러나 〈혜성가〉는 지
배 체제를 옹호하고자 해서 창작된 〈안민가〉와는 또 다른 맥락에서 이
해되어야 할 것이다. 〈안민가〉는 유교적 지배 질서의 체제를 강화하는
발화 양식을 보이나, 〈혜성가〉는 상층의 체제 옹호를 위함보다는 민중
에 대한 배려를 강하게 깔고 있음을 보여준다. '무슨 혜성이 있을꼬' 라
하여 혜성이 없다는 것을 강조하면서 민심을 안정시키고 수습하려는 민
중 지향적 의지를 보이는 이러한 성격 때문에 일연은 감통편에 〈혜성가〉
와 관련된 서사 문맥을 실었을 것으로 보인다. 대왕이 나라의 경사를 기
뻐했던 문맥도 바로 민중 지향적 차원에서 이해되어야 할 것이다.

5. 마무리

『삼국유사』에 실린 서사는 역사의 기록이 아니라 허구화된 사건의 기
술이다. 따라서 우리의 시각은 일연이 서술한 설화의 의미 기저에 접근
되어야 할 것이다. 특히 일연은 『삼국유사』 편목 간의 변별성을 세우고
나름대로 그 체계를 정리하는 가운데 향가를 수록했을 것이다. 따라서
기이편과 감통편의 향가 역시 이를 바탕으로 해석되어야 한다.

기이편 서사는 신라 상층인들의 면모를 드러내고 있다. 왕이나 상층
인들의 모습을 통하여 상층인들의 불교관을 드러내고자 했던 것이 일연
의 의도였다. 기이편에 나타난 불교관은 주로 용신 사상을 바탕으로 한
미륵 신앙의 구현에 있었다. 따라서 기이편 전반에 포함된 향가 또한
전반적으로 그러한 성향을 바탕에 두고 형성되었던 것임을 고려해야 할
것이다.

반면 감통편의 서사는 기이편과 달리 신라 민중들의 모습을 반영하고
있다. 신라 상층인의 불교관과는 달리 감통편에 나타난 민중의 불교관

---

11) 고혜경(1990), 「혜성가의 시가적 성격」, 『이화어문논집』, 제11집, 218쪽.

은 서방정토를 구현하는 미타 신앙에 바탕을 두고 있었다. 실제로 감통
편 향가에서 드러난 성격을 통해서도 이러한 성향을 확인할 수 있었다.
　본고에서는 향가 개별 작품을 각기 심도있게 다루지는 못했으나 본고
의 의도는 『삼국유사』 편목에 따라 향가의 성격이 크게 대별된다는 것
을 강조하기 위함에 있었음을 밝혀 두고자 한다.

〈청산별곡〉 해석의 새로운 관점

1. 문제 제기

〈청산별곡〉에 대한 그간의 연구는 여타 고전 시가 작품에 비해 상당한 분량의 업적을 이루었다. 그 연구가 방만한 만큼 견해 차이도 다양하다.

기존의 연구는 크게 문학적 접근과 어학적 접근이라는 두 가지 측면에서 검토되었다. 어학적 접근에 힘입어 문학성의 파악에 도움을 준 성과도 있었다.[1] 그러나 〈청산별곡〉에 대한 지금까지의 학설은 〈청산별곡〉을 문학적 언어로 보지 않고 간혹 일상적 언어로 읽어 버린다는 점에 그 문제가 있다. 즉 기존의 〈청산별곡〉 연구는 문학을 문학적 텍스트로 해석하기보다는 일차적 언술의 텍스트로 보았다는 점에 그 문제가

---

1) 김완진(1976), 「〈청산별곡〉에 대하여」, 『고전문학을 찾아서』, 문학과지성사, 153쪽~165쪽.

있었다. 혹은 전해오는 〈청산별곡〉을 원전에 따라 충실히 해석하는 것이 아니라 연구자들의 관점에 의해서 자의적으로 변형 (예를 들면 오자, 그릇된 표기, 구조 등)시켜 이해한다는 점도 문제로 지적될 수 있다.

〈청산별곡〉의 작품 주석은 양주동2), 김형규3), 박병채4), 김완진5)님에 의해서 이루어졌다. 이를 바탕으로 작품의 의미나 형태, 주제의 연구도 크게 진척되었다.6) 〈청산별곡〉의 내용 연구를 종합해 보면 현실 도피의 노래, 적극적 현실 인식의 노래, 유랑인 생활상의 노래, 비애의 사랑 노래 등으로 요약될 수 있다. 초창기 연구에서는 〈청산별곡〉을 현실 도피의 노래로 해석한 견해가 지배적이었으나 이후 현실 참여, 백성의 생활상을 노래한 것이라고 보는 견해가 대두됨으로써 다양한 논의가 개진되었다. 그러나 〈청산별곡〉을 일상적 언어의 방법으로 읽을 경우 문학 작품을 문학으로서 접하지 못하는 한계가 있을 수 있다. 인간의 문학 창작 욕구와 결부시켜 볼 때 인간은 본능적으로 피안지향적 태도를 가지게 마련이다. 이러한 시각으로 볼 때 〈청산별곡〉의 청산이 어디냐고 묻는다던가 고려 시대에 세상살기가 얼마나 험했기에 청산을 찾아 나섰겠느냐고 묻는 것은 오히려 어리석다고 할 수 있다.7) 문학 작품의 의미가 제시하는 다양성이라는 측면에서 볼 때 〈청산별곡〉에 대한 연구는 새롭게 조명되어야 할 필요가 있다. 따라서 본고에서는 〈청산별곡〉의 문학성이 무엇인가를 밝히면서 〈청산별곡〉의 작품 성격이 당대 사회에서 어떠한 의미를 가지는지 살펴보고자 한다.

---

2) 양주동(1954), 『여요전주』, 을유문화사.
3) 김형규(1955), 『고가주석』, 백영사.
4) 박병채(1968), 『고려가요어석연구』, 선명문화사.
5) 김완진(1966), 「〈청산별곡〉의 사슴에 대하여」, 『낙산어문』 1호.
6) 정병욱(1978), 『한국고전시가론』, 신구문화사.
  이승명(1975), 「〈청산별곡〉연구」, 『고려시대의 언어와 문학』, 형설출판사.
  김학성(1980), 『한국고전시가의 연구』, 원광대출판국.
  신동욱(1982), 「〈청산별곡〉과 평민적 삶의식」, 『고려시대의 가요문학』, 새문사.
7) 김대행(1992), 『문학이란 무엇인가』, 문학사상사, 56쪽.

2. 〈청산별곡〉의 작품 분석

2.1 작품의 구조

〈청산별곡〉은 『악장가사』에 그 전문이 실려 있는데 다음에 그 내용을
들어 본다.

  1. 살어리 살어리랏다
     청산에 살어리랏다
     멀위랑 드래랑 먹고
     청산애 살어리랏다
     얄리 얄리 얄랑셩 얄라리 얄라
  2. 우러라 우러라 새여
     자고니러 우러라 새여
     널라와 시름한 나도
     자고니러 우니노라
  3. 가던새 가던새 본다
     믈아래 가던새 본다
     잉무든 장글란 가지고
     믈아래 가던 새 본다
     얄리 얄리 얄라셩 얄라리 얄라
  4. 이링공 뎌링공 ᄒᆞ야
     나즈란 디내와 손뎌
     오리도 가리도 업슨
     바므란 쏘엇디 호리라
     얄리 얄리 얄라셩 얄라리 얄라
  5. 어디라 더디던 돌코
     누리라 마치던 돌코
     믜리도 괴리도 업시
     마자셔 우니노라
     얄리얄리 얄라셩 얄라리 얄라

6. 살어리 살어리랏다
   바ᄅ래 살어리랏다
   ᄂᆞ모자기 구조개랑 먹고
   바ᄅ래 살어리랏다
   얄리 얄리 얄라셩 얄라리 얄라
7. 가다가 가다가 드로라
   에졍지 가다가 드로라
   사ᄉ미 짐대예 올아셔
   奚琴을 혀거를 드로라
   얄리 얄리 얄라셩 얄라리 얄라
8. 가다니 비브른 도긔
   설진 강수를 비조라
   조롱곳 누로기 미와
   잡ᄉ와니 내엇디 ᄒ리잇고
   얄리 얄리 얄라셩 얄라리 얄라

정병욱 교수는 〈청산별곡〉의 제5연과 제6연이 교체되었음을 제시하면서 1~4연과 6~8연이 정교한 구성법에 의해 밀접히 대응되었음을 밝히기도 했다. 그러나 원전을 있는 그대로 파악할 경우 해석이 다른 방향으로 전개될 수도 있기 때문에 그러한 당위성 또한 미약하다. 본고에서는 『악장가사』에 수록된 내용을 있는 그대로 수용하면서 작품의 실상을 밝히고자 한다.

〈청산별곡〉은 1연부터 6연까지 한 단락 그리고 7, 8연을 또 하나의 단락으로 나누어 파악할 수 있다. 1연부터 6연까지는 '청산에 살어리랏다'8) 와 '바ᄅ래 살어리랏다'라는 의미 지향을 표출하고 있는데 실상 여기서 청산이나 바다는 대별되는 세계가 아니다. 청산이나 바다는 대조를 통한 반복적 시어로서 둘 다 자연을 표상하는 것이다. 1연에서 화자는 청산이라는 자연에서 살겠노라는 자신의 의지를 나타내는데 2~5연에서는 그러한 자신의 내면적 심경을 노래하고 6연에서 다시 한번 자

---

8) 이에 대한 해석은 다음 장에서 다루어 질 것이다.

연에서 살겠노라는 의지를 강조하고 있다. 그러나 그러한 자신의 의지에도 불구하고 어쩔 수 없이 순응해야 하는 현실 상황으로 전환되는 7, 8연에 이르러 시적 화자의 갈등은 더욱 고조된다. 1연부터 6연까지에는 화자의 내면적 상황이 표출된데 반해 7, 8연에서는 화자의 현실 상황 즉 외적 상황이 드러나 있다. 지금까지 〈청산별곡〉의 구조는 1~4연과 6~8연이 기 · 승, 전 · 결의 구성법에 의존했다는 견해로 풀이되었다. 그러나 필자가 파악한 바 1~6연까지는 기 · 승에 해당하고 7연은 전에, 8연은 결에 해당하는 구조를 드러낸다. 1연에서 자연에 대한 갈망은 자신의 시름에도 불구하고 6연에 이르러 강조 반복된다. 그러나 청산이나 바다에 대한 자신의 소망에도 불구하고 화자는 어딘가로 '가야만 하는' 상황을 7연에서 맞이하게 된다. 〈청산별곡〉의 7연은 바로 상상의 세계, 내면의 세계에서 현실로 돌아와야 하는 전환의 의미를 가진다. 8연은 어디론가 가야 하는 자신의 현실이 술에 이끌릴 수밖에 없음을 말함으로써 화자의 갈등을 결론적으로 제시한다. 이상의 작품 구조에 대한 얼개를 간단히 도식화하면 다음과 같다.

<pre>
1연 - 자연에의 갈망   ┐
2연 - 화자의 시름   │ 기
3연 - 떠나가는 새를 봄 ┘
4연 - 화자의 고독   ┐
5연 - 화자의 시름   │ 승
6연 - 자연에의 갈망   ┘
7연 - 화자의 떠나가는 상황 - 전
8연 - 술로 달래는 현실 -   결
</pre>

　　여기서 주목되는 점은 〈청산별곡〉의 앞 단락은 수미상관법에 의해 반복된 의미를 강조하고 있는 점이다. 이렇듯 정교한 구성상의 특징은 〈청산별곡〉이 개인 창작에 의해 이루어졌을 것이라는 추정을 가능케 한다. 그런 점에서 〈청산별곡〉이 합성된 노래였을 것이라는 가정은 수긍

하기 어려운 면이 있다.

2.2 작품의 해석

> 1연 : 살어리 살어리랏다
>   청산에 살어리랏다
>   멀위랑 ᄃᆞ래랑 먹고
>   청산에 살어리랏다
>   얄리 얄리 얄랑셩 얄라리 얄라

'살어리랏다'는 '살으리라', '살으리로다' 혹은 '살아갈 것이어리', '살아야 했을 것을' 등으로 풀이된다. 결국 '살어리랏다'에 대한 해석은 미래 원망이냐 아니면 과거 원망이냐로 귀결된다. 그러나 양자 모두 시적 자아가 청산에서 살고 싶다라는 의미를 지향하는 점에서는 공통적이다. '머루 다래를 먹으면서 청산에서 살고 싶다'라는 표현은 실제 생활의 비참함에서 오는 표현이라기 보다는 속세에 살고 있는 화자가 자연에서 살겠노라는 다짐의 표현으로 보는 것이 문학 해석의 자연스러운 파악일 것이다. 시적 자아가 청산에 살고 싶어한다는 것은 현재 삶의 공간을 벗어나 떠나고자 함이며 현재의 자리를 벗어나고자 함을 의미한다. 개인적인 이유이든 사회 정치적인 이유이든 화자는 현실에서의 도피, 탈출을 갈망하고 있는 것이다. 그는 사회적 존재 양식에서 무위 자연의 삶으로 자신의 존재 양식을 전환시키고자 한다. 사람들과 더불어 현재 위치에 있는 현실 사회 공간의 이쪽 안에서 저쪽 바같의 청산을 지향하는 1연은 현재, 이쪽의 삶이 분열 갈등으로 이루어졌다는 부정적 인식과 정서를 전제로 한다.9)

---

9) 김복희(1985), 「〈청산별곡〉의 신화적 의미」, 『고려 시가의 정서』, 김대행편, 개문사, 40쪽.

> 2연 : 우러라 우러라 새여
> 　　　자고니러 우러라 새여
> 　　　널라와 시름한 나도
> 　　　자고니러 우니노라
> 　　　　얄리 얄리 얄라셩 얄라리 얄라

여기서 등장하는 새는 시름하고 있는 나의 감정을 이입시킨 대상이다. 2연에서는 울고 있는 새와 나의 현재 심경을 동일화시켜 나의 시름하는 상황을 더욱 극명하게 드러내고 있다. 1연에서 청산에 대한 갈망과 의지는 어느덧 2연에 이르러 청산을 대표하는 새와 관련된다. 2연에서의 화자는 청산에 존재해 있는 것이 아니다. 청산과는 반대의 공간에서 즉 갈등이 있는 현실에서 자고 일어나보니 새의 울음을 듣게 되고 그 울음은 자기의 처지와 동일하다는 생각에 머무르게 되는 것이다. 논자들은 대개 2연에 이르러 시적 자아가 청산이라는 자연 공간으로 옮겨져 노래한 것으로 보나 그렇게 보면 전체 문맥상 일관성이 사라진다.

> 3연 : 가던새 가던새 본다
> 　　　믈아래 가던새 본다
> 　　　잉무든 장글란 가지고
> 　　　믈아래 가던새 본다
> 　　　　얄리 얄리 얄라셩 얄라리 얄라

3연에서 어석상의 문제가 된 것은 '가던새'에 대한 해석이다. 대부분 '날아가는 새'로 해석되었으나 '갈던 사래'[10]로 해석되기도 한다. '사래를 본다'는 것보다는 '새를 바라 보는 것'이 훨씬 자연스러우며 2연의 새와 연결되는 점에서도 그러하다. 2연의 시름하는 새는 3연에 이르러 어디론가 날아가는 새로 바뀐다. 이 새는 머무르는 새가 아니라 떠나가는 새인 것이다. 3연의 핵심 요지는 화자가 날아가는 새를 바라본다는 데

---

10) 서재극(1968), 「여요 주석의 문제점 분석」, 『어문학』 19호, 7쪽.

에 있다. '믈아래'나 '잉무든 장글란 가지고'의 비중보다는 세번이나 반복되고 있는 '가던새 본다'에 그 의미의 비중이 있는 것이다. 〈청산별곡〉에서는 '가다'라는 동사가 수차례 반복되어 등장한다. 이는 화자가 어디론가 가고 있는 혹은 가야만 할 상황을 암시한다. 뒤에서 살펴보겠지만 7연이나 8연에서 떠나가는 나를 상징적으로 암시하는 부분이 3연이다. 자고 일어나 들었던 2연의 '울음을 우는 새'는 그 고향인 청산으로 돌아갈 수 있지만 화자의 처지는 그러하지 못하기 때문에 화자의 심경은 착잡하다. '이끼 묻은 쟁기'11)를 가지고 '물아래', '평원 아래'12)로 '가던 새'를 보는 화자의 위치는 청산에 놓여 있는 것이 아니다. 벼슬하는 이들이 농사를 짓지 않았음에도 불구하고 농경문화와 관련지어 노래하는 양상은 시조에서도 발견된다. 예를 들면 남구만의 시조 '동창이 밝았느냐 - 재넘어 사래 긴 밭을 언제 갈려 하나니'의 내용과 달리 작자는 실제로 농사와는 전혀 상관이 없는 인물이었다. 1연에서 보이듯 속세의 위치에서 화자는 청산에의 삶을 갈망하나 자신의 처지와 비슷한 새는 청산으로 갈 수 있지만 화자는 자연에 가서 살 수 없는 현실 때문에 망연히 떠나가는 새를 바라보는 것이다.

> 4연 : 이링공 더링공 ㅎ야
> 　　　나즈란 디내와 손뎌
> 　　　오리도 가리도 업슨

---

11) 쟁기는 도구이다. 도구란 문화적 세계에서 존재하는 것으로 비문화적 세계에서는 도구가 존재하지 않는다. 987년 주.군의 병기를 거두어 농기를 만들었다는 기록으로 보건대 고려시대의 농기라는 도구는 문화적 세계에서나 쓸 수 있었던 것으로 보아야 할 것이다. 이를 오늘날의 농촌 개념으로 파악해서는 안될 섯이다. 따라서 〈청산별곡〉의 화자는 도구가 사용되고 있는 문화의 세계에 위치해 있는 것으로 볼 수 있다.

12) '믈아래'를 곧 수면 아래로 해석한다거나 평원아래로 해석하여 글자의 뜻에만 집착한다는 것은 시의 해석에 융통성이 없는 태도이다. '믈아래'라고 했을 때 이는 '저 멀리에 보이는 물가를 지나 저 멀리' 혹은 '평원이 펼쳐진 곳의 저 멀리'로 해석될 수 있다. 새가 날아가는 모습을 상기해 볼 때 그 새의 운동감과 더불어 펼쳐지는 배경을 상상하면 수긍이 가는 일이다.

바므란 또엇디 호리라
　　얄리 얄리 얄라셩 얄라리 얄라

　4연은 화자의 고독한 심경을 절실하게 시, 공간적으로 표상하고 있다. 화자의 현실로 돌아와 보니 낮에는 3연에서와 같이 떠나가는 새라도 보며 이래저래 지낼 수 있지만 오는 이, 가는 이도 없는 밤을 어떻게 지낼지 그 절망감을 절실하게 드러낸다. 여기서 화자는 외부 세계와 단절된 고립된 상황에 처해 있음을 보여 준다. 속세 혹은 현실 사회와의 고립감이 한층 강조되고 있는 부분이 바로 4연이다.

　5연 : 어듸라 더디던 돌코
　　　　누리라 마치던 돌코
　　　　믜리도 괴리도 업시
　　　　마자셔 우니노라
　　　　　얄리 얄리 얄라셩 얄라리 얄라

　5연은 화자의 고독한 상황, 시름하는 상황에 대한 까닭을 제시하는 연이다. 화자는 누구에게도 돌을 던지거나 맞춘 적이 없건만 돌에 맞아서 운다고 했다. 흔히 실연의 노래로 해석하기도 했으나 미워하는 이도 사랑하는 이도 없는데 맞아서 운다는 것은 그 의미의 맥락상 연계성이 없다. 여기서 돌에 맞아 운다는 것은 느닷없이 날아 들어온 돌 즉 느닷없는 돌발적 사건으로 해석해야 마땅할 것이다. 이는 개인적 차원의 사랑 문제가 아니라 사회적 여건으로부터 파생되는 도피할 수 없는 상황이다. 5연에서 우리는 화자를 둘러싼 정치 사회적 여건의 상황을 가정할 수 있다. 돌에 맞아 우는 화자의 상황은 2연에서 새와 함께 울음 우는 것으로 나타나며 3, 4연을 거치면서 화자의 상황은 더욱 고립적으로 묘사되고 5연에 이르러 비로소 그 절망감의 원인 실체가 구체화 된다.

　6연 : 살어리 살어리랏다
　　　　바르래 살어리랏다

> ᄂᆞ먀자기 구조개랑 먹고
> 바ᄅ래 살어리랏다
> 얄리 얄리 얄라셩 얄라리 얄라

6연은 1연과 유사한 병렬 관계를 이룬다. 말하자면 1연에 대한 부연, 강조가 6연이다. 혹자는 화자가 청산으로 갔다가 그 곳의 삶을 버리고 다시 바다로 떠나는 것이라 해석하기도 했다. 그러나 각 연의 유기적 짜임에서 볼 때 6연의 바다는 1연의 청산과 대별되는 세계가 아니다. '살어리랏다'라고 하는 동일한 반복구의 병렬을 통해 자연에서 살고 싶어하는 화자의 의지는 강화된다. 청산과 바다라는 대응적인 시어의 사용을 통해 자연에서 살고 싶어하는 화자의 의지는 강화된다. 청산과 바다라는 자연의 보편성을 표상하고자 하는 수법은 일반적인 시에서도 두루 나타나는 현상이다. 화자의 자연 공간에 대한 갈망이 강화될수록 속세에서 떠나고자 하는 화자의 고립과 갈등은 더욱 강하게 내재되는 것이다.

이상에서 볼 때 1연부터 6연까지는 화자의 상황과 내면의 심경을 드러내는데 치중하고 있다. 그러나 7연에 이르면 화자의 현실 상황이 제시되면서 작품의 성격상 전환을 맞이하게 된다.

> 7연 : 가다가 가다가 드로라
>   에졍지 가다가 드로라
>   사ᄉ미 짐대예 올아셔
>   奚琴을 혀거를 드로라
>   얄리 얄리 얄라셩 얄라리 얄라

7연에서 핵심이 되는 시어는 '가다가'와 '드로라'이다. 어디론가 가다가 무슨 소리를 듣는 것이 7연의 기본 문맥이다. 여기서 어석상 문제가 되는 것은 '에졍지'이다. 일반적으로 부엌으로 해석되었으나 전체 맥락상 부엌이 등장한다는 것은 자연스럽지 못한 해석이다. 1연, 6연에서 가고 싶어했던 자연이 부엌으로 전환되면서 화자의 향방을 말한다는 것은 도무지 억측에 불과한 것이다. 필자는 이 문제에 천착하면서 '에정지'가 유배 '예정지'가 아닐까 하는 생각을 갖게 되었다. 그러나 이것도 두 가지 문제에 부딪치게 되었다. 첫째는 〈청산별곡〉 나아가 고려시가에 등장하는 시어에 한자어가 별로 없다는 점에서 전체 어휘상 '예정지'라는 어휘가 어울리지 않는다는 점이다. 둘째는 '예정지'로 썼을 경우 '정지'는 '뎡디'나 '뎡지'로 표기되어야 했을 것이다. 이런 점에서 곧바로 예정지와 결부시키는 것은 무리가 있다. 그러나 그에 상응하는 의미가 담겨 있음은 쉽게 수긍할 수 있다. '에'는 고어에서 '에두르다'로 쓰이는데 이는 주로 둘러쳐진 곳13) 둘러싸인 곳을 표현할 때 사용되었다. 이는 곧 '에정지'가 고립된 어떤 곳을 나타낼 때 사용했던 어휘임을 시사한다. 여기서 화자가 가고 있는 목표점은 에정지이다. 그런데 화자는 그 어떤 둘러쳐진 곳 단절된 곳으로 가다가 사슴이 짐대에 올라서서 해금을 켜는 것을 듣게 되는 것이다. '사스미-'에 대한 학설은 구구하나 사슴으로 분장한 산대잡희 놀이의 한 장면14)으로 해석하는 것이 원전을 있는 그대로 수용한다는 점에서 별 무리가 없을 듯하다. 이같은 놀이 장면은 작품에서 화자의 내적 갈등을 심화시키는데 기여한다. 화자의 내적 심경과 상관없이 외부 세계에서는 놀이판이 벌어지고 있음을 보면서 화자는 나의 상황과 외적 세계가 단절되어 있음을 더욱 강하게 느끼게 된다. 7연은 화자와 세계와의 단절을 극적으로 보여주면서 동시에 자연에로의 갈망이 무너지게 되는 전환의 의미를 갖는다. 놀이판에서 해금을 켜는 소리는 화자에게 애절하고 서글픈 심경을 고조시키는 역할을 하고 있는 것이다.

    8연 : 가다니 비브른 도긔
            설진 강수를 비조라
            조롱곳 누로기 미와

---

13) 유창돈(1964), 『이조어사전』, 연세대출판부.
14) 김완진(1976), 앞책, 158쪽.

> 잡亽와니 내엇디 흐리잇고
> 얄리 얄리 얄라셩 얄라리 얄라

8연에서는 화자가 고립된 곳으로 가다가 보니 그 곳에서 자신이 벗하게 되는 것은 술이라하여 취하지 않을 수 없는 상황을 노래하고 있다. 어석상의 다양한 해석에도 불구하고 그 기본적인 의미의 골격은 같다. 김완진 교수가 밝혔듯이 8연의 나레이터가 여성이라고 보는 것은 상당히 참신한 발상이다. 게다가 7연의 '에졍지'를 부엌으로 해석하는 것과 부합한다. 그러나 전체적인 시의 맥락 속에서 의미의 자연스러움을 획득하지 못한다는 점에 문제가 있다. 따라서 본고에서는 '술이 나를 잡으니 어이할까'라는 어석을 취하고자 한다. 고려 시대가 아무리 개방적 사회라 해도 술에 대한 노래는 역시 남성 화자가 자연스러우며 작품의 歌意에도 부합된다. 8연은 화자가 고립된 그 어떤 곳으로 가다가 자신의 현실을 잊기 위해 술을 마실 수밖에 없는 상황을 노래한 것이다. 속세를 벗어나 자연에서 살고 싶은 의지와 갈망에도 불구하고 그것도 여의치 않아 고립된 곳으로 가야만 하는 상황이 화자의 비애를 더욱 증폭시키고 있는 것이다.

이상에서 〈청산별곡〉을 분석해 본 결과 전체 노래의 짜임이 유기적 구조 속에서 정제된 형식을 갖추고 있음을 알 수 있었다. 이런 점에서 〈청산별곡〉은 어떤 개인에 의해 단절된 곳으로 떠나야만 하는 심경을 노래한 것으로 추정된다. 그런 측면에서 볼 때 〈청산별곡〉은 일종의 유배문학적 성격을 지닌 노래라는 가능성을 배제할 수 없는 것이다.

3. 〈청산별곡〉의 시대성과 그 의미

3.1 당대 상황과 작품의 성격

5연에서 살펴보았듯이 〈청산별곡〉의 화자가 극한적 상황에 처하게 된 동기는 실연에 있는 것이 아니었다. 누구를 사랑한 적도 미워한 적도 없기에 화자는 실연한 여성일 가능성이 더욱 희박하다. 이런 관점에서 볼 때 화자를 궁중에 잡혀 온 관기나 관비로 상정하는 것은 문제가 있다. 평범한 일상을 추구하는 이 보다는 매우 절박한 상황 속에서 고립되었던 남성이었을 가능성이 크다. 이러한 점에서 고려시대의 사회상과 결부시켜 논의를 진행시킨 연구가 주목된다. 신동욱 교수는 〈청산별곡〉의 화자를 농토를 빼앗긴 유랑 농민 집단으로 추정했다.15) 그러나 유랑 농민 집단이라고 규정하는 것은 문학작품을 일상적 언어로 읽어버린 아쉬움이 있으며 또한 자연에의 갈망조차 이루어질 수 없어서 고립된 세계로 가게 되는 궁극적 의미의 지향점과 맞아떨어지지 않는다. 김학성 교수는 〈청산별곡〉의 절박한 상황을 고려 후기의 제민란과 관련시켜 논의를 폈다. 〈청산별곡〉의 화자는 묘청·무신의 난 이후 계속된 일련의 사태에 참여한 무리들 — 망이·망소이 등이 굶주린 농민, 천민을 규합하여 일어난 농민 반란(1176)군, 만적과 같은 노예혁명(1198)에 가담한 무리들, 여몽연합군에 쫓기면서도 끝까지 저항하다 서해안과 진도 제주도로 전전하면서 끝내 전멸해버린 삼별초의 난(1270)과 그에 호응한 전라도·경상도 민중들 — 즉 12~13C에 극렬하게 일어났던 제민란에 가담한 이들로 상정할 수 있겠다고 했다.16) 그러면서 이들 무리라면 청산으로 바다로 쫓기면서 혹은 거점을 옮겨 피신하면서 끈질긴 생의 욕구와 평상인처럼 안정되게 살고자하는 강한 욕망을 절박하게 표출할 수 있을 것이라고 했다. 그러나 앞서 살펴본 바 〈청산별곡〉의 화자는 청산이나 바다로 쫓기는 생활을 노래한 것이 아니었다. 〈청산별곡〉의 화자는 속세의 삶에서 갈등과 분열을 느꼈고 그에 대한 탈출구로 청산이나 바다라고 하는 자연의 세계를 염원하는 것이다. 그러나 그것도 이루어질 수 없는 한계 상황, 고립된 어떤 곳으로 가야만 하는 상황이기에 그 비애는 증폭되는 것이다.

---

15) 신동욱(1982), 앞글, 32쪽~41쪽.
16) 김학성(1980), 앞책, 137쪽.

이러한 점에 귀착될 때 고려시대의 유배적 상황을 주목해 볼 필요가 있다. 고려시대에 정치 사회적 사건과 연루되어 유배를 당한 사건은 수차례 나타난다. 반역, 민란 선동, 정치권 쟁탈 등의 이유로 파생되는 유배는 고려사 전역에 걸쳐 이루어졌다. 고려 숙종 1103년에 고문축, 장홍점, 이궁제, 김자진 등이 모반하다 발각되어 남예에 유배된 사건, 예종대의 정서 사건, 인종 1126년 이자겸의 난으로 발생된 이자겸, 척준경, 최식 등의 유배 사건, 명종 1176년, 공주 명학소에서 천민 망이·망소이가 지휘하는 민란이 일어나고 남부 지방에 민란이 일어났을 당시 文臣이 南賊과 작란을 음모한다는 무고에 따라 도교승, 김윤변 등 7명이 유배된 사건, 충렬왕 1203년 부석사, 부인사 등의 승도가 난을 꾀하다 섬으로 유배된 사건, 공민왕 1367년 신돈 제거의 모의가 발각되어 유배된 경천흥 등의 유배 사건, 공양왕 1390년 조민수, 권근, 이색의 유배 사건 등이 있다. 이들은 대개 식자층의 지식인으로서 속세에서의 갈등을 벗어나고자 했던 인물군이라 할 수 있다. 〈청산별곡〉과 관련된 문헌적 정보가 없기 때문에 추론에 불과한 것이기는 하나 〈청산별곡〉은 이들 인물군 중 누군가에 의해서 창작되었을 가능성이 높다. 작품의 정제된 구조나 기교가 이를 뒷받침한다.

〈청산별곡〉이 남녀상열의 노래가 아니었음에도 불구하고 『고려사』 악지에 언급되지 않았던 것은 당시 사회에서 반동적인 역할을 했던 인물의 노래였기 때문일 것이다.

3.2 연행성

〈청신별곡〉은 그 가사가 『악장가사』에만 전해지나가 『시용향악보』의 출현으로 말미암아 고려 시대의 속악 가사로 증명되었다. 『시용향악보』에 수록된 〈청산별곡〉은 조선 초기 〈납씨가〉와 그 곡조가 같으며, 〈경권곡〉도 그 일부가 같다. 그 악보는 『대악후보』 권5와 『시용향악보』에 전한다. 『시용향악보』 〈납씨가〉 註를 보면 "가사 제1장만 기록하고 그 나머지는 가사책에서 볼 수 있으니 다른 곡조도 이에 의지한다.(이와 같다)"17)라는 기록이 있는데 〈납씨가〉와 〈청산별곡〉이 同曲異詞임은 이미 장사훈 교수에 의해 밝혀졌다.18) 〈납씨가〉가 〈청산별곡〉에서 발췌된 악곡이라는 점, 선초 〈유황곡〉 및 〈보태평〉 중 〈융화〉는 고려대의 속악 〈풍입송〉에서 발췌되었던 점이나 조선초의 〈횡살문〉이 고려대 속악 〈자하동〉에서 발췌된 점 등은 조선 초기 음악의 거개가 궤를 같이 하여 小曲에서 大曲으로 발전시킨 것이 아니라 그 이전부터 전래하던 어떤 악곡을 그대로 습용하거나 일부를 발췌 개작했음을 보여준다.

조선시대에 鄙俚之詞라 하여 유학자의 가혹한 배척을 받았던 고려 시대의 노래 가사가 그 곡조만은 조선조의 궁중악으로 채택되었던 점에 우리는 주목할 필요가 있다. 선초의 상황으로 미루어 보건대 새로운 음악을 창작할 수 없었던 당시의 여건에서 기인하는 문제이기도 하나 일련의 고려 속악이 궁중의 제례나 연향에 사용되기에 손색이 없었던 요인도 컸을 것이다.

그렇다면 고려대에 궁중악으로서의 〈청산별곡〉은 어떻게 존재했을까? 이 문제에 대해 우리는 국악 연구자들의 발언을 상기해야 할 필요가 있다. 장사훈 교수는 국문학계의 연구를 주시하면서 "〈서경별곡〉이나 〈청산별곡〉 등의 고려가요를 궁중 음악 아닌 당시의 민요로 다루는 문제 등은 음악적인 측면을 전혀 고려하지 않은 노랫말의 연구에 불과하다."19) 라고 했다. 고려 시대의 시가 연구 태도에서 詩와 歌의 총체성을 염두에 두어야만 한다는 견해는 주목할 만하다.

〈청산별곡〉은 고려 시대 당시 궁중악으로 존재했는데 궁중을 드나들던 기녀나 무당들에 의해 민중에로까지 전파되었다고 보는 것이 타당할 것이다. 『시용향악보』에 수록된 大國이 宮廷樂 〈청산별곡〉조에다가 가사만 얹어 부른 곡이라는 점은 바로 이런 측면에서 이해될 수 있다.

---

17) 歌詞只錄 第一章 其餘見歌詞冊 他樂倣此
18) 장사훈(1966), 『국악논고』, 서울대출판부, 49~53쪽.
19) 장사훈(1983), 『국악사론』, 대광문화사, 430쪽.

추론에 불과하지만 〈청산별곡〉은 왕실과 관련한 신하 혹은 충신으로서 억울한 삶을 지내고 간 이를 기리기 위해 혹은 그러한 삶의 비애를 애송하면서 음악을 관장하는 이들에 의해 고려 궁중의 음악 가사로 채택될 수 있었을 것이다. 〈청산별곡〉의 경우 〈정과정곡〉과 같이 문맥상 충신연주지사로서의 의미가 명확히 드러나지는 않지만 선초에 『악장가사』에 실릴 수 있었던 까닭도 〈정과정곡〉과 같은 맥락에서 이해되었기 때문일 것이다.

고려 속악의 가사가 조선 왕조에서 사용된 용도는 충신연주지사나 송축가의 역할이었을 것으로 추측된다. 〈정과정〉, 〈정석가〉, 〈동동〉이 그런 의미로 받아들여졌음은 기록에서 밝혀진 바이지만 나머지 곡들에 대하여 기대된 기능 또한 같았으리라고 생각된다.[20]

4. 마무리

〈청산별곡〉은 지금까지 다양하게 해석되어 왔다. 그만큼 〈청산별곡〉이란 작품 자체가 가지고 있는 문학적 애매성이 크기 때문이다.

본고에서는 기존의 연구와 시각을 달리하여 문학의 다양성이라는 측면에서 〈청산별곡〉을 일차적 언술의 텍스트로 보지 않고 문학적 텍스트로 재검토해 보았다. 이상에서 살핀 바 〈청산별곡〉은 유배문학적 성격이 강한 작품으로 추정된다.

문학적 측면의 다양한 접근도 중요하지만 고려 시가 연구에서 주시해야 할 사항은 음악적 측면을 아우른 詩歌의 총체적 특성이다. 그런 의미에서 여음에 대해 다루지 못한 본고 역시 그 한계를 인정하지 않을 수 없다.

---

20) 최미정(1990), 「고려 속요의 수용사적 연구」, 서울대 박사논문, 91쪽.

제3장

禪詩의 수사학

1. 서 언

禪詩란 무엇인가? '선시'라는 명칭은 불교적인 개념의 '禪'과 문학적인 개념의 '詩'가 합쳐진 쟝르적 속성 때문에 '불교적인 성격의 시'라는 용어보다 섬세하고 미묘한 개념을 함축한 뜻으로 비쳐진다. 기존의 불교적인 성격의 문학 연구는 대개 문학 작품 속에 내재된 불교성에 초점이 맞추어 이루어졌다. 그러나 실상 문학 연구에서 요구되는 것은 그같은 불교성 만의 파악은 아니다. 여기에서 중요한 것은 불교적인 혹은 禪的인 것을 추구했던 이들은 어떻게 시를 썼는가 하는 것이다. 그런 의미에서 선시에 나타난 작가들의 문학적 상상력을 살펴보는 것은 의미 있는 일이다.

시가 형성될 때 시인의 질서 속에는 자연 과학적 질서의 공간이 아닌 또 다른 하나의 공간이 창출된다. 시인은 대상들을 자기만의 방법으로 인식하며 시적 세계의 창조적 상상력을 가지고 자기만의 질서를 만들어 놓는다. 선시 역시 이러한 기반 위에서 생성되었다는 점에서 선시에 나타난 레토릭의 특성은 선시에 내재된 구조적 의미, 혹은 그 시어들이 추구하는 표현의 이면에 깔린 작가의 상상력 등을 통해 파악되어야 할 것이다. 숱한 명상과 사고에 의해 다져진 상상력의 무한대적 결정체가 선시이기 때문이다.

선시에 대한 그간의 학적 성과는 주로 향가, 불교, 가사, 또는 불교계 소설 위주로 이루어졌는데 선시에 대한 학적 관심은 주로 조동일[1], 이종찬[2], 인권환[3]에 의해 제기되었다. 특히 인권환 교수는 고려 시대 선승들과 그들의 불교시를 대상으로 하여 선승들을 국문학사상 심오한 시작품을 산출한 시인으로 부각시키고, 국문학이나 한문학에서 논외로 하였던 이들의 선시를 고려 시가 문학의 한 분야로 수용하고자 했다. 그 외에도 고려시대의 선시를 연구한 논문들이 다수 있으나 조선시대의 선시 연구는 비교적 드문 편이다. 본고에서는 주로 조선 시대의 선시를 중심으로 하여 그 문학성을 살펴보고 경허성우의 작품을 중점적으로 파악해 보고자 한다.

2. 선시의 개념

禪이란 무엇인가? '선이 무엇이라고 규정 지워질 때 그것은 이미 선이 아니다'[4] 라는 말이 있듯이 선의 개념 규정은 용이한 일이 아니다. 그러나 불교적 의미의 '선'에 대응되는 개념으로서의 '敎'를 상기해 보면 보다 용이할 것이다. 불교의 교종이 가르침, 교리에 치중한다면 신

---

1) 조동일(1978), 『한국문학사상사시론』, 지식산업사.
2) 이종찬(1980), 「고려 문학의 형성 과정」, 조연현박사회갑기념논문집.
3) 인권환(1983), 『고려시대 불교시의 연구』, 고려대학교 민족문화연구소.
4) 석지현(1975), 『선으로 가는 길』, 일지사.

은 그와 달리 가르침이나 교리로서 표현할 수 없는 마음의 깨달음을 내세우기 때문에 不立문자를 표방한다. 염화미소로 집약되어 나타난 관념의 제거, 직관이 곧 선이다.

禪과 詩는 본질적인 정신적 원천에 있어서 그 상통성이 있다. 선의 세계에서는 세계와 자아의 본질을 깊이 있게 탐구하며 이를 위하여 풍부한 상상과 예리한 관찰, 그리고 심도 있는 투시력을 발휘하여 유심현묘한 경지에 이르고자 한다. 선에서는 불립문자 언어도단을 표방하기에 문자나 말로 나타내고 설명하지 않으며 오로지 마음과 정신에 의한 표현과 심법의 授受만이 있을 뿐이다. 선가의 언어는 지극히 압축된 언어, 비약적이고 비유적이며 고도로 상징화된 언어이다. 선가 언어의 이와 같은 특성은 시의 언어와 상통점이 많다. 시에 있어서도 깊이 있는 투시력이나 영감에 의해 획득된 시적 경지를 나타냄에 있어서 일상적 언어가 아닌 고도로 압축된 언어, 상징적이며 비유적인 언어를 사용한다. 결국 선에서 표현하기 어려운 정신적 경지를 상징적으로 나타내고자 할 때 시가 되는 것이며 그것이 곧 선시이다.5) 따라서 대개의 선시는 頓悟의 과정, 悟道의 체험, 선적인 생활을 시로 나타낸 것이라 할 수 있다. 이는 엄밀한 의미에서 불교시와 구별되어야 한다. 불교에 관한 교리, 불자들의 수행 과정 등 다채로운 양상이 불교시의 소재로 차용되지만 일반적으로 불교시에는 '마음의 깨달음'이라는 覺의 의미가 필수적으로 함축되지 않는다. 즉 깨달음, 悟道의 의미가 내재된 시는 일련의 선시의 계보 속에서만 등장한다. 그런 점에서 볼 때 선시는 불교시에 포함되면서도 독자적 영역으로 파악되어야 할 필요가 있다.

3. 선시의 구조와 의미

다음의 두 시는 승려가 쓴 작품이다.

---

5) 인권환(1983), 앞책, 31쪽.

허공이 무너지고 있다
허공에 핀 꽃이 열매를 맺는다
이 또한 봄빛인줄 깊이 알거라
향기 짙게 날아와 꽂히고 있다

(鏡虛惺牛) - 偶吟 五6) -

生死路는
예 이사매 저히고
나는 가느다 말ㅅ도
몯다 닏고 가느닛고
어느 가올 이른 ㅂ로매
이에 저에 뻐딜 닙다이
ㅎ돈 가재 나고
가논곧 모드온뎌
아으 彌陀刹애 맛보올내
道닷가 기드리고다

(월명사) - 〈제망매가〉 -

위 두 시는 장르적 성격이 전혀 다른데 그보다도 더욱 중요한 차이점
은 불교적 성격의 노래임에도 불구하고 의미의 지향이 다르다는 점에
있을 것이다. 그 의미 지향의 차이점을 명확히 살펴 보기 위해서 불교
에서 말하는 우주 인생관 즉 四聖諦의 관점을 살펴 보기로 한다.

불타가 자신의 사상적 綱要로써 일체 중생을 교화함에 당하여 일종
교안으로 항목화한 것이 곧 사성체설이다. 사성체란 고(苦)성체, 집
(集)성체, 멸(滅)성체, 도(道)성체를 말하는데 이것의 의미는 眞實不虛
홋 즉 네 종류의 진리라는 것이다. 고성체란 諸行法無常 諸法無我의 우
주관, 인생관에서 일어나는 吾等凡夫의 주관적인 가치 판단인데 苦를

---

6) 當處殞空虛 空花方結實
   知此亦春光 幽香吹我屋
   본고에서 대상으로 삼은 선시의 번역은 석지현(1974), 『선시』, 현암사. 를 참
   고로 했음을 밝혀둔다.

느끼게 되는 중요한 사실을 든다면 生, 老, 病, 死와 같은 것이다. 집성체란 고체의 원인을 밝히는 것이다. 고의 결정체인 인생고의 원인은 무엇인가? 그것은 번뇌이다. 집체의 근본은 無明에 있다. 이 무명으로부터 미혹한 인생을 초래하게 되는 것이다. 멸성체란 불교의 이상경을 가르치는 것으로서 곧 고체와 집체를 밝힌 후에 자신의 귀추할 바를 제시하는 것이 멸체이다. 지식적으로나 철학적으로는 다만 혼미한 세계의 진상을 간파함으로써 만족할 수 있으나 종교적으로는 이것만으로 만족할 수가 없다. 그러하기 때문에 나아가 그 迷界의 원인을 斷盡하고 열반의 이상경에 도달하고자 한다. 도체란 苦滅의 해탈경인 열반경에 도달하는 방법 즉 멸체의 원인을 밝히는 것이다. 正見(연기의 원리)을 정념하여 정진하는 데는 正命, 正定의 팔정도를 수행해야 하는데 正定과 같은 진정한 三昧 즉 禪定의 정신 통일은 도체라 할 수 있다.7)

　한국시 혹은 한국 문학 작품 속에 드러나는 불교적인 논리는 이와 같은 불교적 인생관 즉 사체의 논리로 설명될 수 있다.8) 고체란 현상을 인식하는 것이다. 현실의 고를 인식하고 표출하는 현실 인식을 기반으로 한다. 집체란 원인을 규명하는 것이다. 현상에 대한 인식과 그 원인의 규명을 바탕으로 한 고체 집체의 논리는 대개 리얼리즘을 바탕으로 한 문학 작품 속에서 나타난다. 이광수의 '꿈'이나 '구운몽'에서 드러나는 불교적인 논리는 고·집체에 바탕을 둔 것이라 볼 수 있다. 멸체란 실천적인 해결을 바탕으로 한 논리이다. 고통을 인식하고 그 원인을 규명하여 실천적인 해결로 나아가는 의미 구조는 월명사의 '제망매가'에서 명확하게 드러난다. 나와 죽은 누이, 이승과 저승으로 대별되는 세속의 벽을 허물기 위해 월명은 실천적 적극적 행위로 '도닦아 기다리겠다'고 하는 실천적 해결의 방법을 제시한다. 여기에는 자아와 대상의 합일이라기보다는 자아로부터의 세계에 대한 지향이 강조된다. 그러나

---

7) 김동화(1980), 『불교학개론』, 보련각, 112쪽~123쪽.
8) 이어령(1983), 〈현대시 특수 연구〉, 이화여대 박사과정 강의 노트. 이어령 교수가 제시했던 사체의 논리를 바탕으로 하여 필자가 적용해 본 것이다. 본고는 거기서 크게 시사받았음을 밝혀둔다.

위에서 예로 든 경허의 시에는 이같은 실천적 해결의 멸체를 넘어선 또 다른 인생관이 드러난다. '봄빛인줄 깊이 알거라', '향기 짙게 날아와 꽂히고 있다'는 깨달음을 통한 禪定의 순간을 포착하는 표현이 그것인데 경허 시의 핵심은 주체와 객체 즉 자아와 세계의 실상을 파악하여 그 존재의, 혹은 자아의 본질을 투시하는데 있다. 이는 마음의 깨달음이라는 자아의 발견과 一切諸法의 본체를 알게 되고 나아가 主客一如의 경지를 바탕으로 한 것이다. 도체라는 깨달음의 불교적 논리를 바탕으로 했기 때문에 나타나는 시적 표현이다.

이같은 시각에서 볼 때 예로 든 두 시의 의미 구조는 승려가 쓴 작품임에도 불구하고 전혀 다르다는 것을 알 수 있다. 고집멸체를 바탕으로 한 〈제망매가〉와 같은 작품은 불교시라 할 수 있지만 도체를 의미 구조로 하는 경허성우의 작품은 엄밀하게 말해서 선시라고 보는 것이 옳을 것이다.

도체를 바탕으로 한 선시에는 선의 본질을 지적인 면에서 추구한 선사상을 소재로 한 시와 행적인 면에서 추구한 선 행위를 소재로 한 시가 있다. 예를 들면 위의 경허의 작품은 선사상을 추구한 시라 할 수 있다. 반면 다음의 작품은 그와 다른 면모를 드러낸다.

> 일없는 것이 내 할 일이라
> 문고리 걸고 낮잠에 졸면
> 깊은 산 짐승이 나홀로인 줄 알았는지
> 그림자에 그림자 겹치면서 창 앞을 지나간다
>
> (경허성우) - 偶吟 二9) -

이 시는 선행위를 통해 空의 극치에 이르는 경지를 표현하고 있다. 언뜻 보면 불자들의 수행과정을 표현한 불교시와 유사하나 실상은 그렇지 않다. 균여의 〈보현십원가〉와 같이 공덕을 닦거나 불교의 교리 수행

---

9) 無事有成事 掩關白日眠
　　幽禽知我獨 影影過窓前

을 강조한 시에서는 '텅 빈 마음의 상태'라고 하는 시인의 내면 공간이 발견되지 않는다. 그러나 선시에는 필수적으로 空의 세계, 無心의 경지, 靜寂의 순간 포착 등이 나타난다. 따라서 〈보현십원가〉와 같은 작품은 불교시라 할 수는 있으나 선시라고 할 수는 없는 것이다.

이상에서 불교시와 선시의 차이점을 간략히 살펴보았다. 선시에 내재된 의식의 질서는 불교의 우주관 인생관의 관점에서 볼 때 도체의 논리를 바탕한 것으로 볼 수 있다.

4. 선시의 표현 양상과 상상력의 의미

앞서 말했듯이 선시에는 구체적인 불교 교리는 나타나지 않는다. 거개가 자연물을 통해 시인의 내면을 형상화하고 있다. 즉 자연의 사물성과 관념이 합쳐져서 시를 쓰는 모티브가 형성되는 것이다. 선시에는 자연물의 시어가 많기 때문에 그 물질 상상력의 의미를 파악하는 것은 매우 중요하다. 선시의 자연 소재를 다룬 연구 중에는 인권환 교수의 연구가 있었으나 불교성에 관심을 두었을 뿐 선시적인 시어들이 내포한 물질의 이미지를 파악한 것은 아니었다. 따라서 이 장에서는 선시에서 지향하고자 했던 내면의 세계를 시어의 표현 양상을 통해 중점적으로 살펴 선시를 썼던 시인의 시적 형상화는 어떠한 방법을 통해서 이루어진 것인지 살펴보고자 한다.

4.1 자연물의 시어와 물질의 상상력

고려 선시에 등장하는 자연 소재를 보면 일반 소재로 산, 물, 바람, 달, 구름 등이 있고 계절 소재로 봄, 가을과 식물 소재로 꽃 그리고 동물 소재로 새 등이 있다.10) 이러한 양상은 조선 시대의 선시에서도 거의 동일하게 나타난다. 그러나 고정적 이미지로 표현되는 시어들은 그 사물성과 관념의 관계를 살펴보는데 있어서 큰 의미를 갖지 못한다. 선시적인 특성을 살피는데 중요하게 작용하면서 동시에 사용 빈도수도 높은 몇 가지 시어를 다음에서 거론해 보기로 한다.

4.1.1 허공 혹은 하늘

조선 시대 선시에 흔히 등장하는 시어의 하나로 허공이나 하늘을 꼽을 수 있다. 허공이나 하늘은 물질계에서 높이 올라가는 세계로서의 의미를 지닌다. 앞 장에서 예로 들었던 경허성우의 '偶吟'이란 시 외에도 소요태능의 다음 시는 허공, 하늘을 소재로 한 시의 특성을 잘 보여준다.

> 물위에 진흙소가 달빛을 밭간다
> 구름 속 목마가 풍광을 고른다
> 威音의 옛곡조 허공 저 뼈다귀라
> 외로운 학의 소리 하나 하늘 밖에 길게 간다
>
> (逍遙太能) - 宗門曲11) -

여기서 하늘은 존재의 세계가 아닌 본질의 세계를 의미한다. 가장 높은 곳을 지향하는 시인의 내면 의지는 본질의 세계에 근접한 하늘을 추구함으로써 인간이 가진 가면을 벗고 초월하고자 하는 면모를 보인다. 그러나 가장 높은 곳에의 추구는 하늘을 노래하면서도 일반적인 시와 달리 단순한 하늘의 속성을 묘사하는데 그치지 않는다. 그것은 '하늘을 지나', '허공을 뚫고' 등의 표현으로 나타나는데 하늘조차 넘어서 본질의 세계로 치닫고자 하는 정신의 높이를 말해준다.

---

10) 인권환(1983), 앞책, 212쪽.
11) 水上泥牛耕月色 雲中木馬掣風光
　　威音古調虛空骨 孤鶴一聲天外長

> 뜰 앞 꽂힌 잣나무
> 그 푸름 길이 허공을 뚫었다
> 그림자 달을 좇아 千古에 뻗고
> 소리 소리 四時風에 내맡겨졌다
>
> (映虛善影) - 題庭栢12) -

이 시에서 역시 잣나무조차 허공을 뚫는 것으로 묘사된다. 지상에서 하늘로 올라가는 연결체로서의 나무는 단순히 하늘과 땅의 매개 의미를 지니는 것이 아니라 허공조차 뚫는 역동적 이미지로 나타난다. 선시에 등장하는 시어는 앞서 언급했듯이 일상의 시에서 보이는 고정적 이미지를 벗어나 역동적 이미지로 형상화되는 데에 그 특이성이 있다. '허공을 찢는다', '허공을 뚫다', '허공에서 빼낸 뼈다귀' 등의 비상식적인 표현은 시인의 내면이 일상에서 벗어나 새로운 세계를 투시하는 禪正의 상태, 관념이 제거된 상태와 맞물려 나타나는 표현 방법이라 할 수 있다. 이같은 표현 방식이 조선시대의 선시에만 나타나는 것은 아니다. 일찍이 고려 시대 나옹혜근의 작품에서도 이와 동일한 양상을 발견할 수 있다.

> 허공을 찢어서 뼈다귀 꺼내들고
> 번쩍 하는 저 빛 속에 낮잠 든다
> 어떤 놈이 내 가풍 물어 온다면
> 이 밖에 또 다시 별난 것은 없다
>
> (懶翁惠勤) - 自讚13) -

이 시에서도 나타나듯이 '허공을 찢어서 뼈다귀 꺼내 들고'는 선시에서 흔히 쓰이는 양상이다. 그런 의미에서 보면 선시에도 일종의 관습적

---

12) 卓立庭前栢 長青直聲曲
　　影從千古月 聲任四時風
13) 打破虛空出骨 閃電光中作窟
　　有人問我家風 此外更無別物

성향이 있었던 듯하다.

이상에서 예로 든 일련의 시를 주목해 보면 허공이 무너지거나 허공이 뚫린 후에 남는 것은 대개 빛이거나 소리이다. 즉 선시에서는 허공이나 하늘이 정신의 높이를 이미지화하지만 궁극적으로는 그 고정된 이미지를 벗어나 빛과 소리라는 변형된 이미지로 형상화된다. 시인의 내면이 끝없이 추구하고 난 직관의 상태, 거기에는 빛과 소리만 남을 뿐이다. 빛과 소리는 그 물질의 속성으로 볼 때 '일깨움'의 의미를 지닌다. 보이면서 보이지 않는 것, 들리면서 들리지 않는 것이 바로 빛이며 소리인 것이다. 정신의 최고조에서 시인이 만나는 빛과 소리는 관념의 제거 상태 곧 空의 사상을 집약적으로 표현한 것이라 할 수 있다.

4.1.2 물

선시에 흔히 등장하는 시어의 하나로 '물'을 들 수 있다. 물이나 강물 혹은 바다란 시어는 대개 人間事 혹은 세월, 인간의 마음을 형상화하는 데 사용된다.

> 물굽이 돌아 돌아 이 세상을 이루나니
> 산 그윽한 골에 물 또한 깊어진다
> 물마다 하늘의 모습 가득 참이여
> 그 소리 소리 바다로 갈 마음뿐이다
> 人間事 흥망이 물과 같아서
> 한번 간 날은 다시 오지 않는가
> 그러나 물이여
> 예부터 지금껏 끊임없이 흐른다

(鏡虛惺牛) - 使書童咏水自咏14) -

---

14) 斡旋成一六 榮處智還深 影影涵天像 聲聲徹海心
　　市朝我變替 歲月暗侵尋 做得魚龍窟 風雷自古今

　여기서 물의 흐름은 불변하는 이미지로 나타난다. 한번 가면 다시 오지 않는 물은 시간과도 같은 것이다. 예부터 지금까지 변함 없이 흐르는 것이 물이다. 물은 정신적 추구의 높이를 상징했던 하늘도 포용한다. 물은 그 불변성의 의미와 더불어 포용의 존재로 형상화된다. 따라서 시인은 물보다 더 큰 이미지인 바다로 가고 싶은 의지를 표출한다. 동양적 사고의 五行에서 물은 水火木金土 중 처음의 자리에 위치한다. 곧 물을 우주의 근원으로 본 것이다. 가장 근원적이고도 오래되어도 끊어지지 않는 것 그것은 常道와 같은 것이다.

　　　산은 스스로 푸르고 물 절로 차갑다
　　　맑은 바람 불고 흰 구름 간다
　　　온종일 반석 위를 서성이나니
　　　나는 세상을 버렸노라 다시 무얼 바라리요

(鏡虛惺牛) - 無題15) -

　이 시에서 자연물은 모두 그냥 그렇게 변하지 않는 존재로 있다. 특히 물은 스스로 차갑고 푸르게 늘 변하지 않는 불변의 존재로 등장한다. 물의 불변성은 조선 시대의 고시가에서도 흔하게 사용된 수법이다. 그러나 고시가에서의 물이 불변의 존재로서 유교적 덕목을 상징한데 반하여 선시에서의 물은 이데올로기화된 물이 아니라 존재의 청정함과 투명성의 의미를 가진 물이다. 이는 선시 작자들의 의식의 투명성이 투영된 면모라 할 수 있는 것으로서 일체의 관념이 배제된 순수 직관에 의해서만 이루어질 수 있는 표현이다.

　　　누가 물이라 산이라 가름하는가
　　　물에 잠긴 산봉우리 구름밭에 묻힌다
　　　안과 밖 끝없다 大光明體여

---

15) 山自靑水自綠 淸風不白雲歸
　　盡日遊盤石上 我捨世更何希

　　물과 산 가슴 활짝 점찍힌 것 보노니

(鏡虛惺牛) - 伽倻山 紅流洞16) -

　　물이나 산을 가름할 필요 없이 자연은 안과 밖이 없는 대광명체로 표현된다. 자연, 우주를 한 덩어리의 큰 빛으로 보고 있는 것이다. 대광명이란 곧 부처의 마음과 같이 모든 것을 비추며 포용하는 것이기도 하다. 물이나 산이 부처의 마음인 것이다. 물은 그 속성상 깊은 심연으로부터 배출되는 힘을 갖기 때문에 모든 존재들을 은폐하려 해도 바깥으로 해방시키는 운반체로서의 역할을 한다. 물이란 물질이 지니고 있는 이미지는 따라서 연속성, 지속성, 매끄러움 등의 특성을 갖기 때문에 시에서 자주 사용되는 것이기도 하다.

　　다른 선시와 달리 경허성우의 작품에서는 물이 고정된 이미지를 벗어나 이슬과 같은 물질로 변형되어 나타나기도 한다. 〈참선곡〉이란 작품에서 '혼연히 생각하니 도시 몽중이로다 천만고 영웅호걸 북망산 무덤이요 부귀문장 쓸데없다 황천객을 면할쏘냐 오호라 너의 몸이 풀 끝에 이슬이요 바람 속의 등불이라'는 인간의 몸이 이슬이며 등불인 빛으로 묘사된다. 상상적 생명의 관점에서 볼 때 이슬은 물의 진실한 결정이다. 시인에게 있어 이슬은 물질적으로 말하면 모든 것을 뚫고 들어가는 우주적인 섬세함의 정신인 것이다.17)

　　이슬이나 빛은 인간 정신의 결정체로서의 의미를 가지는 것으로 빈번히 사용된다. 특히 이슬은 하늘로부터 내려온 물의 성질을 갖기 때문에 하늘과도 연관이 되는 사물성을 내포한다. 선시에서 하늘이나 물이 핵심적 시어로 자주 등장하는 까닭은 선시의 물질적 상상력이 가장 높은 곳, 유동적인 것에 의해 나오기 때문인 것으로 풀이된다.

---

16) 熟云是水熟云巒　巒入雲中水石間
　　大光明體武邊外　披腹點看水與山
17) 바슐라르(1976), 『대지와 의지의 몽상』, 민희식(역), 삼성출판사.

4.1.3 돌

우리 문학에서 돌을 소재로 한 작품은 흔치 않다. 우리에게는 연한 물질을 소재로 한 문학작품이 많고 딱딱한 도전적 이미지의 문학 작품은 별로 없기 때문이다. 조선 시대 문학 작품에서 발견되는 바위 소재는 대개 도덕적 모럴(moral)로서의 의미를 지닌다. 유교 문화에서 채색된 불변의 이미지, 부동성의 이미지로만 나타날 뿐이다. 그러나 선시에서의 바위의 이미지는 그와 다른 양상을 보인다. 선시에 등장하는 바위는 여타 문학 쟝르에서 노래되었던 것과 차이가 있다. 앞서 살펴본 경허성우의 작품 '無題' 중 '온종일 반석 위를 서성이나니 나는 세상을 버렸노라 다시 무얼 바라리요'는 반석 위에서 명상을 하며 거기서 깨달음을 얻게 되는 과정을 표현한 것이다. 여기서의 돌은 도덕적 모럴로서의 의미를 가진 돌이 아니다. 그 바위는 끝없는 '안정성'을 주는 의미로서의 바위이다. 바위 위에 있다는 것은 시인이 대지의 기반에 직접 닿아 있는 것이다. 시인과 대지의 합일을 느끼게 하는 것이 곧 바위이며 이것에서 끝없는 안정성이 일어나게 된다.

> 눈에는 강물소리 급하고
> 귓가에 우레 바퀴 번쩍인다
> 예와 지금의 이 모든 일을
> 돌 사람이 알았다, 고개를 끄덕인다
>
> (鏡虛惺牛) - 偶吟 七[18] -

이 시에서 자연의 모든 이치, 과거와 현재의 모든 것을 깨달은 이는 돌 사람으로 형상화되어 있다. 사람은 사람인데 돌과 결부된 사람 즉 돌의 이미지로 표현되고 있는 것이다. 시인의 상상력은 명상의 끝에서 깨달음으로 이어지고 정신의 가장 높고 심오한 깊이를 돌로 표출한 것

---

18) 眼裡江聲急 耳畔電光閃
　　古今無限事 石人心自點

이다. 일찍이 괴테는 바위에 대해 문학적으로 애착을 보이면서 바위란 가장 높고 깊은 것을 보여주는 물질이라고 했는데 그와 일맥 상통하는 면이 있다.

선시에서는 돌과 같이 단단한 물질에 대해 애착을 가지고 있었던 것 같다. 예를 들면 수정이나 뼈다귀에 대한 이미지가 그것이다. 돌의 변형된 이미지로 수정이나 뼈다귀가 빈번히 등장하는데 그것은 단단한 물질의 속성이 정신의 견고함을 상징하는데 부합되었기 때문일 것이다. 허공을 소재로 한 작품에서 이미 살펴보았듯이 뼈다귀란 소재는 정신의 치열함을 표현하는데 자주 사용되었다.

> 실바람 솔잎들 깨어
> 깊고 먼 슬픔이 인다
> 이 마음 잔결 위에 달 바퀴 굴러
> 바람 없이 水晶이 인다
> 보이는 것, 들리는 것, 거울 빛이여
> 마음줄 뜯으며 배회하노니
> 그 울림 다한 곳, 돌로 앉으면
> 마음은 식어서 꺼진 불 재 한 무덤
>
> (眞覺國師 慧諶) - 池上偶吟19) -

여기서 '마음 잔결 위에 일어나는 움직임'은 수정으로 묘사되고 있는데 수정이란 투명한 돌이라는 물질적 의미를 지닌다. 돌보다도 투명한 돌, 그것은 견고함에다가 청정한 투명성의 의미를 아울러 내포한 것이다. 마음의 움직임을 수정으로 표현함으로써 돌의 변형된 이미지를 획득한 예는 이 밖의 선시에서도 흔히 산견된다.

---

19) 微風引松籟 蕭蕭淸且哀 皎月落心波 澄澄淨無埃
　　見聞殊爽快 嘯咏獨徘徊 興盡却靜坐 心寒如死灰

4.1.4 꽃

선시에서 가장 흔히 보이는 소재로 꽃을 들 수 있다. 이는 고려 시대의 선시나 일반적인 불교시에서도 드러나는 양상이다. 선의 교유를 상징하는 염화시중의 미소도 꽃과의 관련 속에서 탄생했다.

> 이 꽃 한 송이 깨어날 때
> 문득 떨어져 이 세상이었다
> 한 자루 봄바람 속에
> 취하여 가고 취하여 온다
>
> (靑梅印悟) - 敬次西山大師韻讚西山六首 中 其三[20] -

悟의 世界에서 깨어남을 꽃의 발화에 비유하여 眞如의 율동을 표현하고 있는데 꽃은 번뇌이면서 동시에 불법의 상징이라 할 수 있다.

> 한 그루 그림자 없는 나무를
> 불가운데 옮겨 심는다
> 봄비 저가 적셔 주지 않아도
> 꽃 붉은 볼 어지럽게 피어나리라
>
> (逍遙太能) - 賽一禪和之永 其一[21] -

이 시에서의 꽃의 의미는 앞의 시와 유사하다. 꽃의 개화 그것은 번뇌하는 자아의 깨달음을 의미한다고 볼 수 있다. 꽃이란 식물 자체가 갖는 원형적 이미지가 생명과 소멸 그리고 재생의 의미를 갖기 때문에 자아 각성의 과정을 표현하는 자연물로 빈번히 차용될 수 있었을 것이다.

---

20) 優曇花一發 從頂落懷胎
　　一錫春風裏 閻浮去又來
21) 一株無影木 移就火中栽
　　不假三春雨 紅花爛漫開

앞장에서 예로 들었던 경허의 작품에서 꽃은 허공에서 피어나고 열매를 맺기도 하며 나아가 향기를 발하기도 한다. 선시에서는 꽃의 변형 이미지로 열매, 가지, 향기 등을 묘사하고 있는데 꽃과 더불어 향기는 선시에서 자주 등장하는 소재이다.

> 청류문 앞 푸른 산 가지 꺾어 심었다
> 잎그림자 붉은 향기 나날이 무성하다
> 혹시나 그대, 장원 저 장식 못된다 하여
> 한 점 비린내 던져 조각낼까 저허한다
>
> (鏡虛惺牛) - 詠蓮隱種樹栽花22) -

여기서 붉은 향기란 꽃의 변형된 이미지와 다른 것이 아니다. 향기란 본체로부터의 해방이라는 물질적 속성을 내포한다. 선시에서의 꽃이나 향기는 시드는 것보다는 피어나는 것이나 무성한 것으로 표현된다. 소멸보다는 생성의 상상력에서 파생한 결과라 하겠다.

한용운의 한시에서 빈번히 등장하는 꽃이나 향기는 경허의 작품과 동일한 모습을 보인다. '푸른 산 속 쓸쓸한 집/사람 가고 병만 늘어/시름 맑아 끝없는 날/가을꽃 피어난다'23) 는 선적인 체험의 바탕에서 나온 표현이라 할 수 있다. 한용운의 현대시가 역사성을 바탕으로 하면서도 미학적 성격을 띠는 것은 이러한 표현의 결과라 할 것이다.

이상에서 살펴 볼 때 허공, 물, 바위, 꽃 등의 자연물은 그 사물이 지니고 있는 적극성의 측면에서 사용되고 있다. 다시 말해 허공은 머무르는 공간이 아니라 벗어나는 공간으로, 물은 고여 있는 것이 아니라 흐르는 것으로, 바위는 침묵하기 보다 단단함과 안정성으로, 꽃이나 향기는 시들기보다 피어나는 것으로 묘사되고 있다. 이는 선시 직자들이 자연을 관조하면서 내면의 세계로 끌어들인 적극적 상상력에서 파생한

---

22) 靑流門植碧山枝 綠影紅香日夕垂
　　知君不是粧垣屋 恐或腥塵一點吹
23) 萬海遺稿, 病愁

결과라 할 것이다.

4.2 일상적 경험의 無化

선시에서 두드러지게 나타나는 표현 양상의 하나는 시적 대상의 세계에 대한 경험을 철저하게 無化시키는데 있다. 이는 자연물을 적극적으로 받아들인 태도와는 매우 상반되게 나타난다.

> 산과 사람은 말이 없고
> 구름은 새를 따라 함께 나르네
> 물 흐르고 꽃 피는 곳
> 아아 모든 곳 돌아가 잊고저 하네
>
> (경허성우) - 遊隱仙洞24) -

'말이 없고', '잊고저 하네'는 모두 일상적 경험을 수용하는 것이 아니라 무화시키는 표현이다. 이는 마음을 텅 빈 상태 속에 놓고 일상적 경험을 받아들이기 때문에 가능한 것이다. 경허의 작품에는 이같은 표현이 도처에 나타나 있음을 볼 수 있다. 이미 살펴보았던 경허의 시 '無題'에서 '나는 세상을 버렸노라 다시 무얼 바라리요'는 일상적 경험의 세계마저 버리는 마음의 비어 있음을 잘 드러내는 표현법이다. 모든 것을 空으로 받아들이는 텅 빈 충만이라 할 수 있다. 이같은 표현 양상은 일반적인 선시에서도 쉽게 발견된다.

> 귓가운데 밝고 밝아 듣는 놈이 무엇이뇨
> 소리 없고 냄새도 없어 알아 볼 길 없는데도
> 거두어들이면 따라오다 풀어 놓으면 펴지면서
> 진흙이었다 연꽃이었다 측량길 끊겼다
>
> (소요태능) - 問鍾有感 其一25) -

---

24) 山與人無語 雲隨鳥共飛
　　水流花發處 淡淡慾忘歸

> 소리 없고 냄새 없고 이름마저 없음이여
> 가는 곳마다 분명치만 밝혀내긴 어렵다
> 未生前의 이 소식 알고 싶은가
> 기러기 가을빛 끌고 江城을 지나간다

(소요태능) - 贈性源禪子26) -

위 두 시는 모두 소리 없고 냄새 없음을 표현하고 있는데 선시의 관습적 표현이라 할 만큼 흔하게 나타난다. 소리 없음이나 냄새 없음 역시 시인의 일상적 경험을 無化시킨 표현이다. 마음을 비운 상태에서 대상을 받아들이는 태도는 상상의 극치에서 달관한 시인의 내면 경지를 반영한 것이라고 할 수 있다. 선시가 지닌 독특한 신비적 성격은 바로 자연물을 적극적으로 수용하면서 한편 일상적 경험을 무화시키는 태도의 긴장감 속에서 파생되는 것이라 하겠다. 부정과 긍정의 이원성, 생성과 소멸의 이원성을 대립이 아닌 화해를 통하여 空으로 환원시키는 상상력의 결과라 할 것이다.

5. 결 언

이상에서 선시의 수사학적 성격을 살펴보았다. 선시란 상상력의 무한대를 통해 직관에 의해 이루어진 것이기 때문에 시에 내재한 의식의 질서를 파악하여 그 상상력의 표현 양상을 고찰하는 작업은 의미있는 것으로 생각된다. 선시의 의미구조는 불교의 사성체설에 입각해 볼 때 도체의 깨달음을 바탕으로 한 것이다. 이는 일반적인 불교시와 차별되는 것으로서 선정의 상태에서 표출된 정신의 집약으로 볼 수 있다.

---

25) 耳裏明明聽者誰 無聲無臭卒難知
　　收來放去任舒卷 在凡在聖長相隨
26) 無聲無臭又無名 到處相從不可明
　　慾識空王眞面目 雁拖秋色過江城

선시에서는 빈번히 사용되는 자연물의 시어를 통하여 자연물을 적극적으로 받아들이는 물질에 대한 시인의 상상력을 파악할 수 있었다. 또한 일상적 경험의 세계를 無化시키는 텅 빈 마음을 통해 선시 작자들의 태도의 일단을 발견할 수 있었다. 선시의 시적 긴장과 미학은 바로 대상을 적극적으로 수용하면서 한편 일상적 경험을 무화시키는 모순의 통합을 바탕으로 발생된 것이라 하겠다.

본고에서 특히 경허성우의 작품에 주목한 까닭은 경허의 작품이 미학적으로 우수할 뿐만 아니라 한국의 현대시사에서 괄목할만한 만해 한용운의 시와 시대적으로나 문학적으로 그 연계성을 가늠해 볼 수 있기 때문이다. 선시가 지닌 독특한 가면의 성격을 단편적으로 잘라 말한다는 것은 무리이지만 이러한 연구를 바탕으로 선시의 미학이 새롭게 조명될 수 있기를 기대해 본다.

제2부

고시조 문학론

漢詩의 시조화 양상과 시조의 형식 구조

1. 한시의 시조화 양상과 의미

고시조 중에는 시조를 한역하거나 한시를 시조화한 작품들이 있다. 한시를 시조화하는 과정에서 나타난 시조의 주제 변화 양상은 시조의 성격을 이해하는데 있어서 매우 중요한 단서를 제공한다.

한시의 시조화에 있어서 '原詩에 없는 것이 첨가된 경우'1)의 한시와 시조를 비교해 보면 같은 題材를 다루고 있음에도 불구하고 한시를 시조화함으로써 그 주제가 완전히 변이되는 모습을 보게 된다. 대부분 한시의 4句가 시조의 초장, 중장에 그대로 배열되고 시조 종장에 새로운 것을 첨가시키고 있는데 시조에서 종장이 작품의 중심의미를 지닌 만큼 한

---

1) 한시를 시조화하는 경우 원시에 없는 것이 첨가되거나, 원시를 생략 축약하거나, 원시의 시상과 동일한 경우 등 다양하게 나타난다. 이에 대해서는 나정순(1981), 「한시의 시조화에 나타난 시조의 특성 연구」, 이화여대, 석사논문. 에서 상세하게 다루어졌다.

시의 시조화에 있어서 주제 변화는 주로 시조의 종장을 통해 나타난다.

    空手來 空手去ᄒ니 世事이 如浮雲을
    成墳人盡歸면 月黃昏이요 山寂寂이로다
    뎌마다 이러헐 人生이니 아니놀고 어이리

    空手來空手去 世上事如浮雲
    成孤墳客死後 山寂寂月黃昏

    예문의 한시에서는 자연과 인간 세상사의 비유를 통하여 생에 대한 허무의식을 그 주제로 삼고 있는데 반해, 시조화하는 경우 '뎌마다 이러헐 인생이니 아니놀고 어이리'라는 시조 종장을 첨가함으로써 한시와는 다른 주제의 변이를 가져오고 있다. 즉 한시가 생의 허무의식을 비유를 통해 작품 속에 형상화시키고 있는데 비해, 시조의 경우 한시의 허무의식을 그대로 담거나 지속시키는 것이 아니라 체념 내지는 더 짙은 허무의식을 반영함으로써 유한한 것을 무한하게 연장해 보려고 애쓰는 인생관을 주제로 하고 있다. 이러한 종장의 첨가로 인한 주제변화에 있어서 특기할만한 사실은 '뎌마다 이러헐 인생이니 아니놀고 어이리'라는 종장 부분으로서 이 종장은 단지 예문의 한시를 시조화하는 경우에만 첨가된 문구가 아니라 일반적인 고시조에서도 흔히 나타나는 문구이다. 즉 한시를 시조화하면서도 시조작자들의 의식 속에는 이미 고시조의 전형적인 일정 유형이 고정화된 관념으로 들어 있었기 때문에 '뎌마다 이러헐 인생이니 아니놀고 어이리'라는 문구를 스스럼없이 썼던 것으로 볼 수 있다. 가령 다음의 고시조 몇 수만 보더라도 이를 확인할 수 있다.

    술먹고 노는 일은 나도 왼줄 알건마는
    信陵君 무덤위에 밭가는 줄 못 보신가
    百年이 亦草草ᄒ니 아니놀고 엇지ᄒ리
    長生術 거즛말이 不死藥을 제 뉘 본고
    秦皇塚 漢武陵도 暮烟秋草 쑨이로다.

人生이 一場春夢이니 아니놀고 어이리

노세노세 每樣長息 노세노세 낮도 놀고 밤도 노세
壁上에 그린 黃鷄 숫닭이 뒤느래 탁탁치며 긴 목을 느리워서 홰홰쳐
울도록 노세그려
人生이 아츰이슬이라 아니놀고 어이리

人生을 혜여ㅎ니 한바탕 꿈이로다
됴흔 일 구즌 일 꿈속의 꿈이어니
두어라 꿈ㄱ튼 人生이 아니놀고 어이리

이셩져셩하ㅎ 이룬 일이 무삼일고
호롱하롱ㅎ니 歲月이 거의로다
두어라 已矣已矣여니 아니놀고 어이리

사롬이 죽어갈 제 갑슬주고 살작시면
顔淵이 早死할 제 孔子아니 살녀시랴
갑주고 못살 人生이니 아니놀고 어이리

洛陽城 十里 밧긔 울퉁불퉁 져 무덤에
萬古英雄이 누고누고 무쳣는고
우리도 져리될 人生이니 그를 슬허ㅎ노라

　　인생무상을 주제로 한 위의 작품들에서는 시조의 초장, 중장이 각기
다름에도 불구하고 종장에서 일정한 유형으로 발화되고 있음을 발견할
수 있다. 시조에서 종장은 결국 주제와 일치하는 결미의 구실을 하는
부분임에도 불구하고 다양한 시조작품에서 똑같은 문구를 쓰고 있어 한
시를 시조화하면서도 독특하게 발전시키기 보다는 일반화된 유형에 따
라 고시조에서 흔히 보이는 문구를 그대로 차용하여 시조화했음을 알
수 있다.2) 창작이라는 관점에서 볼 때 모든 문학작품들은 제각기 개별

---

2) 시조가 지어진 상황을 고려해 볼 때, 즉흥적인 창작의 경우 詩才가 없었던 사대

적인 독특한 특성과 개성을 지니고 있기 마련인데 시조의 이러한 종장
은 일부 시조작품의 내용들이 관습화되고 일정 틀에서 탈피하지 못했음
을 보여 주는 예라 하겠다.

> 春城無處不飛花ㅣ오 寒食東風御柳斜ㅣ라
> 日暮漢官伝蠟燭ᄒ니 靑烟이 散入五侯家ㅣ로다
> 우리ᄂ 逸民이 되어 醉코 놀녀 ᄒ노라

> 春城無處不飛花　寒食東風御柳斜
> 日暮漢官伝蠟燭　靑烟散入五侯家

　이 시조 역시 앞서 예로 든 작품과 같이 한시와는 다른 주제의 변이
를 가져오고 있다. 즉 원래의 한시는 한식날 唐朝의 풍습을 소재로 임
금의 은혜가 공신에게 미치지 않음을 주제로 하여 풍자적인 수법을 쓰
고 있는데 반해, 시조화할 경우 시조 종장 "우리는 逸民이 되어 醉코 놀
녀 ᄒ노라"라는 부분을 첨가하여 '우리 같은 일반 서민은 인간으로서의
삶을 즐겁게 누리고나 가겠다.'라는 의미를 더 강하게 부여함으로써 주
제의 변화된 모습을 보여 주고 있다.

> 若不坐禪消妄念인더 直須浸醉放狂歌라
> 不然이면 秋月春風夜에 爭奈尋思往事何오
> 每日에 芳樽을 對ᄒ여 暢飮消遣ᄒ리라

> 若不坐禪消妄念　直須浸醉放狂歌
> 不然秋月春風夜　爭奈尋思往事何

> 烟籠寒水月籠沙ᄒ니 夜泊秦淮近酒家라

부가 이미 암송했던 한시를 외워 시조의 초, 중장으로 대치시키고 시조 종장에
다가 흔한 문구를 첨가시킬 수도 있었다는 추측이 가능하기 때문에 여기서 시
조의 가치평가 문제는 다루지 않음을 밝혀둔다.

商女는 不知亡國恨ᄒ고 隔江猶唱後庭花라
아희야 換美酒ᄒ여라 與君同醉ᄒ리라

烟籠寒水月籠沙 夜泊秦淮近酒家
商女不知亡國恨 隔江猶唱後庭花

위의 경우도 마찬가지로 한시에서는 허무의식을 그 주제로 삼고 있는데 비해 시조의 경우 '每日에 芳樽을 對ᄒ여 暢飮消遺ᄒ리라'나 '아희야 換美酒ᄒ여라 與君相酬ᄒ리라' 부분의 첨가로 인해 술마시고 즐겨보자는 인생관을 드러내는 주제로 변화하고 있다. 이 예에서도 역시 '아니 놀고 어이리'처럼 종장의 고정화된 유형을 발견할 수 있다.

擊龜鼓 吹龍笛ᄒ고 皓齒歌 細腰舞ㅣ라
즐겁다 모다 酩酊醉ᄒ쟈 酒不到劉伶墳上土ㅣ니
兒孩야 換美酒ᄒ여라 與君同醉ᄒ리라

況是青春日將暮ᄒ니 桃花 亂落如紅雨ㅣ로다
勸君終日 酩酊醉ᄒ자 酒不到劉伶墳上土라
아희야 換美酒ᄒ여라 與君長醉ᄒ리라

芙蓉堂 笑殺ᄒ 景이 寒碧堂과 伯仲이라
滿山秋色이 여긔저긔 一般이로다
아희야 換美酒ᄒ여라 醉코 놀녀 ᄒ노라

시름을 줍아니여 얽어미야 붓동혀서
碧波江流에 돌안고야 너헛시니
아희야 盞ᄀ득 부어라 終日醉를 ᄒ리라

울밋희 휘여진 菊花 黃金色을 펼치온듯
山넘어 돗는 달은 詩興을 모라 도다온다
아희야 盞가득 부어라 醉코 놀녀 ᄒ노라

예에서 보듯이 '아희야 換美酒ᄒ여라', '醉코 놀녀 ᄒ노라' 등에서 완전히 획일화된 일정한 유형을 발견하게 되는데 이것은 한시를 시조화한 경우에만 나타나는 특유의 독창적인 것이 아니라 고시조 종장의 일정 유형에서 발견되는 현상이다. 이는 결국 한시를 시조화 하는데 있어서 작품의 의미를 지속적인 관련 속에서 문학적으로 새롭게 변화시키기보다는 시조작자들의 머리 속에 고정관념화 되어 있는 문구를 그대로 옮겨 씀으로써 시조를 짓는데 있어서의 시조작자들의 관습화되고 유형화된 의식을 보여 주는 것이다. 앞에서 예로 든 시조들의 경우 인생의 허무와 無常蕩逸[3]의 생활상을 반영한 이러한 상식적인 주제의 유형으로 인하여 비록 작자나 연대 미상의 작품들이라 할지라도 조선조 중기로부터 그 이후의 시조들임을 짐작하게 할 정도로 일부 고시조는 전형성[4]을 지니고 있다. 이러한 無常蕩逸을 주제로 한 작품들 외에도 고시조에서는 또 다른 전형적인 유형을 발견할 수 있다.

> 遠上寒山石逕斜ᄒ니 白雲生處有人家ㅣ라
> 停車坐愛楓林晩ᄒ니 霜葉이 紅於二月花ㅣ로다
> 아마도 無限情景은 이쑌인가 ᄒ노라

> 遠山寒山石逕斜 白雲深處有人家
> 停車坐愛楓林晩 霜葉紅於二月花

두목의 한시를 시조화한 경우 한시는 산행도중 풍경의 아름다운 정취를 주제로 삼아 한폭의 동양화를 보는듯 작품 속에서 그 중심 의미를 전달하기 위해 자연의 요소들을 결합하여 형상화하고 있는데, 시조화한 경우 물론 아름다운 풍경을 노래하는 의미에서는 같을지 몰라도 시조 종장 '아마도 무한정경은 이 쑌인가 ᄒ노라'를 통하여 시조에서는 초장, 중장과의 의미가 연결된 지속성을 지니고 이어지는 것이 아니라 초장,

---

3) 이태극(1975), 『시조의 사적 연구』, 이우출판사. 시조의 내용에 따른 주제 분류에서 이러한 용어를 사용하고 있다.
4) 일찍이 필자는 앞글에서 '유형화'된 혹은 '전형화'된 표현으로 사용했는데 이후 최재남 교수는 관습구라는 용어를 썼다.

중장을 객관화시켜 서술하는 설명조로 되어 버리는 경향이 있다. '아마
도 ~은 이 뿐인가 ᄒ노라' 는 고시조에서 흔히 나타나는 관습화된 유형
이다. 한시는 자연의 아름다움을 형상화시켜 표현함으로써 그 중심 의
미를 전달하는데 비해, 시조화하는 경우 한시의 중심 의미를 연장시켜
원시의 주제를 깨뜨리지 않으면서 작품화시킬 수 있었음에도 불구하고
시조 종장의 핵심 부분에서 작자의 의도가 노출됨으로써 한시에 비해
설명적인 성격으로 변화하게 되는 특성을 드러낸다.5)

　'시조가 결론을 중시하는 말하자면 종장에 역점을 둔 예술'6)이라는
점에서 문학작품 내부에서 어떤 문제를 결론짓고 끝맺음하려는 태도로
말미암아 작품의 형상성으로 볼 때 설명적인 효과를 가져오게 되기도
하는데 이러한 경향은 다음과 같은 경우에도 나타난다.

　　瀟湘何事等閑回오 水碧沙明兩岸苔라
　　二十五絃을 彈夜月하니 不勝淸怨却飛來라
　　아마도 이 글 지은 즈는 唐전건가 ᄒ노라

　　瀟湘何事等閑回 水碧沙明兩岸苔
　　二十五絃彈夜月 不勝淸怨却飛來

　한시는 자연의 풍경을 배경적인 효과로 삼아 풍류생활에의 심취를 그
중심의미로 하고 있는데 비해 시조에서는 종장에 이르면 한시가 그대로
옮겨진 초장, 중장과는 전혀 다르게 '아마도 이 글 지은 즈는 당전건가
ᄒ노라'라는 문구로 인해 중심개념의 초점이 변이되면서 마무리되고 있
다. 이 시조의 작자는 한시를 시조화하면서 시조 종장에 무엇인가를 첨
가시키지 않으면 안되는 형식에 얽매어 결국은 내용과 연관되지 않는
문구를 첨가시킴으로써 작품의 초 중장에서 제시되는 서정성을 객관화

---

5) 본고 대상자료 한시는 중국에서도 유명한 작품이나 시조화된 작품들은 작자 미
　　상의 작품이 많다. 따라서 이것으로 한시와 시조의 내용적인 가치평가를 동등하
　　게 할 수는 없는 일이다.
6) 정병욱·이어령(1977), 「시조」, 『古典의 바다』, 현암사, 189쪽.

시켜 버렸는데, 이러한 현상을 통해 볼 때 두 가지 사실을 발견할 수가 있다. 첫째 일부 고시조에는 전형적인 종장 유형이 있었기 때문에 시조라는 형식에는 일정한 유형의 시적 형식이 관용적으로 존재한다는 것이다. 둘째, 시조는 종장에 치중하는 형식의 제약성을 탈피하지 못하고 작자의 의도를 결론화시키는 논리적 구조의 문학이라는 점이다.

문학 작품에 있어서 주제란 작품 속에서 전달하고자 하는 어떠한 목적이나 의도와 관련되어 있지만 그 자체의 전달이어서는 안되고 주객의 대립이 중요하므로, 주제는 작가의 설명이나 서술의 형식으로 구현되기보다는 작품 속에 형상화되어 있어야 한다. 한시를 시조화하는 작품을 통해 볼 때, 한시의 경우 4구 속에 작품의 의도하는 바를 안으로 감추면서 외적으로 의미의 형상화를 통하여 독자로 하여금 그 의미를 스스로 느끼도록 만들고 있으나 시조화된 경우 시조 종장의 첨가로 인해 작자의 설명적, 서술적인 의도 노출이 작품의 중심 의미의 형상화를 깨뜨려버리는 경향이 있다. 이러한 경향은 한시를 시조화하면서 창작했던 태도와도 관련이 있다.

작자가 시를 지을 때 작자가 쓰고자 하는 중심 의미가 구체적으로 형상화되는 것을 창작과정에 있어서는 동기의 구체화라고 부르는데, 한시와 시조에 있어서는 근본적으로 동기를 구체화시키는 태도가 다름을 보게 된다. 한시의 경우 작가가 말하고자 하는 중심 의미가 작품 속에 녹아들어 작가의 의도나 목적 자체는 사라지고 작가 의식이 작품의 주제와 거리를 두지 않은 채 완전히 밀착되어 그 의미를 전달하고 있는 데 비해, 시조의 경우 작가가 말하고자 하는 의도나 목적 자체가 작품에서 동기를 구체화시키는 데 융해되어 있는 것이 아니라 일정 거리를 두고 있다. 즉 시조에 있어서는 그 동기를 구체화시키는 작가의 창작 태도기 매우 객관적이어서 이러한 객관적인 태도로 말미암아 작품에서는 작가 의식이 완전히 융합, 형상화되어 나타나지 못하기 때문에 자연히 시조는 작품의 의도나 목적을 진술해 버리는 결과를 낳고 말았다. 작시 태도에서 보듯이 한시에 비해 시조는 객관화시킨 표현과 의도의 노출로 인해 주제의 의미가 약화됨과 동시에 문학적으로도 초장, 중장, 종장이 관련성을 지니고 총체적으로 형상화되지 않은 일면이 있다.7) 시조의 이러한 성격은 단지 한시를 시조화 하는 가운데 그 주제의 변화된 양상을 통해서만 나타나는 것은 아니다. 이는 본질적으로 시조의 이미지나 문체, 형태구조 등과도 매우 깊은 관련성을 지니고 있다.

한시와 시조에서 동일한 자연을 주제로 한 작품을 보더라도 한시에서는 '자연은 인간에게 인자한 것도 적대적인 것일 수도 없으며 인간은 단지 자연의 일부'8)로 나타나 있다. 그러나 시조에서의 자연은 인간과 격리되어 인간이 객관적으로 대하는 대상의 하나로 존재한다. 즉 한시는 현실을 개념적으로 파악하고 있는데 비해 시조는 현실을 구체적으로 파악하고 있어 작자들의 인식의 두 가지 다른 유형을 볼 수 있다. 한시는 모두 현실을 관념적인 주관에 의해 파악함으로써 추상성을 내포하고 있는데 반해 시조화 하는 경우 현실을 객관적으로 파악함으로써 구체적이고도 직접적인 감각을 내포하고 있다. 따라서 한시의 경우 여러 가지 현상을 잡다하게 묘사하기보다는 하나의 기분이나 하나의 정신을 포착하고 있으나, 시조에서는 작품에서 말하고자 하는 중심의미가 기분이나 정신을 독자에게 전달하기 위한 표현으로 나타나 있다. 이러한 현상은 한시를 시조화하면서 종장이 첨가됨으로써 한시 작품의 초점이 분산되어 버리는 데에도 원인이 있으나, 대부분 한시가 '정수에 집중하려는 경향'9)이 있는데 비해 시조는 '현상을 전달하려 하는 경향'이 있는 데에서 그 원인을 찾아볼 수가 있을 것이다.

---

7) 물론 모든 시조가 그런 것은 아니다.
8) 제임스 J.Y.류(1979), 『중국시학』, 이장우(역), 범학사. 70쪽.
9) 앞글, p.21.

2. 한시의 시조화를 통해 본 시조의 형태구조

2.1. 구조의 원리

　문학작품에서 유형화된 보편적 구조의 원리를 살펴보는 것은 작품의 총체성을 밝히기 위한 가장 기본적인 근거가 된다. 따라서 한시의 시조화를 통하여 시조구조의 원리를 살펴보는 것은 단지 그 외형적인 면을 살펴보는데 그치는 것이 아니라, 작품의 내적 구조와 유기적인 관계를 맺는 필수 불가결한 요인을 밝히는데 기여한다. 일반적으로 지금까지 시조의 구조를 분석할 때 3장 형식을 그 자체로 보았거나 4단 구성으로 보아 한시나 소네트와 같은 세계 시가의 보편적 구성원리로 시조를 파악함으로써 시조의 3장을 기승전결로 보는 견해도 많았으나, 이것은 시조의 기본적 원리를 풀 수 있는 근거가 되지 못한다. 왜냐하면 기승전결이란 일반적인 인간의 심리적 구조의 원리로서 우리들은 모든 문제에 대한 흐름을 발단→전개→절정→결말의 패턴으로 생각하기 때문이다.

　한시의 기승전결에서는 단지 이러한 인간의 의식구조의 보편적 질서에 따라 그 형태구조도 일치하고 있음을 볼 수 있으나, 시조의 경우 보편적 시가 구조의 전개와 달리 매우 독특한 형태를 취하고 있음을 알 수 있다. 이러한 성향은 한시의 시조화 작품 중 한시의 절구체가 시조의 초장, 중장에 배열되어 종장을 첨가시키거나, 한시를 생략, 축약한 방법 등을 통해 잘 드러난다.

　앞장에서도 예로 들었듯이 한시를 시조화한 작품 중 원시에 새로운 것을 첨가시키는 경우의 시조는 일률직으로 한시의 4구가 시소의 초장, 중장에 배열됨으로써(기승에 해당하는 부분이 시조의 초장에, 전결에 해당하는 부분이 시조의 중장에) 시조는 종장에 새로운 것을 첨가시키지 않으면 안되었는데 이것은 한시와 시조가 근본적으로 다른 구조원리를 지니고 있음을 말해준다.

전기의 시를 시조화한 경우 한시의 기승전결은 시조의 초장 중장에 발단 전개로 배열되고 시조는 종장에 무엇인가를 첨가시켜 결합의 형식을 취하기 위해 매우 고심한 흔적을 드러낸다. 즉 시조 종장 '아마도 이 글을 지은 자는 당전권가 하노라'가 앞의 문맥과 지속적인 연관성이 없음에도 불구하고 첨가되지 않으면 안되었다는 것은 시조의 구조원리를 밝히는데 매우 중요한 점을 시사한다. 전기의 귀안시는 기승전결이 각각 독립된 구로서 전체의 의미 흐름을 지속적으로 연결시키고 있는데 반해, 시조화된 경우 원시처럼 지속적인 흐름을 보이는 것이 아니라 종장을 통하여 결론을 내리는 통합적인 성격을 지니고 있다. 이것을 그림으로 나타내 보면 다음과 같다.

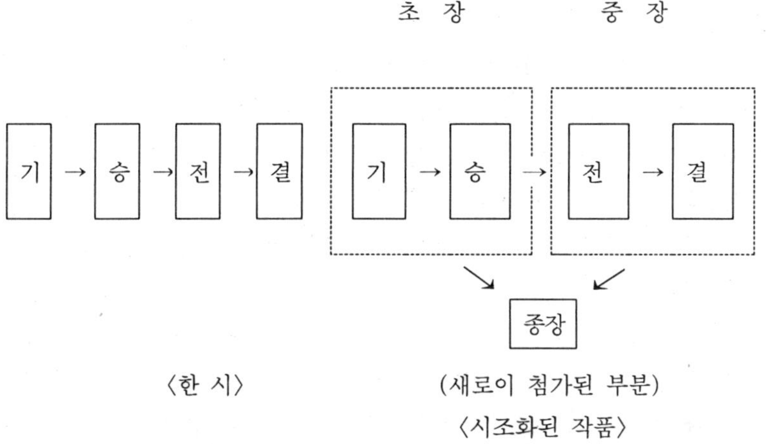

앞에서 예로 든 한시는 그 지속적인 구조 속에서 '전'을 지니고 있지만 그것이 시조화 된 작품의 경우 '장'과 '장' 사이의 관계를 통해 보더라도 한시와 같은 의미의 '전'을 발견할 수가 없다. 시조의 경우 종장을 '아마도 이 글 지은 자는'과 '당전권가 하노라'로 따로 띄어서 전과 결로는 결코 생각할 수 없기 때문이다.10) '전'이란 의미의 흐름에서 절정을

―――――――――――――――――――

10) 혹자의 견해에 따르면 '아마도'가 전이고 '이 글 지은 자는 당전권가 하노라'가

이루었다가 '결'에서 그것을 끝맺는 형식인데 시조에서는 종장전체가 초장, 중장에 대응하는 것으로서 종장은 '전'과 '결'로 나누어지지 않는 하나의 덩어리인 것이다.

이와 같이 한시의 시조화를 통해 볼 때 한시에서의 '결'과 시조에서 결론적 형태를 취하는 '종장'은 결코 동일한 성격을 지니는 것이 아니다. 가령 두목의 한시를 시조화한 작품에서도 한시와 같은 '전'은 보이지 않는다. '아마도 無限情景은 이 뿐인가 ᄒ노라'라는 문구 전체가 초장, 중장에 대한 통합의 성격을 띠고 있어서 시조는 형태구조상 논리적인 결합구조를 지니고 있음을 알 수 있다. 한시의 '결'과 시조의 결론적인 '종장'은 근본적으로 같지가 않은데, 한시에서의 결은 시조 종장에서처럼 완전한 끝맺음의 성격을 지니고 있는 것은 아니기 때문이다. 한시는 기→승→전→결의 양태를 취하면서도 그 각각의 구가 개체화되어 이어짐으로써 시조와는 달리 시작과 끝이 확실치 않은 지속적인 구조를 지니는데11) 한시의 시조화 예를 통해서 보더라도 대부분의 한시는 기승전결을 통한 지속적 구조의 원리를 지니고 있음을 알 수 있다.

도연명의 〈四時〉 '春水滿四澤/夏雲多奇峯/秋月揚明輝/冬嶺秀孤松'가 4구로 된 작품이므로 이 작품을 대하면 당연하게 기→승→전→결의 구조로 파악하지만 사실 이 작품 내용의 순서를 뒤바꿔 冬嶺秀孤松→秋月揚明輝→夏雲多奇峯→春水滿四澤을 기→승→전→결로 보아도 가능할 만큼 각 구는 작품 속에서 개체적으로 존재하면서 문맥의 흐름에 있어 시작과 끝이 불분명한 지속적인 구조를 지니고 있다. 그러나 이것을 시조화한 작품의 경우 한시를 거꾸로 했던 것처럼 '秋月이 揚明輝여든 무음 탓슬 흐리오/ 夏雲多奇峯ᄒ니 산이 놉파 못오던야/ 春水ㅣ 滿四澤ᄒ니 물이 만ᄒ 못오던야'로 바꿔 놓으면 한시와 같은 문맥의 지속성은 사라지

결에 해당되는 것으로 파악되나, 한시의 시조화 작품들을 한시와의 비교를 통해 본 결과 필자의 생각으로는 詩意전개상 종장을 전이나 결로 띄어서 볼 수는 없다는 것이다.

11) 한시의 「결」다음에 시조 종장을 첨가시켜 그 의미가 통하는 것만 보더라도 한시의 결은 완전한 매듭을 짓지 않고 지속적인 성격을 지니고 있음을 알 수 있다.

고, 의미의 흐름이 전혀 통하지 않게 된다. 한시는 그 체계가 지속적이
라 시작과 끝이 불분명했기 때문에 각 구를 바꾸어 놓아도 그다지 큰
변화는 오지 않았지만 시조의 경우 항시 발단→전개→결말의 통합적인
형태를 취하기 때문에 초장, 중장과 종장의 역할이 각각 명확히 존재하
고 있어서 시조는 근본적으로 한시와는 다른 논리적인 통합구조를 취하
고 있음을 알 수 있다. 또한 한시를 생략하거나 축약한 경우의 시조들
에서도 그 형태구조에 내재된 결합양식에 있어서 한시와는 매우 상이한
점이 있음을 발견하게 된다.

　　북두성 도라지고 둘은 밋쳐 아니졋네
　　가는 비 언마나 오냐 밤이 임의 깁헛도다
　　風便에 數聲砧들리니 다왓는가 ᄒ노라

　　斗轉月來落 舟行夜已深
　　有村知不遠 風便數聲砧

　예에서 한시 기승전결의 '風便數聲砧'과 '有村知不遠'을 바꾸어 쓴다해
도 전체적으로 문맥이 흔들리지 않는다. 오히려 문장의 일반적인 흐름
으로 생각해 본다면 '風便數聲砧' 다음에 '有村知不遠'으로 오는 순서가
맞는데 이 작품에서는 결의 부분에 원래의 결은 놓이지 않고 도치를 통
한 여운을 줌으로써 문맥상 완전한 끝맺음을 보이지 않는 지속적인 구
조를 취하고 있다. 즉 이 한시 뒤에 다른 말을 덧붙여도 될 정도로 한
시의 결은 의식적으로 끝을 맺는, 명확한 매듭을 짓기 위한 표현은 아
니다. 그러나 시조의 경우 한시의 전결을 뒤바꿔 놓고 완전한 종지형을
씀으로써 종장에서 초장, 중장에 대한 결론적인 형태를 취하고 있다.
이 시조 뒤에 다른 어떤 말도 덧붙일 수 없게끔 시조가 종장에서 굳이
결론을 내려 완전히 끝을 맺는 형식은 근본적으로 시조가 한시와는 다
른 논리적 통합의 성격을 지니고 있음을 보여주는 것이다. 이러한 예는
王之煥이나 두목의 한시를 시조화한 작품 등에서도 쉽게 찾아 볼 수

있다.

> 黃河遠山 白雲間ᄒ니 一片孤城 萬仞山을
> 春光이 예로부터 못넘ᄂ니 옥문관을
> 어듸셔 一聲羌笛이 원양류를 ᄒ나니

> 黃河遠山白雲間 一片孤城萬仞山
> 春光何須怨楊柳 春光不渡玉文關

> 淸明時節 雨紛紛홀제 나귀목에 돈을 걸고
> 酒家 何處오 뭇노라 목동드라
> 저건너 杏花늘니니 게 ᄀ 무러 보소서

> 淸明時節雨紛紛 路上行人慾斷魂
> 借問酒家何處在 牧童遙指杏花村

　한시를 시조화한 작품의 경우 시조의 초장, 중장에 한시를 대응시키고 종장부분에 새로운 것이 첨가되거나 한시 한 수와 시조의 초장, 중장, 종장이 축약이나 생략의 방법을 통해 대응하고 있기 때문에 궁극적으로 한시의 시조화를 통하여 살펴본 시조의 형태구조는 논리적 형식으로 일반화된 다음과 같은 구조로 파악될 수 있다.12)

---

12) 金大幸(1976), 『한국시가의 구조연구』, 삼영사, 225~238쪽. 金大幸은 시조의 전반적인 형태구조를 초장 중장의 병렬, 종장의 접속 종결로 보고 대상을 즉물적 구조적으로 파악할 때는 자아와 합일화되는 것으로 보거나, 대상을 개념적, 용구적으로 파악할 때는 논리적 일반화를 이루는 형식으로 보았다. 필자와 논의의 관점은 다르나 궁극적으로 필자의 견해도 이와 동일한 결론에 이른다는 것을 확인할 수 있다.

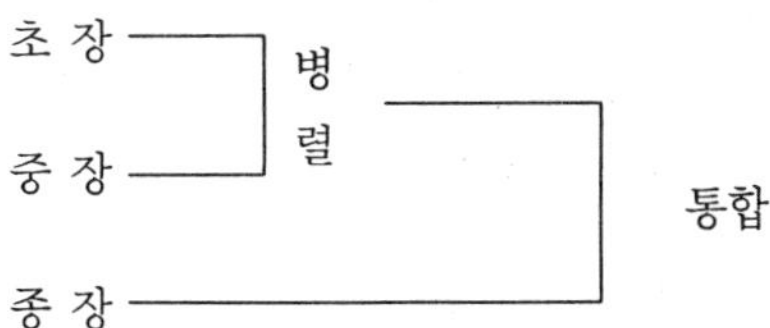

이러한 구조의 원리는 주제를 통해 본 구조나 의미의 흐름13)과는 상관없이 우리나라 고시조의 전반적인 보편적인 구조원리가 될 수 있을 것이다.

2.2 형태구조의 미학

시조형태 구조의 미적 특성은 시조 자체보다는 한시와의 비교를 통해 잘 나타난다. 한시의 시조화를 통해 볼 때 같은 제재를 가진 작품들 특히 한시의 시조화 작품 중 原詩를 축약한 경우 한시의 기승전결이 시조 3장으로 형태의 탈바꿈을 하는 데에서 그 형식미는 다르게 나타난다. 가령 아래의 예와 같은 경우 한시와 시조에서 그 주제나 이미지는 변화하지 않고 다만 형태상에서 차이를 보일 뿐이다.

松下問童子 言師採藥去
只在此山中 雲深不知處

솔알이 아희들아 네 얼운 어듸가뇨
藥키러 가시니 흐마 도라 오렷마는
山中에 구름이 겹후니 간 곳 몰라 흐노라

여기서 시조 3장은 그것을 율독해 볼 때 껄끄럽게 방해받는 것이 없

---

13) 鄭惠媛(1970), 「시조의미 구조에 관한 분석」, 『국문학연구』, 제12집에서 동의적 전개형, 반의적 전개형, 종합적 전개형으로 나누고 있으나 결국 동의적, 반의적 전개형도 종장에서는 초, 중장을 통합하는 일반적인 성격을 지니고 있다.

이 자연스럽게 이어진다. 이것은 시조의 3장 형식이 한시에 비해 '대상의 완전한 유기적 통일상'14)을 갖추고 있어서 '기분 상징의 효과를 지닌 감각 형식이 유기적 통일의 요구에 아무런 장애도 없이 적응해서 순수쾌감을 환기'15)시키고 있기 때문이다.

시조는 초장, 중장과 종장이 조화를 이루면서 종장의 끝마무리가 확실하다는 점에서 읽는 이로 하여금 선명한 쾌감을 일으켜 주는 특성이 있어서 이러한 미는 일반적으로 미학 상에서 말하는 純正美의 범주에 속하는 것으로 이것의 諸특질은 가장 순수하고 선명하고 완전하게 구현되는 것으로 용인되고 있다.16)

한시의 시조화를 통해 볼 때 시조가 내용상 如何한 갈등이나 不調和를 지니고 있더라도 그 형태구조에 있어서 간소 단정하고 조화 균형을 이루고 있다는 점에서 시조는 순정미의 특질을 지니고 있다고 하겠다. 한시 역시 간결하고 정적, 조화적 균형을 이루고 있다는 점에서 시조와 같은 순정미를 발견할 수 없는 것은 아니나, 한시의 지속적인 구조원리는 오히려 평이하고 완만하고 계속적인 흐름으로 조화되는 우아미에 더 가깝다고 볼 수 있다. 이러한 시조형태구조는 순수하게 긍정적이고 조화적인 快를 불러일으키는 것으로서 논리적이고도 통일적인 성격을 말해 준다. 한시를 시조화하면서 원시에 새로운 것을 첨가시키는 경우를 보더라도 시조화된 작품에서는 어떤 특정한 개성적인 표현보다는 보편적인 인간 감정의 질서를 3장의 형태를 통하여 체계화시키고 단순화시키려는 면을 드러내고 있다.

한시에 새로운 것을 첨가시키는 경우 시조의 내용적 특성이 일부 부정적으로 평가되었던17) 근본적인 핵심은 시조의 형태 구조와 매우 깊

---

14) 白璲洙(1979), 『미학』, 서울대출판부, 71쪽. Johannes volkelt의 견해이다.
15) 앞글, 72쪽.
16) Earl of Listowel(1967), 『Modern Aesthetics』, (London), 190~191쪽. 여기에서 감각적 快나 형식적 완전성에 환기되는 쾌만을 가지고 한정시킬 수 없다는 견해도 있기는 하다.
17) 앞의 각주 10번에서 논의된 것을 말함.

은 관련을 갖고 있다. 즉 시조가 종장에 역점을 두고 결론을 중시했다는 점에서, 분명하고 확실하게 작자의 사상과 감정을 전달하기 위해서는 불확실한 감정마저도 확실하게 밝히지 않으면 안되었으므로 시적 묘사보다는 작자의 정서를 정리하도록 강요하는 완결성이 요구되었기 때문이다.

시조의 종장은 형식상으로는 결론이지만 '시조의 특징인 3장은 무엇을 주장하고 있는 것 같으면서도 실은 그 주장을 감추려는데 시조의 참맛'18)이 있는 것으로, 김상용의 시조19)나 황진이의 시조 등에서는 그 논리적 형식이 외형적으로 그대로 나타나는 것이 아니라 논리성을 작품 내부로 감춤으로써 더욱 시적 효과를 발휘하고 있다. 즉 '시조의 초장, 중장, 종장에 맞추면서도 논리를 벗어나는 것, 결론을 내리면서 결론을 없애거나 감추는 것'20)에서 시조의 생명력을 발휘하고 있는데 이러한 경우의 시조들은 시조의 형태구조를 매우 적절하게 살려서 쓴 작품들이다. 고시조 중 훌륭하게 평가되어 오고 있는 작품들은 대개 그 형태구조의 특성을 살려 구조의 외형적인 논리를 극복하고, 순정미의 효과를 발휘하고 있는 것들이다. 그러나 한시의 시조화 작품 중 원시에 새로운 것을 첨가시키는 경우 그러한 형태구조의 논리성을 극복하지 못하고 발단→전개→결말을 외형적인 논리로 구성함으로써 미적 효과를 발휘하지 못하는 한계를 내포하게 되었던 것이다.

시조의 미적 범주에 대한 지금까지의 논의는 대개 시조의 내용적 성격에 따라 미의식을 파악함으로써 시조문학 전반에 걸친 미적 체계를 세우지는 못했다. 그러나 한시의 시조화를 통해 볼 때 같은 제재를 다루더라도 시조의 형식에 의해 시조가 한시와는 다른 형태구조의 미적 특성을 지니고 있음을 보았는데, 한시의 시조화를 통해 본 순정미는 우리나라 고시조 전반의 미감을 포괄적으로 묶을 수 있는 형식미적 특성

---

18) 정병욱·이어령(1977). 193쪽.
19) 앞글, 193쪽. 여기에서 이어령은 김상용의 시조를 예로 들어 시조의 이러한 성격을 제시하고 있다.
20) 앞글, 194쪽.

이라 하겠다.

> 조선朝의 선비들을 생각해 보면 될 것 같습니다. 儒生들은 자유분방한 감정을 좋아하지 않았지요. 儒學 중에서도 형식논리가 가장 승한 朱子學이 성했구요. 이조의 정치를 보나 당시의 선비들 생활을 보나 비단 시조만이 아니라 인생자체를 초장, 중장, 종장의 3행으로 깔끔하게 추려서 바라본 것 같습니다. 선비들은 꼬장꼬장 잘 따졌고 언제나 종장부분의 결론을 중시했습니다. 분명하게 살았지요.21)

인생을 하나의 흘러가는 과정으로 파악하기보다는 논리적 통일성을 지닌 완결체로 이해한 위와 같은 견해에서도 언급한 바와 같이, 시조형태구조의 순정미는 조선조 사대부들의 생활관이나 철학 등에서도 역시 발견되는 미감이라 할 수 있을 것이다.

---

21) 앞글, 188쪽.

제2장

시조의 표현 양상과 의미

1. 언어전달의 기능

시조는 언술로서 존재하기 때문에 작품 내에 다양한 언어 전달 기능을 내포하고 있다. 다만 그 지배적인 시적 기능의 속성에는 여러 언어 기능들이 제각기 상이한 위계로 참여하고 있기 때문에 시조 작품에 따라 언어의 전달 기능은 각기 다른 비중으로 나타난다. 이 장에서는 야곱슨의 이론에 바탕을 두고 언어 전달의 기능과 사회의 관계를 논의한 Geoffrey Leech의 분류 체계를 참고로 하여 시조 언어의 전달이 무엇을 보다 더 강하게 지향하는가에 따라 그 기능을 정보적 표현적 지령적 친교적 미적 기능의 다섯 가지로 분류하여 살펴보고자 한다.1) 이러한 언어 전달의 기능 분류가 모든 시조를 명확히 재단할 수 있는 것은 아

---

1) Geoffrey Leech(1975), 「Semantics and Society」, 『Semantics』, (Penguin book).

니다. 그럼에도 불구하고 이러한 분류가 필요한 까닭은 시조의 표현 양상을 비교적 선명하게 드러낼 수 있으리라 예상되기 때문이다.

1.1 단형시조의 양상

고시조의 언어 전달 기능을 가늠해 볼 때 순전히 정보적이거나 표현적인 경우란 찾아보기 어렵다.

> 江湖에 봄이 드니 미친 興이 절로 난다
> 濁醪 溪邊에 錦鱗魚 安酒로다
> 이몸이 閑暇히옴도 亦君恩이샷다

이 시조에서는 君恩이라는 주제를 직접적으로 전달하는 정보적인 기능이 강하게 드러나는 한편 시적 화자의 감정적 태도를 드러내는 표현적인 기능도 강하게 나타난다고 볼 수 있다. '역군은이샷다'와 같이 개념적인 의미를 전달하는 정보적인 기능과 '미친 홍이 절로 난다'와 같이 감정적인 의미나 태도를 반영하는 표현적 기능은 서로 상반되는 것임에도 불구하고 위 시조는 양자의 속성을 공유하고 있다.[2] 그러한 까닭으로 고시조에서 나타나는 언어의 전달 기능을 명확히 분류 재단하기는 어려운 일이다. 그러나 작품에서 제시하는 궁극적인 의미가 어디에 있는가에 따라 그 기능을 파악하는 것은 그렇게 문제시되지는 않는다. 위 시조와 같은 경우 결국 지은이의 의도는 종장을 통해 집약적으로 나타나고 있기 때문이다.

---

2) 그러나 개념적 의미의 전달이 주된 목적이므로 이러한 경우에 정보적 기능의 시조로 간주된다.

1.1.1 정보적 기능의 시조

여기서 정보적이라는 용어는 그 '무엇'에 대하여 말하고 있는 야콥슨의 지시적 기능과 일맥상통한다고 볼 수 있다. 정보적 기능의 시조는 주제를 직접적으로 전달하는 언어 전달의 양상을 띤다. 즉 작품에서 나타내고자 하는 개념적 의미가 시조의 문면에 모두 드러나 있는 경우이다.

> 功名에 눈쓰지 말며 富貴에 心動마라
> 人事窮達이 하늘에 미엿느니
> 平生에 德을 닥그면 享福無彊ㅎ나니

이 시조는 주제를 직접적으로 전달하고 있는데 정보의 일차적인 전달을 주된 기능으로 한다. 즉 시조 외양에 '덕행'이라는 개념적 의미가 모두 드러나 있어서 내포적 의미와 외연적 의미가 일치하는 경우라고 볼 수 있다. 이와 같은 양상은 뒤에서도 살펴보겠지만 교훈적 주제의 시조나 군은을 주제로 한 시조에서 흔히 나타난다.

> 아비는 나으시고 어미는 치웁시니
> 昊天罔極이라 갑흘 길이 어려우니
> 大舜의 終身誠孝도 못다한가 ㅎ노라

> 님금과 빅셩과 ᄉ이 하늘과 싸히로디
> 내의 셜운 일을 다 아로려 ㅎ시거든
> 우린돌 술진 미나리롤 혼자 엇디 머그리

이들 시조에서는 효나 연군이라는 개념적 의미가 지배적으로 드러나는데 시적 화자는 주로 정보 그 자체를 지향하고 있다. 따라서 화자의 주관적 감정이나 태도가 나타나는 것이 아니라 일반적이고도 보편적인 교훈의 전달이나 교훈적 태도의 표명을 위주로 한다. 상당히 많은 고시조에서 이와 같은 정보적 기능의 양상을 발견할 수 있는데 정보적 기능의 시조는 조선조의 권위주의적 윤리 사회에서 지배적 이념인 유교적 명분을 표방하는 기능을 갖는다는 점에서 목적의식을 강하게 내포한다고 볼 수 있다.

정보적 기능의 시조이면서도 전혀 다른 내용의 정보를 전달하는 예도 있다. 조선 후기 현실 비판류의 주제를 드러냈던 이세보의 시조가 그 예라 하겠다.

> 셔안이 쓰인 쳥간 션후 분별 그만ᄒ고
> 익민 션졍 어셔 ᄒ소 무시벽녁이 다 쳥텬을
> 언계나 인간의 물욕이 격어

이세보의 현실 비판류 시조는 이전의 정보적 기능의 시조가 유교적 명분을 표방했던 것과는 상이한 양상으로 나타난다. 이와 같이 이세보의 시조에서 정보의 내용은 주로 탐관오리의 부패상과 농민들의 고통을 전하는 것들이다. 이는 그 정보의 내용이 은폐된 현실을 폭로하는 현실의 고발이라는 점에서 이전의 시조와는 색다른 면모를 드러낸다고 하겠다.

1.1.2 표현적 기능

> 高山九曲潭을 사롬이 모로더니
> 誅茅卜居ᄒ니 벗님니 다 오신다
> 어즈버 武夷를 想像ᄒ고 學朱子를 ᄒ리라

이 시조는 주제를 드러내는 언어의 전달 기능이 주로 화자의 감정과 태도를 나타내는데 치중하고 있다. 따라서 전체적인 언어의 전달 기능은 표현적 기능과 결부되어 있다고 볼 수 있다. 여기서 표현적 기능은 미적 기능과는 그 성격이 다르다. 미적 기능이 '언어를 더 이상의 목적이 없이 언어적인 작품 자체를 위해서 사용하는 것'3)이라면 표현적 기능은 감정적 의미가 중요시되고 의도나 태도 표명의 목적성이 첨가되는 경우를 말한다. 다음의 시조 역시 표현적 기능이 우세하게 드러나는 예이다.

> 이셩져셩ᄒ니 이룬 일이 무스 일고
> 흐롱하롱ᄒ니 歲月이 거의로다
> 두어라 已矣已矣여니 아니 놀고 어이리

> 玉을 돌이라ᄒ니 그려도 애ᄃ래라
> 博物君子는 아는 法 잇것마는
> 알고도 모르는체 ᄒ니 그를 슬허ᄒ노라

표현적 기능을 드러내는 고시조는 대개 화자의 감정이나 태도를 표출하면서도 기본적으로는 유교주의의 색채를 바탕으로 하고 있다. 따라서 이러한 속성 때문에 미적 기능과 구별되는 것이기도 하다. '두어라'나 '어즈버'와 같은 감탄의 투어나 '나도 몰라 하노라', '그를 슬허 하노라', '아니 놀고 어이리' 등과 같은 이른바 관습화된 어구들은 표현적 기능의 시조에서 흔히 나타난다.

정보적 기능의 시조와 같이 결국은 분명하게 코멘트할 수 없는 인생이나 감정까지도 '나도 몰라 하노라' 식으로 시적 감정을 밝히는 특성4)이 표현적 기능의 시조에서도 잘 드러난다. 이는 화자의 태도를 공식화하는 수법으로서 시조의 표현적 기능이 객관성을 기반5)으로 했음을 말해주는 것이기도 하다. 궁극적으로 정보적 기능의 시조는 물론 표현적 기능의 시조 역시 개별적이 아닌 집단적인 시선을 바탕으로 이루어졌다

---

3) Geoffrey Leech(1975) "Semantecs and Society" 『Semantics』 (Penguin Book)
4) 정병욱·이어령, 앞글.
5) 김대행(1986), 『시조유형론』, 이대출판부. 일반적으로 시조는 '하노라'류의 선언적 의미의 어미로 인하여 진술된 내용을 객관화시키는 속성을 가지고 있다.

는 점에서 일면 유사한 속성을 내포한다고 볼 수 있다.

1.1.3 지령적 기능

많은 고시조에서 드러나는 또 하나의 주된 언어의 전달 기능으로는 지령적 기능을 들 수 있다. 이는 화자의 언어 전달 기능이 대상의 행동이나 태도에 영향을 미치고자 할 때에 쓰이게 되는 기능으로서 명령과 요청이 요구되는 내용을 담고 있다.

정철의 〈훈민가〉, 김상용의 〈오륜가〉나 〈훈계자손가〉와 같은 시조는 지령적 기능을 나타내는 대표적인 예라 할 수 있을 것이다.

> 무올 사롬둘하 올혼일 호쟈스라
> 사롬이 되어나셔 올티곳 못호면
> 무쇼롤 갓곳갈 싀워 밥 머기나 다르랴

> 江原道 百姓들아 兄弟 숑스호디 마라
> 죵쥐 밧쥐는 엇기예 쉽거니와
> 어디가 쏘 어들 거시라 흘긧할긧 호는다

> 어버이 子息스이 하놀 삼긴 至親이라
> 부모 곳 아니면 이 몸이 이실소냐
> 烏鳥도 反哺롤호니 父母孝道 호여라

> 눔과 쏘홈마라 쏘홈이 害만호뇨
> 크면 官訟이오 격으면 羞辱이라
> 무스일 내 몸을 그릇둧녀 父母羞辱먹이리

지령적 기능은 위 시조에서도 나타나듯이 주로 사회 통제의 기능을 가지며, 전언의 발신자 쪽보다는 수신자 쪽, 예를 들면 마을 사람들, 혹은 강원도 백성들에게 더 강조점을 두게 된다. 이러한 지령적 기능은 화자의 태도를 표명한다는 점에서 표현적 기능과 유사할 수 있으나 보다 더 지시적인 의미를 강조하면서 수신자에게 명령하거나 요청한다는 점에서 그 차이가 있다. 또한 정보적 기능과도 차이가 있는데 정보적 기능이 개념적 의미를 강조하는데 비해 지령적 기능은 화자의 태도를 함축적인 의미로 제시하는 데에서 그 차이를 발견할 수 있다.

예로 든 시조에서도 보았듯이 지령적 기능의 시조는 유교 세계를 구현하는 의미의 전달을 청자들에게 명령하거나 요청한다는 점에서 강한 목적 의도를 수반한다. 지령적 기능의 시조가 청자를 지향하면서 목적성을 강하게 반영하는 점은 이들 부류가 개인적인 표현이 아니라 대상과의 관계 속에서 형성되는 관계적 표현의 속성을 내재하고 있음을 말해준다. 이는 고시조 장르의 대사회적 관계의 기능을 암시하는 중요한 요소로 이해될 수 있다.

1.1.4 친교적 기능

고시조에서 나타나는 친교적 기능은 화자와 청자간의 소통 경로를 중요시하는 장르적 특성을 드러낸다. 친교적 기능이란 대상과의 관계가 열려 있음을 드러내면서 관계를 만들어 유지하는 기능을 말한다.

> 花山에 有史ᄒ야 西岳寺에 올나오니
> 十里 江山에 恨 업슨 景槪로다
> 아희야 盞자로 부어라 놀고 가자 ᄒ노라

위 시조의 종장에서는 외견상 지령적 기능이 나타나 있는 듯 하다. 그러나 '놀고 가자 ᄒ노라'의 의미 전달의 기능이 명령이나 요청과 무관하고 화자의 태도를 표명한다는 점에서 표현적 기능이라 할 수 있다. 이와 같이 화자의 감정이나 태도의 표명을 드러내는 표현적 기능의 시조에서 주로 나타나는 부분적인 기능으로서 친교적 기능을 들 수 있다.

'아희야'를 통해서 나타나는 의미적 기능은 화자와 청자간의 소통 경로를 지향하는데 중점을 두고 있다는 점에 특성이 있다. 즉 아희에게 명령하는 말의 내용보다는 단지 말을 한다는 사실 자체가 중요한 것이다.

> 흰 이슬 서리 되니 フ을히 느저 잇다
> 긴 들 黃雲이 호빗치 픠거고야
> 아희야 비즌 술 걸러라 秋興계워 호노라

위 시조에서 종장의 기능은 아희에 대한 명령보다는 화자의 흥에 겨운 풍류를 드러내는데 있다. 여기서 아희가 등장하는 것은 시조가 연행되는 상황 내에서 집단의 응집력을 유지시켜주는 친교적 기능의 역할로 이해될 수 있다. 따라서 시조 작품 가운데 종장이 '아희야'로 시작되는 표현은 구체적인 사람을 가리키는 指名이 아니라 그저 일반적인 관습으로 누군가를 불러들여 말을 건네고 있는 것으로 보아야 할 것이다.

> 白鷺州 도라 드러 伴鷗亭을 돌나 가니
> 長煙은 一空호디 皓月은 千里로다
> 아희야 風光이 이러호니 아니 놀고 엇지호리

위 시조는 전체적으로 화자의 감정적 태도를 드러내는 표현적 기능이 강하다. 여기서 아희는 화자와 청자 간의 응집력을 결속시키는 친교적 기능을 갖는다. '아희야'의 기능은 화자와 청자의 접촉이 적절히 행해지고 있는가를 확인하는 일로서 그 목적은 언어상의 접촉을 확립하여 주로 화자의 주관적 상황을 나타내는데 기여한다. 따라서 표현적 기능의 시조 중에서도 呼兒曲류의 시조에서 친교적 기능의 양상이 빈번히 나타난다.

1.1.5 미적 기능

고시조에서 나타나는 언어의 전달 기능 중에서 가장 드물게 나타나는 현상은 미적 기능이다. 미적 기능은 아무런 목적 없이 언어적인 작품 자체를 위해서 기능하는 것이므로 시조에서는 자연히 구현되기 어려운 기능이었다. 시조의 내용이 유교주의를 구현하고 있기 때문에 대부분의 시조는 그 언어의 전달 기능이 언어적 전언 자체만을 지향하기는 불가능한 일이었기 때문이다.

미적 기능의 예는 월산대군의 시조와 황진이의 시조6), 그리고 윤선도의 시조 등에서 찾아볼 수 있다.

> 秋江에 밤이 드니 물결이 츠노매라
> 낙시 드리치니 고기 아니 무노미라
> 無心흔 둘빗만 싯고 빈빈 저어 오노미라

> 東風이 건듯부니 믉결이 고이닌다
> 東湖룰 도라보며 西湖로 가쟈스라
> 두어라 압뫼히 지나가고 뒷뫼히 나아온다

> 우눈 거시 벅구기가 프른 거시 버들숩가
> 漁村 두어집이 닛속의 나락들락
> 두어라 말가흔 기픈 소희 온갓 고기 쒸노ᄂ다

이들 시조의 공통점은 그 언어의 전달 기능이 화자의 감정이나 태도를 직접적으로 표출하는 것이 아니라 언어적 전언 자체를 지향한다는 점에 있다. 미적 기능의 시조는 내포적인 의미와 외연적인 언어 사이의 간극이 정보적, 지령적, 표현적 기능의 시조보다 훨씬 크다. 따라서 미적 기능의 시조는 의미의 직접적 전달이 아니라 형상화의 방법을 통한 간접적 전달의 효과를 이룩하게 된다.

---

6) 황진이의 시조 중 '동짓달~'은 미적 기능의 시조가 아니라 표현적 기능의 시조에 속한다. 이는 話者의 감정과 태도를 직접적으로 드러내고 있기 때문이다. 단지 유교적 이념이 표방되지 않은 표현적 기능의 시조이다. 이렇게 개별적이고 개인적인 화자의 감정과 태도 표명이 이루어진 표현적 기능의 양상은 이후의 많은 현대 시조에서 나타난다.

이와 같이 다양한 언어의 전달 기능을 통해 확인되는 사실은 정보적, 지령적, 표현적 기능의 발화 양상과 미적 기능의 발화 양상이 전혀 다르다는 점이다. 정보적, 표현적, 지령적 기능의 시조가 대개 설명적, 논설적인 발화 양태를 띠는데 비해 미적 기능의 시조는 묘사적인 발화의 양태를 띤다.

> 어버이 그릴 줄을 처엄부터 아란마는
> 님군 向혼 뜻도 하눌히 삼겨시니
> 眞實로 님군을 니즈면 긔 不孝인가 녀기리라

윤선도의 이러한 시조는 고시조에서 흔히 나타나는 예들의 하나이다. 이들 시조의 공통점은 설명적이거나 논설적인 발화의 양식을 취하는데 그 의미가 관념성에 기반을 두고 있기 때문에 나타나는 현상이다. 따라서 이러한 부류의 시조에서 나타나는 화자의 모습은 대개가 공공적 보편성을 띤다. 이념을 표방한 화자의 목소리는 특별히 개별적으로 독특하지 않다. 유교주의란 관념성을 바탕으로 한 화자의 시선은 집단적이라 할 수 있다. 유교주의라는 관념성을 바탕으로 한 화자의 시선은 집단적이라서 구체적인 화자의 시점이 불필요하기 때문에 앞에서 제시했던 예와 같이 시간이나 공간이 뚜렷이 나타나지 않게 마련이다.

> 압니에 안기 것고 뒷뫼에 히 비췬다
> 밤믈은 거의 지고 낮믈이 미러온다
> 江村에 온갓 곳이 먼 빗치 더욱 조홰라

이 시조에는 화자의 시점이 구체적으로 나타나 있다. '여기'와 '저기'의 공간이 뚜렷이 드러나 있고 구체적인 '낮'의 시간성이 드러나 있다. 따라서 구체적인 개별적 화자가 묘사적 발화 양상을 드러낸다고 볼 수 있는데 그 주제가 이념의 표방과는 거리가 먼 구체적인 사물성의 지향에 있기 때문이다. 이와 같이 언어적인 전언 자체에 충실한 미적 기능의 시조에서는 전자의 시조에서와 같이 집단적인 시선은 발견되지 않는다. 미적 기능의 시조에서는 개별적인 시선의 화자가 존재할 뿐이다.

이상에서 볼 때 정보적 기능의 시조는 도덕적 차원의 정보 전달을 위주로 하고, 지령적 기능의 시조는 도덕적 교화를, 표현적 기능의 시조는 유교주의의 명분과 태도를 표명한다는 점에서 모두 개인적인 체험을 떠난 공적 이념의 표방이란 점에서 그 공통성을 찾아 볼 수 있다. 이는 언어의 전달 기능상 정보적, 지령적, 표현적 기능의 시조가 간접적으로나마 시대를 반영하는 일종의 공적인 이념을 표방하는 사회적 기능을 수행한다는 점에서 전달 기능의 다양함에도 불구하고 공통된 속성들을 지니고 있음을 보여준다. 반면 미적 기능의 시조는 개인적 체험을 바탕으로 사물성을 추구하기 때문에 대 사회적인 이념의 표방이란 기능과는 거리가 멀다는 것을 확인할 수 있다.

1.2 장형시조의 양상

앞에서 예로 들었던 유교적 생활관이나 풍류를 드러내는 단형시조에서 나타나는 언어의 전달 기능은 장형시조에서 드러나는 표현적 기능과도 매우 흡사하다.

> 大丈夫 功成身退後에 林川에 집을 짓고 萬卷書를 싸아두고
> 종ᄒᆞ여 밧갈니며 보리미 길드리고 千金駿馬 셔여두고 絶代佳人 겻희두고
> 金樽에 술을 노코 碧梧桐 거문고에 南風詩 노리하며 太平煙月에 醉ᄒᆞ여 누어시니
> 아마도 男兒의 ᄒᆞ올 일은 이뿐인가 ᄒᆞ노라

이 시조에는 儒家的 대장부의 생활상을 제시하는 화자의 태도가 드러나 있다. 이러한 부류의 장형시조에서는 표현적 기능의 단형시조 예에서 보였던 양상과 별다른 차이를 발견할 수 없다.

> 모시를 이리져리 삼아 두로삼아 감삼다가
> 가다가 한가온더 쏙근 쳐지거놀 晧齒丹脣으로 홈쌜며 감쌘라 纖纖玉手로
> 두굿 마조 자바 뱌부쳐 니으리라 져모시를
> 우리 님 스랑 굿쳐갈 제 져모시쳐로 니으리라

앞에서 예로 든 두 시조는 화자의 감정과 태도를 그리고 있다는 점에서 둘 다 표현적 기능의 시조라 할 수 있다. 그러나 전자가 유교적 이념을 바탕으로 화자의 태도를 드러낸 데 반해 후자는 시대적 이념과 무관하게 화자의 인간적 생활을 토대로 하여 개인적 감정과 태도를 반영하고 있다. 따라서 양자가 표현적 기능의 시조임에도 불구하고 전자는 화자의 지향이 公的인 유교적 이념의 표방 아래 이루어졌으나 후자는 개인적인 체험을 바탕으로 화자의 감정과 태도를 노골적으로 드러냈다는 점에서 그 차이를 찾아 볼 수 있다.

전자의 부류는 단형시조에서도 나타났듯이 관념성을 기반으로 하고 있어서 화자의 시선이 집단적이라 할 수 있다. 유교적 이념을 표방하는 집단적 시선의 화자가 장형시조의 한 부류에서도 나타난다는 점은 주목되어야 할 것이다. 이는 장형시조의 성격을 조명하는데 있어서 중요한 국면이기 때문이다. 유교주의를 구현하는 사대부나 혹은 사대부의 수준으로 격상하고자 하는 부류의 의식이 아니고는 이러한 기능의 시조가 산출될 수 없기 때문이다. 후자의 부류는 인간적 생활을 바라보는 화자의 시선이 개인적이다. 유교적 이념의 표방이 없기 때문에 개인적 감정과 태도를 드러낸다는 점에서 전자와는 매우 이질적이다. 장형시조에는 전자의 부류보다 후자의 부류가 더 많이 나타난다.

유교적 이념을 표방하지 않는 경우 언어적 전언 자체에 충실한 장형시조는 미적 기능의 예로 간주될 수도 있겠으나 장형시조에서 화자의 태도가 드러나지 않는 경우는 없다. 단지 작가의 목소리가 객관화된 작중화자의 목소리로 의탁되어 작자로부터 화자가 이탈하는 현상7)을 보

---

7) 김대행(1986), 311쪽.

일 뿐 전반적인 언어 전달의 기능은 화자의 태도를 드러내는 표현적 기
능에 치중하고 있다. 다음의 시조도 그러한 예의 하나이다.

閣氏네 더위들 스시오 일은 더위 느즌 더위 여러 희포 묵은 더위
五六月 伏더위에 고은 님 만나 이셔 둘 볼근 平牀 우희 츤츤 감겨 누엇다
가 무엄일 ᄒ엿던디 五腸이 煩熱ᄒ여 구슬땀 흘니면서 헐쩍이는 그 더위와
冬至둘 긴긴밤의 고은님 품의 들어 ᄃ스ᄒ 아룸목과 둣가온 니블 속에 두
몸이 ᄒ몸되야 그리져리 ᄒ니 수족이 답답ᄒ고 목굼기 타올적의 웃목에 춘
슉늉을 벌쩍벌쩍 켜는 더위 閣氏네 스랴거든 所見더로 사시옵소
쟝ᄉ야 네 더위 여럿 듕에 님만난 두 더위는 뉘 아니 됴화ᄒ리 놈의게 ᄑ
디 말고 브더 내게 ᄑᆞᆯ시소

　장형 시조에는 위의 예와는 달리 다음과 같은 정보적 기능의 예도 있
다.

아춤의 ᄒ 일 착히 ᄒ면 이 ᄆ옴이 흐뭇ᄒ고
저녁의 ᄒ 일 착히 ᄒ면 흐뭇던 ᄆ옴이 즐거오니 일일이 착ᄒ고 ᄯᅩ 착ᄒ면
날마다 흐뭇ᄒ고 ᄯᅩᄒ 아니 즐거온가
녜브터 東平王蒼의 말이 爲善이 最樂다 ᄒ니라

　이는 교화적인 목적을 위주로 한 정보적 기능의 장형 시조라 할 수
있다. 유교적 이념을 드러내면서 화자의 태도를 직접적으로 표명한 후
자의 작품이나 개인적 감정이나 태도를 나타내면서도 객관화된 목소리
로 집단에게 의미를 제시한 전자의 작품 전반에서, 화자의 시선이 모두
집단성에 바탕을 두고 있음을 알 수 있다. 이와 같이 일부 장형 시조의
화자가 단형시조와 동일한 집단적인 시선을 띤다는 점에서 볼 때 단형
시조와 장형시조는 그 담당층이 동일했을 것임을 가정할 수 있다. 그러
나 이에 대한 문제는 좀 더 구체적으로 논의되어야 할 것이다.

2. 시조의 주제 표현과 언어 전달의 기능

2.1 단형시조의 주제 표현

고시조의 언어 전달 기능은 정보적, 지령적, 표현적 기능의 다양함에도 불구하고 목적성을 갖는다는 점에서 동일한 성격을 드러낸다. 이는 일종의 대 사회적인 기능을 말해주는 것으로서 시조란 장르가 집단성을 바탕으로 이루어졌음을 시사한다. 이렇게 목적성을 수반한 시조는 그 사회적 기능을 발휘하기 위하여 구체적으로 어떠한 의미를 구현했는지를 중점적으로 살펴보자.

먼저 정보적 기능의 시조가 구현하고 있는 중심의미를 살펴보기로 한다. 앞장에서 정보적 기능의 시조는 교훈이나 君恩의 주제가 그 주류를 이룬다고 했는데 좀 더 구체적으로 중심 의미를 파악해 보면 다음과 같다.

사롬 삼기실제 君父갓게 삼겨시니
君父ㅣ 一致라 輕重을 두로소냐
이 몸은 忠孝 두 사이에 늘글주를 모르보라

江山이 됴타흔들 내 分으로 누윗느냐
님군 恩惠룰 이제 더욱 아노이다
아모리 갑고져 흐야도 흐올 일이 업세라

忠의 윤리는 유교사상에서 온 것이다. 임금에 대한 절대적인 충성은 시조의 핵심적 주세로 등장한다. 대부분의 시조에서 임금은 님으로 표상되는데 忠을 드러내기 위해서는 정보적인 기능의 언어 전달이 보다 적합했던 것으로 이해된다.

아버님 날 나흐시고 어마님 날 기르시니

> 父母옷 아니시면 내몸이 업실낫다
> 이 德을 갑흐려 하니 하늘ㄱ이 업스샷다

  이 시조는 역시 孝를 드러내는 정보적인 기능의 예이다. 조선조에서 효는 중요한 윤리 덕목으로 강조되었다. 효를 주제로 한 시조는 忠을 주제로 한 시조와 마찬가지로 조선조의 윤리를 직접적으로 표출한다는 점에서 유교적 이념 구현에 동일한 기반을 두고 있다. 또한 고시조에서는 표면적으로는 강호한정을 읊고 있으나 실제로는 '임금 은혜에 감사해야 한다'는 정보적인 기능을 함유하고 있는 경우도 있다. 강호한정을 읊은 시조의 일반적 예를 보면 속세를 떠난 탈속의 경지를 만끽하는 것조차 군은의 탓으로 돌리는 경우가 대부분이다.

  맹사성의 〈강호사시가〉는 '역군은이샷다' 적인 표현을 써서 한거의 생활조차 충군이라는 유교적 이념으로 채색된 儒者의 사고방식을 드러낸다.

> 江湖에 봄이 드니 미친 興이 졀로 난다
> 濁醪 溪邊에 錦鱗魚 安酒로다
> 이몸이 閑暇히옴도 역군은이샷다

  다음의 시조 역시 맹사성의 〈강호사시가〉의 사고방식과 공통된 바탕 위에서 생성된 시조라 할 수 있다.

> 功名이 긔 무엇고 헌신짝 버슨이로다
> 田園에 도라오니 麋鹿이 벗이로다
> 百年을 이리 지냄도 역군은이샷다

  위의 시조들은 儒者들의 문화적 동질성을 바탕으로 이룩된 조화로운 세계에 대한 긍정적 인식[8]을 그 기저로 한다. 강호한정이나 취락류의

---

8) 김홍규(1981), 「강호자연과 정치 현실」, 『고전시가론』, 172~192쪽.

시조에서는 현실에 대한 긍정적 인식을 기조로 한 맹사성의 〈강호사시가〉 부류와는 달리 致仕歸田이 전원으로의 완전한 복귀가 아니라 일종의 도피로 나타나는 예도 많이 있다. 이는 정치적 이념과 깊은 관련을 갖는다고 하겠다.

> 安長을 도라보니 北闕이 千里로다
> 魚舟에 누어신들 니즌 스치 이시랴
> 두어라 내 시름 아니라 濟世賢이 업스랴

여기서 강호자연은 정치적 투쟁의 체험을 바탕으로 마침내 정착한 탈정치의 공간으로서 도덕적 완전성의 영역으로 형상화되어 있다. 그러나 그 안에서의 삶이 儒家的 이상에 비추어 볼 때 전혀 괴로움이 없는 것은 아니었다. 이러한 양상은 사림의 정치 의식에서 기인하는 것으로 도덕적 정치 이념과 결코 모순되지 않았음[9]을 드러낸다. 이와 같이 유교적 이념의 구현은 다양한 변형의 형태를 취하고 있을 뿐 대부분의 시조에서 그 중심 의미를 이루고 있다는 점에서는 이론의 여지가 없을 것이다.

살펴 본 바와 같이 정보적 기능의 언어 전달 양상을 드러내는 시조의 주제는 14세기로부터 19세기에 이르기까지 유교적 이념의 구현이라는 관념적인 도식성을 낳았다. 그러나 조선 조 후기에 이르면 동일한 정보적 기능의 언어 전달 양상을 드러내면서도 주제의 양상이 변모되는 양태를 드러낸다.

이세보의 400여수의 시조에서는 자연과 인간의 조화로운 세계를 정서화하거나 유교적 이념을 구현하면서 종래의 시조와 그 주제가 유사한 경우도 많이 있지만 그렇지 않은 시조들이 상당수 나타난다는 점에서 주목될 만하다. 즉 현실비판류 주제의 시조가 출현한다는 점에서 독특한 일면을 지닌다고 하겠다. 특히 이세보 스스로가 『풍아』에 실은 시조

---

9) 김흥규(1981), 앞글, 172~192쪽.

작품에는 기행, 유흥, 도덕, 애정류 외에 관료를 비판하고 농민들의 고통을 그려내거나 삼정의 문란을 비판한 시조들이 있다.

> 펌월리 당두ᄒ니 져 슈령들 거동보쇼
> 허든 일 후회한들 임갈굴졍 어이할가
> 그 중의 탐쟝불치야 일러 무샴
>
> 각영 각읍 슈도졍ᄉ 어이 그리 분슈 업누
> 경즁도 보련이와 융동셩셔 분간ᄒ쇼
> 엇지타 슈도도 경향이 달나

전자의 시조는 관리가 부정한 방법으로 재물을 탐하는 것을 비판한 것이고 후자의 시조는 각 감영과 각 군읍의 죄수를 다루는 政事가 분수 없음을 공격한 것이다. 이들 시조는 모두 정보적인 언어 전달의 기능을 통해 그 중심 의미를 구현하고 있다. 진동혁의 분류에 의하면 위와 같은 부정 비판류의 시조는 60여수를 넘는다.10) 이와 같이 시조를 통한 유교주의의 역사적 기능이 깨지면서 현실에 대한 새로운 인식과 비판이 일어나는 주제의 변모 현상은 시조사에서 매우 중요한 전환점이라 할 수 있다. 특히 이세보의 시조를 통해서 중대한 전환이 이루어진다고 말할 수 있는 까닭은 사대부 자체 내에서 일어난 현실비판이기 때문이다. 이는 유자 계층 내에서 내부적 비판이 일어나는, 말하자면 유교주의의 계층의식이 도전을 받게되는 현상으로 이해될 수 있는데 이것은 역사, 사회적으로 시대적인 변모와 함께 그에 따른 세계관의 변동에 기인한 이념의 변화를 시사하는 중요한 문제라 할 수 있다. 정보적 기능의 시조는 14세기에서 19세기 초에 이르기까지 유교적 윤리의 보급이라는 측면에서 소극적인 사회적 기능을 갖는다고 할 수 있다. 그러나 동일한 정보적 기능의 시조라 하더라도 19세기 중엽 이세보의 시조에 이르러서는 현실을 인식하고 비판하는 측면으로 바뀌고 있다는 점에서 시조란

---

10) 진동혁(1981), 「이세보의 시조 연구」, 단국대 박사학위논문.

장르가 적극적인 사회적 기능에 참여하는 면모를 드러내기 시작하고 있음을 보여주는 예라 할 수 있을 것이다.

　다음으로 표현적 기능의 시조가 구현하고 있는 중심의미를 살펴보기로 한다. 표현적 기능의 시조가 화자의 감정과 태도를 직접적으로 드러낸다는 점은 앞장에서 살펴 본 바와 같다. 표현적 기능의 시조는 '슬허하노라', '아니 놀고 어이리' 등의 직설적인 표현을 수반하면서 그 주제를 드러내는 경우가 많은데 자연과의 합일을 꾀하는 풍류적 삶을 주제로 하는 경우가 주조를 이룬다.

　　　　天中에 쓴는 둘과 江湖의 희친 모리
　　　　볼거든 조치마라 조커든 붉지 마라
　　　　붉고셔 쏘 됴흔 月沙와 아니 놀고 엇지흐리

　위 시조는 외연상 흥청거리는 인생관을 반영한 듯하다. 그러나 여기에는 자연에의 몰입을 통해 유한한 삶을 자연의 세계로 합일화 시키고자 하는 인생관이 내재해 있다. 물론 작자층의 의식이 구체적으로 검토되어야 하겠지만 단순히 무상탕일의 시조로 이해되기보다는 유가적 의식의 한 반영으로 파악되어야 할 것이다.

　　　　靑山도 절로절로 綠水도 절로절로
　　　　山절로 水절로 山水間에 나도 절로
　　　　그 中에 절로 ᄌ란 몸이 늙기도 절로 흐리라

　이 시조의 밑바닥에는 儒者的 인생관이 강하게 깔려 있다. 유가의 인생관은 이른바 物心不離의 세계, 그리고 기원에 있어서도 무한하고 종말도 생각할 수 없는 영원으로 뻗는 생명의 세계를 상정한다.11) 여기서 드러나는 초월적 세계관 역시 자연과 일치된 삶을 기반으로 하는 인

---

11) 이남영(1982), 「쟁점으로 본 한국 성리학의 심층」, 조명기 外, 『한국 사상의 심층 연구』, 도서출판 우석, 208쪽.

식 태도를 보인다는 점에서 그 연관성을 찾아 볼 수 있다.

　표현적 기능의 시조에는 풍류적 삶을 주제로 한 경우 외에도 다음과 같은 예가 있다.

> 首陽山 ᄂ린 물이 夷齊의 寃淚되야
> 晝夜不息ᄒ고 여흘여흘 우는 뜻은
> 至今에 爲國忠誠을 못ᄂ닛 슬허 ᄒ노라

　고시조 중에는 이와 같이 忠誠을 직접적으로 표현하는 시조도 다수 나타난다. 또한 忠信戀主之詞의 시조 외에도 효나 형제간의 우애, 백성의 교화 등 유교적 실천 덕목을 구체적으로 노래한 교훈적 주제의 직접적 표출도 흔히 드러난다.

　다음과 같이 지령적 기능을 통해 구현하는 시조의 주제는 주로 수신 덕행을 중심 의미로 하는 경우가 대부분이다.

> 王祥의 鯉魚잡고 孟宗의 竹筍것거
> 검던 머리 희도록 老萊子의 오술 입고
> 一生애 養志誠孝를 曾子ᄀ치 ᄒ리이다

　수신하고 덕행하는 인격적 심성의 도야는 유교적 사회에서 실천적인 덕목이었다. 퇴계의 〈도산십이곡〉은 인격의 완성을 달성하기 위한 규범을 주제로 하는 대표적인 예라 할 수 있는데 특히 자연물을 통해 도달해야 할 목적의식을 드러낸다.

> 雷霆이 破山ᄒ야도 聾者는 못듯ᄂ니
> 白日이 中天ᄒ야도 瞽者는 못보ᄂ니
> 우리는 耳目聰明男子로 聾瞽ᄀ디 마로리

> 靑山은 엇뎨ᄒ야 萬古에 프르르며
> 流水는 엇뎨ᄒ야 晝夜에 긋디 아니ᄂ고

　　우리도 그치디 마라 萬古常靑호리라

　여기서 山이나 水는 도덕의 표상으로 등장한다. 유교적 이념의 궁극적 목표는 도의 구현에 있었다. 이와같이 자연물을 이상적인 도의 세계로 상정하여 규범화한 예는 다른 고시조에서도 흔하게 발견된다.

　대부분의 수신덕행의 주제를 나타내는 시조들은 궁극적인 규범을 자연이란 대상에 두어 자연의 순수한 세계를 노래하기보다는 자연을 통해서 수신자를 향해 사회적, 교육적 기능을 구현하고자 했다. 자연을 통해 간접적으로 사회적 기능을 실현하고자 한 경우도 있지만 아래의 예와 같이 수신자가 발신자를 향해 직접적으로 수신 덕행을 제시하며 적극적으로 사회적인 기능을 수행하고자 한 예도 있었다.

　　　무올 사룸둘하 올흔 일 흐쟈스라
　　　사룸이 되어나셔 올티곳 못흐면
　　　무쇼롤 갓곳갈 싀워 밥 머기나 다른랴

　이와 같은 일련의 시조들은 유교 윤리의 덕목을 제시하고 있다는 점에서 유교 이념의 실천적 구현에 그 기반을 두고 있다고 하겠다.

　이상에서 정보적, 표현적, 지령적 언어 전달의 기능에 따라 그 주제의 의미도 각각 다양하게 구현되는 것을 살펴보았다. 그러나 하나의 주제가 정보적, 표현적, 지령적 기능의 다양한 언어의 전달로 형상화되어 있는 경우도 있었다. 이는 동일한 주제를 갖더라도 작자의 作詩 태도에 따라, 그리고 연행 방식에 따른 수용자 층의 양상에 따라 언어 전달의 양상이 각기 달리 형상화되었던 것으로 이해된다.

　궁극적으로 시조는 주제의 다양성에도 불구하고 그 기저에는 조선조의 기본적인 이념이 내포되었으며 목적성을 가지고 소극적으로든 적극적으로든 대사회적 기능을 수행하였음을 알 수 있었다. 조선조의 유교는 문화 형성에 있어 정신적 기반으로 작용하면서 중앙집권의 정치 체제를 확립하는 데에 지도적 이념의 역할이 있었다. 따라서 사대부의 의식에 강력하게 표백된 유교적 이념은 조선조의 시조에서도 공통적 주제로 구현되었던 것이다. 고려말의 회고가, 이조의 創業頌詠, 中期의 강호가, 도덕가, 憶君歌, 충의가 등은 서로 다른 모티브의 선택에 따라 그 제재나 양상이 시대에 따라 다르게 나타났지만 역시 공통된 주제는 유교적 이성이며, 주제인 유교적 이성의 문학적 변이를 다루고 있는 것에 지나지 않는다고 볼 수 있다.12)

역사적 변천에 따라 소재가 변할지라도 유교적 이념이 고착되어 나타나는 시조 주제의 도식성은 고시조의 특징적인 성격이라 할 수 있다. 일부 미적 기능의 시조가 구현하는 '님'과의 이별, 님 생각, 님과의 사랑을 주제로 한 경우도 있기는 하나 그것은 극소수에 불과하다. 시조의 주제가 일종의 관습성을 지닌다고 할 수 있는 까닭은 유자의 이념을 보편적으로 드러낸 점에 있다. 작자의 개별적인 경험의 표현이 아니라 보편적인 관습으로 나타나는 이러한 양상은 조선조의 세계관이나 문학적 인식을 바탕으로 이해되어야 할 것이다.

2.2 장형시조의 주제

장형시조의 언어 전달 기능은 표현적 기능과 정보적 기능이 대부분이다. 표현적 기능을 통해 구현되는 장형시조의 주제는 유교적 이념을 드러내는 경우와 그와 무관하게 인간적 삶이나 생활을 드러내는 경우로 대별해 볼 수 있다.

유교적인 생활 태도나 풍류의 주제를 바탕으로 한 표현적 기능의 시조가 관념적이라면 인간적 삶이나 생활을 주제로 한 시조의 경우는 현실적이라 할 수 있다. 장형시조의 주류를 이루는 것은 인간적 생활을 주제로 한 경우이다. 단형시조의 주제가 유교적 이념에 입각하여 추상적이고 관념적이었던데 반해 인간적인 생활을 주제로 한 장형시조는 비

---

12) 박철희(1974), 「시조시학시도」, 『현대문학』, 233권 5호, 현대문학사, 282~310쪽.

교적 현실적이어서 구체적인 애정 묘사는 물론이고 장사꾼의 재담이나
고부간, 처첩간의 갈등도 표현된다.

> 나는 指南石이런가 閣氏네들은 날반을인지
> 안즈도 붓고 셔도 뜨르고 누워도 붓고 솝써도 싸라와 안이 떠러진다
> 琴瑟이 不調훈 分네들은 指南石 날반을을 달혀 日再服하시소

　위 시조는 남녀간의 유희를 노골적으로 표현하고 있는 예이다. 이는
유교적 권위주의와는 동떨어진 자유로운 의식의 발로에서 표출된 표현
으로 볼 수 있다.

> 宅들에 臙脂粉들 사오 저 장스야 네臙脂粉 곱거든 사쟈
> 곱든 비록 아니ᄒ나 브르기 곳브르면 온갓 嬌態 다나셔 님 괴얌 즉ᄒ오니
> 사불나보오
> 眞實로 그러곳 훌작시면 닷말엇치만 스리라

　장사꾼의 재담 외에도 장형시조에서는 천연두, 추물 곰보, 연지분,
개고리, 궤젓, 문방구 등 다양한 제재를 사용하여 관념에서 벗어나 보
다 현실적 실상을 드러내는 경우들도 흔하다.

> 쉬어마님 며ᄂ라기 낫바 벽바닥을 구르지마오
> 빗에 바든 며ᄂ린가 갑세 쳐온 며ᄂ린가 밤나모 셕은 등걸에 휘초리 나니
> ᄀ치 앙살 픠신 싀아바님 볏븬 쇠똥ᄀ치 되죵고신 쉬어마님 三年 겨론 망
> 태에 새 송곳 부리ᄀ치 쏘죽ᄒ신 쉬누의님 唐피가론 밧틔 돌픠나니 갓치
> 시노란 읫곳ᄀ튼 피똥 누는 아들 ᄒ나 두고
> 건밧틔 메곳ᄀ튼 며ᄂ리를 어듸를 낫바 ᄒ시는고

> 저 건너 월앙바화 우희 밤듕마치 부헝이 울면
> 넷스람 니론 말이 놈의 싀앗되여 妖怪롭고 邪욕롭고 百般巧邪ᄒ는 져믄 妾
> 년이 急殺마자 죽는다 ᄒ데 妾이 對答ᄒ되 안해님 ᄒ신 말숨이 아마도 망
> 녕저의 나는 일즉 듣즈오니 家翁을 薄對ᄒ고 妾새옴 甚히 ᄒ는 늘근 안회

님이 몬져 죽는다 ᄒᆞ데

위 시조는 고부간의 갈등과 처첩간의 갈등을 통해 봉건적 가족 제도의 문제점들을 제시하고 있다. 이와같이 인간적 생활을 주제로 하는 장형시조에서는 대부분 조선조의 권위주의적 윤리사회에서 구현하는 이념과는 이질적인 인간의 본능과 감정을 표현하고자 했다.

한편 동일한 표현적 기능의 언어 전달로 형상화되었으면서도 유자의 생활이나 풍류를 주제로 한 장형시조의 예도 있다.

牧丹은 花中王이요 向日花ᄂᆞᆫ 忠臣이로다
蓮花ᄂᆞᆫ 君子ㅣ오 杏花 小人이라 菊花 隱逸士요 梅花 寒士로다 박곳츤 老人
이요 石竹花ᄂᆞᆫ 소년이라 葵花 巫黨이요 海棠花ᄂᆞᆫ 娼妓로다
이듕에 梨花 詩客이요 紅桃碧桃三色桃ᄂᆞᆫ 風流郎인가 ᄒᆞ노라

功名을 혜아리니 榮辱이 半이로다
東門에 掛冠ᄒᆞ고 田廬에 도라와셔 聖經賢傳 헷쳐노코 닑기를 罷한 後에 압
닌에 술진 고기도 낙고 뒷뫼히 엄긴 藥도 키다가 臨高遠望ᄒᆞ야任意逍遙ᄒᆞ
니 淸風은 時至ᄒᆞ고 明月이 自來ᄒᆞ니 아지 못게라 天壤之間에 이ᄀᆞ치 즐거
옴을 무어스로 對홀소냐
平生에 이리저리 즐기다가 老死太平ᄒᆞ야 乘化歸盡ᄒᆞ면 긔 됴흔가 ᄒᆞ노라

위의 시조들은 단형시조에 비해 말이 길어졌을 뿐 유자들의 사고 방식과 생활 태도를 그대로 반영하고 있는데 특히 후자에서 예로 든 시조는 단형시조 초장의 '공명을 즐겨마라 榮辱이 半이로다' 라는 공식적 표현을 그대로 차용해서 쓰기도 했다.

이정보의 作으로 알려진 다음의 시조 역시 사대부의 생활 태도를 그대로 반영한 예라 할 수 있다.

大丈夫 功成身退後에 林泉에 집을짓고 萬卷書를 싸아두고
종ᄒᆞ여 밧갈니며 보리미 길드리고 千金駿馬 셔여두고 絶代佳人 겻히 두고

> 金樽에 술을 노코 碧梧桐 거문고에 南風詩 노리ᄒ며 太平烟月에 醉ᄒ여 누
> 어시니
> 아마도 男兒의 ᄒ올 일은 이뿐인가 ᄒ노라

이 장형시조는 사대부가 창작한 장형시조라는 점에서 주목된다. 물론 시조의 구비적 성격 때문에 작자의 신빙성에 문제가 따르기는 하나 이 정보의 작이 아니라 하더라도 사대부적인 성향을 드러낸다는 점에는 이의가 없다. 이러한 장형시조에서 나타나는 사대부적 풍류와 사고방식은 이미 단형시조에서도 두루 나타났던 바이다. 이들 표현적 기능의 장형시조는 현실적인 묘사의 시조 뿐만 아니라 사대부적 관념을 드러내는 경우에도 풍류를 구체적으로 드러낸다는 점에서 오락성을 내포하는 공통점이 있다.

장형시조를 유가적 청교주의의 질곡에 반발한 자설적 구조의 시가로 파악하면서 장형시조는 당대의 사회질서였던 유가의 논리에 종속되지 않고 생동하는 인간의 본능을 승인한다고 보았던 견해들[13]은 인간적 생활을 주제로 한 장형시조만을 논급할 때 타당할 수 있다. 왜냐하면 앞서 살펴 본 유자적 생활과 풍류를 주제로 삼은 장형시조들은 유가의 논리에 종속되어 있기 때문이다. 따라서 기존의 장형시조에 대한 성격 규명은 좀더 포괄적으로 논의되어야 할 것이다.

집단성을 바탕으로 오락성을 내포한 표현적 기능의 시조도 있지만 한편으로 장형시조에는 정보적인 기능을 통하여 주제를 구현하는 경우도 있다.

> 萬古歷代 人臣之中에 明哲保身 누고누고
> 范蠡의 五湖舟와 張良의 謝病辟穀 疏廣의 散千金과 張翰의 秋風 江東去 陶
> 處士의 歸去來辭라
> 이밧긔 碌碌ᄒ 貪官汚吏之輩야 일너 무슴ᄒ리오

---

13) 박철희(1974), 「시조의 구조와 그 배경」, 『영남대 논문집』, 영남대학교, 12~13쪽.

이정보의 작으로 남아 있는 이 시조는 이형상의 『병와가곡집』에 수록되어 전한다. 『병와가곡집』의 편찬년대로 보아 작가의 고증을 요하기는 하나 적어도 정조 년간 이전인 18세기 중엽 이전에 만들어진 것으로 추정된다. 따라서 이 시조는 이세보의 현실비판류의 시조보다 훨씬 앞서 나타난 것으로 볼 수 있다. 역시 이정보의 작으로 되어 있으나 고증을 요하는 다음의 장형시조 역시 현실 비판의 주제를 정보적인 기능을 통하여 표출하고 있는 예이다.

> 一身이 사자ᄒ니 물것계워 못 살니로다
> 피껴ᄀ튼 가랑니 보리알ᄀ튼 슈퉁니 줄인니 갓신니 잔벼룩 굵은벼룩 강벼
> 룩 倭벼룩 긔는놈 쮜는놈에 琵琶ᄀ튼 빈ᄃᆡ 삿기 使令ᄀ튼 등에어이 갈따귀
> 스무아기 셴박휘 누른박휘 바금이 거저리 부리쑈족ᄒᆞᆫ 모긔 다리 긔다ᄒᆞᆫ 모
> 긔 야윈 모긔 그리마 쑈록이 晝夜로 뷘틈 업시 물거니 쏘거니 샐거니 뜻거
> 니 甚ᄒᆞᆫ 唐비루에 어려왜라
> 그듕에 춤아 못견될슨 五六月 伏더위에 쉬포린가 ᄒ노라

『해동가요』 일석본에 실려있는 이 장형시조는 앞서 예로 든 시조와 같이 직설적으로 탐관오리를 비판하고 있지는 않으나 온갖 物像들의 비유를 통하여 부정적인 것들에 대한 비판을 암시적으로 드러내고 있다. 이러한 비판류의 장형시조는 이세보의 단형시조에서 나타나는 정보적 기능의 현실비판류 시조와 본질적으로 매우 흡사하다고 볼 수 있다. 단지 외형상 구체적인 사물에 의존하고 있으며 희화적인 표현을 통해서 오락적인 분위기를 자아낸다는 점이 다를 뿐이다.

> 아춤의 ᄒ 일 착히 ᄒ면 이 ᄆᆞ음이 흐믓ᄒ고
> 저녁의 ᄒ 일 착히 ᄒ면 흐믓던 ᄆᆞ음이 즐거오니 일일이 착ᄒ고 또 착ᄒ면
> 날마다 흐믓ᄒ고 또ᄒ 아니 즐거온가
> 녜브터 東平王蒼의 말이 僞善이 最樂다 ᄒ니라

이와 같은 정보적 기능의 장형시조에서는 수신덕행의 주제를 구현함

으로써 대 사회적인 교훈적 기능을 수행하고자 했던 목적성이 엿보이기
도 한다. 그러나 궁극적으로 이상의 주제를 통해 볼 때 장형시조는 교
화적인 목적을 위주로 사회적인 기능을 수행하고자 한 경우도 있었지
만, 대개 유교적 세계를 지향하더라도 풍류적 생활 태도에 입각한 오락
성을 반영함으로써 사회적 기능의 수행은 불가능했던 것으로 파악된다.

3. 시조에 나타난 유형적 표현과 작자층의 의식

여기서는 고시조의 자질을 잘 드러낼 수 있는 공통어구와 투어의 표
현 양상을 살펴보고 그것을 통하여 나타나는 작자층의 의식을 역사적
변화의 관점 속에서 파악해 보고자 한다. 특히 사대부들의 문화적 동질
성을 확인할 수 있는 몇가지 예에 국한해서 살펴보기로 한다.

3.1 '亦君恩이샷다'의 표현

'역군은이샷다'의 어구는 고시조에서 흔히 나타나는데 이는 시조 장르
의 내용적 성격을 규명하는데 중요한 하나의 요소라 할 수 있다. 고시
조에 '역군은이샷다'가 등장하는 것은 맹사성의 〈강호사시가〉로부터 비
롯된다.

江湖에 봄이 드니 미친 興이 절로 난다
濁醪 溪邊에 錦鱗魚 安酒로다
이몸이 閑暇히옴도 亦君恩이샷다

江湖에 녀름이 드니 草堂에 일이 업다
有信훈 江波는 보내ᄂ니 ᄇ람이로다
이몸이 서늘히옴도 亦君恩이샷다

江湖에 ᄀᆞ올이 드니 고기마다 슬져잇다
小艇에 그믈 시러 흘니 씌여 더져두고
이몸이 消日ᄒᆞ옴도 亦君恩이샷다

江湖에 겨울이 드니 눈 기픠 자히 남다
삿갓 빗기 쓰고 누역으로 오슬 삼아
이몸이 칩지 아니ᄒᆞ옴도 亦君恩이샷다

여기에서 나타난 바와 같이 '역군은이샷다'는 君을 중심으로 한 권위주의적인 윤리 사회에서 신하의 복종적인 순응지향적 의식을 직설적으로 드러내는 표현이다. 이는 주자학의 세계에서 君을 우위에 둔 계급 의식의 직접적인 발로이며, 주어진 체제에서의 순응적 自足을 극명하게 드러내는 표현법이라 할 수 있다. 15세기에 흔히 나타나는 '역군은이샷다'는 이후 고시조의 한 유형화된 표현으로서 존재하게 되는데 이는 사대부의 계급적 의식을 드러내는 작시태도의 결과라고 할 수 있다. 15세기에 이러한 표현이 두드러지게 나타나는 현상은 이 시기에 상하 관계를 인식시키는 유교 윤리가 강하게 부각되었기 때문에 파생된 것으로 이해해 볼 수도 있다. 조선 왕조는 15세기 한 세기 동안 정치, 경제, 사회, 문화 등 모든 방면에 걸쳐서 왕조의 기본 체제가 수립되었다. 그것은 대개 왕권의 강화와 양반 관료 체제의 성립, 대토지 소유제의 억제와 국가 통제력의 강화, 농본주의 경제 체제의 수립, 유교 문화 체제의 성립 등으로 특징지을 수 있다. 이러한 다방면의 전환은 고려조의 역사 모순을 극복하기 위해 새로운 가치로 등장한 조선조의 이념에서 기인한 것이라고 볼 수 있다.

조선조의 통치 이념으로 승인되는 성리학은 궁극적으로 사회의 모든 질서 체계를 바꾸는 중요한 요인으로 작용했으며 정치 사상의 핵심이 되었다. 유교 정치 사상이 제시하는 이상은 민본의 입장에서 민생을 보장하는 것으로서 수행의 주체는 군주였다. 따라서 군주의 정치가 민생을 보장하고 민본을 수행하려면 天道를 따라야 했는데 그것을 왕도정치라 하였다.14) 이러한 중앙 집권 체제를 유지하기 위해서 관념적으로 필요했던 것이 국가적 차원에서의 유교적 윤리의 보급이었다. 이 시기에는 유교 윤리 가운데에서도 특히 군신, 부자, 부부의 관계에 대한 삼강의 윤리가 강조되었다. 주자 성리학을 중심으로 하는 신유학에서는 이미 삼강 외에 장유, 붕우의 이론의 중요성에 대한 인식이 있었다. 이는 삼강의 天과 地의 상하 관계를 인간 세계에도 그대로 적용시키는 層序 의식의 대본이었다고 볼 수 있다.15) 이러한 의식은 군신 관계에서 종적인 인간 관계를 형성케 하였는데 거기서 파생된 무조건적 순응적 성향은 15세기 사대부들의 의식의 근간을 이루게 되었던 것이다.

    가마귀 눈비마자 희는 듯 검노미라
    夜光明月이 밤인들 어두우랴
    님向한 一片丹心이야 變홀줄이 이시랴

  임금에 대한 忠은 15세기 사육신의 시조에서도 지속적으로 드러나는데 박팽년의 시조에서 나타나는 '님 향한 일편단심이야 변할 줄이 이시랴'는 '역군은이샷다'와 궤를 같이 하는 것으로 볼 수 있다. 왜냐하면 그 의식의 기저에서 볼 때 상황에 관계없이 君에 대해 무조건적으로 복종하는 순응지향적 의식이 포함되어 있기 때문이다.
  '역군은이샷다'적 표현은 16세기의 시조에서도 지속적으로 나타난다.

    올히 댤은 다리 학긔다리 되도록애
    거믄 해오라비 되도록애
    享福無彊ᄒ샤 億萬歲를 누리소셔

    功名이 그지 이실가 壽夭도 天定이라
    金犀ᄭᅵ 구븐 허리예 八十逢春 긔 몃회요
    年年에 오늘 날이 亦君恩이샷다

---

14) 한우근 外(1984), 『韓國文化史』, 一志社.
15) 앞책, 70쪽.

　　미나리 한 펄기를 캐여서 싯우이다
　　년대 아니아 우리님끠 바자오이다
　　맛이아 긴지 아니커니와 다시 십어보소서

　　내 모음 버혀 내여 더둘올 밍글고져
　　九萬里 長天의 번드시 걸려이셔
　　고온 님 계신 고디 가 뵈최여나 보리라

　16세기에 나타나는 이러한 일련의 시조들은 순응지향적인 의식의 측면에서 볼 때 15세기의 '역군은이샷다'적 표현의 변주일 뿐이다. 이러한 일련의 유형들은 16세기의 시대 분위기에서 忠을 연출하기 위해 채택된 유형화된 표현의 하나로 널리 파급되었던 것으로 짐작된다. 이와 같은 작시 태도의 양상은 16세기의 조선조 사회와 15세기의 신흥 국가 사회의 성격이 달랐음에도 불구하고 한편으로는 유교 이념에 입각한 권위주의적인 윤리가 그대로 유지되었음을 보여주는 예라 할 수 있을 것이다.

　'역군은이샷다'의 표현은 17세기의 조존성의 시조에서도 나타난다.

　　아희야 粥早飯을 다고 南畝어 일 만해라
　　서투른 짜부를 눌조마는 자부려뇨
　　두어라 聖世躬畊도 亦君恩이시니라

　'역군은이샷다'적인 표현은 맹사성의 〈강호사시가〉에서도 그렇듯이 대개가 '興'을 동반하면서 시절의 안정된 분위기를 자족하는 작자층의 의식을 강하게 드러낸다. 이는 사회의 구조적 모순에 시선을 돌리기보다 계급 의식에 순응하는 작자들의 태도를 단적으로 드러내는 표현인데 이러한 표현은 18세기 이후 거의 찾아볼 수 없게 된다.

3.2 '아니놀고 어이리'의 표현

'역군은이샷다'적 표현과 마찬가지로 '아니놀고 어이리'적 표현은 시조 작자들이 공감대를 형성하면서 이룩한 공식적인 표현이라는 점에서 작자층의 의식을 파악하는데 하나의 단서가 된다. 앞으로 살펴 보겠지만 '아니놀고 어이리' 적인 표현은 조선 중기, 후기로 접어들면서 각기 다른 의미 층위를 갖는다.

> 大棗볼 불근 골에 밤은 어이 뜻드르며
> 벼뷘 그르헤 게논 어이 느리논고
> 술닉쟈 체쟝ㅅ 도라가니 아니먹고 어이리

여기서의 '아니 먹고 어이리'는 15세기의 풍요로운 시대적 넉넉함을 드러내면서 신흥 국가를 예찬하는 면을 내포하고 있다. 풍요로운 시대의 태평을 구가하는 시조들은 이와 같은 식의 어구를 통해 시대상을 표출하였던 것이다. 조선 초 민본 이념에 근거한 통치 원리의 실현 과정에서는 민생을 돈후하게 하는 것이 가장 기초적인 과제였는데 그러한 것들은 사회적인 분위기가 안정된 가운데 있었음을 반영한 '아니 먹고 어이리'란 표현을 통해서도 확인된다.

> 이셩져셩ᄒᆞ니 이룬 일이 무스 일고
> 흐롱하롱ᄒᆞ니 歲月이 거의로다
> 두어라 已矣已矣여니 아니 놀고 어이리

> 興亡이 수 업스니 帶方城이 秋草로다
> 나 모른 디난 일란 牧笛의 붓뎌 두고
> 이 됴흔 太平烟火의 혼잔호더 엇더리

위의 시조는 15세기에 나타났던 '아니놀고 어이리' 적인 표현의 시조와 동일한 작시 태도의 연장에서 생성된 작품으로 파악될 수 있다. 이는 16세기의 조선조 사회가 15세기의 윤리를 유지하는 가운데서도 안정된 분위기를 형성했었던 시대적 상황을 지속하고 있었음을 간접적으로 보여 준다.

16세기에 두드러지게 나타나는 도덕가는 일반 백성의 교화를 목적으로 출현한 경우도 있었지만 한편 '아니놀고 어이리' 적인 의식이 만연하는 사회에 일종의 경고로서 출현했던 현상으로 추측해 볼 수도 있다. '아니놀고 어이리'적인 안정의 구가 속에서 사회의 폐악이 늘어나고 그에 따라 16세기에는 일종의 국민 윤리가 적극적으로 보급되었던 것이다. '아니놀고 어이리' 적인 체제 순응적 의식의 사대부 작자들을 제외하면 대부분의 16세기 사대부 의식의 저변에는 김굉필, 조광조 등의 사림파 학자들의 영향이 크게 작용했던 것으로 보인다. 당시의 정치적 측면으로 볼 때 사림파 학자들은 민본, 위민에 역행하는 권벌, 훈구의 전횡과 외척의 발호를 견제하여 유교적 이상 정치의 의지를 확립했다. 유교적 이상 정치 자체가 윤리, 도덕 정신을 강조하며 개개인의 修己에 기초한 인격의 함양을 중요시한 도덕 의식의 표출이고 보면 당시 사대부들의 활동에는 정치 이전에 윤리, 도덕의 측면이 더 큰 영향을 주었을 것으로 이해된다.16)

16세기 도덕가의 출현이 나타나는 것은 이와 같이 윤리를 강조하는 사대부 작자층의 유교적 이념에서 결과한 것이라고 볼 수 있다. '아니놀고 어이리' 적 표현은 17세기 신계영이나 남구만의 시조에서 안정된 분위기를 자족하는 순응적 작자 의식에서도 표출된다. 그러나 17세기 임·병 양란이라는 역사적 사건에 대응하여 주로 국가의 위기와 시절의 어수선함을 반영한 시대 의식으로 인하여 '아니놀고 어이리'의 의미 층위는 이전과 매우 달라진다.

> 술먹고 노는 일을 나도 왼줄 알건마는
> 信陵君 무덤 우희 밧가는 줄 못보신가

---

16) 윤사순(1986), 「사림파의 선비 정신」, 『한국 유학 사상론』, 열음사, 54쪽.

百年이 亦草草ㅎ니 아니 놀고 엇지ㅎ리

둘은 언제 나며 술은 뉘 삼긴고
劉伶이 업슨 後에 太白이도 간듸 업다
아마도 무를 듸 업으니 홀로 醉코 놀니라

　여기서의 '아니놀고 엇지하리'는 15세기, 16세기에도 나타나는 공통 어구이나 그 의미는 매우 다른 차원에서 사용되고 있다. 15, 16세기에는 안정된 분위기를 드러내기 위한 '興'의 대변적 어구였었던데 반해 17세기에 이르면 복잡한 시대 현실을 감당하지 못해서 나타나는 허무의 표상으로 파악된다. 이 시기에 나타나는 '눈물겨워 하노라', '슬허ㅎ노라', '올동말동ㅎ노라' 역시 같은 결과로 드러나는 표현법이라 할 수 있다.

時節도 저러ㅎ니 人事도 이러ㅎ다
이러ㅎ거니 어이져러 아닐소냐
이런쟈 저런쟈 ㅎ니 한숨겨워 ㅎ노라

學文을 후리티오 文武를 ㅎ온 뜻은
三尺劍 둘너메오 盡心報國 호려터니
ㅎ일도 ㅎ옴이 업스니 눈물계워 ㅎ노라

城 잇사되 막으랴 녜와도 홀일 업다
三百二十州의 엇디엇디 딕킬게오
아모리 藎臣精卒인들 의거 업시 어이ㅎ리

가노라 三角山아 보내노라 설워 말아
聖上이 찌치시면 도라오기 쉬오련니
아마도 萬世洪恩을 갑파보려 ㅎ노라

首陽山 ᄂ린 물이 夷齊의 冤淚되야
晝夜不息ㅎ고 여흘여흘 우는 뜻은

　　　至今에 爲國忠誠을 못너 슬허 ㅎ노라

　　이들 일련의 시조는 '아니놀고 어이리'적 표현의 시조와 마찬가지로
현실과 거리가 먼 감정적인 차원에서 작자의 태도를 반영하고 있다. 이
러한 양상은 임·병 양난이라는 역사적 사건이 사대부들에게 상당한 충
격을 주었음을 드러내는 한편, 체념이나 도피의 소극적 태도를 나타냄
으로써 사대부들이 현실 인식보다는 명분 위주의 관념에 사로잡혀 있었
음을 시사한다. 이 시기에는 이와 같은 의식에 대한 경고의 방편으로서
도덕가류의 출현이 나타났던 것으로 이해된다. 김상용의 〈오륜가〉, 〈훈
계자손가〉, 박인로의 〈오륜가〉 등이 그 예라고 할 수 있다.

　　박인로의 〈오륜가〉 25수에서는 부자유친, 군신유의, 부부유별, 형제
유의, 붕우유신 등 항목을 설정하여 유교적 가치규범을 제시하였다. 이
러한 규범은 『가례』, 『삼강행실도』, 『국조오례의』의 정신과 일치하는
것으로서 태조의 鄕憲으로부터 퇴계 율곡의 향약 정신에 이르는 오륜의
예속화 현상의 연장으로 파악될 수 있다. 특히 17세기는 조선조에서 禮
思想이 가장 발달하여 성리학적 규범의식이 극대화되었던 때였다. 그
현상에 비추어 볼 때 노계의 〈오륜가〉와 같은 시조가 등장한 것은 복잡
한 시대 현실에 부딪쳤을 때 나타날 수 있는 보다 더 강화되었던 규범
의 한 반영이라 하겠다.

　　18세기 이후로 '아니놀고 어이리'적인 표현은 거의 나타나지 않으나
중인층의 시조에서 이러한 표현이 나타난다는 점에 주목할 필요가 있
다. 중인층의 의식세계는 사대부층의 의식세계에 근접하면서 자기 계층
의 속성을 드러내는 이중적인 성격을 보이는데 특히 사대부의 가치관을
모방하는 이러한 성격은 김천택, 김수장 등의 가객의 시조를 통해서도
확인된다.

　　　紅塵이 멀어진이 世上일을 어이 알리
　　　江湖 勝地에 一魚翁 되어 잇셔
　　　平生을 滄浪에 뜬 白鷗와 벗을 삼아 놀리라

그러나 한편 命으로 체념된 신분적 여건의 갈등으로 인하여 그 도피로서 술을 찾게 되고 그러한 결과로 다음과 같은 시조가 나타나기도 한다.

> 浮生이 꿈이여늘 功名이 아랑곳가
> 賢愚貴賤도 죽은 後ㅣ면 다 ᄒᆞᆫ가지라
> 아마도 살아 ᄒᆞᆫ 盞 술이 즐거온가 ᄒᆞ노라

가객들의 시조에서 나타나는 이와 같은 표현은 그들이 지녔던 신분적 속성이 현실적으로 제약을 받았기 때문에 드러났던 좌절감의 표출로 이해될 수 있다. 이러한 양상은 주의식의 시조를 통해서도 확인된다.

> 人生을 혜여ᄒᆞ니 ᄒᆞᆫ바탕 꿈이로다
> 됴흔일 구즌일 꿈속에 꿈이어니
> 두어라 꿈갓튼 人生이 아니 놀고 어이리

여기서 나타나는 '아니놀고 어이리' 적 표현은 신분적인 제약에서 오는 허무감의 표출로 해석될 수 있다. 그러나 17세기 사대부의 '아니놀고 어이리' 적 표현은 임·병 양란과 거듭된 사화로 인하여 결과된 양상으로서 시대의 황폐한 현실을 감당하지 못해 표상화되었다는 점에서 18세기 중인층의 표현과는 작자층의 의식에서 다른 차이를 드러내는 것이다.

3.3 투어의 표현

고시조의 투어는 '어즈버', '아마도', '아희야', '두어라', '진실로', '엇지타' 등의 다양한 양상으로 나타난다. 여기서는 작자층의 의식을 잘 드러내고 있는 하나의 예로서 '아희야'란 투어에 대하여 살펴보기로 한다.
'아희야'는 15, 16세기에는 거의 볼 수 없으나 17세기에 두드러지게 나타난다는 점에서 주목된다. 이러한 현상은 17세기 사회 의식의 내면과 깊은 관련성이 있는 것으로 파악된다. 17세기에는 가례주의 즉 조상 숭배 사상이 강화되는 한편 유교적 사민관, 다시 말해서 士, 農, 工, 商을 차별하는 관념이 깊어 유학자들 사이에 침투해서 士란 農, 工, 商에 관계하지 않고 儒業에만 전념하는 계급이라는 자기 의식이 확립되어 있었다.17) 17세기야말로 사족 즉 양반 관념의 확립기로서, 그것의 확립에 의해 그들은 군역 면제 및 그 밖의 사회적 특권을 확보하였던 것이다. 이렇게 사회의 계급적 의미가 강화되는 시기에 '아희야'란 어구가 빈번하게 등장하는 것은 매우 의미심장하다.

> 흰 이슬 서리 되니 ㄱ을히 느저잇다
> 긴 들 黃雲이 흔 빗치 피거고야
> 아희야 비즌 술 걸러라 秋興계워 호노라
>
> 陽坡의 플이 기니 봄빗치 느저잇다
> 小園 桃花는 밤비에 다 되거다
> 아희야 쇼됴히 머겨 논밧 갈게 호야라
>
> 아희야 되롱삿갓 東澗에 비 지거다
> 기나긴 낙대에 미늘업슨 낙시 미야
> 져 고기 놀나지 마라 내 興계워 호노라
>
> 東窓이 불갓느냐 노고지리 우지진다
> 쇼칠 아희는 여태 아니 니럿느야
> 재너머 스래긴 밧츨 언제 갈려 호느니

남구만의 시조를 보더라도 영의정의 지위에까지 오르는 개인적인 삶에 비추어 볼 때 사회의 구조적 모순보다는 평온한 안정된 분위기를 자족하는 경향이 강했을 것임을 추측해 볼 수 있다. 이러한 추측은 '아희

---

17) 앞책, 55쪽.

야를 통해 더욱 명확히 입증된다. 17세기 시조에서 '아희야'의 빈번한 등장은 17세기 양반의 관념 확립과 함께 나타난다는 점에서 주목을 요한다. 이는 양반 집단이 집단 내에 이념적인 동질성을 결속하면서 그들의 동질적 우월성을 하층 집단을 통해서 확인하는 것으로부터 나타난 현상이라고 할 수 있다. 특히 '아희야'가 등장하는 시조는 위의 예에서도 나타나듯이 대개 사대부의 풍류를 드러낸다는 점에서 더욱 그러한 성향을 보여준다. 18세기 이후 '아희야'가 나타나기도 하나 17세기에 비하여 현저하게 감소하는 추세를 드러내는데 이러한 측면에서 볼 때 투어의 성격을 심도있게 파악하는 것도 시조의 성격을 이해하는데 하나의 단서가 될 수 있을 것이다.

시조 연행의 기반과 가창 방식의 전개

1. 들어가는 말

시조라는 장르가 '가창'되었고 '연행'되었다는 점에서 볼 때 시조 장르에 대한 이해는 문학적인 연구만으로는 규명될 수 없다. 시조의 문학 연구에만 매달린다면 장르적 본질의 파악은 요원하므로 분석의 시각을 가급적 그것이 창작되고 향유되던 시점으로 올려 맞추어야 할 것이라고 전제하고 시조를 부르고 듣는 문학의 관점에서 가곡창사로 규정, 파악한 연구는 매우 고무적이다.1)

시조를 음악적인 관점에서 본격적으로 논의함으로써 주목을 받은 것은 최동원 교수의 연구이다.2) '장시조의 생성과 그 시대적 전개'에 시각을 두고 시조 장르를 '作'과 '唱'의 관점에서 파악하였는데 이 방면 연

---

1) 조규익(1994), 『가곡창사의 국문학적 본질』, 집문당.
2) 최동원(1980), 『고시조론』, 삼영사.

구의 선행 업적으로 주목을 요한다. 이후 김학성 교수의 「시조의 시학적 기반에 관한 연구」3)와 「사설시조의 장르형성 재론」4)은 시조 장르를 단순히 문학적 관점으로 파악하지 않고 창작 향유되었던 연행적 기반에 주목하여 논의함으로써 연구의 관점과 시야를 넓히는데 기여했다. 특히 김학성 교수의 연구는 시조를 詩歌라는 유기적 통합체로 파악 그 실상을 규명함으로써 시조 장르의 본질 파악에 근접하는 성과를 낳았다. 그리고 시조의 발생을 음악론적 관점에서 조명한 김대행 교수의 연구5)는 시조를 가곡창과 시조창이라는 연행물의 구현체로 파악하여 시조 장르의 생성과 본질 규명에 유효한 논의를 개진하였다. 또한 최근 가곡창사를 시가의 통합체로 인식 접근한 조규익 교수의 연구6)는 시조 장르가 출현하게 된 창작과 향수의 관습 및 상황 등에 중점을 두고 시조 장르의 본질을 파악함으로써 시조 연구에 진일보한 성과를 이룩하였다.

고전시가로서의 시조장르가 가창을 수반으로 연행되었다는 점에 주목하여 문학적인 측면뿐만 아니라 음악적 측면에 관심을 두고 논의를 편 기존의 연구는 시조 장르를 통합적인 시각에서 바라보고 실상에 접근할 수 있는 전기를 마련했다는 점에서 그 의의가 크다. 그러나 선행연구의 다양한 관점과 진전에도 불구하고 시조 장르의 성격을 밝히는 연구는 아직도 미흡한 상태이다. 이러한 연유는 본질적으로 시조가 음악적인 특성을 지닌 노래라는 점에서 기인하기 때문이다. 시조사의 전개, 시조 장르의 본질을 밝히는데 있어서 시조의 음악사적 흐름과 연행 기반, 향유 방식, 가창 방식 등이 선행적으로 연구되지 않고서는 시조 장르의 전모와 실상을 파악하기는 어려울 것이다.7)

---

3) 김학성(1991), 「시조의 시학적 기반에 관한 연구」, 『고전문학연구』, 6집.
4) 김학성(1996), 「사설시조의 장르형성 재론」, 『대동문화연구』, 제20집.
5) 김대행(1986), 『시조유형론』, 이대출판부.
6) 조규익(1994), 앞책.
7) 논의 전개에 앞서 '시조'라는 명칭의 혼란을 피하기 위해 본고에서 사용한 용어에 대한 개념을 정리할 필요가 있다. 시조는 엄밀히 말해 음악적인 측면의 명

2. 詩歌로서의 시조의 기반

시조는 詩歌라는 연행물로 창작 향유되었던 장르이다. 시조를 지었던 사대부나 후기 중인층이 선언한 시가관의 집적물 그 어디에도 시조를 문학적으로만 인식했던 경우는 드물다. 시조의 '詩'와 '歌'는 분리된 형태가 아닌 하나의 통합체로 구현되었기 때문에 그 기반 역시 양자를 포괄하는 측면에서 논의되어야 할 것이다.

시조 창작자들이 시조를 詩歌라는 노래의 구현물로 인식하고 연행했다는 점에서 볼 때 시조 창작이나 향유 방식에 대해 직접적으로 혹은 간접적으로 시가관을 표방한 가집의 서발과 단평 등은 창작과 연행의 기반을 이해하는데 매우 소중한 기록이다.

> 공의 시사는 청신하고 기발하여 진실로 사람들의 입에 자주 오르내리게 되었는데 가곡은 오묘하고 뛰어나서 고금의 장·단편으로 왕성하게 전하지 않는 것이 없다. 비록 굴원의 초사와 이소, 소동파의 시부라 해도 거의 이것을 능가할 수는 없을 것이다. 목청껏 노래하는 것을 들을 때면 언제나 성운이 청초하고 뜻이 아득히 높아서 깨닫지 못하는 사이에 표표히 허공에 날아 올라 바람을 타고 우화 등선하는 것 같다. 그 애군 우국의 정성에 이르면 말로 드러나는 것보다 넓고 커서 사람으로 하여금 느껴 비창하게 하고 감동하여 탄식하게 한다. 진실로 하늘이 낸 충의와 뛰어난 풍류가 아니라면 그 누가 능히 이와 더불 수 있으리.[8]

칭으로서 조선 후기에 생긴 용어이다. 우리가 다루고자 하는 시조 장르는 가곡창과 시조창에 얹어 부른 노래말이다. 따라서 문학적인 용어로 평시조나 사설시조란 명칭을 쓰는 것은 매우 혼돈을 초래하는 일이다. 최근 시조를 '가곡창사'라고 부른 명칭이 새롭게 등장한 것도 바로 이러한 연유에서 기인한 것이다. 그러나 '가곡창사'라는 용어는 학계에서 일반적으로 통칭되고 있는 명칭이 아니므로 본고에서는 시조 장르의 개념을 포괄적으로 나타낼 때는 '시조'라 하고, 문학적인 명칭으로서는 '단형시조'와 '장형시조'라는 용어를 취하고, 음악적인 명칭으로서는 '가곡창'과 '시조창'이라는 용어를 취하고 있음을 밝혀 두고자 한다.

8) 李選,『松江歌辭』跋
　　公詩詞 淸新警拔 故膾炙人口 而歌曲尤妙絶 今古長短篇 什無不盛傳 雖屈平之楚騷
　　子瞻之賦賦 殆無以過之 每聽其引喉高詠 聲韻淸楚 意旨超忽 不覺其飄飄乎 如憑虛

이는 정철(1536~1593)의 『송강가사』에 수록된 이선의 발문이다. 송강의 詩歌에 대한 개인적인 단평이라 다소 주관적이며 다분히 찬양적인 내용으로 일관하고 있으나 여기서 '하늘이 낸 충의와 뛰어난 풍류'라는 대목에 주목할 필요가 있다. 이선은 송강의 가곡을 굴원의 초사와 이소, 소동파의 시부를 능가할 정도로 극찬하면서 그 최고의 경지를 '出天忠義'와 '間世風流'로 묘사하고 있다. 여기서 우리는 암묵적으로 당시 가곡의 이상적 규범이나 典範이 충의의 구현과 풍류의 실현이라는 측면에 바탕을 두고 있었음을 짐작할 수 있다. 그렇기 때문에 이선은 송강의 가곡이 가곡으로서의 이상적인 기준에 부합했음을 강조하고자 했던 것이다. 물론 여기서 가곡은 시조시를 얹어 부른 가곡창을 말한다.9)

'충의'의 구현과 '풍류'의 실현은 시조 창작과 연행에서 매우 중요한 기반이다. 시조 내용이 지닌 다양한 주제와 소재에도 불구하고, 그리고 시조가 연행되었던 상황의 다양성에도 불구하고, 詩歌로서의 시조의 기저에는 '충의'와 '풍류'에 대한 지향성이 기본적으로 그 바탕에 깔려 있다.

충의와 풍류에 대한 지향성은 퇴계(1501~1570)의 「도산십이곡」 발문과 농암의 「어부가」에 수록된 발문을 통해서도 거듭 확인할 수 있다.

> 우리 동방의 가곡은 대체로 음란하여 족히 말할 것이 못된다. 한림별곡 같은 류는 글하는 사람의 입에서 나왔으나 교만하며 방탕하고 겸하여 비루하게 희롱하고 친압하며 더욱 마땅히 군자가 숭상할 바가 아니다. 오직 근세에 이별의 육가가 세상에 성하게 전하니 오히려 그것이 이보다 좋다고는 하나 역시 세상을 희롱하고 불공한 뜻만 있고, 온유돈후한 내용이 적음을 애석하게 여긴다. 노인은 본래 음률을 알지 못하나 오히려 세속의 악은 듣기를 싫어 하였다. 한가히 살면서 병을 수양하는 여가에 무릇 정성에 감동이 있는 것을 매양 시로 나타내었다. 그러나 지금의 시는 옛날의 시와 달라서 가히 읊기는 하되

御風 羽化登仙 至其愛君憂國之誠則亦且蕩然於辭意之表 至使人感愴而興歎言 苟非
出天~忠義 間世風流 其孰能與於此
9) 가창 방식의 문제는 뒤에서 거론할 것이므로 더 이상의 언급은 생략한다.

노래하지는 못한다. 만약 노래하려 하면 반드시 시속말로 엮어야 되겠으니, 대개 나라 풍속의 음절이 그러지 않을 수가 없었다. 그러므로 내가 일찍이 이 씨의 노래를 모방하여 도산 6곡이란 것을 지은 것이 둘이니, 그 하나는 뜻을 말함이요, 그 하나는 학문을 말한 것이다. 아이들로 하여금 조석으로 익혀서 노래하게 하고, 책상에 비기어 듣기도 하고 또한 아이들이 스스로 노래하고 춤추고 뛰기도 하게 하니 거의 비루한 마음을 씻어버리고, 감발하며 화창하여 노래하는 자와 듣는 자가 서로 유익됨이 있을 것이다.10)

사람들이 霜花店 제곡을 들은 즉 수무족도하고, 어부사를 들은 즉 싫증내고 조는 것은 무엇 때문인가. 그 사람이 아니면 실로 그 소리를 알지 못하니 또 어찌 그 음악인들 알겠는가…… 선생은 이를 얻어 보시고 기뻐 만족하며 즐겼으나 오히려 그 쓸데없이 장황함은 좋지 않게 여기셨다. 이에 산개보찬하여 12장을 9장으로 줄이고 10장을 5장으로 줄여 시중드는 아이에게 주어 익히고 노래하게 했다. ……어찌 세속의 사람들이 정위를 좋아하여 음탕함을 더하고 옥수후정화를 들어 뜻을 방탕하게 갖는 것과 비하겠는가.11)

위의 기록을 살펴 볼 때 퇴계는 당대에 두 부류의 노래가 존재하고 있었다고 생각한 듯하다. 그 하나는 유교적 이념을 실천하는 노래이고 또 다른 하나는 개인의 심회를 표출하는 풍류 구현의 노래이다. 이를 도식화하면 다음과 같다.12)

---

10) 李榥,『陶山十二曲』跋
　　吾東方歌曲 大抵淫哇不足言 如翰林別曲之流 出於文人之口 而矜豪放蕩 兼以褻
　　慢戲狎 尤非君子所宜尙 有近世有李鼈六歌者 世所盛傳 有爲彼善於此 亦惜乎 其
　　有玩世不恭之意 而少溫柔敦厚之實也 老人素不解音律 而猶之厭聞 世俗之樂 閑
　　居養疾之餘 凡有感於情性者 每發於詩 然今之詩異於古之詩歌 詠而不可歌也 如
　　欲歌之必綴以俚俗之語 蓋國俗音節所不得不然也 故嘗略倣李歌而作陶山六曲者二
　　焉 其一言志 其二言學 慾使兒輩朝夕習而歌之 憑几而聽之 亦令兒輩自歌而舞蹈
　　之 庶幾可以蕩滌鄙吝感發融通 而歌者與聽者不能無交有益言
11) 書『漁夫歌』後
　　然人之聽之於彼則手舞足蹈 於此則倦而思睡者 何哉 非其人 固不知其音 又言之
　　其樂乎……先生得而玩之 喜愜其素尙 而有病其未免於宂長也於是 刪改補撰 約十
　　二爲九 約十爲五而付 之侍兒 習以歌之 ……噫先生之於此旣得其眞樂 宜好其眞
　　聲 豈若世俗之人悅鄭衛而增淫 聞玉樹而蕩之者比耶

(a)   (b)   (c)

한림별곡류——이별 육가——도산십이곡(1)

상화점 제곡——어부가——개작 어부가(2)

퇴계는 (a)보다 (b)가 나으나 그것도 좋지 않은 결점이 있어 (c)를 만들게 되었다고 했다. 퇴계의 태도로 보아 퇴계가 생각하는 이상적인 규범은 (c)의 歌道에 있었음을 알 수 있다.

「도산십이곡」은 곧 온유돈후의 儒敎的 理를 실현하고자 제작된 것이며 실제 작품의 내용을 통해서도 쉽게 확인할 수 있다.

> 淳風이 죽다ᄒᆞ니 眞實로 거즛마리
> 人性이 어디다ᄒᆞ니 眞實로 올흔마리
> 天下애 許多英才를 소겨 말솜홀가

반면 개작 「어부가」의 경우, 원 「어부가」를 들으면 싫증내고 조는 일이 많아 개작했다고 했는데 그 요지인 즉 소리가 어려워 누구나 쉽게 접할 수 없어 그 장황함을 줄이고자 농암이 산개보찬했다는 것이다. 그리하여 퇴계는 개작한 노래가 정위, 옥수후정화의 방탕함과는 비할 수 없다는 것이다.

농암이 「어부가」에 대해 화조월석에 술을 마련하고 친구들을 불러 분천강상의 작은 배에서 그것을 노래하게 했다고 말한 바와 같이 「어부가」는 풍류를 실현하기 위한 노래의 한 형태였다. 그러면서도 궁극적으로는 '음탕함'이나 '방탕함'에 빠지지 않는 도덕성이 중요시 되었던 것이다.

(1)과 같은 부류의 시조가 전적으로 유교적 理를 실현하기 위한 노래들이라면 (2)와 같은 부류의 시조는 풍류를 구가하는 노래들이다. 물론 그 창작의 바탕에는 유교적 이념이 깔려 있었다. 살펴 본 바와 같이

---

12) 조규익(1994), 앞책, 160쪽. 본고와 논지 전개는 다르나 설명의 편의상 도표를 인용한다.

송강이나 퇴계의 관련 기록을 통해 볼 때 유교적 理의 구현과 풍류의 바른 실현은 시조의 창작과 연행에 중요한 기반이 되었음을 알 수 있다.13)

충의의 구현과 풍류의 실현은 일찍이 조선 초 맹사성(1360~1438)의 「강호사시가」에서도 이미 확인할 수 있다.

> 江湖에 ᄀᆞ올이 드니 고기마다 술져잇다
> 小艇에 그믈 시러 흘니 씌여 더져두고
> 이몸이 消日ᄒᆡ옴도 亦君恩이샷다
>
> 江湖에 겨울이 드니 눈 기픠 자히 남다
> 삿갓 빗기 쓰고 누역으로 오슬 삼아
> 이몸이 칩지 아니ᄒᆡ옴도 亦君恩이샷다

江湖閑情과 임금에 대한 충의가 적절히 조화를 이루고 있는 맹사성의 작품은 조선조 사대부 시조의 한 典範이라고 할 만하다. 송강의 가곡을 듣고 이선이 격찬했던 충의와 풍류의 양상이 맹사성의 「강호사시가」에는 한 작품 안에 조화를 이루고 있는 것이다. 맹사성이 세종 대에 왕명을 받들어 음악에 간여했던 점14)으로 미루어 볼 때 가곡창의 전범으로서 〈강호사시사〉를 지을 수 있었을 것으로 짐작된다. 이러한 계열의 노래는 이후 조선조 시조 장르에서 광범위하게 지속적으로 나타난다.

조선조 시조에 나타나는 '江湖歌道와 政治 現實' '釣月耕耘과 致君澤民'이라는 주제의 다양하고 지속적인 변주 역시 궁극적으로는 유교적 理와 풍류의 道를 구가하였던 창작과 연행의 기반에서 생성된 것이다.

김학성 교수가 시조의 사상적 연행적 기반을 논의하면서 '시조는 사대부층과 그 주변 인물의 잔치 마당에서 수작을 주고받으며 풍류를 즐

---

13) 유교적 이념은 시조 창작의 사상적 기반을, 풍류의 실현은 창작과 연행의 어느 한쪽으로든 작용하면서 시조의 기반을 형성하고 있다.
14) 장사훈(1986), 『한국음악사』, 세광음악출판, 225쪽.

기는 기능으로만 존재하는 것은 아니다. 그에 못지 않게 중요한 기능은 治者 學者 人格者로서의 德을 갖춘 君子의 노래로 기능했다는 것이다. 즉 시조를 통해 자신의 인격을 수양하고, 天人合一의 유가적 이상을 추구하고, 학문의 길을 밝히고, 윤리 도덕을 닦아 풍속을 교화하는 데까지 이르도록 힘썼다.'15)라고 지적한 것은 시조 기반의 요체를 명시한 견해이다.

시조 창작의 기반이 되었던 유교적 理의 추구와 풍류의 실현은 이후 조선조 사대부의 시조에서 지속적으로 이어진다.16) 그러나 풍류의 실현은 사대부층의 시조에서만 보이는 것은 아니다. 조선 후기에 이르면 중인 가객층, 특히 경아전층을 중심으로 하여 사대부층의 풍류를 모방한 시조가 창작, 향유되는 상황으로 나타난다.17)

다음에서 가집이나 문학 의식 혹은 시대적 관점의 변모를 논의하는 데에 반드시 언급될 수밖에 없는 김천택(1687~1758)의 경우를 보자. 다수의 시조에서 지배 이념이었던 유학의 실천 덕목이나 그와 관련한 것들을 소재로 삼아 중세적 질서에 매어 있었던 면모나 작품을 평하는 가운데 '풍아의 운치'나 '君子之風'을 운운하는 점에서 볼 때 김천택 역시 유교적 理와 풍류의 실현을 詩歌의 이념적 규범으로 생각하고 있는 듯 하다.

> 서검을 못일우고 쓸씌 업쓴 몸이 되야
> 오십 춘광을 희옴업써 지닉연져
> 두어라 언의곳 산이야 날 씰 쑬이 잇시랴
> 浮生이 꿈이여늘 공명이 아랑곳가
> 賢愚貴賤도 죽은 후ㅣ면 다 흔가지
> 암아도 실아 흔 盞 술이 즐거온가 흐노라

---

15) 김학성(1991), 앞글, 426쪽.
16) 시대적으로 편차를 보이면서 변모하는데 앞으로 세밀히 검토해야 할 사항이다.
17) 권두환(1985), 「조선후기 시조가단연구」, 서울대 박사논문.
강명관(1990), 「18, 9세기 경아전과 예술활동의 양상」, 『한국근대문학사의 쟁점』, 창작과비평사.

위 시조에서 나타난 바와 같이 김천택의 '몸'은 '쓸 데 없는 몸'으로 형상화되며 자연과 동화할 수 없는 몸으로 묘사되고 있다. 그리하여 그의 삶은 '浮生'이라는 헛된 삶으로 나타난다. 김천택은 자기 존재의 무의미성을 달래고자 술 마시는 즐거움을 택하고 있는 것이다. 사대부의 강호한정을 읊는 관조적 자세와 여유가 여기에는 없다. 사대부 시조의 관습적 기반이었던 관조적인 풍류의 구가는 사라지고 현실적 한계 상황이 형상화되고 있을 뿐이다. 김천택의 상당수 작품에서 풍류를 구현하는 듯 하지만 실상 그것은 사대부의 탈속적 관조적 풍류와는 달리 현실적 장벽에서 파생한 절망감을 동반하는 허무주의적 인생 무상이나 취락에의 몰입을 노래하고 있는 것이다.[18]

실제 중인층의 작품에 나타난 시조 창작과 연행의 기반은 前代 사대부의 그것과 다른 것임을 쉽게 발견할 수 있다.

주려주그려하고 수양산에 드럿더니
헌마고사리롤 머그려 키아시랴
物性이 구븐줄 믜워 펴보려고 키미라

前代에 나타났던 수양산의 소재가 주의식의 작품에서는 충성과 절개가 아닌 物性의 풍유적 비유로 형상화되고 있다. 풍유적 비유의 재기발랄함이 오랜 사고의 관조성에서 파생한 것이기보다는 즉흥적인 성격을 드러낸다. 중인층의 작품들이 강호한정이나 무상함 등 관습적 제재를 취한 점에서 볼 때 외견상 전대 사대부들의 그것과 유사한 듯 하나 그 이면에는 실상 유교적 理의 추구가 희석화되어 있다. 사대부의 풍류가 세속을 초탈하여 관조적 정서를 분출했다면 중인층의 경우에는 풍류이되 오락적 분위기의 유흥적 현장적 즉흥적 양상을 띤다는 점에서 크게 다르다.[19]

---

18) 고미숙(1993), 「19세기 시조의 전개 양상과 그 작품 세계 연구」, 고려대 박사논문, 40~42쪽.
19) 사대부 시조와 중인층 시조의 창작 기반의 차이를 범박하게 나누어 본다면 이

　다음 예에서 나타난 바와 같이 김수장의 시조에서 보이는 풍류의 양
상은 그것이 현장에서 즉흥적으로 유흥성을 지향하며 생성되었다는 것
을 알 수 있다.

> 경회루 만루송 만전에 벌러 잇고
> 인왕안현은 취병이 되엿는듸
> 석양에 편편백로는 오락가락 ᄒ노미
> 곳도 픠려 ᄒ고 버들도 프르려 혼다
> 비즌 술 다닉엇니 벗님네 가시그려
> 육각에 두렷시 안즈 봄마지 ᄒ리라

　이같이 중인층은 현장의 놀이문화와 직결되는 현실적 즉흥성을 표출
하면서 권위주의적 윤리사회에서 매몰된 자신들의 신분적 한계를 취락
적 허무나 인생무상으로 몰고 갔던 것으로 보인다.

　조선 전기 시조를 형성하게 된 사대부들의 풍류의 場은 연희의 성격
보다는 순수한 시적 감정을 분출할 수 있는 '분천강상', '강호' 등 세속을
초탈할 수 있는 자연을 실제의 배경으로 하는 경우가 많았고 그 풍류의
장은 집단적인 유흥의 떠들썩한 분위기가 아니라 소수의 참여자가 자연
의 흥취를 향수하는 분위기를 형성하는 것이 주조를 이룬다. 또한 자연
의 흥취를 노래하면서도 유교적 理를 잃지 않음은 살펴 본 바와 같다.

　그러나 중인층의 풍류의 장은 사대부의 그것과 달리 비교적 제한된
공간의 장에서 이루어졌다. 이는 가악의 발전으로 17C말 18C무렵부터
풍류방 문화가 형성되는 것과 관련을 갖는 것이기도 하다. 조선 후기
풍류의 한 특징은 가객 금객 시객 명창 등이 집단적으로 모여 놀음을
하는 가악 중심의 성격으로 이행한다는 점에서 찾을 수 있다.[20]

념적(사상적 사회적) 측면과 연행과 관련한 풍류 양상의 측면에서 논의될 수
있다. 이념적 측면에서 그 차이를 논하는 관점은 이미 기존의 학계에서 집중
적으로 거론된 바이므로 생략하고 여기서는 풍류의 측면에서 그 차이점을 살
펴보고자 한다.

20) 신은경(1995), 「풍류방 예술과 풍류 집단」, 『문학과 사회 집단』, 196~204쪽.

『시경』을 인용하여 歌의 특성을 설명한 『청구영언』의 한 대목을 보자.

> 시경대서에서 말하기를 "嗟歎으로 부족하여 길게 노래하고 노래로도 부족하여 모르는 사이에 손발을 움직여 춤을 춘다. 情이 聲으로 나타나고 聲이 곡조를 이루니 이를 흡이라 한다." 소리가 나 흡에 부합하는 것을 歌라 한다. 아! 슬프다. 옛적의 노래는 지금의 노래와 다르다. 일반 서민은 집안을 다스리고 夫婦의 和樂을 위해 노래했고, 나라에서는 나라를 다스리고 천하를 평정하는데 사용했는데, 오늘의 노래는 다만 잔치의 오락으로만 사용되니, 슬프고 애석하도다. 길게 노래하는 것이므로 永言이라 한다. 말은 짧지만 소리는 길다.21)

위 대목에도 나타나 있듯이 예전의 노래는 風教의 기능을 수행하는 것이었는데 18세기 초기에 이르면 다만 잔치의 오락용으로 사용된다는 점을 알 수 있다. 여기서 永言이라 함은 시조시를 얹어 불렀던 가곡일 것이다. 그 곡조가 느리다는 점에서도 그러하다. 가곡의 노랫말이 조선 전기와 비교하여 크게 차이가 난다는 점 특히 '오늘의 노래가 다만 잔치의 오락으로 사용된다'는 언급은 이 시기에 들어서 시조의 연행 기반이 크게 달라졌음을 시사한다. 여기서 오늘의 노래라 함은 김천택과 같은 일련의 가객을 중심으로 하여 풍류방에서 연행되었던 노래였을 것이다. 중인층의 시조는 현장의 놀이문화와 직결되는 현실적 즉흥성을 표출하였고 따라서 그들은 권위주의적 윤리사회에서 매몰된 자신들의 신분적 한계를 음악적 전문가로서의 才藝로 극복하고자 했을 것이다. 이같이 사대부의 시조와 중인층의 시조에서는 외견상 모두 풍류를 구가하고 있지만 실상 풍류22)의 본질적 의미는 크게 다르다. 사대부들의 노래가

---

21) 『青丘永言』, 詩大序 嗟歎之不足 故永歌之 詠歌之不足不知手之舞之足之蹈之也
又曰情發於聲 聲成文 謂之音 蓋聲發而符諸音卽歌也 噫 古之歌 異於今之歌 用
之庶人 家齊而夫婦和樂 用之邦國 國治而天下平 今之歌 只用爲賓筵娛可歎可情
依其永而歌 又曰歌永言 語短聲遲
22) 풍류란 자연의 경지를 즐기어 시나 노래를 읊조리는 등 풍아를 즐기는 것이거나 옛사람이 끼친 풍속, 습관, 또는 세속을 초탈하는 것 혹은 대(竹)풍류 줄풍

歌의 구현에 중점을 두기보다는 시적 의미에 중점을 두는 경우가 많았기 때문에 풍류에 참여한 시조 작자들은 음악인의 입장이기보다는 문학인의 입장에서 참여하는 경우가 보편적이었다. 가비에게 노래부르게 했던 이현보나 〈도산십이곡〉을 지어 비복에게 노래 부르게 한 이황 등의 음악적 관심에도 불구하고 그들의 시조에 대한 참여는 '시를 지어 노래 부르도록 하는' 즉 음악인으로서가 아니라 문학인의 차원에서 이루어진 것이었다. 따라서 사대부의 창작이나 연행의 기반에는 개인적 참여자에 의해 주도되는 시적 분위기가 음악성보다 앞섰을 것으로 짐작된다. 노랫말에 충실할 수 있는 창작의 분위기와, 무엇보다도 사대부들의 풍류가 일종의 餘技로 이루어졌다는 점은 관조적이고도 심미적인 성향을 표출하는데 기여하는 요인이 되었다. 그러나 가객, 금객 등 다양한 향수자와 실기자와 창작가가 집단적으로 참여하는 場에서 그 풍류의 성향은 세속을 초탈하기보다는 유흥적인 분위기가 압도적인 것으로 나타날 수밖에 없었다.

> 나간에 지혀 안자 옥적을 빗기부니
> 오월 강성에 훗듯ᄂ니 매화로다
> 곡조 순금에 섯거 백공상화하리라

　유흥적, 집단적 분위기의 이러한 성향은 중인층의 시조에서만 보이는 것은 아니다. 조선 후기에 이르면 사대부의 시조에서도 집단적 유흥의 분위기를 찾아볼 수 있다. 19세기 이세보의 작품에서는 관조적이고도 심미적인 풍류 구현의 시조 외에도 유흥적 분위기의 시조가 다수 나타난다.

> 놉흔 집의 니원졔ᄌ 압혜 두고
> 졀더가인 화답ᄒ니 경긔무궁 졀승ᄒ다

류와 같이 관악 합주나 실내악적인 단잡이의 관현합주를 가리킨 말로도 사용된다.

아마도 쳥츈 힝낙은 이뿐인가.

니동현 거문고 타고 젼필언 양금치쇼
화션 연홍 미월드라 우됴 계면 실슈 업시
그즁의 풍뉴쥬인은 뉘라든고.

관조적이고도 심미적인 풍류를 구현했던 사대부의 시조는 조선 후기로 가면서 유흥적이고도 집단적인 놀이로서의 풍류 구가로 변모한다는 점에 주목을 요한다. 이는 시조사 전개를 통해 볼 때 조선조의 놀이 문화나 문화 양상이 변화되는 측면과 관련을 갖는 문제로서 앞으로 시조사 연구에서 논의되어야 할 과제이기도 하다.

3. 장형시조의 창작과 향유 양상

장형시조를 창작 향유한 층에 대한 지금까지의 논의는 세 가지로 요약된다. 그 하나는 사대부층의 창작 향유설[23]이고 둘째는 중간 계층에 의해 창작 향유되었으며 특히 17세기 이후 중간 계층이 성립하면서 본격적으로 성행하게 되었다고 보는 설[24]이고 셋째는 서민층이 창작 향유했다는 설이 그것이다.

그 중에서 서민 문학층의 창작 향유설은 초기 시조문학 연구에서 단선적으로 이해되었던 관점이었고, 지금 학계에서 쟁점이 되는 것은 사대부층이냐 아니면 중간 계층이냐의 문제로 집약될 수 있다. 장형 시조의 창작과 향유의 전반적 양상을 논의하는데 있어서 그 담당층이 누구인가 하는 문제는 장형시조의 발생 시기나 향유 방식과 맞물려 있다.

진본 『청구영언』은 장형시조를 논의하는데 있어서 매우 중요한 단서를 제공한다. 먼저 진본 『청구영언』의 편찬 체제를 살펴보자.

---

23) 김학성(1986), 앞글, 김대행(1986), 앞책.
24) 강명관(1993), 「사설시조의 창작향유층에 대하여」, 『민족문학사연구』.

서
초중대엽
이중대엽
삼중대엽
북전
二북전
초삭대엽
삼삭대엽
낙시조
장진주사
맹상군가
만횡청류

전체적인 편찬 체제로 볼 때 진본 『청구영언』의 체제는 곡조별로 구성되어 있고 각 곡조마다 작가별 분류가 이루어지는 형식을 취하고 있다. 그동안 장형시조의 논의에서 자주 거론된 바 있는 낙시조와 만횡청류, 장진주사와 맹상군가는 본고에서 특히 주목을 요하는 부분이다.

그런데 필자가 그간 쟁점이 되어 온 낙시조 항목을 살펴 본 결과 낙시조에 수록된 시조는 모두 단형시조의 형식을 취하고 있어서 크게 주목된다. 진본 『청구영언』의 경우에 낙시조는 단형시조에 얹어 부른 곡조임을 알 수 있다.

국악계의 해석에 따르면 낙시조와 우조는 어떤 한 조를 지적한 이름이 아니고 여러 개의 조를 묶어서 부른 것이라고 한다. 다시 말해 우조는 '높은 조'라는 뜻인 웃조를 한자로 차음한 것이며 낙시조는 낮은 조의 차음자일 것이라는 말이다. 그런데 낙시조나 우조는 여러개 조의 혼칭으로 사용하면서 후대로 내려올수록 조명이나 조격 등으로 다양히게 분화되는 양상을 드러낸다.[25]

『유예지』의 생황자보에는 계면대엽·농락·낙시조의 악보가 실려 있는데 이것은 조명이 아니고 가곡의 곡조 이름이다. 『해동가요』에 실린

---

25) 장사훈(1985), 『시조음악론』, 181~185쪽.

김수장의 시조에 '중한님 삭대엽은 요순우탕 문무갓고/후정화 낙시조는 한당송 되엿는듸'의 낙시조도 시조를 지칭하는 말이 아니며 가곡의 곡조이다. 『가곡원류』의 歌之風度形容 15조목에는 낙시조를 '堯風湯日 花爛春城'으로 형용했고 『해동가요』歌之風度形容 14조목에서도 이와 같이 형용하고 있다. 낙시조가 '꽃이 만개한 봄풍경과 관련한다'는 점에서 밝고 명랑한 분위기의 곡조라는 것만을 짐작할 수 있을 뿐이다. 게다가 후대 가집에서 말하는 낙시조는 진본 『청구영언』에 수록된 낙시조의 수록 작품 내용과도 크게 다르다.

진본 『청구영언』의 낙시조 항목에는 '청산도 졀노졀노…'나 '오늘도 됴흔 날이요…'와 같은 단형시조가 10수 있을 뿐이다. 이 낙시조 항목에는 육당본 『청구영언』이나 『해동가요』에 수록된 장형시조와는 전혀 이질적인 성격의 작품들이 수록되어 있는 것이다.

그런데 이득윤이 편찬한 『현금동문유기』(1620년)에는 四調體를 평조, 낙시조, 계면조, 우조로 나누고 '樂時調者 沖和純粹婉轉流麗之調'라 밝혀 놓고 있다. 여기서 낙시조란 '깊고 순수하고 구르듯이 흐르듯이 아름다운 조'라는 것인데 흥미로운 것은 진본 『청구영언』낙시조의 단형시조가 반복적 어휘를 구사하고 있어 그 언술의 기법이 유려하다는 점이다.

여기에 그 작품을 예로 들어 본다.

> 스랑스랑 긴긴 스랑 기천ㄱ치 내내 스랑
> 구만리 장공에 넌즈러즈고 남는 스랑
> 아마도 이 님의 스랑은 ㄱ업슨가 ㅎ노라

> 오늘도 됴흔 날이오 이곳도 됴흔 곳이
> 됴흔 날 됴흔 곳에 됴흔 사람 만나이셔
> 됴흔 술 됴흔 안쥬에 됴히 놀미 됴해라

짐작컨대 『청구영언』 소재 낙시조는 흐르듯이 반복되는 언어의 굴림과 창이 합성된 곡조였을 것이다. 따라서 장형시조 논의에서 낙시조 항목을 거론하는 것은 매우 문제가 있다고 본다.

진본 『청구영언』에 수록된 장형시조는 결국 '만횡청류'의 시조 116수를 말하는 것인데 문제는 〈장진주사〉와 〈맹상군가〉의 귀속 여부이다. 최동원 교수는 17세기 이전 정확히 말해 숙종 이전의 장형 시조가 14수나 되는 것으로 볼 때 장형 시조의 생성기는 작가들의 생존연대로 보아 선조조 무렵은 확실하고 혹은 명종대로 잡을 수도 있을 것이라고 하였다. 그리고 작가들 모두가 사대부이거나 명문의 후예들로서 양반 사대부에 속하는 상층계급이었다고 하면서 〈장진주사〉를 송강의 작으로 보고 그 형식면에서 볼 때 가사로 보기보다는 장형시조에 가까운 것으로 보아야 한다고 추정했다. 특히 가사장르가 일반적으로 그 형식이 길어 가곡이나 시조창으로 부를 수 없는데 비하여 〈장진주사〉는 이것을 가곡의 五章 형식에다 맞추어 보면 조금도 손색이 없이 꼭 들어맞는 창사라는 것이다.26)

반면 강명관 교수는 성주본 『송강가사』에서 〈장진주사〉가 가사에 편입되어 있는 것으로 보아 가사창으로 불렀을 가능성이 더 높다고 하면서 그 장르의 귀속성 문제, 문헌적 신빙성에 의문을 제기하였다. 그러면서 "〈장진주사〉는 20개의 가집에 실려 있는데 근화악부만 만횡청으로 표기되어 있을 뿐, 그 외 19개의 가집은 가곡 곡조 표기가 없고 모두 장진주(사)로 처리되어 있다. 가곡창의 창법으로 불리지 않았다는 증거다. 진본 『청구영언』이 이 작품을 만횡청류에서 독립시킨 것은 그만한 이유가 있다고 보아야 한다"27)는 논지를 전개했다.

그런데 필자가 진본 『청구영언』의 편찬 체제를 보건대 〈장진주사〉는 장형시조로 보는 것이 무방할 듯 하다. 왜냐하면 초중대엽부터 삼삭대엽의 곡조안에 수록된 단형시조 바로 뒤에 〈장진주사〉와 〈맹상군가〉가 실려 있고 그 다음에 연이어 만횡청류의 장형시조가 등장하는 체제상의

---

26) 최동원, 앞책, 55~80쪽.
27) 강명관, 앞글.

특성 때문이다. 다시 말해, 단형시조와 장형시조 사이에 유독 가사를 수록해 놓았다는 것은 편찬 체제상 이해할 수 없기 때문이다. 특히『청구영언』이란 가집의 성격상 가곡창의 대본이라는 점에서 볼 때, 가곡창으로 부를 수 없는 가사를 실어 놓는다는 것은 수긍할 수 없는 일이다. 다음 장에서 살펴보겠지만 만횡청이란 곡조가 가곡의 곡조인 삼삭대엽의 변격이라는 점에서 볼 때 더욱 그러하다.

후대 가집에는 가사가 본격적으로 출현하고 있지만, 진본『청구영언』의 경우에 유독 500수 이상의 시조시를 싣는 과정에서 가사 한두 편만을 수록한다는 것은 전체 체제와 관련하여 생각해 볼 때 쉽게 납득할 수 없는 점이 있다. 특히 진본『청구영언』에 수록된 〈맹상군가〉가 육당본『청구영언』에서는 '농'편목에 다른 장형시조와 더불어 정철의 작품으로 실려 있다는 점도 주목할 만한 일이다. 물론 이러한 현상은 진본『청구영언』이후 다양한 이본이 나오고 수록되는 과정에서 변개의 결과로 파생할 수도 있는 일이지만 〈맹상군가〉가 장형시조라면 〈장진주사〉는 가사일 가능성이 보다 더 희박하다.

특히 진본『청구영언』에 두 작품이 함께 나란히 실릴 수 있었던 까닭은 두 작품의 유사한 정취와 분위기 때문이었던 것으로 생각해 볼 수 있다. 실제 두 작품을 비교해 보자.

훈준먹새그려쏘훈준먹새그려곳것거산노코무진무진먹새그려이몸주근후에지게우희거적더퍼주리혀미여가나유소보장에만인이우려네나어옥새속새덥가나무백양수페가기곡가면누른히흰돌가는비굴근눈쇼쇼리브람불제뉘훈잔먹쟈홀고훈들며무덤우희진나비브람불제뉘우춘들엇지리.

천추전존귀키야맹상군만홀가마는천추후원통홈이맹상군이더욱셟다식객이적돗돈가명성이괴요톤가개도적듧의우름인력으로사라나셔말이야주거지여무덤우회가싀나니초동목수들이그우흐로것니며셔슬픈노래훈곡조를부르리라혜여실가옹문조일곡금에맹상군의한숨이오로는듯늬리는듯아희야거문고청쳐라사라선제놀리라.

〈맹상군가〉에서 '죽은 후 초동들이 그 무덤 위를 거닐며 슬픈 노래한 곡조를 부르리라' 는 대목은 〈장진주사〉에서 '죽은 뒤 무덤 위에서 잔나비 휘파람 불제'와 매우 흡사하다. 죽은 뒤에는 인간의 삶도 한갓 헛된 것이니 술을 먹거나 놀아 보자는 형상화 방식은 이 두 작품이 유사한 연행의 기반에서 생성되었을 것이라는 추정을 가능케 한다. 게다가 〈맹상군가〉의 종장에 보이는 관습적 공식구는 이 작품이 평시조와 동일한 기반에서 형성되었을 것임을 시사한다.

진본『청구영언』의 체제를 수용할 경우 송강 정철의 〈장진주사〉가 창작된 16세기 말엽 경에 장형시조가 이미 생성되었다고 본다면 17세기에는 사대부층에 의해서 주도적으로 창작 향유되다가 음악 문화 연행 방식의 변모나 가창 방식의 변모로 인하여 17세기 말엽에서 18세기 초엽 그 창작과 향유의 기능이 중인층에게로까지 확대되었을 것으로 미루어 짐작해 볼 수 있다.

특히 진본『청구영언』 만횡청류조에 '그 유래가 아주 오래되었다'는 기록으로 보아 장형시조는 17세기 무렵에는 이미 생성기를 지나 있었다고 보아야 할 것이다. 장형시조가 "만대엽 시대에 즉 가객층이 등장하기 훨씬 이전에 양반 관료층에 의해 낙희지곡이란 만대엽의 변주곡으로 불려졌던 것"28)이라는 점에 비추어 볼 때 장형시조가 17세기 후반 이후에 발생했다는 주장은 설득력이 없다.

장형시조의 창작과 연행의 기반을 구체적으로 명시한 기록이 없어 정확한 근거를 가지고 말할 수는 없지만 진본『청구영언』에 전하는 〈장진주사〉나 〈맹상군가〉의 내용 등으로 보아 앞서 살펴 본 바와 같이 장형시조는 사대부들의 酒宴席 상에서 생성되었을 것으로 추정된다.

『청구영언』 만횡청류에 실려있는 작품을 항목별로 분류해 보면 염정 규원 별한 권계 송축 탄로 한정 취흥 인륜 개세 연군 등 주제가 매우 다양하다. 유교적 이념에서 벗어나 염정 규원 별한의 주제를 드러내는 성향의 작품이 많다고 해서 장형시조의 작자가 사대부가 아닐 것이라는 논조는 매우 위험하다. 유교적 이념을 노래한 장형시조는 사대부의 창

---

28) 김학성(1995),「시조사의 전개와 낙시조」,『시조학논총』, 제11집, 97쪽.

작으로 보는 편이 오히려 타당할 것이기 때문이다.

문제가 되는 부분은 희락적 기능의 장형시조이다. 중인층의 풍류방 문화가 집단화하는 성향과 궤를 같이하여 만횡청류에서 보이는 일부 비속한 장형시조들은 17세기 중 말엽 이후 놀이 문화의 현장 속에서 대거 생성되었을 것으로 추정해 볼 수 있다. 가곡창이 사대부들에 의해 창작 향유되다가 가곡의 대본인 여러 가집에 장단형의 시조가 함께 수록되었고 여러 가집에서 보이듯이 장형시조가 가곡창으로 부르되 단형시조의 변격으로 불리어진 점을 주목할 때 단형시조와 장형시조는 유사한 담당층과 연행의 기반을 가졌던 것으로 보아야 할 것이다.

다음과 같은 두 시조는 단형시조를 모티브로 하여 장형시조가 파생되었음직한 양상을 보여주는 하나의 예이다.

각시네 곳을 보소 픠는 듯 이우는이
옥갓튼 얼골인들 청춘을 미얏실까
늙은 후 문전이 冷落홈연 뉘웃츨까 ᄒ노라

각시네드리 여러 층이올네 송골매도 갓고 줄에 안즌 져비도 갓고
백화원리에 두리미도 갓고 녹수파란에 비오리도 갓고 싸히 퍽 안즌 소리개
도 갓고 썩은 등걸에 부엉이도 같데
그려도 다 각각 님의 스랑이니 개일색인가 ᄒ노라

위의 시조는 이정보(1693~1766)의 단형시조이고 아래의 시조는 김수장의 장형시조이다. '각시네'로 시작하는 시조는 예시 외에도 무명씨의 작으로 다수가 존재한다. 위의 시조가 개인적 시선을 지닌데 비해 아래 시조는 '각시네들'이라는 집단적 시선을 지니는데 당시 '각시네'유형의 작품들이 다양하게 지어졌음을 짐작케 한다.

이같이 장형 시조에서 나타나는 다양한 인물군의 집단적 시선은 그 창작과 향유에 참여했던 인물군이 다양했음을 시사하는 것이기도 하다. 이러한 인물군의 집단적 시선은 17세기 말에서 18세기 초엽 이후 사대

부층과 중인층이 향유하던 풍류방 문화의 오락적 분위기나 酒宴席에서 형성되었을 것으로 추측해 볼 수 있다. 그러한 연유 때문에 장형시조가 희락성이나 파탈성을 지니면서 창작 향유될 수 있었을 것이다.

장형시조의 사설을 분석한 결과 "사설시조는 상층지향의식을 반영한다. 즉 사설시조는 지극히 서민적인 것을 기층으로 하면서도 그 반대적인 지향성도 아울러 지니고 있는 시가이다. 사설시조는 어떤 요소 A ― 문체적 특성이건 작가층이건 ― 를 파괴하고 B로 단선적인 변화를 보인 시가가 아니라 A⇒A+B로의 '확대된 변화'를 지향한 시가"[29]라는 점은 그 창작 향유층이 사대부층으로만 제한하지 않고 중인층에로까지 폭넓게 확산되었을 것이라는 추정을 가능케 한다.

4. 가창의 방식과 시조의 전개

'시조'란 명칭은 정확히 말해 시조창에서 온 것이다. 그러니까 '시조'란 용어가 보이기 시작한 18세기 이전에는 '시조'란 용어는 찾아 볼 수 없다.[30] 우리가 말하는 단형시조와 장형시조는 모두 가곡창의 형태로 불려지던 것이며 조선조 후기에 들어 와 시조창으로도 불려지면서 시조는 가곡창과 시조창으로 불려지는 중첩 시기를 맞이하다가 시조창에 의해 가곡창이 밀려나는 변모를 보이게 된다.

가곡의 원형은 만대엽 중대엽 삭대엽이다. 1610년에 편찬된 『양금신보』에 의하면 "요새 연주되는 대엽의 만 중 삭은 모두 정과정 三機曲 가운데서 나온 것이다."[31]라고 하였다.

그런데 농암(1467 -1555)의 어부 단가에서 "約作短歌五関 爲葉而唱

---

29) 신은경(1989), 「사설시조의 시학 연구」, 서강대 박사논문, 115쪽.
30) '시조'란 용어는 『악학궤범』 외에도 여러 문헌에서 보이나 18세기 이전에 사용된 '시조'란 용어는 시조 장르의 '시조' 용례로 사용된 것이 아니다.
31) 時用大葉慢中數 皆出於瓜亭 三機曲中

之"라고 한 기록을 볼 때 '엽'은 만 중 삭대엽의 '엽'이라고 볼 수 있을 것이다. '葉의 곡조로 만들어서 唱했다는 기록'으로 보아 이 시기의 엽은 삭대엽 이전의 만대엽이나 중대엽의 느린 곡조의 형태였을 것으로 추정된다.

조선 전기 느린 곡조의 가창 형식에 부합되는 노랫말은 자연히 아정하고 심미적일 수밖에 없었을 것이다.『해동가요』에 수록된 歌之風度形容에서 초중대엽을 '南薰五絃 行雲流水'라고 한 것을 보면 정확히는 알 수 없으나 행운유수 즉 구름이 떠가고 물이 흘러가는 듯한 형용에서 그 곡조가 유유자적하는 심미성을 드러내기에 합당한 유장한 성격을 띄었을 것으로 미루어 짐작할 수 있다.

앞장에서 살펴 본 바와 같이 조선 전기의 사대부들은 가곡을 향유하거나 연행했던 상황을 기록할 때에 대개 개인적 심회나 정서를 표출하고 있는 경향을 드러냈다. 독창성보다는 유가의 보편적 관념에 바탕을 두면서 실제 생활에서 벌어진 풍류의 場에서 자기 혼자만의 정서를 표출하거나 소수의 향유자가 詩情을 교환하는 식이다. 이는 농암의「어부가」발문이나 퇴계의「도산십이곡」 발문을 통해서도 확인되는 바이다. 이러한 예의 기록들은 흥취를 수반하는 풍류의 실현 혹은 교화를 목적으로 하는 도덕가류의 가곡창이 집단적이기보다는 개인 혹은 소수 단위로 이루어졌음을 시사한다.

특히 이 시기의 사대부들이 노래를 지어 비복에게 시켜 부르게 했다는 기록들은 사대부들의 가곡창 지향이 음악성보다는 시적 노랫말에 치우쳐 있음을 보여준다. 즉 사대부들의 정서 표출에 음악적 다양성은 필요하지 않았고 그보다는 오히려 느린 곡조를 바탕으로 성정의 표출과 풍교의 기능에 바탕을 둔 노랫말 지향의 곡이 요구되었을 것이다. 게다가 사대부들의 음악적 관심이 일종의 餘技에서 이루어졌다는 것 또한 조선 전기 사대부들에게 있어서 가곡이 음악성보다는 시적 의미의 전달에 더욱 치우쳐 있었음을 말해 준다. 조선 전기 가악에 관심을 가졌던 사대부들이 많았음에도 불구하고 그것이 개인에 머무를 뿐 집단화되는 일이 드물었던데 반해 조선 후기 풍류방이 집단화되는 성향도 같은 맥락에서 이해될 수 있다.

가곡창의 분화가 활발하게 이루어진 시기는 17세기 말엽, 18세기 초엽으로부터 시작된다. 영조 때 이익의 「성호사설」에 보면 다음과 같은 기록이 있다.

우리나라 가사에는 대엽조가 있다. 그러나, 대개 장단의 구분이 없다. 그 가운데에는 또 慢·中·數 세 조가 있는데, 이것은 본래 心方曲이라 한다. 이것은 극히 느려서 사람들이 싫어하여 없어진지 오래고, 중은 조금 빠르나 역시 좋아하는 이가 적고, 지금 통용되고 있는 것은 즉 삭대엽이다.32)

만대엽은 너무 느려 영조 이전에 없어지고 지금 통용되고 있는 것은 삭대엽이라고 했는데 이후 만대엽과 중대엽이 없어지는 대신 삭대엽에는 많은 변화곡이 생겼다.

『현금신증가령』(1680)과 『신작금보』(1725~1776)에 중대엽과 삭대엽이 각각 一二三으로 증가되었고 『청구영언』(진본 제외)에 이르면 만대엽이 없어지고 중대엽과 삭대엽 외에 전에 없던 농·낙·편이 새로 생기며 『가곡원류』에 이르러서는 이삭대엽에서 중거·평거·두거로, 언농에서 언편 등 곡이 파생함으로써 다양한 곡조의 분화가 생기기 시작하였다.

이같은 가곡의 곡조 변화와 다기적 분화는 가곡의 노랫말의 변모나 담당층의 기능과 상관성을 지닌다고 볼 수 있다. 17세기 삭대엽의 곡조에서 발전된 가곡은 음악적 관심에서 형성된 것이었고 이러한 성향은 17세기 이후 풍류방의 관심을 통해 배태된 것이라고 할 수 있다.

삭대엽의 변주 형내는 노래의 음역을 넓히기도 했고 샛가락을 넣어서 선을 꾸미거나 높게 부르든지 또는 가곡의 장단을 줄여서 템포를 빠르게 고치는 등의 연주기법인데 이러한 연주기법을 작곡가들이 아닌 실제

---

32) 東俗歌詞 有大葉調 四方同然 槪無長短之別 其中又有慢中數三調 此本號心方曲
　　慢者極緩 人厭廢久 中者差促 亦鮮好者 今之所通用 卽大葉數調也

연주자였던 가객 및 반주자였던 금객과 악공들이 변주시켜 새로운 악곡들을 등장시켰던 것이다.[33] 실제 연주 담당자들이었던 가객과 금객과 악공들은 기존곡의 재현에 그치지 않고 새 곡을 창작하는 작곡자의 구실을 동시에 수행했기 때문이다. 이런 과정에서 새로운 곡을 작곡하는 가객들은 보다 전문적인 음악성을 추구하게 되었고 음악의 기교에 중점을 두면서 정격에 대한 변격으로서의 파생곡이 활발하게 창작 향유되었을 것이다.

삭대엽의 파생곡은 곧 노랫말의 변이를 가져왔을 것이라는 추정이 가능하다. 진본 『청구영언』소재 580수 중에는 초삭대엽으로 불리던 시조가 대부분이고 만횡청류의 시조는 120여수 정도이다. 이러한 양상은 18세기 초엽까지 시조시가 삭대엽의 곡조로 불리는 것이 일반적이었으나 그 변격으로 만횡청으로 부르는 것도 상당수 되었음을 시사한다. 후대 가집의 풍도 형용에 의하면 초삭대엽은 "長袖善舞 細柳春風"이삭대엽은 "杏壇設法 雨順風調"라고 했는데 그 형용으로 보아 매우 조화로운 경지를 노래한 것으로 추측된다.

반면 만횡청의 풍도형용은 "舌戰群儒 變態風雲"이라 하여 음악적으로 변격이 가미된 기법을 썼다. 『가곡원류』 곡조 벼리에 "만횡은 속칭 엇농이라는 것으로 그 머리는 삼삭대엽과 같고, 그 다음은 농이 되는 것"이라고 한 바에서 알 수 있듯이 만횡청류는 '엇(만횡) 청(淸)에 속하는 류'로서 처음을 높이 질러 내되 삼삭대엽과 같은 무겁고 꿋꿋한 창법에 가볍게 흥청거리며 멋이 섞이는 두 가지 조건이 갖추어진 창조인 것이다.[34]

다음의 예문을 보자.

　ㅇ자내黃毛試筆墨을뭇쳐窓밧긔디거고이제도라가면어들법잇거마 논아모나어더가뎌셔그려보면알리라(二 北殿)

---

33) 송방송(1989), 『한국음악학서설』, 세광음악출판사, 265~267쪽.
34) 장사훈(1986), 앞책, 29~32쪽.

ㅇ자나쓰던되黃毛筆을首陽每月을홈벅지거窓前에언젓더니댁더글구우럿쏙나
려지거고이제도라가면어들법잇건마는아모나어더가져셔그려보면알리라(만횡청)

이 두 작품은 진본 『청구영언』에 수록된 것으로서 위 작품은 북전으로 불리던 작품이고 아래 작품은 만횡청으로 불리던 작품이다. 거의 동일한 내용을 바탕으로 말 늘이기의 기법을 구사한 것으로 보아 위의 작품을 변격화해서 아래 작품의 형식이나 곡조가 파생되었을 것임은 쉽게 짐작이 간다.

이같이 정격의 단형시조를 얹어 부르던 가창 방식이 후대로 가면서 변격의 장형시조를 얹어 부르는 파형의 가창 방식으로 변모한다는 점에서 볼 때 노랫말로서의 장형 시조는 단형시조를 파격화 하는 과정 속에서도 생성했을 것으로 유추된다.

가곡의 소용, 언롱, 평롱, 우락, 계락, 언락, 편락, 편삭대엽, 언편과 같은 곡조에서 불렀던 중형이나 장형의 시조가 무명씨의 작품이라고 해서 서민적이라고 할 수는 없을 것이다. 사대부층의 전유물이었던 시조시 창작과 향유의 곡조가 다양하게 분화되는 18세기 무렵 가곡의 실제 연행 상황에서 풍류방 예술을 주도했던 시객 가객 금객 등 악공의 집단적 참여로 인하여 시조는 그 담당층이나 노랫말에 커다란 변화를 가져왔으리라 생각한다.

18세기 이후 중인층 가객을 중심으로 한 가곡창은 보다 전문적인 음악성을 띠면서 특수 예인층의 전유물로 집단화되면서 동시에 음악의 전문성 때문에 詩와 歌의 창작자가 분리되는 성향을 노정하게 된다. 『청구영언』에서 '시는 지을 줄 알아도 노래할 줄 모르고, 노래하는 사람은 시를 반드시 짓는 것은 아니다'라고 한 언급은 가객의 음악적 예인으로서의 면모를 강조하는 반면 이 시기에 이르러 시는 문학으로, 歌는 음악 藝術로 분리되는 시조 장르의 변모 양상을 말해 준다.

특히 19세기 안민영의 시기에 이르면 이러한 경향은 더욱 극대화된다. 가곡은 전문 예능인이 아니면 더 이상 창작 향유되기 어려운 지경에 이르렀고 보다 많은 대중(여기에는 사대부 중인 서민층이 포함된

다)35)의 요구에 부합하기 위해서는 시조시를 담아 낼 다른 음악의 형태가 요구되기에 이르렀던 것이다.

시조창의 존재 양상은 바로 가곡이 음악적으로 전문화되고 예술화되는 시기와 맞물려 있다고 볼 수 있다. 시조창의 연원이 언제부터 시작되었는지 정확히 알 수는 없지만 시조창은 대략 영조조 이후에 생겼을 것으로 추정된다. 영조 때 신광수의 『석북집』 관서악부 조에 '일반시조에 장단을 배열한 것은 장안에서 온 이세춘으로부터 비롯한다.'36)는 기록이나 정조때 이학규의 『낙하생고』에 보이는 '시조'란 용례에서 알 수 있듯이 영 정조 시대에는 시조창이 당시의 시절가로 유행되었던 듯 하다. 여기서 시조창이 이세춘으로부터 처음으로 비롯되었는지 아닌 지는 정확히 알 수 없는 일이다. 다만 적어도 이 시기에 시조창이 불려졌다는 것에 본고의 논점이 있다. 이 시기는 바로 김천택이 '시와 가의 분리성'을 언급한 때와 시기적으로 일치한다. 가곡창이 전문성을 요구하게 되고 그에 따라 가곡에 능하지 않은 많은 대중들은 보다 쉽고 간편한 음악적 표출 양식을 필요로 하게 되었던 것이다. 시조창이 관현의 기악 반주없이 손바닥 장단으로도 창작 향유될 수 있었던 점은 가곡창에 비해 시조창이 전문적 예도를 필요로 하지 않는 대중에게 쉽게 확산될 수 있음을 짐작케 하는 요소이다.

가곡창의 전문성이 첨예화될수록 오히려 시조창은 보다 더 대중적 기반을 획득할 수 있었던 것으로 보인다. 가곡의 발전이 절정기에 이르렀던 19세기에 성악곡인 가곡의 관현 반주가 하나의 독립된 기악곡으로 (노래와 따로 떨어진 채로) 연주되었다는 사실에 주목을 요한다.

가곡의 반주 음악이었던 자진한닙(삭대엽)이 순수한 기악 합주곡으로 발전되어 오늘날 사관 풍류로 불리고 있는 점 그리고 가곡 한바탕의 마지막 곡인 태평가의 반주 음악에서 기악 독주곡으로 발전된 청성자진한

---

35) 19세기에 이르면 가집 『남훈태평가』를 통해 그 수용자층이 서민층으로까지 확대되었다. 이에 대한 논의는 최규수(1989), 「남훈태평가」를 통해 본 19세기 시조의 변모 양상」, 이화여대 석사논문을 참고할 것.

36) 初唱聞皆說太眞 至今如恨馬嵬塵 一般時調排長短 來自長安李世春

닙(청성삭대엽)등의 실례37)는 가곡이 음악적으로 전문화되어 가는 과정을 보여 주는 예로서 또한 가곡이 19세기 대중과 밀착될 수 없었던 전문성을 말해 주는 예들이다.

가곡이 전문화될수록 대중에게 요구되었던 양식은 시조창이었다. 19세기에 『남훈태평가』와 같은 시조집의 생산, 혹은 이세보나 조황의 시조가 형성된 것도 바로 이러한 맥락의 한 측면에서 이해될 수 있다. 그렇다면 시조창은 어떠한 가창의 방식을 통해 존재한 것일까.

가곡이 거문고 가야금 피리 대금 해금 장고 등으로 편성되는 관현반주를 갖추어야 하는 전문가적 음악으로서 가사 내용보다 그 음악 자체를 감상하는 — 18세기 19세기의 가곡 — 데에 비중이 있다면 시조창은 그 가사 전달에 중점을 두고 있다.38)

시조창의 풍격을 짐작할 수 있는 기록으로는 다음과 같은 것들이 있다.

> 누가 꽃피고 달 밝은 밤을 아낀다고 하였는고
> 시조 소리는 참으로 처량하다39)

또 철종 때 유만공의 『세시풍요』에는 다음과 같이 시조의 창조가 묘사되고 있다.

> 한 떼 미치광이와 같이
> 길을 막고 긴소매 나부끼네
> 시절단가 부르는 소리 질탕한데
> 찬 바람 밝은 달밤에 三章을 부르더라40)

---

37) 김창수(1972), 「청성자진한잎고」, 서울대 박사논문.
38) 장사훈, 앞책, 149쪽.
39) 李學逵 『洛下生稿』, 觚不觚詩集, 感事34章, 誰憐花月夜 時調正悽懷
40) 柳晩恭 『歲時風謠』, 寶兒一隊太瘢狂 截路聯衫小袖裝 時節短歌音調蕩 風冷月白
　　唱三章

이러한 기록에서 보이는 시조, 시절가, 시절단가는 모두 시조창을 가리킴이 분명한데41) 시조에 대한 표현은 '처량하다', '질탕하다', '한하는 것 같다' 등 매우 슬프고 처량한 분위기의 풍격으로 이루어져 있음을 알 수 있다. 이것은 오늘날 불려지는 시조창의 분위기를 통해서도 대강 짐작되는 바이다.

가곡창의 대본이었던 『청구영언』, 『해동가요』, 『가곡원류』 등의 평조가 대부분 아정한 분위기의 '和平正大'로 표현되었던 반면 계면조가 '哀怨悽悵'했던 것으로 보아 시조창은 계면조의 가곡창과 그 맥이 닿아 있을 것으로 짐작된다. 국악계에서 시조창을 계면조에 속하는 음악으로 보고 가곡에서 파생한 것으로 보는 연유도 여기서 기인한 것이다.

시조창이 처량한 분위기의 창조로 불렸다는 것 그리고 손쉽게 장단을 맞출 수 있었던 반주법은 가곡창에 비해 보다 쉽게 대중적 정서에 부합할 수 있는 요인으로 작용한다. 조선 후기 시조의 노랫말이 '임'이나 '사랑'의 정서를 표출하는 경향성은 시조창의 창조와 맞물려 있다. 조선 전기 시조에 비해 속화된 인간적 정서의 자유로운 표출은 손가락 장단만으로도 용이한 시조창의 간편성과 일치하면서 아정하고 화평한 분위기보다는 인간의 한스러움을 애절하게 표현하는 처량한 창조를 구가하는 편이 훨씬 자연스러웠을 것이다. 『남훈태평가』에 보이는 怨詞淸도 바로 이러한 흐름 속에서 파생한 것으로서 말뜻 그대로 시조창의 애절한 분위기를 구가라는 곡조의 한 형태였을 것으로 짐작된다.

시조창의 애절한 창조는 시조 노랫말의 내용 변이에도 크게 작용했던 것으로 미루어 생각할 수 있다. 진본 『청구영언』과 『남훈태평가』에 나타난 사설 시조의 변별성을 검증한 결과 '범속 용렬한 갑남을녀들의 모습에 대한 관심이 우세하던 진본 『청구영언』 시대의 특질이 18세기 후반과 19세기 전반을 거치면서 '작자 수용자의 투영으로서의 서정적 자아가 훨씬 중시되는 쪽으로 바뀌었다'고 하는 논의42)는 시조창이 널리

---

41) 장사훈(1986), 앞책, 16쪽.
42) 김흥규(1992), 「사설시조의 시적 시선 유형과 그 변모」, 『한국학보』.

유포되는 과정에 있었던 가창 방식의 변모로써도 부분적인 설명이 가능하다.

　19세기에 와서 사설시조의 세태시 희화시적 특성이 감소한 반면 평시조에 근접하는 좁은 의미의 서정시적 경향이 증대되었던 현상은 가곡창에 비해 보다 대중화되고, 그리하여 전문가객보다는 음악을 전문으로 하지 않는 다수의 사대부를 위시한 대중의 폭넓은 참여를 유도하게 된 시조창의 처량하고도 구슬픈 창조와 연행의 간편성에서 그 한 요인을 찾을 수 있을 것이다. 시조창의 애절하고 처량한 창조나 풍격에 어울리는 노랫말은 희화적 세태시보다는 자아의 서정적 정서를 표출하는 쪽이 마땅했을 것이다. 물론 이러한 변화의 요인에는 지적하는 바와 같이 사설시조 담당층의 구성 내용의 변화, 생활 의식과 심미적 관심의 변화, 연행의 환경 방식 및 기능 변화 등 다양한 측면이 고려되어야 할 것이다.

시조 작품론의 한 예

-김득연 시조의 문학성-

1. 문제의 제기

葛峯 김득연은 명종 10년(1555년)에 태어나 인조 15년(1637년)까지 살았던 인물로서 영남 지방의 선비였다. 그의 부친 惟一齊 金彦璣는 조선 중기의 학자로 이황의 문인이었는데 당시 안동의 학문 진흥 창도자로 알려져 있다. 김득연은 이황의 高第인 月川 趙穆과도 교유하면서 학문과 시를 논하기도 했다. 김득연은 뛰어난 학문에도 불구하고 벼슬길에 나아가지 않고 향리에 은둔하며 세상을 마쳤는데 그는 임진왜란과 병자호란이라는 양대 병난기와 붕당 정치기의 혼란한 시대를 살았던 인물이었다.

김득연과 관련하여 『葛峰先生遺墨』과 가족들의 문집인 『龍山世稿』가 남아 있는데, 그의 시조 작품은 70여수로 결코 만만치 않은 분량이다. 김득연은 역사적으로 매우 혼란한 시기를 겪었던 인물로서 한 변혁기를 살다 간 흔적이 작품에 나타나 있음을 주목해야 할 것이다. 시조문학사에서 조선 전기와 후기를 가름하는 이행기 문학으로서의 특성을 지닌 김득연의 시조는 문학사적으로 볼 때 매우 파격적인 양상을 드러낸다. 어휘 선택이나 구사, 혹은 일반적 시조가 지니는 章의 정형성과는 다른 특성뿐만 아니라 16세기 강호시조가 지니는 교훈적 이념과는 멀어져 있는 문학적 세계 등이 그것이다. 그러나 김득연의 시조가 형식이나 내용에 있어서 시조문학사상 매우 특이한 양상을 보임에도 불구하고 지금까지 그에 대한 연구는 미미한 실정이다.

1972년 김용직 교수가 『葛峰遺稿』를 발굴한 이래[1] 송정헌 교수가 그보다 11수 더 많은 75수를 발표함으로써[2] 김득연의 시조 작품이 비로소 전모를 드러내게 되었다. 두 연구는 주로 서지적인 측면에서 볼 때 의의가 있다. 문학적 측면에서는 이상원의 "16세기 말-17세기 초 사회 동향과 김득연의 시조"에서 시대적 배경과 관련하여 김득연 시조의 성격이 본격적으로 조명되었다. 그는 김득연의 경제적 기반에 주목하면서 당시의 사회적 동향과 관련하여 문학적 성격을 논의함으로써 김득연 시조에 대한 논의의 단초를 제공하였다.[3] 이를 바탕으로 이후 진척된 연구가 이루어지긴 했으나[4] 앞으로도 김득연 시조에 대한 해석과 조명은 다각도로 검토되어야 할 것이다.

본고에서는 김득연의 현실 인식을 바탕으로 그가 특징적으로 구사하고 있는 문학의 내용적 형식적 면모를 살펴 김득연의 시조가 지니는 문학사적 위상을 새롭게 고찰해 보고자 한다. 기왕의 연구에서 그가 살다 간 사회의 시대적 배경이나 동향이 누차 언급되었음으로 여기서는 문학

---

1) 김용직(1972), 「갈봉 김득연의 작품과 생애」, 『창작과 비평』, 116~139쪽.
2) 송정헌(1982), 「갈봉시조고」, 『조선 전기의 언어와 문학』, 311~330쪽.
3) 이상원(1992), 「16세기말 17세기초의 사회적 동향과 김득연의 시조」, 『어문논집』, 고려대학교, 143~170쪽.
4) 이주연(1995), 「김득연 시조 연구」, 한양대학교 석사논문.
　　원정호(1996), 「김득연 시조 연구」, 한국교원대학교 석사논문.
　　신영명(1997), 「보수적 이상주의의 계승과 파탄-김득연의 강호시가연구」, 『논문집』18집, 상지대학교.
　　이상원(1998), 「17세기 시조 연구」, 고려대학교 박사논문.

적 현상에 초점을 맞추어 논의를 전개하고자 한다.

2. 김득연 시조에 나타난 문학적 성격

2.1 '즐김'과 '놀이'의 시학

김득연의 시조는 강호한정과 풍류, 안빈낙도, 늙음과 삶의 자세 등 다양한 주제를 그리고 있다. 일견 일반적인 사대부들이 즐겨 노래하는 주제와 제재를 다루고 있으나 그 내재된 의미는 매우 독특하다.

그의 작품 속에는 儒者들의 시조에서 나타나는 무심의 세계나 여유로운 풍류의 면모도 간혹 드러나기는 하나, 다른 작자들의 작품에서는 찾아 볼 수 없는 측면 즉 유난히도 '즐기리라'와 '놀리라'에 집착하는 세계를 엿볼 수 있다.

다믄 혼 간 草屋개 세간도 하고할샤
나호고 칙호고 벼로 부든 므스 일고
이 草屋 이 세간 가지고 아니 즐기고 엇디 흐리

초옥에서 이 세간을 가지고 즐기겠다는 자세는 다분히 안분지족의 의미를 내포하고 있어 여유로운 풍모를 느끼게 한다. 그러나 그가 즐기는 즐거움은 진정한 정신적 여유에서 나온 것이라고 볼 수는 없다.

다음의 시조를 보자.

늘거 히을 일 업서 山中에 도라오니
松菊 猿鶴기 다 나를 반기ᄂ다
아희야 술 ᄀ독 브어라 樂而忘憂 흐리라

여기서 김득연은 자신이 산중에 돌아 온 것은 늙어 할 일이 없기 때문이라고 하면서 '樂而忘憂'라는 표현을 쓰고 있다. 그는 근심을 잊기 위해 즐기는 것이다. 즐기면서 근심을 잊고자 하는 그의 태도는 '놀리라'의 빈번한 시어 표출에서도 나타난다.

김득연의 시조에서는 유난히 '놀이'에 대한 집착을 드러내는 표현이 많다.

> 百年이 三萬 六千日이라 이 압피 얼메나 ㅎ니
> 이리 쏘 언제 고텨 놀리
> 우리ᄂᆞᆫ 오늘 너일 모리 놀고 미일 미일 노ᄅᆞ리라

당대 명문가의 집안으로서 비록 벼슬길에 오르지는 못했으나 김득연은 매우 품위 있는 생활을 유지했던 인물이다. 더욱이 체면이 중시되었던 당시의 형편으로 미루어 짐작컨대 '매일 매일 놀겠다'라고 하는 표현은 분명 조화로운 긍정성을 바탕으로 한 유자들의 일반적인 서정적 발화는 아니다. 게다가 세상과 절연해서 삶을 살았던 점, 혹은 기록에 남아 있는 그의 현실에 대한 인식 수준으로 볼 때 김득연의 시조에서 나타나는 놀이는 여유로운 풍류의 연장선상에 있는 것이 아니라 그와 달리 역설적 서정의 발화로 보는 편이 옳을 것이다.

다음의 시조 역시 앞의 예와 같은 표현으로 이루어져 있다.

> 녜노던 벗님네롤 손곱펴 헤여 보니
> 數十年來에 바니 나마 업ᄂᆞ 괴야
> 우리ᄂᆞᆫ 사라인ᄂᆞᆫ 제 미일 이리 노ᄅᆞ리라

김득연의 시조에서 나타나는 놀이에 대한 집착은 아래 시조에서도 나타나듯이 현실에 대한 허무적 인식에서 파생한 결과라고 볼 수 있다.

> 어린졔ᄂᆞᆫ ᄌᆞ라고져더니 ᄌᆞ라니ᄂᆞᆫ 늘기 셜빠
> 늘글 줄 아던돌 ᄌᆞ라디나 마롤 거슬
> 아마도 못졀믈 人生이 아니 놀고 엇뎨리

시간의 유한성에서 오는 허무감에서 '아니 놀고 어이리'라는 표현을 쓰고 있는데 이는 낙관적 세계관이나 현실인식에서 나온 형상화라기보다는 비극적 세계관이나 현실 인식에서 형성된 표현이라고 보는 편이 타당할 것이다.

다음 예를 다시 보자.

늘기 다 셜거니와 오래 살귀 어려오니
진실노 오래 살면 늘글소록 더 놀리라
둬라 樂而忘憂ᄒ야 늘는 줄을 모르리라

늘그면 죽귀 쉽고 죽그면 법 업ᄂ니
늘거도 사나는 제 벋과 노미 긔 올ᄒ리
우리는 그런 줄 아라 벋과 미일 놀리라

이와 같이 〈山中雜曲〉에서 표현된 '놀리라'의 표현 유형들은 이후에 창작된 시조에서도 지속적으로 나타난다. '늙을수록 놀리라' '매일 매일 놀리라'와 같은 어휘의 이면에는 놀 수 없는 현실, 혹은 세상사에 대한 고뇌를 잊으려고 애쓰는 김득연의 내적 절박함이 묻어 있다.

다음의 〈戱詠赤壁歌〉와 같은 시조에서도 김득연의 놀이가 허무의식에서 발로한 것임을 찾아 볼 수 있다.

赤壁 秋七月 旣望은 蘇子 與客 노던 날이
擧酒 客ᄒ야 誦明月 詩歌 窈窕章ᄒ더니라
우리는 그 홀놀 不足ᄒ야 오늘브터 노노라

이 시조는 자연은 영원하나 삶은 유한하기 때문에 허무한 것이라는 소동파의 적벽부를 제재로 한 작품인데 김득연은 그 제재와 관련하여 유한한 삶을 극복하고자 하는 절박함을 '오늘부터 노노라'로 표현하고 있다.

다음 시조 역시 같은 제재와 주제를 담고 있는 경우이다.

> 蘇仙이 一去後에 風月은 다 이셔셔
> 江上 上中에 네 나온듯 ㅎ야 잇다
> ㅎ물며 造物者이 無盡藏ㅎ니 吾與子의 共樂기로다

소동파 이외에도 취락적 허무를 표현하기 위해 劉伶을 제재로 한 경우도 있다.

> 右謹言所志矣段陳地立案成給ㅎ소
> 劉伶의 노던디 醉鄕이 무게셔이다
> 世上애 爭望ㅎ리 업게 依法成給ㅎ쇼셔

〈會酌菊酒歌〉나 〈契友齊會歌〉에서와 같이 '즐김'이나 '놀이'가 실제 생활에서 오는 즐거움으로 표출된 경우도 있다. 그러나 김득연의 다수의 시조에서 나타나는 '즐김'이나 '놀이'는 비극적 서정의 표출이라는 점에 그 특이성이 있다.

특히 다음의 시조는 김득연의 허무적 세계관을 역설적으로 표현했다는 점에서 주목을 요한다.

> 히히 히히 또 히히 히히
> 이려도 히히 히히 뎌려도 히히 히히
> 미일에 히히히히ㅎ니 일일마도 히히히히로다

외견상 이 작품은 외형상 즐거움을 표현한 작품으로 볼 수도 있다. 그러나 이러한 희화적 표현은 매우 의미심장하다. 시조문학사상 가장 파격적인 시조로 손꼽을 수 있는 이 시조에서 웃음의 진정한 의미는 무엇일까 자못 궁금해진다.

'히히히히'라는 표현에는 어떤 대상을 보고 웃는 표현이 담겨 있다기보다는 김득연 자신이 의도적으로 웃음을 연출하는 의지가 강하게 내포되어 있다고 보아야 할 것이다. 이 작품에서는 모순된 상황에 대한 불평과 불만을 웃음을 통해 표현함으로써 희극미와 비극미의 역설적인 이

중구조의 미의식을 드러내고 있다.5) 이전의 사대부들이 이룩해 놓은 정서적인 규범에 비추어 볼 때 가히 파격적인 표현이다. 일종의 언어유희를 통해 비극적 정서를 재치 있게 표현하는 이러한 '웃는 즐거움'의 표현은 억지로 웃음을 만들어내는 對自的인 정화 장치로서 대상의 성격이나 상황에 직접적인 관계가 있는 것이 아니라 웃음과는 전혀 무관한 정서 특히 애조 또는 비애의 정서를 웃음으로 전환시키고 있다는 점에 특별한 의의가 있는 것으로 보인다.6)

궁극적으로 '즐김'과 '놀이'를 제재로 한 발화는 외부 현실에 대한 비극적 서정의 의미를 담고 있다는 점에서 그의 삶의 태도와 관련지어 살펴 볼 때 한 시대를 살다 간 재야 지식인의 냉소적인 면모를 드러낸다고 하겠다.

2.2 표현의 반복성과 파격성

일반적으로 고시조는 초장과 중장이 의미상 병렬을 이루고 종장에서 통합화하는 형태적 구조를 취하고 있다. 대개 병렬적 전개를 통한 반복이 흔하고 유형화된 관습적 표현으로 인하여 구비적 관습시의 성격을 띤다. 그렇기 때문에 고시조를 대할 때 우리는 유형적 문체의 친숙함에 젖게 되는 것이다.

그러나 김득연의 시조에서는 이러한 관습적 표현의 익숙한 차용이 흔하게 사용되지 않고 있음을 알 수 있는데 가장 특징적인 형식적 표현으로는 동의어의 병치(並置)나 반복을 들 수 있다.

世上애 사롬 드리 모다 모다 채어리다
살 줄만 알고 주글 주를 모르 ᄂ다
엇다 다 두고 두고셔 먹을 주롤 모르 는다

---

5) 이주연, 앞글, 57쪽.
6) 김대행(1991), 『시가시학연구』, 이대출판부, 362쪽.

> 어리고 쏘 어리니 ᄒᆞ는 이리 다 어리다
> 이리홈도 어리고 뎌리홈도 어리도다
> 아마도 어린 거시니 어린 대로 ᄒᆞ리라
>
> 내의 졸ᄒᆞ이미 졸ᄒᆞᆫ 듕의 더 졸ᄒᆞ다
> 生涯도 졸ᄒᆞ고 學業도 졸ᄒᆞ여라
> 두어라 本性이 졸ᄒᆞ거니 므스이라 아니 졸ᄒᆞ리

제시한 바와 같이 '모두 모두'나 '모르다', '어리다', '졸하다'의 병치와 반복을 통해 문체의 장식적인 효과를 꾀함으로써 지은이가 표현하고자 하는 의미를 강조하고 있다.

특히 '모른다' '어리석다' '졸하다' 등의 어휘는 모두 부정적인 의미를 내포하고 있어서 그의 시적 발화 이면에는 세계에 대한 긍정성보다는 부정적 인식이 깔려 있음을 엿볼 수 있다. 이외에도 '놀다'와 '즐기다'의 시어도 반복적으로 나타나는데 그 기저에 내포된 의미는 이미 앞에서도 살펴보았듯이 결코 긍정적인 것은 아니다.

그의 시조에는 '늙음'을 제재로 하거나 시어로 선택한 경우도 상당수 있는데 그 또한 부정적 의미를 내포하고 있다. '늙어 병든 몸'이나 '늙어 할 일 없어'와 같은 표현은 늙음에 대한 김득연의 의식이 결코 긍정적이 아님을 보여 주는 것이다. 정혜원 교수도 시조에 나타난 부정적 의미의 어휘를 고찰하면서 지적했듯이 '늙다'나 '모르다'의 시어는 작가의 부정적 세계를 보여 주는 것으로서 부정적 심리를 구사한 한 방법인 것이다.7)

또한 김득연의 시조에는 어휘의 지속적 반복 표현도 흔하게 나타나 있다.

> 六十年을 다 디낸 후에 쏘 두 ᄒᆡ롤 지내엿더니
> 오늘날 봄을 보니 쏘 ᄒᆞᆫ ᄒᆡ 쏘 오도다

---

7) 정혜원(1992), 『시조문학과 그 내면 의식』, 상명여대출판부, 144쪽.

미일에 쏘흔히흔히 ᄒ면 千百年에 니르리로다
百年이 三萬六千日이라 이 압피 얼메나 ᄒ니
이리 쏘 언제 고텨 놀리
우리ᄂ 오늘 ᄂ일 모러 놀고 미일 미일 노르리라

鶴髮 尊老님네 비오ᄂ 날 쏘 오시니
人間勝事ᄂ 이 외에 쏘 업ᄂ다
이 압피 百年을 그음 삼고 미일 미일 노상이다

특히 이와 같은 일련의 시조에서 나타나는 '매일매일' '또 한해' 등의 시간의 반복적 표현도 주목할 만하다. 외형상 매일 매일 놀겠다고 하는 표현은 매우 유흥적인 색채를 띠나 정작 김득연이 시간의 반복을 통해 힘주어 말한 것은 놀겠다고 하는 측면에 있다기보다는 제어할 수 없는 시간의 반복적 흐름에 있다고 하겠다. 그렇기 때문에 여기서의 '또'라는 어휘는 특별한 의미를 지닌다. 시간의 반복적 흐름 속에서 '또 한해'가 왔음을 인식하고 포착하는 것은 곧 반복적 일상의 지루함이나 변화 없음에 대한 절박함의 한 표출인 것이다

이러한 성격은 앞에서도 예로 들었던 '히히 히히 쏘 히히 히히/이러도 히히히히 뎌러도 히히히히/ 미일에 히히히히ᄒ니 일일마도 히히히히로다'라는 작품 속에도 집약적으로 나타나 있다. '히히'라는 웃음의 병치와 반복은 유사어를 넘어서 동의어로만 표현된 파격적 성격을 드러내는 기법이다. 이러한 양상은 그 당시 규범적 정서의 관습적 측면에서 볼 때 대단한 일탈이라 할 수 있다. 자기만의 독특한 형식적 표현을 가지고 체험을 형상화함으로써 시적 인식이 관습으로부터 일탈한 세계관에 기인하고 있음을 보여 주는 대표적인 예라 하겠다.

3. 김득연 시조의 이념적 기반

3.1 '안빈낙도'의 의미

김득연이 살았던 16세기말에서 17세기 초는 정치 사회적으로 매우 혼란한 시대였다. 이 시기는 특히 임진왜란과 병자호란의 양대 병난과 붕당 정치로 인해 해이해진 사회적 기강을 바로 잡기 위하여 중앙으로부터 도덕적 윤리의 보급이 다양하게 진행되던 때였다.8)

그러나 이러한 혼란기에 일반적으로 나타나는 유교적 이념의 결속이나 공고함이 김득연의 시조에서는 보이지 않는다. 특히 주목할 만한 사실은 같은 시기의 박인노, 강복중, 권호문, 김상용, 신흠 등의 시조에서 나타나는 충신 연주지사나 교훈가류의 내용이 김득연의 시조에서는 거의 나타나지 않는다는 점이다.

조선조를 살았던 시조 작가로서 김득연의 작품 세계에서 유교적 이념의 편린을 엿볼 수 있는 대목은 일부 안빈낙도를 노래한 몇몇 작품과 儒家로서의 자세를 노래한 작품뿐이다. 그의 시조 75수 속에서 볼 때 그러한 작품은 그리 큰 비중을 차지하지 못한다.

> 늘론 줄을 내 모르니 이 내 모미 한가ㅎ다
> 是非인들 내 알며 榮辱긴들 내 아더냐
> 아마도 一簞食 一瓢飮이아 내 분인가 ㅎ노라

이 시조는 조선조의 시조에서도 흔히 목격되는 전형적인 안빈낙도의 이념을 노래하고 있다. 富貴를 부러워하지 않는다는 대목에서 공자의 안빈낙도 이념이 수용되었음을 엿볼 수 있다. 이는 외견상 조선조 사대

---

8) 이태진(1985), 『조선 시대 정치사의 재조명』, 범조사, 35쪽.
　성종 대에 김종직 계열이 벌인 鄕射禮,鄕飮酒禮 보급운동, 그리고 중종 대에 조광조 등이 진출하여 벌인 향약 보급운동 등이 그것이다.

부들이 표명했던 유가적 이념의 태도를 반영한 하나의 전형으로 보인다. 그러나 김득연은 당시 향촌 사회에서 넉넉한 경제적 기반을 유지하였던 것9)으로 보아 실제 그의 생활은 곤궁한 처지와 거리가 있었다. 그런 측면에서 볼 때 이 시조에서 김득연은 유교적 사회를 살았던 당대 향촌 지식인으로서 유교적 이념을 기교적으로 구가하고 있는 듯하다.

김득연의 안빈낙도는 같은 시기를 살았던 노계 박인노의 경우와 크게 차이가 있다. 노계의 경우 안빈낙도의 의미는 궁핍한 현실 생활에서 오는 절대적 가치였다. 당대의 지배 질서 속에서 소외되었으나 여전히 주자학적 세계관에 강하게 얽매어 있던 노계에게 안빈낙도는 자신의 사회적 위치와 존재 의의를 확인하는 유일한 방편이었다. 노계는 현실의 궁핍을 던져두고 삶의 의미를 관념적 당위의 세계로 이입시킴으로써 가난한 향반의 비참한 처지를 떨쳐 버리고 엄숙한 유자의 면모를 지탱하고자 했다. 이런 의미에서 박인노의 안빈낙도는 조선 전기의 사대부들이 삶에 대한 내면적 관조를 통하여 여유 있게 확보한 자족의 경지와는 그 성격이 다르다고 볼 수 있다.10)

그러나 김득연의 시조에서 나타나는 안빈낙도는 그의 실제 생활 처지와 관련하여 볼 때 자신의 내적 체험에서 표출된 생활상의 이념이 아니다. 이는 삶의 즐거움을 관념적 당위로 표현한 것이 아니라 유교적 이념에 의거하여 의례적 관습적으로 표현한 것이라고 보아야 할 것이다.

특히 다음의 시조는 그러한 특성을 단적으로 보여 주는 예이다.

> 功名도 앗고뎌 마다 ᄯᅩ로리 만코 만코
> 富貴는 더욱 마다 시롬이 하고 하다
> 아마도 이 내 貧賤이사 즐거오미 그지 업다

'貧賤' 속에서도 즐거움이 그지업다는 표현은 실제 생활이 넉넉한 기반 속에서 이루어졌었던 김득연의 실제 현실과 달리, 가난이라는 가상

---

9) 이상원(1992), 앞글.

10) 우응순(1985), 「박인노의 안빈낙도 의식과 자연」, 『한국학보』, 41집, 57~58쪽.

적 상황을 설정함으로써 기교적으로 자족적 생활을 노래하고 있는 것이다.

조선조 사대부들이 추구하는 안빈낙도는 사대부들의 자기 만족과 긍정, 유교적 이념에 대한 신봉에서 표출된 하나의 이념적 의미였다. 고산 윤선도나 송강 정철의 시조에서도 나타나듯이 여유로운 생활 속에서 유가로서의 당위적 이념을 표출하는 태도의 바탕에는 늘 현실세계와의 조화를 꾀하는 낙관적 가치관이 내재해 있다.

그러나 김득연의 시조에 나타나는 안빈낙도는 조선 전기 유자들이 지녔던 유교적 이념의 신봉과도 거리가 있다. 김득연의 작품 속에는 유가적 세계관과 조화를 꾀하는 충신연주지사나 교훈가류를 발견할 수 없는데 이는 김득연의 이념적 세계의 경향이나 지표를 보여 주는 좋은 단서가 된다.

김득연이 조선조의 핵심적 과제였던 도덕적 측면이나 충효 등의 일반적 유가 이념을 작품 속에 표현하지 않았던 현상을 통해 볼 때 그가 자의든 타의든 현실의 정치 생활이나 사회적 존재 의의 확인에서 스스로를 편입시킬 수 없었던 면모를 간접적으로 발견할 수 있다. 특히 그가 살다 간 시기의 조선조 사회는 임난 이후 성리학적 이념을 더욱 공고히 하였던 사회라는 점이 더욱 그러한 추론을 뒷받침한다.

이러한 양상은 뒤에서 살펴보겠지만 실제 그의 삶을 통해서도 발견된다. 다시 말해 김득연은 '탈 현실'의 대체 이념으로서 유일하게 안빈낙도를 택했을 뿐 유교적 사회와 근본적 조화를 꾀하는 정신적 평온이나 자기 만족에서 안빈낙도를 노래한 것은 아니었다.

송정헌 교수는 김득연은 분명 孝子였고 憂國之士였기 때문에 그의 뛰어난 文才로 보아 능히 漢詩나 時調에 충효의 情을 피력했을 법한데 전혀 보이지 않는다고 아쉬움을 피력한 바11)있다. 이러한 의문은 김득연의 현실 인식을 살펴볼 때 불식될 수 있다.

김득연은 임난 이후 동서남북의 당이 서로 대립하여 반목하는 붕당정

---

11) 송정헌, 앞책, 323~324쪽.

치기를 살았던 인물이다. 이러한 시기를 살면서 김득연이 현실 세계와 마주했던 갈등은 매우 컸던 것으로 보인다.

실제로 그의 생애를 살펴보면 그는 벼슬길에 오른 적이 없이 자신의 생을 마감하고 있다. 과거에 급제하고도 향촌에 묻혀 정치 현실과 무관하게 살았던 그의 행적은 뒤에서도 살펴보겠지만 현실에 대한 무관심에서 형성된 것이 아니라 현실에 대한 자기 시각과 비판점 관점에서 이루어진 것임을 알 수 있다.

世上애 사롬드리 모다 모다 채어리다
살 줄만 알고 주글 주를 모르느다
엇다 다 두고 두고셔 머글 주룰 모르는다

이 시조는 세상에 대한 비판적 시각을 드러내고 있는 작품이다. 이러한 시각이 없었다면 김득연 역시 전형적인 유자들의 작품과 같은 도덕적 이념의 발화나 임금에 대한 충성심을 노래하는 유형적 작품들을 지었을 것이다. 그러나 김득연에게 있어서 현실은 조화로운 대상이 아니라 갈등의 대상이었다. 따라서 김득연이 노래한 안빈낙도의 의미는 이전의 사대부들이 현실과의 조화를 꾀하며 유교적 당위를 피력했던 이념과는 크게 차이가 있다.

그러한 까닭으로 김득연은 安分知足의 의미를 노래하면서 다음과 같이 타인의 부귀, 빈천이 자신의 그것과 다르며 각자 자신의 '分'대로 사는 것이라고 노래하였던 것이다.

내 貧賤 보내려 흔들 이 貧賤 뉘게 가며
눔의 富貴 오과다 흔들 뎌 富貴이 내게 오랴
보내디도 청티도 말오 내 분째로 흐리라

3.2 현실 인식과 삶의 태도

김득연이 현실에 대하여 관심을 가지고 나름대로 치열하게 인식했던 태도는 그와 관련된 기록을 통해서도 쉽게 발견할 수 있다. 선조 25년인 1592년 임진왜란이 일어났던 당시 김득연의 나이는 38세였다. 벼슬에 나아가지 않고 산림에 묻혀 있던 선비였으나 김득연은 군사들의 양식을 조달하는 일을 하였는데 당시에 김득연을 보고 마음으로 복종하지 않는 이가 없었다고 『龍山世稿』「行狀」은 전하고 있다.12)

또한 명나라 장수가 김득연에게 보낸 글13)을 통해서도 나라가 위급한 상황에서 의병에 가담하여 싸웠던 김득연의 적극적 현실 인식의 일면을 찾아 볼 수 있다. 이외에도 김득연의 현실에 대한 치열한 관심과 의식은 기록이나 漢詩 작품을 통해서도 엿볼 수 있다.

그럼에도 불구하고 그의 작품 속에 나타난 태도는 시종일관 세상과 절연하며 자신만의 세계를 발화하는 모습으로 형상화되고 있다. 김득연이 세상과 절연하는 삶의 방편을 취하게 된 이면에는 임병 양난의 현실에서 오는 울분과 붕당 정치에 대한 염증에서 비롯된 갈등이 있었기 때문인 것으로 짐작된다. 인조 반정(1623년)이 일어난 후 김득연은 국가의 부름을 세 번씩이나 받았지만 결국 出仕하지 않고 산림에 은거하면서 시를 지으며 생활하였다. 김득연의 조부 金用石이나 퇴계의 문도에서 칭송을 받았던 부친 김언기도 벼슬에 나아가지 않고 산림에 은거하며 학덕을 수양했다고 한다. 이러한 은거의 바탕에는 김종직의 문하생이었던 김용석이 훈구파의 견제 세력으로부터 벗어나기 위해 취했던 방편적 요소가 깔려 있었을 것으로 추측되는데, 집안의 그러한 분위기 또

---

12) 「龍山世稿」, 卷四,四十.
　　壬辰之亂　與士友倡義　公常管糧餉　隨事盡力　天將之駐札安東者　見公所爲　無不心腹
13) 「龍山世稿」, 卷四, 二十四.
　　有崇厚倡義之擧　助國不及之費　出糧以供兵食　損資以輸民力而　慈祥愷悌忠藎　良存何不爲鄕　民一大權也

한 김득연의 생활이나 의식에 많은 영향을 주었을 것으로 미루어 짐작
해 볼 수 있다.

　같은 시기의 권호문과 같은 이가 出과 處의 갈등을 바탕으로 釣月耕
雲과 致君澤民의 사이에서 번민했던데 반해 김득연은 세상의 부름을 받
고도 단호하게 출사를 거절하고 은거하면서 은일의 세계를 노래한 작품
을 많이 남기고 있다.

　　山中에 버디 업서 風月을 벗 삼으니
　　一樽酒 百扁詩 이 내의 일이로다
　　진실로 이 벗 곳 아니면 消日 엇디ᄒ리오

　그러나 김득연의 은거는 단순히 자연을 즐기면서 자연과 더불어 유유
자적하는 유가적 사대부의 이상과는 다른 것이었다. 「止水亭記」의 다음
대목에서 김득연이 취한 현실 세계에 대한 군자의 태도를 엿볼 수 있
다.

　　士君子가 이 세상에 태어나서 임금을 극진히 보필하고 백성에게 恩德을 베
　푸는 것이 진실로 원하는 바이다. 세상에 나아가서 원하는 바의 뜻을 얻지 못
　하면 물러나서 山林에 거처하는 것이 마땅하다. 그런데 山林이란 선비들이 그
　곳에 머물면서 자신의 德性을 연구하며 기르는 곳이다. 평생 배우는 바를 실
　천하기로 했다면, 산림에서 학문을 연마하고 성을 기르면서 어찌 자연경관에
　이끌려 그치고 말겠는가?14)

　김득연의 일부 시조에서 나타나는 삶의 태도는 前代의 儒者들이 자연
과 벗하며 유유자적했던 은일의 자세 속에서 형성된 조화롭고 긍정적인
인식을 바탕으로 한 삶의 태도와는 차이가 있다. 儒者들이 현실에서 벗
어나 자연 속에서 만족을 찾은데 반해, 김득연은 자연 속에서도 끊임없

---

14) 『葛峯先生遺墨』, 「止水亭記」
　　　士君子生斯世也　致君澤民固所願也　而進不獲其志　願則退宜處於山林　山林者士之
　　所當止而窮　養之地也　平生所學旣以實地爲志則山林窮養豈止爲景物役哉

이 현실의 문제에 골몰하면서 현실에 소속될 수 없는 한계를 인식했던 것이다.

다음 시조는 체제 밖에서 거하며 주변 세계와 단절했던 그의 삶의 태도를 단적으로 보여 준다.

> 늘거 병든 모미 山亭에 누어 이셔
> 世間 萬事을 다 니저 브렷노라
> 다믄당 브라는 일은 벗 오과다 ㅎ노라

김득연은 '늙고 병든 몸'이 되어 자연과의 합일을 꾀하기보다는 오히려 자신과 합치될 수 있는 '벗'을 기다리면서, 세상만사를 다 잊어 버렸다고 하는 발화를 통해 세상과의 단절감을 형상화하고 있다. 이러한 세상과의 단절감은 현실 대응 속에서 대처할 수 없는 한계감이나 절박감으로부터 비롯되는 것임을 다음 시조를 통해 확인해 볼 수 있다.

> 本性이 無識ㅎ야 아므 일도 다 모르니
> 東西을 내 알며 南北인둘 내 아더냐
> 아마도 모르는 거시니 모르는 대로 ㅎ리라

동서남북 모두와 절연하는 태도에서 김득연의 현실에 대한 자기 인식이 단순히 무관심에서 나온 것이라고 하기보다는 현실과의 괴리에서 오는 번민에서 파생한 것임을 엿볼 수 있다. 김득연은 현실에 대한 끝없는 관심과 비판이 있었기 때문에 동서와 남북을 거론하며 그 어디에도 소속될 수 없는 자신의 한계성을 표현한 것이다.

> 山下泉에 귀롤 시으니 人間事를 뉘 드르리오
> 澗畔松을 벗 사므니 歲寒心을 내 아노라
> ㅎ물며 早晚功業은　雲卷書에 인느다

'산하천에 귀를 씻고 인간사를 듣지 않는다'고 하면서 모든 功業이 권서에 있다고 하는 표현에는 세상과 단절하고 책과 벗삼아 살겠다고 하는 의지가 강하게 드러나 있다.

이와 같이 자연 속에서 인간사와 절연하는 그의 태도 저변에는 자연 속에서 유유자적하며 세상과의 조화를 꾀하거나 출세간에 대하여 끝없이 관심을 기울이면서 은일 처사의 삶을 살았던 儒者들의 사고 방식과는 다른 일탈적인 인식이 내재해 있음을 알 수 있다.

위에서 살펴 본 '세상에 사람드리 모다모다 채 어리다'의 시조 외에도 다음과 같은 작품은 김득연의 '세상에 대한 비판적' 시각을 잘 보여주는 하나의 예이다.

> 어리고 쏘 어리니 ᄒᆞᄂᆞᆫ 이리 다 어리다
> 이리흠도 어리고 뎌리흠도 어리도다
> 아마도 어린 거시니 어린 대로 ᄒᆞ리라

여기서 '어리석음'이란 김득연 자신의 어리석음일 수도 있고 세상 사람들의 어리석음일 수도 있다. 그러나 '이리 함' 또는 '저리 함'이라고 하는 표현이나 '어리석은 것'의 표현으로 보아 개체적이기보다는 세상 사람들의 다양한 어리석음에 대하여 포괄적으로 그린 표현으로 보는 것이 무방할 듯하다. 김득연은 자신뿐만 아니라 세상의 어리석음에 대해서도 매우 냉철하게 비판하고 있는 것이다.

> 내의 졸ᄒᆞ이미 졸ᄒᆞᆫ 둥에 더 졸ᄒᆞ다
> 生涯도 졸ᄒᆞ고 學業도 졸ᄒᆞ여라
> 두어라 本性이 졸ᄒᆞ거니 므스이라 아니 졸ᄒᆞ리

자신을 '졸'하다고 비판한 태도는 자기 반성과 질책이 없이는 불가능한 일이다. 이러한 태도는 분명 일반적인 사대부들의 안분지족하는 태도나 풍류적 삶의 태도와는 다른 것이다. 김득연의 시조에서 나타나는 이같은 성향들은 처사적 문학의 성격을 넘어서 다분히 방외적 특질의

한 면모를 보여준다는 점에서 크게 주목할 만하다.15)

4. 김득연 시조의 문학사적 위상

4.1 사적 기능의 시조

일반적으로 고시조는 흥취나 풍류를 주제로 노래하는 사적 기능뿐만 아니라 도덕적 이념이나 충효 연군지사를 주제로 대 사회적 발화의 기능을 노래하는 공적 기능의 역할도 수행했다. 그러나 김득연의 시조에 이르면 사실상 시조의 이러한 공적 기능은 허물어진다. 앞에서 보았듯이 조선조의 유가적 이념에 근거한 시조를 김득연의 작품에서는 흔하게 발견할 수 없다. 유교적 이념을 노래하는 일부 시조의 경우도 살펴본 바와 같이 자신의 개인적 내적 체험 속에서 변이된 양태로 나타난다.

이황의 〈도산십이곡〉과 유사한 다음의 작품을 보자.

> 萬卷書을 對ᄒ야서 千古 버둘 싱각ᄒ니
> 天地間 녜던 길히 一胸中에 다 오ᄂ다
> 진실로 녜 벗과 녜 길을 알면 아니 녜고 어제리오

이 작품에서는 실상 이황과 같이 고인이 가던 보편적 이념의 길을 따라 가겠다고 하면서도 '옛 벗'이라는 표현을 통해 그 시선이 개인적인 사적 세계로 옮겨져 있음을 보여 준다.

---

15) 본래 방외인 문학이 현실에 대한 관심과 비판적 사고를 지니면서 기존의 관념을 탈피하여 고독과 소외 속에서 자기 표출과 고백을 표현했던 점이 특징이라는 윤주필 교수의 전반적 견해로 볼 때, 김득연은 그의 작품 세계를 통해 방외인들이 취했던 문학적 세계와 유사한 점을 구사하고 있다. 물론 김득연의 시조를 방외인 문학으로 범주화하는 것은 아니다. 그 유사성에 대한 심도있는 논의가 이루어져야 할 것이다. 윤주필(1990), 「조선 전기 방외인 문학에 관한 당대인의 인식 연구」, 한국정신문화연구원 박사학위논문 참고.

김득연의 시조에서는 일반적으로 '나'의 체험이나 생각을 발화하는 경우가 대부분이다.

> 내 몸이 병이 하니 어니 버디 즐겨 오리
> 녜우터 그러하니 브라도 속절업다
> 두워라 風月이 버디 어니 글로 노다 엇더료
>
> 버디 오리 업스니 洞門이 좀겨 잇다
> 三逕 松菊竹을 내 호온자 즐기노라
> 미일에 이롤 즐기어니 늘른 주롤 엇디 알리

제시한 바와 같이 대부분 자신의 개인적 체험이나 고백을 토대로 작품 세계가 이루어져 있어 조선 시대의 가치관에 따라 규범적이고도 보편적인 틀을 노래했던 前代의 시조들과는 크게 다르다. 유교적 이념의 제재가 사라지고 일상적 체험의 자기 표현이 나타나는 김득연의 시조를 통해 우리는 조선 전기 시조의 양상이 새롭게 변화되어 가고 있는 이행기 시조문학의 한 전환적 국면을 발견하게 된다. 보수적 이상세계를 꿈꾸던 사대부들의 형상적 관념이 무너지고16) 개아적 시선이 확대됨으로써 시조 문학에서 인간의 개체적 체험이 보편적 질서의 틀을 벗어나는 발아의 한 형태를 보여 준다는 점에서 그 문학사적 특징을 찾을 수 있을 것이다.

4.2 '아니 놀고 어이하리'식 표현

살펴 본 바와 같이 김득연의 시조에는 '놀이'와 '즐김'을 제재로 한 내용이 많다. 그러나 이러한 시조들은 다른 사대부들이 표방했던 무심과 흥취의 여유로움이나 관조적 자세에서 파생되었던 것들과는 다른 양상

---

16) 신영명, 앞글에서 본고와 논점은 다르지만 김득연의 시조를 보수적 이상주의의 계승과 파탄으로 보고 있다.

으로 드러난다.

> 靑山은 춤츠거눌 綠水은 놀애혼다
> 뎌 놀애 뎌 춤에 나도 조쳐 즐기노라
> 진실로 이 山水間애 아니 놀고 엇디 흐리

> 어린졔ᄂ ᄌ라고져더니 ᄌ라니는 늘기 셜빠
> 늘글 줄 아던돌 ᄌ라디나 마롤 거슬
> 아마도 못 졀믈 人生이 아니 놀고 엇뎨리

이와 같은 일련의 '아니 놀고 어이하리'식의 표현은 전기 사대부들의 시조에서보다는 후대 중인층의 시조에서 흔히 나타나는 양상이다.

> 세상 사롬들아 이내 말 드러보소
> 靑春이 미양이며 白髮이 검눈것가
> 엇더타 有限혼 人生이 아니 놀고 어이리 (김천택)

> ᄀ르지나 셰지낫 중에 주근 後ㅅ면 내 아ᄃ냐
> 나 주근 무덤 우희 밧출가나 논을 미나
> 酒不到劉伶墳上土ㅣ니 아니 놀고 어이리 (무명씨)

이같은 취락적 허무의 표현 양식은 하나의 관습적 표현으로서 이후 시조문학에서 지속적으로 나타나게 되는데 이들 시조의 전형을 우리는 김득연의 시조에서 보게 된다.

한정된 시간을 소모의 시간으로 받아들이는 이러한 태도는 허무주의적 인생관의 발로로서 시간의 한계성에 대한 적극적 극복의 방법이라기보다는 소극적 수용의 방식이다. 현재의 허무감을 '노는 일'로 상쇄하려는 이러한 심리의 밑바탕에는 현실에서 회피하려는 성향이 짙게 깔려 있다. '아니 놀고 어이하리'식의 표현은 또한 시조가 지녔던 바 또 하나의 기능, 즉 술 마시고 노는 일의 助興的 요소였음을 확인시켜 준다고

하겠다.17)

후대 우리 노래에서 지속적으로 나타나는 '노세 노세' 유형과 '아니 놀고 어이하리'식의 표현은 일맥상통하는데 시간의 유한성을 극복하지 못하고 취락적 허무에 젖은 모습을 양식화한 우리 시가의 한 틀이 김득연의 시조에서 나타난다는 것은 매우 주목할 만하다. 이는 임난 이후 현실에 대응하는 문화의 한 축이 비극적 서정에 바탕을 둔 취락적 허무의 경향으로 이어지는 일련의 흐름을 보여주는 것이다.

4.3 종장의 장형화와 반복적 기법

김득연 시조의 특징적 현상으로는 章의 형태적 파형을 꼽을 수 있다. 일반적으로 사대부시조는 3장 6구의 단형 시조로 이루어져 있다. 시조의 일정한 형식적 틀에 비추어 볼 때 김득연의 시조에는 한 장이 일반적인 단형 시조가 갖추고 있는 장의 길이에 비해서 긴 경우도 있어 주목된다.

또 고텨 녀기샤디 네 가난 불가난이로다
詩能窮人이라 그러ᄒ여 그럿토다
아ᄆ려 不足이다 ᄒ야도 시바치 거즈말로 퇴ᄒ노라

蘇仙이 一去後에 風月은 다 이셔셔
江上 上中에 녜 나온듯 ᄒ야 잇다
ᄒ물며 造物者이 無盡藏ᄒ니 吾與子의 共樂기로다

위 두 시조는 모두 종장의 글자수가 일반적인 시조에 비해서 4~5자 많은 편이다. 시조의 종장뿐만 아니라 초장이 길어진 경우도 있다.

---

17) 정혜원, 앞책, 39~41쪽.

> 비 고프거든 버구렛 밥 먹고 목 모르거든 바갯 물 마시니
> 이리ᄒᄂᆞᆫ 가온대 즐거오미 ᄯᅩ 인ᄂᆞ다
> 놈의이 浮雲 ᄀᆞ튼 富貴이사 브롤 주리 이스랴

이와 같이 김득연의 시조에서는 장의 정형적인 형태가 변화하여 장형화가 이루어지고 있는 특이한 형태를 발견할 수 있다. 이는 17세기의 음악적 추이와 관련해 볼 때 매우 흥미로운 모습이 아닐 수 없다.

17~18세기에는 삭대엽이 등장하여 다양한 변주곡이 개발되면서 평시조뿐 아니라 사설시조까지 담아내는 가곡의 전성시대를 맞이하게 된다.18) 17세기 초『양금신보』에서 삭대엽이 기록상으로 등장하는 것을 보게 되며 17세기 후반에 이르면 삭대엽은 초삭, 이삭, 삼삭대엽으로 파생 발전되어 가고,18세기 전반에 이르면 삭대엽의 제4변주곡인 소용, 만횡 등이 사설시조를 새로 얹어 부르는 곡으로 새로 개발되는 것을 볼 수 있다.19)

이런 맥락에서 볼 때 17세기 초엽은 삭대엽의 등장으로 인해 만대엽이나 중대엽의 퇴조와 더불어 가곡이 점차 빠르게 진행되면서 곡조의 변화뿐만 아니라 사설의 변화도 가져 왔을 것임은 쉽게 짐작해 볼 수 있다.

삭대엽이 기록상 등장한 시기와 김득연의 작품이 창작된 시기가 비슷한 점에 비추어 볼 때 김득연의 시조에서 한 장의 어휘가 더욱 촘촘히 늘어나게 되는 양상은 당시 가곡의 곡조 변화에 따른 음악적 추이와 관련해 나타나는 노랫말 양식의 자연스러운 변모일 것이다. 적어도 김득연이 작품을 창작할 당시에는 가곡의 곡조 변화로 인하여 시조시의 내용이 장형화되는 경우도 나타날 수 있었다는 것에 주목을 요한다.

그렇다면 이 시기에는 오늘날 우리가 말하는 사설시조 즉 장형의 시조가 출현했을 개연성도 있음을 시사한다. 이런 점에서 볼 때 학계에서 논란이 되었던 사설시조의 등장 시기를 17세기 초엽이나 그 이전으로

---

18) 김학성(1995), 「시조사의 전개와 낙시조」,『시조학논총』11집, 한국시조학회.
19) 송방송(1984),『한국음악통사』, 일조각, 417~418쪽.

보는 것은 어느 정도 타당성이 있다. 그러나 여기서의 핵심 논의는 아니므로 상론은 피한다.

필자는 앞장20)에서 진본 청구영언의 낙시조 항목에 주목한 바 있다. 진본『청구영언』의 낙시조 항목에는 '청산도 졀노졀노…'나 '오늘도 됴흔 날이요…'와 같은 단형 시조가 10수 있는데 이 낙시조 항목에는 육당본 『청구영언』이나『해동가요』에 수록된 장형시조와는 전혀 이질적인 성격의 작품들이 수록되어 있다. 그런데 이득윤이 편찬한『현금동문유기』(1620년)에는 四調體를 평조, 낙시조, 계면조, 우조로 나누고 "樂時調者 沖和純粹宛轉流麗之調"라 밝혀 놓고 있다. 여기서 낙시조란 순수하고 구르듯이 흐르듯이 아름다운 조라는 것인데 흥미로운 것은 진본『청구영언』낙시조의 단형 시조가 반복적 어휘를 구사하고 있어 그 기법이 이득윤이 제시한 낙시조와 유사하다는 점이다. 어휘의 반복은 음악적으로 동일한 조(調)를 끌어 쓸 확률이 많아 자연히 음조의 경향은 반복적 흐름의 양태로 나타날 것임은 쉽게 짐작이 가는 일이다. 예를 들면 다음과 같은 작품들이 그것이다.

> 스랑스랑 긴긴 스랑 기쳔ㄱ치 내내 스랑
> 구만리 장공에 넌즈러즈고 남는 스랑
> 아마도 이 님의 스랑은 ㄱ업슨가 ㅎ노라

> 오늘도 됴흔 날이오 이곳도 됴흔 곳이
> 됴흔 날 됴흔 곳에 됴흔 사람 만나이셔
> 됴흔 술 됴흔 안쥬에 됴히 놀미 됴해라

특기할만한 사실은 위 작품들이 구사하고 있는 동의어의 반복이 김득연의 시조에서 반복적으로 구사되었던 기법과 매우 유사하다는 점이다. 특히 앞에서 이미 예로 들었던 '六十年을 다 디낸 후에-', '어리고 쇼 어리니-', '내의 졸히이미-' 등의 작품은 그 언어의 반복적 구사 기법이 진

---

20) 나정순(1997), 「시조의 장르적 성격」,『한국시가연구』, 제1집, 한국시학회.

본 『청구영언』의 낙시조 항목에 수록된 작품들과 매우 동일하다. 어휘의 반복적 기법이 시조의 음조와 상관 관계를 가질 것이라는 사실은 쉽게 짐작해 볼 수 있다. 논의 전개의 필요상 다음 예문을 다시 살펴보기로 한다.

> 어리고 쏘 어리니 ᄒᆞᆫ 이리 다 어리다
> 이리흠도 어리고 뎌리흠도 어리도다
> 아마도 어린 거시니 어린 대로 ᄒᆞ리라

여기서 '어리다'는 어휘는 진본 『청구영언』에 열거한 작품과 동일한 기법으로 반복되고 있다. 이러한 측면에서 살펴 볼 때 김득연의 작품 중 일부 반복적 어휘 구사의 작품들은 진본 『청구영언』에 수록된 낙시조 항목 작품들의 한 전형을 보인다는 점에서 주시된다. 이는 김득연의 일부 시조가 낙시조나 혹은 그와 유사한 형식으로 불려졌을 것임을 추정케 하는 것으로서 시조음악사의 흐름을 파악하는데 하나의 단서를 제공해 줄 수 있을 것으로 기대된다.[21]

5. 맺음말

지금까지 김득연의 시조에 나타난 이념적 기반과 문학적 성격, 문학사적 위상에 대하여 살펴보았다.

김득연은 영남 사림의 후예였으나 실제 그의 작품에 나타난 성향을 살펴 볼 때 그는 당시 일종의 체제 일탈인으로서 현실을 인식했다고 하겠다. 따라서 그의 작품 속에 나타난 시조의 세계는 그 이념적 기반이나 문학 형식에 있어서 당시로서는 매우 파격적인 양상으로 나타난다.

---

21) 필자의 음악에 관한 지식이 짧아 추론에 그쳤다. 이에 대한 심도 있는 논의는 다음의 과제로 미룬다.

김득연의 시조에 나타난 문학적 성격으로는 첫째 '즐김'과 '놀이'의 독특한 시학적 의미를 들 수 있다. 놀이에 대한 김득연의 집착은 현실에 대한 절박감의 표출로 형상화되고 있는데 그것은 삶에 대한 부정적 인식을 바탕으로 형성된 것이었다. 또한 표현의 반복성이나 파격성 역시 부정적 인식에 바탕을 둔 비극적 서정의 한 표출로 파악되었다. 이러한 측면은 일반적인 사대부들이 대상과의 조화로운 경지를 긍정적으로 노래했던 양상과는 사뭇 다른 것이다.

김득연의 시조는 시조문학사상 매우 독특한 이행기 문학으로서의 위상을 지닌다. 공적인 기능의 시조가 와해되고 사적인 기능의 양상으로 변모되어 가는 시조의 이행기적 현상을 찾아 볼 수 있을 뿐만 아니라 '아니 놀고 어이하리'식 표현의 한 전형을 볼 수 있다는 점, 그리고 종장의 장형화 현상이나 반복적 기법을 통해 시조 장르의 형태적 변화 추이를 추정케 한다는 점에서 그 문학사적 의미는 매우 중요하게 평가될 수 있을 것이다.

김득연 시조의 문학적 특성이나 만만치 않은 작품 수에 비하면 그에 대한 연구는 매우 일천한 형편이다. 앞으로 좀더 심도 있는 논의가 이루어지기를 기대해 본다.

제5장

시조의 시대적 변모와
현대시조의 향방

1. 시조 형식의 변모와 작자층의 의식

앞장에서 살펴보았듯이 고시조의 형식은 일반적으로 초장, 중장이 의미의 병렬을 이루고 종장에서 통합되는 구조적 원리를 지닌다.1) 장형시조의 형식구조 역시 단형시조와 동일하게 초장, 중장이 의미의 병렬을 이루고 종장에서 통합되는 구조적 원리를 지니고 있다. 개화기시조에 이르면 예외 없이 초·중장이 병렬을 이루고 종장에서 결론을 이루는 객관화의 구조적 원리로 일관한다. 그러나 현대시조에 이르면 고시조나 개화기시조에서 보이는 구조적 원리는 거의 나타나지 않는다. 일부 고시조를 모방하거나 답습한 경우의 시조를 제외하면 대부분의 시조는 초장, 중장, 종장에서 의미의 단층이 없이 3장이 하나의 상황을 묘

---

1) 극소수의 시조에서 초장 중장 종장이 동일한 의미의 병렬을 이루면서 단지 종장에 의미가 강화되는 경우도 있기는 하다.

사하거나 사실을 드러내는 A→B→C의 순차적 전개의 구조 원리를 드러낸다.2) 이와 같은 형식구조의 변모 양상은 작자층이라는 존재방식과 관련된다고 볼 수 있다. 왜냐하면 시대의 여건이나 이념을 작품 속에 투영하는 것은 작자층에 의해서 이루어지기 때문이다.

단형 시조의 경우 사대부, 가객, 기생으로 그 작자층이 규정되는데 가객이나 기생 역시 사대부층과의 교류를 통한 계층으로서 상층 지향적 요소를 다분히 가지고 있었다.3) 사대부들의 의식세계는 상당한 논리성을 요했던 것으로 보인다. 이들의 이기해석론이나 人物性同異論에 대한 이론 탐구를 보더라도 짐작할 수 있듯이 유학자들은 대개 그 관심 세계를 天人合一의 경지에 두었다. 이는 일종의 우주관으로서 우주를 궁극적으로 인간이 적응하고 조화할 대상으로 여겼던 체계라 할 수 있다. 이러한 자연과의 합일사상은 유학자들의 심성에 대한 이론적 방법에서도 파악된다. 유학자들의 학문은 궁극적으로 본연의 性에 이르는 理와 氣의 합에 근거를 두고 체계화되었다. 초·중장에서 전제를 하고 종장에서 통합화를 통해 결론을 이룩하는 시조의 구조는 '천'과 '인'을 대응시켜 합일화하는 유자들의 합일적 사고를 바탕으로 한 '천인합일'의 구조와 매우 유사하다. 조선조 유자들의 禮의식을 통해서도 그 사고체계를 파악할 수 있는데 이들의 예에 대한 사상은 단순한 습속 이상의 합리적 사고를 바탕으로 이룩된 것이었다. 감성보다는 이성을 중시해서 질서를 이룩했던 사고 구조는 시조의 논리적인 형식구조와도 일치한다고 볼 수 있다. 특히 불확실한 감정조차 종장에서 결론을 내리고자 하는 태도는 유자들의 성리학적 명분론에 입각한 이성으로 다져진 합리주

---

2) 나성순(1989), 「시조 장르의 시대적 변모와 그 의미」, 이화여대 박사논문. 여기에서 현대시조의 구조에 대해 상세히 논한 바 있으므로 생략한다.

3) 권두환(1985), 「조선후기 시조 가단연구」, 서울대 박사논문. 여기서 상세히 논의된 바 있다. 김천택의 시조에서도 나타나듯이 중인층의 의식지향은 다분히 상층지향적 요소를 지니고 있음을 보게 된다. 이들 중인층은 경제적인 회로를 통하여 富의 축적에 힘쓰는 삶의 방식을 지녔던 동시에 문화적인 회로를 통하여 상층문화권에 접근하는 삶의 방식을 통하여 자신의 존재를 드러내려고 하였다.

의적 사고가 표출된 것으로 이해될 수 있다.

일찍부터 유교는 현실적으로 존재하는 혼란을 극복하기 위하여 능력, 기회, 소유, 지위 차별의 혼란을 없애는 방편으로 차별의 질서를 수립하였다. 봉건제는 사회적으로 신분의 차등 질서를 제시한 것이고 종법제는 친족 속에서 위치의 차등 질서를 규정한 것이다. 봉건제 및 종법제는 하나의 중심 내지 정점을 기준으로 위계를 설정하고 있다. 이 위계 질서는 한 중심이나 정점을 기준으로 전체를 통일시키고 있기 때문에 모든 부분은 그 부분으로서의 역할과 지위에 대한 규정을 포함하고 있다. 임금은 임금답고 신하는 신하답고 아비는 아비답고 자식은 자식다워야 한다는 正名論은 곧 위계 질서 속에서 부분이 그 역할을 올바르게 지켜야 한다는 규범이다. 따라서 고시조는 愛國, 忠君, 孝悌 따위의 내용을 통해 다분히 사회의 규범적 형식의 요구에 부응함으로써 그 본령을 수행하였던 것이다. '연군'이나 '님'으로 일관하는 시조는 사대부들의 체제에 대한 순응지향적 의식의 표출로서 거기에는 정통론이란 규범의 권위가 존재하였던 것을 보여준다.

정통론은 전체의 통일된 질서의 규범으로서 국가에서는 왕통으로 가족에서는 家統으로 유교 이념의 공통체에서는 道統으로 인식되어 한 중심이나 정점을 일통으로 확보하며 천하에 확대 적용하면 大一統론으로 나타난다. 正統 내지 一統의 위계적 질서는 사회 통합의 규범에서 하나의 중요한 원리이지만 또한 그 전부는 아니었다. 義가 선악을 엄격히 분별하지만 仁은 사랑으로 전체를 포용했고, 禮가 서열과 절차를 엄격히 규정하지만 樂이 조화로 전체를 융합하는 것처럼 여기에는 정통의 위계적 분별의식과 균평의 전체적 조화, 통합을 위한 추구가 상보적으로 작용하고 있다.4) 균평, 조화 안정은 사회가 위계 질서로 얻는 형식적 통일성을 넘어서 내면적 통합력을 확보할 수 있는 원리가 된다. 내용 전개상 종장에 주제가 집약되며 합일을 이룩하는 구조적 특질은 고

---

4) 금장태(1984), 「사회변동과 유교의 역할」, 『사상과 정책』, 여름호, 경향신문
   사, 81~93쪽.

시조와 유교 사회의 원리가, 동일한 바탕인 전체적 균형, 조화를 이루는 숨은 구조에서 유사하게 파생되었던 것임을 짐작케 한다.

세종 때 아악을 정리하면서 〈보태평〉, 〈치화평〉, 〈여민락〉 등 악곡을 제작한 정신도 사회 내적 통합력이 균평과 조화를 통해 이루어질 수 있다는 인식에서 나타난 것이었다. 일통의 형식적 통합 질서와 균평의 내면적 통합 질서가 사회 발전 과정에서 표현되면 대동론으로 이해될 수 있는데 분별과 통합의 긴장을 더욱 높은 이상으로 지양시켜 통합을 추구한 규범이 대동법이다. 대동은 모든 풍토적, 관습적, 제도적 차이를 넘어서 공공성을 통해 인간 사회의 공통된 통합 근거를 찾는 원리로 이해될 수 있다. 율곡이 강조한 국가의 元氣가 되는 公論도 사회의 公共한 통합 원리를 지적하고 있는 것이며 최한기가 말한 '천하의 모든 인간이 일치하는 大同人道'도 세계성을 지향하는 공공의 통합원리라 할 수 있다.5) 일찍이 이념과 형식의 등가성을 논의하면서 도남 조윤제는6) 시조의 형식구조와 유자의 이념을 관련시키기도 했다. 또한 고시조의 3장 구조원리를 분석한 김윤식은7) 고시조의 구조원리를 사대부의 의식 세계에서 파생된 결과로 보기도 했다. 이러한 논의들은 본고에서 제시하는, 시조의 형식이 이념의 소산이라는 견해와 일치한다는 점에서 주목할 만하다.

개화기시조에서 나타나는 형태적인 변화는 사회 분위기와 관련하여 주제 표출을 극대화시키기 위한 방편이었던 것으로 추측된다. 종장 끝 句가 생략되는 일반적인 개화기시조에서는 고시조의 4음보격의 형태적인 자질이 붕괴된다. 또한 '하노라'류가 생략됨으로써 유장한 표현이 사라지면서 종장에서 주제의 집약효과를 더욱 강하게 드러낸다. 종장의 마지막 어구는 4음절어로서 국권회복, 독립만세 등으로 끝맺음히는데 이는 주제 표출을 극대화시키기 위한 의도적인 시작태도에서 결과한 것

---

5) 앞글 참조.
6) 조윤제(1984), 「시조의 본령」, 『인문평론』, 제2권 2호, 인문사, 18~34쪽.
7) 김윤식(1980), 『한국근대문학양식논고』, 아세아 문화사, 92~106쪽.

으로 짐작된다. 종장 끝구의 생략은 전대 시조창과의 관련 하에서 파생된 것으로도 보이나 이는 개화기의 사회적 경직성과 밀접한 관계를 맺고 있는 것으로 해석되어야 할 것이다. 개화기 시조의 내용구조가 단호하고 힘찬 결의로서 종장 제3음보에 응결되는 양상을 보인 것은 경직화된 시대 상황에 충격을 받고 나타난 문학 현상으로 파악된다.

　개화기 시가의 주조적 리듬이 4·4조였던 것은 개화기의 시대적인 의지와 비판적인 구호를 전달하기에 적합하였던 것으로 보인다. 특히 당시의 언론기관이 시조의 주요 발표 매체였던 만큼 민중계도를 위해 좀더 기능적인 리듬이 요구되었을 것임을 짐작해 볼 수 있다. 그러한 요구는 시조로까지 확산되어 유자들의 운율 구조를 파괴하는 양상에 이르렀던 것이다. 종장 말구의 생략이나 운율 구조의 파괴는 예술적 조탁에 의한 형태적 발전이 아니라 사회구조의 경직성이 문화 양식을 잠식하는 개화기 시가의 특유한 현상으로 파악되어야 할 것이다.[8]

　개화기시조는 부분적인 형태상의 차이에도 불구하고 그 형식구조에 있어서 고시조와 일치하는 면모를 드러낸다. 이는 고시조 작자층의 이념과 개화기 시조의 작자층의 이념이 한편으로 동질적임을 시사하는 것이기도 하다. 신문 자료로서 〈대한매일신보〉「사조」란, 〈신한민보〉「사조」란과 〈매일신문〉, 〈제국신문〉에 나타난 현상을 보면 대개 작자층의 이름이 밝혀지지 않은 경우와 大邱女史, 雪月娘子, 竹松生 등의 형태로 나타나는 경우가 있다. 여학교 애국가에서는 '여학생'이란 보통명사의 명칭이 나타나기도 한다. 여기서 이름이 밝혀지지 않은 경우 대개는 신문의 편집, 제작진 작자의 의도적 개입이 있었을 것으로 짐작된다. 그러한 一例로서 다음과 같은 시조를 들 수 있다.

　　탁목조야 어리석다 속빈고목좁지마라
　　그속에다 네집두고 좁기로만 일슴나냐
　　하로밤, 급한풍우모러치면, 너는어이

---

8) 김영철(1987), 「개화기시가의 창작계층」, 『개화기문학의 재인식』, 지학사, 244쪽.

이 시조는 1917년 6월 14일 〈신한민보〉에 실린 〈탁목됴〉란 시조이다. 그런데 이 시조는 이미 1909년 12월 9일에 〈대한매일신보〉에 〈책탁목〉이란 제목의 시조로 실렸던 것과 그 내용이 동일하다. 이러한 현상은 당시 〈신한민보〉의 편집, 제작진이 시대적 추세에 맞추어 작위적으로 편찬했던 의식을 드러낸다. 그러한 측면에서 볼 때 이와 같은 시조는 신문의 편집 제작진이 창작했을 가능성도 짙다고 볼 수 있다.[9]

잡지의 경우 〈대한유학생회학보〉나 〈대한학회월보〉, 〈學之光〉등을 통해서 유학생 작자층이 등장했음을 알 수 있다. 가령 〈청춘〉이나 〈소년〉지에 나타난 六堂, 익명의 독자, 유학생 층을 볼 때 폭넓은 개화 서민층에로의 확대는 어려웠을 것으로 짐작되는데 1919년 11월 〈서광〉이후 익명의 작자는 더 이상 나타나지 않는다. 따라서 개화기 시조의 작자층을 볼 때 제작 편집진의 저널리스트 계층과 유학생 계층 등이 많이 개입했을 것으로 추측된다. 이 시기에 이르러 여학생 계층의 참여가 나타난다는 점에서 작자층의 확대를 보인다고 할 수도 있으나 결국 이들이 갖는 공통점은 당시의 지식인 계층이라는 점에 있다. 이들 개화기 지식인의 의식은 조선조의 유교적 이념을 완전히 배제하지 못하고 있었다. 19세기 초, 중엽 조선조의 봉건적인 사대부의 이념이 해체되는 현상을 조황의 작품으로부터 발견하고 이세보의 작품 세계에서 확인할 수 있는데 이러한 현실 인식은 개화기로까지 이어졌다고 볼 수 있다. 현실 인식이 등장하더라도 개화기에 여전히 나타났던 봉건적인 志士의식은 조선조 사대부의 이념과 등가로 파악될 수 있다. 이는 조선조와 개화기의 시대적인 변모에도 불구하고 그 작자층의 의식 저변에 시대적 요구에 부응하는 역할이 동일하게 잠재해 있었다고 보기 때문에 가능한 추론이다.

즉 개화기라는 시대성이 사회를 개량하고자 하는 목적의식을 요구하였기 때문에 개화기시조는 자연히 고시조 중에서 교화적인 태도를 지향하는 부류의 성향을 이어받아 전통 지향적 목적성을 토대로 구시대의

---

9) 김영철(1987), 앞글, 87~117쪽.

틀을 지속적으로 계승했던 것이다. 따라서 개화기라는 특수한 시대상황에 당면하자 전통에 대한 복고적 작자의식은 시조라는 형식적 틀을 차용하게 되었고 그와 달리 새 시대에 편승한 새로운 미래 가치 지향의 작가 의식은 신체시와 같은 형식을 요구하게 되었던 것이다. 이와 같이 실학적 사상의 맥락 속에서 중세적 사회 체제를 청산하면서 새로운 근대사회를 형성하고자 했던 갈등 양상은 개화기시조에서 복합적으로 나타난다.

애국계몽운동의 사상을 가장 명확히 대변했던 「대한매일신보」는 의병활동 및 의병장을 소개하고 일본 관헌의 탄압을 규탄하여 의병운동의 확대에 기여하기도 했는데 거기에 나타난 시조 역시 현실인식과 비판을 강하게 부각시켰다. 신문, 잡지를 통한 일련의 애국계몽운동의 당면 활동 목표는 대중 계몽과 학교 교육을 통하여 民智를 열고 민족산업의 육성을 통하여 민력을 배양하며 그것을 통하여 민족의 실력을 양성하는 일에 주어졌다. 그러나 그것은 단순한 교육 및 문호운동 또는 민족 자본육성 운동에 그치는 것이 아니라 궁극적으로 시기를 포착하여 국권을 회복하려 하는 정치적 목적이 있었다. 국권회복이라 해도 위정척사 사상에서 볼 수 있었던 500년 이씨 조선의 왕조를 회복하기 위한 복벽운동이 아니라 근대적 국민국가를 형성하려는 것이었으며 그것을 위한 기초를 확립하겠다는 것이었다.[10]

이러한 애국계몽의 지도자들은 모두 구학문을 한 사람들로서 한학적 교양과 관습을 내면적으로 극복하고 자기 개조와 국가 혁신의 길을 택했던 이들이다. 이들에게 내포된 양면성은 시조에서도 명확히 드러난다. 즉 문명 개화에 대한 열망의 이면에는 충, 효로 일관하는 유교주의적 지향이 복합적으로 내포되어 있었던 것이다. 조선 지성사의 척사 위정의 전통에 나타난 중심적 개념들인 전통과 이단, 척사와 위정, 화이, 이기 등의 개념은 전통사회를 살았던 개화기 지성인들에게는 살아있는 개념으로서 남게 되어 그들의 사고와 행동을 지배하였다. 당시에는 조선

---

10) 강재언(1985), 『한국의 근대사상』, 한길사, 이 글을 참조했음.

과 같은 유교 사회와 서구와의 사이에는 커다란 문화적인 바다가 가로 놓여 있었을 뿐만 아니라 18세기 특히 19세기 이후에는 국가와 유교문화 체계에 위협이 된 서학에 대한 탄압이 국가의 중요 정책이 되어 있었다. 또한 임진왜란과 병자호란 이후에는 조선의 쇄국정책이 굳어져 있었는데 오랫동안 주자학이 유일한 정학으로 사상을 지배하여 왔기 때문에 개방적이고 독창적인 사고가 어려웠던 것들을 감안하면 이해가 되는 일이다.11) 그러나 이 시기 지식인 계층뿐만 아니라 일반 대중에게도 가장 중요한 문제는 1910년 이후 일제에 대항하는 국권수호라 할 수 있는데 문명개화라는 공리적 세계관을 통하여 새로운 문명을 습득하고 구현하고자 했던 노력 역시 중요하게 대두되었던 문제였다.

개화기시조에 민족적 역량을 과시하고자 했었던 시대적 각성이 새롭게 등장하는 반면 구문화의 지배 이념이었던 유교주의의 잔재로서 봉건적 지사의식이 여전히 남게 되는 것은 이 시기가 가졌던 고유한 성향에서 비롯되었던 것으로 이해된다. 전통을 고수하려고 노력하되 새로운 문명에 대한 갈망이 드러나는 개화기시조의 특성은 개화기의 문명적 세계관의 한 발현이라고 볼 수 있다. 개화기에 시조 장르가 지속적으로 전개될 수 있었던 것은 이 시기의 담당층의 이념이 한편으로 성리학적 세계관과 이념의 등가성을 갖기 때문이었던 것으로 추정된다.

성리학적인 일존주의에서 출발했던 근대조선의 사상사는 반침략과 반봉건에 대한 끝없는 대응으로서 3·1운동에 이르러 비로소 새로운 역사를 맞이하였다. 봉건성의 탈피는 1920년대의 시조에서 비로소 나타나는데 이것은 산업화로 돌입하면서 윤리적 가치보다는 미적인 가치가 보다 부각되는 당시의 시대성에 기인한 것으로 파악된다. 이러한 현상은 개화기 소설에서도 동일하게 나타난다는 점에서 주목된다. 상업주의의 시장 지향적이고 허구적인 신소설이 문명개화를 예찬하고 개화의 비전만을 따라가는 현실 순응의 문학이었다면 시대적인 위기의식을 기반

---

11) 정재식(1984), 「유교문화전통의 보수의 이론」, 『한국사회와 사상』, 한국정신문화연구원, 175쪽.

으로 하여 과거의 역사를 거슬러 올라가 보면서도 이를 통해서 위기의 극복과 현실에의 저항을 모색한 전기문학 내지 역사문학은 구제의 문학이라 할 것이다. 양자가 모두 사회 개량을 위한 조건을 갖추고자 했음에도 불구하고 전기문학은 피침략시대의 저항적인 문학 형태의 특수성으로 확보된 것이라는 점에서 보면 그 역사적 의의는 자못 큰 것이다.12) 전기문학과 개화기시조는 그 양식의 틀이 달랐을 뿐 작자층의 의식의 측면에서 시대를 바라보았던 이념은 동일하다고 할 수 있다. 특히 개화기시조의 형식구조가 고시조의 형식구조와 동일한 구조의 지속성을 드러내는 양상은 이념과 형식의 등가성을 재삼 확인케하는 요소라 하겠다.

　개화기 시조에서 장형시조가 살아남을 수 없었던 것은 작자층의 의식 저변에 시조의 전통은 단형의 고시조라는 사실이 명확히 남아 있었던 것에서 기인한 현상이라 할 수 있다. 장형시조의 언어확장적 진술, 파형성은 개화기의 전통 지향적 작자의식의 측면에서 볼 때 전통과 배반되는 형식이었다. 따라서 개화기시조의 작자의식에서 볼 때 장형시조는 자연히 도태될 수밖에 없었던 것이다. 개화기라는 시대적 특수성이 민중계도를 목적으로 노래를 통하여 리듬의 기능성을 요구하였기 때문에 단형 시조는 자연스럽게 채택될 수 있었으나 장형시조는 기능적인 리듬을 드러내기에 적합하지 못했던 데에서도 그 원인을 찾을 수 있을 것이다.

　고시조와 개화기시조에서 지속적으로 나타나는 시조의 형식구조는 현대시조에 이르러 변모되는 양상을 보인다. 현대시조의 특수한 문인계층인 작자층은 뚜렷한 목적으로부터의 중립을 표방하는 사고방식을 지니고 있었다. 기본적으로 고시조, 개화기시조의 작자층과 마찬가지로 현대시조의 작자층 역시 사회적 상층이라는 점에서는 동일하다. 그러나 현대의 시대적 요구는 조선조나 개화기와 달리 교시성을 필요로 하지 않기 때문에 사회지도자로서의 지식인 상층의 역할 자체가 개화기시조

---

12) 이재선(1974), 『개화기의 우국문학』, 이재선 外, 신구문화사, 137~148쪽.

의 작자층과 같이 특수한 목적의식을 요구하지 않았던 것이다. 따라서 조선조 사대부나 개화기의 작자층과 현대시조의 작자층은 그 이념이나 의식이 달랐기 때문에 그 형식구조 역시 변모되었던 것으로 파악될 수 있다.

앞에서도 언급했듯이 현대시조에서는 초장, 중장, 종장의 의미전개가 순차적, 지속적으로 이어지기 때문에 종장에서 결론을 내리는 고시조의 형식은 거의 나타나지 않는다. 이는 현대시조가 3줄의 3행시인 현대시와 전혀 다를 바 없는 성격임을 말해 주는 것으로서 시조 작자층의 이념 변모에 따른 결과라 할 수 있다. 현대시조에서 개화기시조와 마찬가지로 장형시조가 창작될 수 없었던 것은 시대적 요구에서 그 원인을 찾을 수 있다. 시조부흥논의 이후 목적 文學으로서의 시조가 강조되면서 현대시조의 심미적인 내용과 달리 시조는 자연히 정제된 형식을 요구하게 되었다. 대부분의 현대시조에서도 살펴볼 수 있듯이 고시조보다 엄격한 정형성을 요구하였던 현대시조에서 장형시조는 자연히 창작되기 어려운 조건에 놓여 있었던 것이다. 장형시조의 확장적 진술, 말 늘어놓기와 같은 파형율이 현대시에 기여할 수 있는 면도 있을 수 있으나 실상 〈불놀이〉와 같은 시의 확장성, 의미의 이질적인 열거를 통해 볼 때 그것은 장형시조와는 판이하게 다른 의미구조를 갖는다는 것을 알 수 있다. 이러한 점에서 외형상 장형시조와 현대시의 관련을 논의하는 것은 성급한 견해로 생각된다. 개화기시조에서도 드러나듯이 장형시조의 전통은 고시조에서 일단 정지된 것으로 보는 것이 타당할 것이다.

2. 시조 내용의 변모와 존재방식

시조의 내용의 변모는 작자층의 이념은 물론 다양한 존재 방식의 변모에서도 그 원인을 찾을 수 있다.

고시조는 가창이란 존재방식을 통하여 전달되었기 때문에 구체적인 현실 상황의 제시보다는 관념적인 상황의 제시가 보다 더 일반적이었다고 볼 수 있다. 가창이란 매체는 음악적인 연행의 상황을 수행하게 되므로 대개는 집단 속에서 이루어졌다. 따라서 고시조는 관계를 형성하는 장르적 속성을 지니게 된다. 또한 고시조는 가창을 매체로 향유되었으므로 그 향유의 양상은 구체적 상황에 따라 매우 달랐을 것으로 짐작된다. 이들 노래의 대부분은 흥을 돋우기 위한 의도로 지어진 것으로서 사대부층이 가창을 통해 고시조를 향유할 때 그 언어전달의 양상은 화자의 감정과 태도를 직접적으로 드러내는 표현적 기능의 성격으로 강화되는 것이 보다 자연스러웠을 것이다. 주로 표현적 교화의 기능이 두드러지는 까닭은 유가적 생활 태도를 드러내는 화자의 태도와 그것을 공감하는 수용자층이 공감대를 형성하기 위해 동질의 사대부 문화를 체험하면서 이끌어낸 연행의 관습에서 파생된 것으로 이해된다.

 그러나 일반 백성들이 향유할 것을 목적으로 하여 의도적으로 지어진 훈민가류의 경우 사정은 전혀 다르다. 훈민가류의 시조는 사대부가 아닌 백성의 수용지층을 목적으로 창작되었기 때문에 흥의 전달보다는 내용 위주의 전달을 목적으로 하였다. 따라서 이들 시조는 정통적 음악의 법칙에 따른 창법이 아니라 내용전달에 충실한 읊는 방식을 통해 일반 백성들에게 향유되었던 것으로 짐작해 볼 수 있다. 『松江別集』에 나타난 백성들로 하여금 '風誦', '誦習'하게 했다는13) 기록은 이를 입증한다. 일반 백성들이 향유할 때 시조의 언어전달 양상은 대개 정보적, 지령적 기능의 성격을 띤다. 이는 도덕적인 정보를 전달하거나 백성들에게 유교적 덕목을 실천하도록 사회 통제의 기능을 강조하기 위해 구현된 결과라 할 수 있다. 이들 정보적, 지령적 표현적 기능의 시조는 공통적으로 유교적 이념을 전달하는데 그 기반이 있었다. 특히 화자의 감정과 태도를 드러내는 표현적 기능의 시조에서조차 유교적 이념을 나타냈던 것은 시조의 담당층이 감성보다는 이성에 충실했음을 말해 준다. 살펴본 바와 같이 시조의 주제를 도식화된 방향으로 이끌어갔던 것은 유교

---

13) 『松江別集』, 권7. 雜錄, 警敏.

적 이념이라 할 수 있다. 도식화된 대부분의 시조에서는 집단적 시선의 화자가14) 등장하게 되는데 이는 그 작자층이 유교적 이념을 공통의 기반으로 한데서 나온 결과이다. 집단적인 시선의 화자는 문화의 동질성을 확인하면서 공식적인 표현을 두루 사용함으로써 시조가 관습시로서의 특질을 형성케 하는 결과를 낳았다.

사대부의 생활 태도에 깃들어 있었던 명분에 치중하는 합리적인 형식논리의 사고는 功利의 태도를 배척한 만큼 실용 실질을 추구하는데 강하지 못했다. 그것이 사대부 시조의 특성이라 할 수 있다. 이러한 특성은 명분론적 유교적 생활 태도를 드러내는 일부 장형 시조에서도 발견된다. 교화적인 기능을 나타내는 교훈류의 장형시조는 그 작자층이나 수용자층이 사대부층이었기 때문에 언어의 전달양상에 있어서 자연히 정보적 기능의 양태를 띠는 것이 용이했을 것이다. 그러나 희락적인 기능의 장형시조에서는 구체적인 생활의 주제를 표현적 전달의 기능을 통해 표출하기도 했는데 이를 통해 볼 때 유교적 이념과 거리가 먼 계층 즉 사대부와는 다른 계층이 지었을 것이라는 가능성도 배제할 수 없는 것이다. 특히 희락적인 표현적 기능의 장형시조로 미루어 볼 때 그 작자층은 사대부층으로부터 중인층 가객으로까지 점차 확대 전이되었음을 상정해 볼 수 있다. 이는 중인계층의 장형시조가 남아있는 점을 보더라도 가능한 추론이라 하겠다. 일부 장형시조에서 오락성을 추구하는 인간 본연의 세계를 드러내는 경우 억압된 유교 문화에서 일탈하여 유교 이념과 거리가 먼 노래를 통하여 체제 내의 긴장과 갈등을 풀었던 해소책으로 구현되었던 것으로 이해된다. 이것은 양반문화나 그 계층이 서서히 변동되고 있음을 노정한다고 볼 수 있다. 특히 장형시조가 번성했던 것은 중인층 가객의 대두와 상업문화의 결과로 볼 수도 있지만 기본적으로 18세기 유교 사회의 굳건한 체제가 무너지면서 보다 자유분방

---

14) 대부분의 시조에서 강호가 등장하면 의례히 백구가 등장하는 식의 상투적인 표현이 나타나는데 이는 대부분의 작품이 서로 유사하다는 것을 말해준다. 따라서 개별적인 시선의 화자가 아니라 집단적인 시선을 가진 동일한 화자가 등장하는 것을 시사한다.

한 오락문화가 성하게 된 데에서도 그 원인을 찾을 수 있다.

　가창이란 매체가 변모되는 것은 19세기 중엽 이세보의 시조집 「풍아」로부터 확인된다.[15] 음악성을 중시하지 않고 보는 시조로 간주한 기록으로 보아 이 시기에는 이미 가창을 전제로 하지 않은 문자중심의 창작이 폭넓게 이루어졌던 것으로 짐작된다. 이세보의 시조에서 조선 후기 민생의 어렵고 고달픈 상황을 반영한 현실비판류의 시조가 등장하는데 이는 사대부 의식의 각성과 해체를 보여 주는 동시에 매체라는 존재방식의 변모와 직결되는 문제를 드러낸다고 볼 수 있다. 현실인식의 작자층 의식이 대두되고 현실비판류의 시조가 등장하는 것은 이 시기에 이르러 시조가 가창에서 문자 창작화되었을 가능성을 시사하는 것이다. 왜냐하면 음악성에 충실할 때 대부분의 노래 가사는 관념성에 치우치는데 반해 현실 세계를 나타내는 가사가 위주일 때 그 음악적인 기능이 약화되는 현상은 일반적인 노래 가사의 보편적 형편과 일치하기 때문이다.

　개화기에 이르면 시대적 요구에 부응하여 봉건적 잔재를 청산하면서 외세의 압력에 대항하는 현실적 각성이 인쇄매체의 변모로 인한 문자 전달에 힘입어 현실 인식의 시조나 현실 비판류의 시조를 자연스럽게 나타낼 수 있었다. 詩와 歌의 양면적 기능을 수행하였던 조선시대의 시조는 창곡으로서의 '歌'의 기능을 포기하지 않을 수 없게 되었으며 개화의 물결 속에서 당시의 시대의식을 격렬하게 표현하였던 창가가 새로운 음악으로서 그 기능을 수행하게 되었던 것이다.

　결국 시조는 개화기에 들어서면서 하나의 시로서 그 존재의 가능성을 새로이 수행하게 되었으며 창곡이 차지하고 있던 공백을 메워 나갈 수

---

15) 이세보『풍아』
　　세지임슐지계츄ᄒ한(歲在壬戌之秀秋下澣)의 신지도 복ᄉ즁ᄉ년젹긱 (薪智島服鳥舍中四年謫客)으로 년부년월부월(年復年月復月)의 병근(病根)은 날노 더ᄒ고 슈회(愁懷)난 만단(萬端)ᄒ여 셰월(歲月)을 잇고져 혹 글도 읽으며 시쒸(詩句)도 지으며 쇼셜(小說)도 보다가 쏘 노릭를 지어 기록ᄒ나 쟝단고져(長短高低)를 분명히 츠리지 못ᄒ엿스니 보난 ᄉ롬이 짐작ᄒ여 볼가ᄒ노라.

있는 문학성을 보강하지 않을 수 없게 된 것이다.16) 시조창의 기능은
특수 예인층으로 전이되고 문자창작은 시대의 요구에 부응하면서 매체
를 통한 공적 감정의 전달이 중요하게 부각되었다. 특히 매체의 성격상
신문 발표의 시조는 날카로운 비판정신과 투철한 저항 정신을 반영한데
비해 잡지에 수록된 시조는 개화계몽이나 교양 교육의 차원에 머무르게
되었다.

개화기에는 시조 독자가 곧 작자가 되기도 하는 공존 관계를 이루며
신문이나 잡지 등의 대중매체를 통해 보고 느끼는 향유방식을 실현하게
된다. 개화기의 시대적 상황 하에서 일반적으로 신문, 잡지의 향유층은
현실에 대한 인식이 투철하였고 또한 신문이나 잡지의 역할이 사회적인
교화를 목적으로 힘썼기 때문에 그 향유층 역시 사회 현실에 상당한 관
심을 가졌을 것으로 짐작된다. 특히 신문이나 잡지의 당시 기능이 사회
현실의 정보를 제공하거나 세태의 묘사를 나타내고 있었기 때문에 신문
잡지의 향유층은 시조를 통해서 현실에 대한 정보를 제공받거나 함축된
의미를 받아들이고자 관심을 기울였을 것으로 보인다. 개화기의 신문,
잡지의 향유층은 시대인식과 저항의 자세가 투철했다. 그렇기 때문에
개화기 시조는 정보적 기능의 시조를 통해 현실의 실상을 알리면서 지
령적 기능의 시조를 통해서는 향유층에게 계몽적인 교화와 현실에의 의
지를 불어넣는 명령과 요청을 함으로써 對 사회적인 통제 기능으로서의
역할을 부각시키게 되었다. 표현적 기능을 허용하지 않는 개화기시조는
절박한 시대 속에서 강한 목적의식을 내포하였기 때문에 사회적 기능을
수행할 수 있었던 것이다. 개화기시조가 활발할 수 있었던 까닭은 문학
론으로서 우리 시가 문학의 새로운 개혁을 주장하고 있는 〈천희당사화〉
와17) 같은 논의에서도 그 일단을 찾을 수 있다.

〈천희당시화〉에서 가장 두드러진 강조점은 시의 기능이라 할 수 있는

---

16) 권영민(1976), 「개화기시조에 대한 검토」, 『학술원논문집』 15집, 대한민국
　　학술원.
17) 대한매일신보, 1909.11.9~1909.12.4까지 연재되었던 글.

데 도덕적인 교화와 사회적 효용론에 입각한 점에 그 특징이 있다. 특히 한시를 철저히 배격하고 국문시가의 중요성을 역설하였는데 〈천희당시화〉18)에서 나타나는 관점은 조선시대 이전부터 한학자들이 보여왔던 도덕론적인 관점과 그대로 이어지는 것이지만 詩道와 국가의 흥망을 연결시킴으로써 당대적 현실의 위기를 정신적으로 극복해 나아가기 위한 애국 계몽적 사상이 분명하게 자리잡고 있다고 할 수 있을 것이다.

〈천희당시화〉에서는 당시의 시의 타락과 멸망을 바라보며 시가 현상을 개혁하고 詩道를 바로 잡기 위해 세 가지 방향의 국시 개량 방안을 제시하였다. 첫째 국문으로 시를 써야 한다고 강조하였다. 이는 국민언어의 정화로서 국시의 개념이 갖는 특성이었는데 〈천희당시화〉에서 예시되는 국시의 형태는 시조, 가사, 민요 등의 부류에 걸쳐 있다는 점을 주목하지 않을 수 없다. 둘째 국민 사상을 고양시킬 수 있는 정신을 담아야 한다는 점이다. 이 주장은 시적 주체의식의 집단적 교훈성을 강조한 것으로 시의 공리적 기능에 착안한 것이다. 따라서 개인적 서정성보다는 집단적 이념성을 지향하기 때문에 시적 상상력이나 정서적 영역을 크게 중시하지 않게 된다. 셋째로 시의 새로운 형식을 발견해야 한다는 점이다. 〈천희당시화〉에서 강조되고 있는 국시개량론의 내용 중에서 형식적 구투를 탈피해야 한다는 주장은 새로운 시가 장르의 성립 기능성을 예견케 하는 중요한 요건이라고 할 수 있다.19)

---

18) 詩란 자는 國民言語의 精華라. 故로 强武한 國民은 其詩부터 强武하며 文弱한 國民은 其詩부터 文弱하나니, 一國의 盛衰治亂은 大抵 其國詩에서 可驗할지요 又 其國의 文弱을 回하여 强武에 入코자 할진대 不可不 其文弱한 國詩부터 改良할지라 余가 近世我國에 流行하는 詩歌를 觀할건대 太半 流靡淫蕩하여 風俗의 腐敗만 할지니 世道에 關心하는 者가 汲汲히 其 改良을 謨함이 可하며……(중략)…….詩歌는 人의 感情을 陶融함으로 目的하나니 宜乎 國字를 多用하고 國語로 成句하여 婦人 幼兒도 一讀에 皆曉하도록 注意하여야 國民 智識普及에 效力이 乃有할지어늘, 近日에 各學校 用歌를 聞한즉 漢字를 雜用함이 太多하여 唱하는 學童이 其 趣味를 不悟하며 聽하는 行人이 其語意를 不知하니 是가 何等 效益이 有하리오.

19) 권영민(1987), 「개화기 애국계몽운동과 민족문학의 인식」, 「개화기문학의 인식」, 지학사, 7~43쪽.

이러한 국시개량론의 구체적인 실천 과정에서 개화기의 시조나 가사가 신문에 자주 등장하게 되었고 민요조를 도입한 흥타령조의 시조가 나타나기도 하였던 것이다. 그러나 국시개량론이나 문학창작에 관한 투철한 노력에 비해 개화기시조는 일반 민중의 對 사회적인 반응과 결합하지 못하는 한계를 드러내는 일면도 있었다.

그런 의미에서 육당의 시조에서 나타나는 어설픈 심미성은 오히려 시조의 구조적 속성을 제대로 이어받지 못하는 한계를 드러냈으며 근대적인 자아인식이 결여되었음을 보여준다. 육당은 현대시에서 볼 수 있는 다양한 형태를 시도함으로써 긍정적인 측면에서 평가를 받기도 하지만 〈백팔번뇌〉에서 보여주는 시적 의미는 당시의 사회 현실을 제대로 투영하지 못함으로써 이전의 시조가 수행했던 공적 기능을 이어받지 못하고 개인적 세계로 침잠하는 경향을 나타낸다.

현대시조는 인쇄 매체를 통한 문자전달이라는 점에서 개화기시조와 같으나 신문 매체를 통한 시조의 발표가 현격하게 줄어들고 잡지 매체나 개인시조집을 통한 시조가 양적으로 우세하게 나타난다는 점에서 그 차이를 드러낸다. 잡지란 매체가 개인의 성격이나 취미에 맞는 내용으로 제작되어 주관성이 강조됨에 따라 현대시조는 개인적 정서를 표출하는 방향으로 나아가게 된다. 현대시조가 개화기시조와 마찬가지로 문자로 창작, 전달됨에도 불구하고 私的 감정의 전달이 우세하게 나타나는 현상은 시대상의 차이에서 오는 문학적 대응자세의 이면으로 파악되어야 할 것이다.

현대시조는 그 향유층이 극히 제한되는데 화자의 내밀한 정서를 향유하는 데는 표현적 기능의 시조나 미적 기능의 시조가 적합했던 것이다. 고시조가 이념으로 채색된 표현적 기능의 시조라면 현대시조는 이념이 배제된[20] 개인적 감정이나 태도를 드러내는 표현적 기능의 시조이다. 표현적 기능은 현대시조 초기에 흔히 나타나는데 점차 후기로 가면서

---

20) 또 다른 의미에서는 현대적인 어떤 이념이라 할 수도 있지만 현대시조에서는 유교와 같은 투철한 목적 이념이 나타나지 않는다.

미적 기능의 시조가 보다 더 많이 나타나는 현상을 보인다. 다수의 현대시조가 미적 기능의 시조라 할 수 있는데 특히 가람 이후에는 객체의 정서를 제시하면서 주체의 정서는 안으로 숨는 현대시의 특질과 다를 바 없는 양상으로 나타난다는 점에서 주목을 요한다.

　개화기시조나 현대시조에서 장형시조가 등장하기도 하나 이는 향유층의 정서에 부합되지 못하므로 점차 사라지고 마는데, 이는 개화기 이후 시조를 향유할 때 그 향유층이 단형의 정제된 형식을 요구하는 반면 장형을 요구하는 향유층은 현대시로 그 시선을 옮기기 때문에 나타난 결과라 할 수 있다. 이와 같이 시조의 존재방식 즉 매체나 수용자층, 향유방식 등은 시조의 내용 변모에 주요한 요인으로 작용하였던 것이다. 그러나 이러한 것들은 궁극적으로 역사 사회의 복합적 변화와 더불어 그 요인을 찾아야 할 것이다.

　주제의 경우를 보더라도 고시조가 유자의 세계를 드러내는 주제의 도식성을 보인데 반해 개화기시조는 문명개화와 국권수호라는 시대적 의지를 드러내는 주제로 일관했음을 알 수 있었다. 이와 같이 고시조와 개화기시조의 주제의 변모는 문학의 담당층의 이념에서 나아가 본질적으로 시대의 요구와 시대의 이념이 달랐던 데에서 기인한 것으로 파악될 수 있다. 또한 현대시조에 이르러 표현적, 미적 기능을 통하여 개인적인 정서를 드러내는 경향이 강하게 나타나는 것은 현대의 이념이 조선조나 개화기와 달리 목적의식을 필요로 하지 않는 데에서 기인한 현상으로 이해된다.

　현대시조에 이르러 시조부흥 논의가 있었다는 것 자체는 시조가 결코 현대에 와서 환영받는 문학양식은 되지 못한다는 사실을 보여준다. 즉 운동을 통해 하나의 문학 양식을 되찾아 제도화할 수 있었다는 자체가 정상적인 현상일 수는 없는 것이다.21) 〈프로〉라는 목적문학에 대결한다는 뚜렷한 의도뿐만 아니라 동시에 민족을 위한 문학을 빙자하여 시조를 부흥시켜야 한다는 목적성이 1920년대의 개인적인 심미적 세계를

---

21) 임선묵(1974), 『시조시학서설』, 청자각, 75쪽.

추구하는 창작의 경향과 근접하기에는 현대문학사의 양상이 목적성과
지나치게 거리를 둔 것이었다.22)

3. 시조 변모와 세계관

　지금까지 시조가 어떠한 양상으로 변모했고 그 변모 양상이 어떠한
존재방식에서 기인한 것인가를 살펴보았다. 그러나 궁극적으로 시조 존
재방식의 변모나 장르의 성격 변화는 세계관의 변모와 직결된다고 볼
수 있다. 왜냐하면 세계관이란 시조를 담당했던 계층의 세계에 대한 총
체적 이해로서 근본인식과 근본태도를 말하는 것이기 때문이다. 이는
시조를 담당했던 계층의 집단적 동일성을 부여하는 '집합적 집단의
식'23)의 한 형식이라고도 할 수 있다. 다시 말해서 세계관은 개인을 넘
어서서 사회의 전체적 구조를 지향하는 집단들의 심리적 구조물이
다.24) 따라서 시조의 전반적인 변모 양상의 밑바탕에는 시조를 지향했
던 특정집단의 사회를 바라보는 총체성, 즉 세계관이 자리잡고 있다고
볼 수 있다.25) 그런 의미에서 시조에 나타난 형식이나 내용의 양상은

---

22) 정병욱(1959), 『국문학산고』, 신구문화사, 79쪽.
　　시조 부흥논의에 대해서는 정병욱의 다음과 같은 견해도 있다.
　　"시조의 발생과 발전은 오직 유교적인 배경 밑에서 이루어져왔음을 알겠고 그
　　후계적 변화로 사설시조의 전성을 보았거니와 그 전성의 계기는 과거의 성리
　　학의 권위가 상실되고 대신에 실사구시학의 등장에서 찾을 수 있음을 보았다.
　　이처럼 사조적인 면에서 변화를 일으켰을 때에 필연적으로 그러한 내용을 담
　　는 문학형태도 새로운 것으로 개조된다는 것이 움직이지 못할 역사적 과정임
　　을 상기할 때에 우리는 시조의 부흥에 관하여 응낭 회의석인 태도를 품지 않
　　을 수 없게 된다."
23) GOLDMANN, LUCIEN(1964), 『THE HIDDEN GOD』,(LONDON,
　　ROUTKEDGE & KEGAN Paul), p.17.
24) LUCIEN GOLDMANN, 『문학사회학방법론』, 박영선, 오세철, 임철규(역)
　　(1984), 현상과 인식.
25) HERNADI PAUL(1972), 『BEYOND GENRE』, (ITHACA, CORNELL

시조를 담당했던 집단의 정신적 범주를 총괄하는 세계관의 변모와 직결되는 문제이기도 하다.

현대시조에 이르러 고시조의 형식구조 원리가 파괴되고 언어전달의 의미적 기능이 변모되는 양상은 현대시조 창작인의 능력 문제가 아니라 현대적인 세계관에서 비롯되는 문제라 생각된다. 1920년대 이후 일제 하에서 비판이 강화되기보다는 오히려 소극적인 저항이나 체념에 그쳐버린 지식인 계층, 문인층은 구체적인 시대의 이데올로기를 잃어버리게 되었다. 3·1운동의 실패를 계기로 1920년 이후의 문학은 실제로 비관적이고 퇴폐적인 경향이 두드러졌다. 현실을 절망적으로 그리고 있을 뿐 춘원이나 육당의 작품에서 드러나듯이 민족의 구제에 대한 구체적인 이념이 제시되지 못하였고 일본 제국주의에 적극적으로 저항하는 정신조차 나타나지 못하였다.

「폐허」 창간호에서 오상순은 '우리 조선은 황량한 폐허의 조선이오, 우리 시대는 비통한 번민의 시대다'라고 하였는데 여기에는 현대의 문인이 시대를 보는 시각이 잘 나타나 있다. 뒤이어 「백조」 역시 이 시대의 문학이 현실을 떠나 예술과 문학 현상 자체에 빠져 이념을 잃어버렸던 현상을 보여준다. 이러한 현상은 현대시조 작가의 경우에도 마찬가지였다. 오상순의 말에서도 나타나듯이 일제의 절망적 상황은 작가들에게 목적의식을 빼앗아 갈 수밖에 없었던 조건을 내포하고 있었던 것이다.

현대사회는 근세조선까지 한국인의 의식구조에 침투했던 유교의 해독에서 해방되었으며 과거 조선인이 가지고 있었던 불교나 유교, 도교 그밖의 어떠한 사상도 현대사회의 사회, 경제, 문화를 주름잡는 근본원리

UNIV, PREX PRESS) p.27.
세계관이란 일반적으로 세계 전체에 대한 통일적 이해를 뜻한다. 이 경우 객관적 논리적 체계보다는 정의적이고 주체적 계기가 중요시된다. 딜타이는 세계관의 궁극적 근원은 생이라고 하여 여러 가지 세계관을 多向的 전체로서의 생의 역사적, 상대적 표현이라고 하면서 세계관의 유형을 종교, 시, 예술의 형이상학으로 대면했다. 세계관은 자각적이고 미완결적이며 동적이고 성격적이고 주체적이고 절대적이어서 표현론적 장르연구의 토대가 됨은 말할 필요 없다.

는 아닌 현상이 나타났다. 현대사회에서의 문인층 특히 1950년대 이전의 작자층이 미적 추구의 세계를 지향하면서 사회의 모순에 시선을 돌리지 않았던 것은 무엇보다도 일제라는 시대 상황에서 기인된 것이라 할 수 있다. 일제라는 억압된 상황 속에서 절망과 좌절의 개인적 세계로 침잠함으로써 작가들이 사회적 현상으로부터 도피할 수밖에 없었던 경향은 기본적으로 사회적 조건에서 결정지어진 것이었다. 따라서 이러한 경향은 강하게 작품의 심미성을 낮게 됨으로써 이전의 시조에서 드러났던 목적의식은 더 이상 찾아 볼 수 없게 된다.

프로문학에 대항하여 민족문학의 기치로 시조가 내세워지기도 했으나 현대시조의 전반적 경향은 시대의 이념을 가지지 못한 미적 현상의 추구로 나아가게 되었다. 이는 현대사회의 숨은 구조 속에 목적이념이 不在하였던데서도 기인한 것이라 할 수 있다. 따라서 현대시조는 사회적인 공적 기능의 수행과는 거리가 멀게 되고 개인적 정서화의 정화기능을 통해 인간의 내면 세계를 다루게 되므로 현대시와 다를 바 없는 양상으로 귀속되었던 것이다. 특히 60년대 이후의 현대라는 산업사회의 조건도 목적의식과는 거리가 먼 것이었다. 산업사회에서는 인간의 삶과 이것을 위한 여러 가지 조건들이 이른바 합리화되고 기계화되면서 개성은 사라지고 획일화되어 가는 경향이 있다. 모든 개별적인 기업들이 산업사회에서의 경쟁에 더 효율적으로 대처하기 위해서 더욱 생산적이고 더욱 기계적인 집단적 기업들로 뭉쳐져 간다. 효율화하기 위해서는 합리화하고 합리화하기 위해서는 집단화하는 것이 산업사회의 특징이며 이것이 인간의 삶과 그의 존재를 거의 전적으로 지배하는 것이다.[26]

산업사회에서의 생산력의 발전은 인간이 인간을 지배하는 것이 아니라 서로 돕는다는 사고 방식에서 생각하고 행동하므로 어떤 개인이나 어떤 계층이 다른 계층을 지배하는 것이 아니고 모든 인간들이 서로 협동하고 질서를 이루는 체계를 형성하게 된다. 여기에는 뚜렷한 목적의식이나 이념이 필요치 않게 된다. 따라서 조선조의 시조나 개화기의 시

---

26) 국민윤리교육연구회(편) (1980), 『현대사회와 윤리』, 형설출판사, 55쪽.

조에 내포된 목적의식이 현대 사회에서는 나타날 수 없도록 이미 그 사회적 조건이 배태되어 있는 것이다.

이념이 없는 현대사회에서 특히 시대의 요구가 교시성을 목적으로 하지 않기 때문에 현대인의 비판과 초월을 모르는 도구화된 사유체계는 목적이나 이념의 문제를 배제하고 가치 판단으로부터의 중립을 표방하는 심미적 세계관을 형성하게 된다. 이러한 세계관에서 형성된 현대시조 장르의 속성이 고시조와 다를 수밖에 없는 현상은 시대적 변모에 따르는 사회적 조건의 자연스러운 귀결이라 하겠다. 고려 초에 여전히 잔존했던 향가는 고려의 이질적인 세계관과 결합할 수 없었기 때문에 결국 고려가요에게 그 자리를 내줄 수밖에 없었다. 이를 통해 보더라도 하나의 장르와 세계관은 일체된 가운데에서만 지속될 수 있는 것임을 확인할 수 있다. 이것은 시조의 경우에도 마찬가지였다.

향가 장르의 생성과 소멸의 문제에 관련지어 보면 시조가 형성된 시기는 성리학적 세계관이 형성된 시기와 일치하며 소멸된 시기는 성리학적 세계관이 해체된 시기라 할 수 있다. 이러한 측면에서 볼 때 시조 형성기를 성리학의 유입시기와 일치시켜 고려 중기에서 말엽으로 파악하는27) 것은 비교적 타당성이 있다. 같은 의미에서 성리학적 세계관이 사라진 현대에 시조가 존재하는 현상은 고려 초에 잔존했던 향가와 유사한 양상이라 할 수 있을 것이다. 따라서 1920년대 이후 오늘날에 이르기까지 현대시조가 수행하는 장르의 기능은 문학사의 자연스러운 흐름을 역행하고자 하는 작위적인 전통 고수의 한 결과로 볼 수밖에 없는 것이다.

이상에서 나타난 시조 장르의 시대적 변모양상과 그 의미를 통해 볼 때 시조사의 시기구분에 대한 문제도 다시 검토되어야 할 필요가 있다. 왜냐하면 기왕의 시조사 시기의 구분28)이 세계관, 형식, 담당층의 동

---

27) 조윤제(1963), 『한국문학사』, 동국문화사, 96쪽.
28) 이능우(1956), 『이조시조사』, 이문당.
　　이병기·백철(1957), 『국문학전사』, 신구문화사.
　　박을수(1978), 『시조문학전사』, 성문각.

질성을 바탕으로 하여 전통의 실상을 중심으로 파악된 것이 아니라 역사적 사건에 대응한 왕조 중심의 틀을 기반으로 한 것이기 때문이다. 문제적 연속성 안에서 그 지속과 변모를 토대로 한 시조사의 시기 구분은 기존의 시조사의 시기 구분에서 탈피하여 새롭게 제시될 필요가 있다.29)

고시조에서 개화기 시조로 변이되는 과정에서 19세기 중엽 현실인식의 시조를 통해 확인되는 것은 이 시기가 시조사에 있어서 한 중요한 전환을 이룬다는 점이다. 시조사에서 나타나는 이러한 전환점은 기존의 문학사 연구에서 근대문학의 기점을 파악하고자 했던 苦究에 하나의 단서를 제공할 수 있을 것으로 보인다. 이는 시조사 자체 내의 변모의 전환점이지만 전반적인 문학의 역사와 관련지어 볼 때 결코 무관할 수만은 없기 때문이다. 그런 의미에서 볼 때 근대문학의 기점은 1860년대로 추정하는 것30)이 타당할 듯 하다.

개화기시조는 이세보의 시조이후 육당의 시조까지 포함시키는 것이 바람직할 것이다. 육당의 세계관이 부분적으로 현대적 이념과 맞닿아 있을지라도 육당이 고집했던 조선주의의 이념이나 구체적인 작품의 실상을 통해 볼 때 그 내용이 여전히 문명개화의 구호를 내세우거나 목적의식을 내포한 점, 3장 구조원리를 여전히 지속하고 있었다는 점에서

---

29) 본고에서 논의된 것을 토대로 시조사는 다음과 같이 구분될 수 있다.
    고시조 : 여말~19C 중말엽 (성리학적 세계관의 해체기, 현실인식의 대두)
    개화기시조 : 1시기 : 19c말엽~1910년 이전까지 (국권수호, 유교의식, 현실 인식의 지속)
                2시기 : 1910년 이후의 시조~육당의 시조 (목적의식, 문명개화와 국권회복의 지속)
    현대시조 : 1920년대 말로부터 비롯된다. (가람, 위당, 노산의 시조로부터 현대시조라 할 수 있다.)
30) 한국고전문학연구회편(1983),『근대문학의 형성과정』, 문학과 지성사.
    여기에서 근대문학의 기점과 성격에 대한 논의가 본격적으로 이루어졌다. 특히 정재호의「용담유사의 근대적 성격」, 이혜순의「비교문학적 관점에서 본 근대문학의 기점」황패강의「한국문학사와 근대」에서 논의된 1860연대설은 매우 타당성이 있는 것으로 보인다.

육당의 시조는 개화기시조의 마지막 하한선에 자리하고 있었다고 할 수 있다.

현대시조의 3장 구조원리가 변하고 그 내용이 목적의식과 거리가 먼 개인적 정서로 일관하는 것은 가람 이병기의 시조로부터 본격적으로 나타난다. 가람의 시조 이후 많은 현대시조들이 현대시조의 새로운 章을 열었다고 볼 수도 있지만 외형상 정형적인 틀을 제외하면 현대시와 전혀 다를 바 없는 속성을 가진다는 점에서 굳이 시조라고 해야 할 까닭을 잃어버리는 결과를 낳고 말았다. 그런 점에서 볼 때 기존의 시조 연구나 창작에서, 가람 이병기의 시조부터 오늘날에 이르기까지의 현대시조에 대한 올바른 검토와 방향 가능성의 제시가 보다 구체화될 것이 요청된다.

제3부

고전 시가와 여성 의식

기녀시조와 여성 의식

1. 서 언

우리 문학 연구는 일반적으로 남성적 관점의 시각에서 이루어져 왔다. 따라서 여성 작자층의 문학 작품이 온당하게 평가받았는가에 대한 회의를 갖게 한다. 특히 고전 작품에 있어서는 더욱 그러하다. 그 구체적인 일례로서 규방가사를 들 수 있다. 기왕의 남성 위주의 시각에서 파악된 규방가사의 의미는 수동적인 여성의 체념적 신세 한탄의 양상으로 귀결되곤 했다.[1] 그러나 필자가 살펴 본 바[2] 단순히 체념적이거나 신세 한탄의 정서만으로 귀결시킬 수 없는 체제 부정적인 현실에의 문제 인식도 담고 있어서 그간의 연구 동향에 의문을 갖게 되었다. 이제

---

[1] 김용숙(1976), 『이조여성연구』, 숙명여대출판부.
   권영철(1980), 『규방가사연구』, 이우출판사.
[2] 나정순(1995), 「내방가사의 문학성과 여성 인식」, 『고전문학연구』 제10집.

고전의 경우에도 여성문학은 새롭게 재해석되어야 할 시점에 와 있다고 하겠다. 이 장은 이러한 작업의 하나로서 시도된다.

지금까지의 연구 동향을 보면 여성작자층 시조3) 즉 기녀시조에 관한 연구는 그 문학적인 우수성이 조명되거나 남성 위주의 관점에서 사대부 시조와 비교되는 실정이었다. 그러나 여성 중심적 시각에서 여성 문학만이 지닌 고유성을 드러내지 못했기 때문에 여성성의 실체를 온전하게 밝히는 데는 한계와 미진함이 있었다.

여성 중심적 시각에서 고전 시가 작품에 나타난 여성성의 실체를 파악하는 연구는 이제 시작에 불과하다. 페미니즘적 시각에서 기녀시조를 조명한 신은경의 연구4)는 이 방면의 선행 연구로서 시사하는 바가 크다. 그러나 논문에서도 피력했듯이 기녀 시조의 의미 영역을 想思의 의미 영역으로 한정하고 그 언술 양상에 초점이 맞추어졌기 때문에 본고와는 논점을 달리 한다. 본고에서는 기녀 시조의 문학성과 여성 의식의 면모를 주객 대응, 언술, 시간 공간 의식의 측면에서 살펴보고자 한다.

우리 시가 문학에서는 여성의 작품이 아닌 남성 작자층의 작품에서도 여성적 발화를 하는 여성성을 구현했던 면모가 발견된다. 고려 시가의 하나인 정서의 〈정과정곡〉을 발단으로 하여 조선조 사대부의 가사나 시조에서 여성성의 구현을 쉽게 찾아 볼 수 있다. 본고에서는 특히 여성성을 구현했던 남성 작자층 시조와의 대비를 통하여 기녀 시조의 성격을 규명하고자 한다. 여성 작자층의 작품 세계와 그 의미를 파악하는데 있어서 남성 작자층이 구현했던 여성주의적 시조와의 비교를 시도할 경우 기녀들의 시조에 나타난 여성성의 실체가 보다 더 명확해 질 수 있을 것으로 기대되기 때문이다.

---

3) 여성 작자층 시조는 엄밀히 말하면 양반가 부녀자의 시조와 기녀 시조를 총칭할 수 있는 용어이다. 그러나 양반가 부녀자의 시조라 할 수 있는 시조가 현전하지 않으며 실제로 전하는 작품의 경우에도 논란이 되고 있는 실정이다. 정몽주 모친의 시조나 이현보 모친의 시조 작품이 그 예이다. 그런 측면에서 볼 때 본고에서 다루는 여성 작자층의 시조는 기녀 시조가 될 것이다.

4) 신은경(1994), 「조선조 여성 텍스트에 대한 페미니즘적 조명」, 『페미니즘과 문학비평』, 고려원.

시조는 詩와 歌가 합쳐진 연행성을 수반한 장르이다. 따라서 그 문학적 의미를 연구하는데 있어서 연행성이라는 측면은 함께 고려해야 할 사항이다. 기녀시조의 경우 대상을 앞에 두고 화답했던 시조와 혼자만의 독백조로 불려진 시조의 구분이 거의 명확하게 이루어지므로 이러한 사항을 염두에 두고 작품 해석을 할 경우 작품의 본질에 보다 가까이 접근할 수 있을 것으로 예상된다.

여성 작자층 시조의 여성성과 여성 의식을 살펴 볼 때 기녀 집단이라는 여성의 특수한 신분적 특성 때문에 조선조 여성의 보편적 여성 의식이 아니라 극히 제한된 집단의 의식이 결과할 것이라는 점을 예측할 수 있다. 그러나 여기서 얻어진 결과 또한 조선조 여성 의식의 한 측면이라는 점을 부정할 수는 없을 것이다.

여성 문학이 지닌 고유성을 연구하는 작업은 그동안 문학사에서 도외시되어 온 여성 문학의 자리를 회복하고 새롭게 자리 매김할 수 있는 계기가 될 것이다. 여성 문학의 온당한 자리 회복은 변두리로 밀려 난 여성 문학의 재평가와 연구를 통해서 만이 가능한 것이다.

2. 기녀 시조의 의미구조와 양상

2.1 주/객 대응의 구조

시란 주관적 정서와 객관적 사물의 교감에 의해서 얻어지는 것이다. 설명하는 입장에 따라 주관과 객관, 자연과 인간, 세계와 자아, 彼-我 등의 용어를 쓰기도 하지만 용어의 차이일 뿐, 이를 한 마디로 종합하면 主-客으로 나눌 수 있을 것이다. 서정시에서는 이 주객의 대응 관계가 어떤 형태로든지 나타나게 마련이다.[5]

---

5) 김대행(1980), 『한국시의 전통 연구』, 개문사, 94쪽.

기녀의 시조에서 주객 대응의 양상은 연행의 상황에 따라 다양한 양상으로 드러난다.

2.1.1 화답시조의 경우

화답 시조는 대개 즉흥적으로 연행의 자리에서 지어진 것이라고 볼 수 있는데6) 문면에 주객 대응의 실체가 비교적 명확하게 나타나는 성향을 드러낸다.

> 어이 얼어 잘이 므스 일 얼어 잘이
> 鴛鴦枕 翡翠衾은 어듸 두고 얼어 자리
> 오늘은 춘 비 맛자신이 녹아 잘짜 ᄒᆞ노라
>
> - 한우 -

이 작품에서는 임백호의 '북천이 맑다거늘-'이라는 시조7)를 염두에 두지 않더라도 작품 내에 객체인 님이 존재하고 있음을 알 수 있다. 님이란 시어가 문면에 드러나지는 않았지만 상대방에 대해 대답하는 초중장의 전제를 통해 화자인 주체가 보이지 않는 객체 즉 님에 대해 발화하고 있음을 알 수 있다.

다음은 『孫民隨見錄』에 전해지는 平安妓의 작품이다.

> 渭水에 고기 업서 呂尙이 듕되단 말가
> 낫대을 어듸 두고 육한枚을 디퍼는다

---

6) 전승 양상에 따라 작자가 달라진 경우를 볼 때 그 연행 상황과 작품이 일치하는가에 대해서는 의문이 있으나, 작품의 성격상 화답 시조의 경우 객체에 대응하여 주체의 반응이 이루어진다는 점에서 주객 대응의 양상을 해석하는 데 있어서는 별 무리가 없으리라 본다.

7) 北天이 묽다커늘 雨裝업시 길을 나니
　산에는 눈이 오고 들에는 춘비로다
　오늘은 춘비 마자시니 얼어 잘짜 ᄒᆞ노라

오눌랄 西伯이 와 계시니 함끠 놀고 그려 홈이라

- 평안기 -

여기서 주체인 나는 객체와 함께 놀고 가겠다는 동반 의지를 보이고 있으며 객체인 대상이 문면에 구체적으로 제시되어 있어 주체가 객체에게 화답하는 상황임을 알 수 있다. 전해지는 일화8)를 고려하지 않더라도 문면에 객체인 대상이 드러나 있음을 알 수 있는 경우이다. 다음의 시조 역시 같은 예라 하겠다.

相公을 뵈온 後에 事事를 밋ᄌ오매
拙直한 ᄆ음에 病들가 念慮ㅣ러니
이리마 져리챠ᄒ시니 百年同抱 ᄒ리이다

- 小栢舟 -

진옥과 정철, 금춘과 박계숙의 관계 등에서 지어진 일련의 화답시조는 주체와 객체의 대응이 문면에 구체적으로 드러나 있는 경우들이다. 화답 시조의 경우 '님'이 현실 상황에 존재하고 있기 때문에 독백조의 시조와는 그 성격을 기본적으로 달리 한다. 즉 다수의 화답 시조에서 나타나는 주객 대응의 특징은 주체와 객체가 동반자적인 관계에서 이루어지고 있다는 점이다. 따라서 주체의 정서 또한 객체와 합일하고자 하는 조화의 정서를 드러낸다. 이에 대해서는 뒤에서 다시 거론될 것이다.

2.1.2 독백조 시조의 경우

다음에서 시조 한 편을 예로 들어 보자.

산은 녯 산이로ᄃ 물은 녯 물 아니로다

---

8) 平安道極邊妙香山 有大師 平生喜怒不見於色 方伯招一妓曰 汝能笑此大師卽吾賜
汝賞乎 妓卽刻作歌唱之 大師聞 微笑之 大師名曰呂尙西伯謂方伯也

주야에 흐르거든 녯 물이 이실소냐
人傑도 물과 ᄀᆞ도다 가고 아니 오ᄂᆞᆫ쏘다
- 황진이 -

이 시조에서 주체의 실체인 '나'는 구체적으로 나타나지 않으나 산이
라는 사물로 비유되어 있다. 인걸과 물이라는 대상을 객체로 하여 산의
관점에서 대응하고 있다는 점에서 산은 주체를, 물과 사람은 객체를 말
하고 있음을 알 수 있다. '흐르는 물과 떠나는 사람'이 '변하지 않는 산'
과 대응하는 것은 곧 님과 나의 대응 관계를 보여 준다. 황진이의 시조
에서 주객의 대응은 대개 자연물로 비유되어 나타난다.

주객 대응을 보다 명확히 문면에 드러낸 다음의 시조를 보기로 하자.

청산은 내 뜻이오 綠水ᄂᆞᆫ 님의 情이
綠水 흘러 간들 청산이야 변ᄒᆞᆯ손가
綠水도 청산을 못니져 우러 예어 가는고
- 황진이 -

여기서는 주체인 나는 청산으로, 객체인 님은 녹수로 외형상 확연하
게 구분이 되어 나타나 있다. 황진이의 시조에서 '나'는 늘 변하지 않는
고정적 자세의 주체로 나타나는 데 반해 객체인 '님'은 떠나는 존재, 변
하는 존재로 형상화된다.

독백조 시조의 주/객 대응 구조에서 갈등의 정서가 표출되는 까닭은
'님의 부재'란 현실에 있다. 님은 늘 떠나거나 혹은 오지 않는 대상으로
서 주체인 나에게 상실감을 주는 역할을 한다. '님의 부재'란 현실은 주
체가 겪는 갈등의 정서를 증폭시키는 것으로서 황진이의 시조뿐만 아니
라 다른 기녀들의 시조에서도 일관되게 드러나는 모습이다.

梨花雨 홋쑤릴 제 울며 줍고 離別ᄒᆞᆫ 님
秋風 落葉에 져도 날 生覺ᄂᆞᆫ가
千里에 외로온 꿈은 오락가락 ᄒᆞ다   -계랑-

이 시조에서는 문면에 님과의 이별을 명확히 제시하고 있다. 주체인 나는 객체인 님과의 이별을 통하여 갈등의 정서를 표출한다. 님이 부재한 상황에서 나의 슬픔은 가중되고 현실의 절박함에서 파생한 비극적 갈등은 비애의 정서를 내포한다.

기녀 시조에서 객체인 님과의 이별이나 떠남을 발화하지 않더라도 객관적 대상인 님이 구체적으로 드러나지 않는 가운데 주체의 기다림이라는 정서를 표출하는 양태는 빈번히 나타나는 현상이다.

> 기러기 우는 밤에 니 홀로 좀이 업셔
> 잔등 도도혀고 전전불상 ᄒ는 츠에
> 창밧긔 굴근 비소리예 더욱 망연ᄒ여라
>
> — 강강월 —

독백조의 시조에서 흔히 나타나는 님의 부재 양상은 주/객 대응이 긍정적으로 조화롭게 이루어지는 것이 아니라 주체인 나의 일방적 상태에서의 발화라는 구조적 의미를 보여 준다. 독백조 시조의 경우 주/객 대응의 구조에서 나타나는 의미는 '고정적 존재로서의 나 : 유동적 존재로서의 님'이라는 도식성이다. 주체인 나는 '머물러 있는 존재' 즉 고정된 존재로 나타나는 데 반해 객체인 님은 '부재하는 존재' '떠나는 존재'로 나타난다. 우리는 여기서 기녀 집단의 내밀한 세계관 내지 세계에 대한 태도를 읽을 수 있다. 즉 님의 부재에 함몰하지 않고 대응하는 여성들의 현실 대응 자세이다. 객체가 부재하는 상황에서 여성 작자들이 어떻게 대응했는가는 다음의 언술의 양상이나 시공간 의식을 통해 잘 드러난다. 이에 대한 논의는 뒤에서 살펴 볼 남성 작자층 시조와의 비교를 통하여 보다 구체화 될 것이다.

2.2 언술에 나타난 주체의 대응 양상

언술은 작자층의 의식 세계를 언어화한 양태이다. 따라서 언술의 양상을 살펴보는 것은 작자층의 의식이나 상상력 등 그 내면 세계를 규명하는데 있어서 필수적이라 할 수 있다.

기녀 시조에서는 객체에 대한 주체의 대응 양상이 곧 언술의 양태로 나타난다. '님의 부재'란 절박한 상황에도 불구하고 단순한 체념이나 불가능의 좌절만으로 그치지 않는 소망과 극복의 의지도 보이는데 기녀 시조 언술에 나타난 주체의 대응 양상은 세 가지 층위로 나누어 살펴 볼 수 있다.

2.2.1 주관적 의지의 표출과 적극적 대응 자세

시조 언술의 의미는 주로 종장의 발화를 통하여 드러나는데 기녀 시조나 남성 작자층 시조의 경우 공통적으로 나타나는 현상이다. 시조의 초 중장이 의미 전달의 전제를 위해 존재한다면 시조의 종장은 그 전제에 대한 작자의 견해를 제시하면서 합일화 혹은 통합화하는 속성을 지니기 때문이다.

주관적 의지의 표출을 나타내는 적극적 대응 자세는 주로 화답 시조의 경우에 드러난다.

> 어이 얼어 잘이 므스 일 얼어 잘이
> 鴛鴦枕 翡翠衾은 어듸 두고 얼어 자리
> 오늘은 츤 비 맛자신이 녹아 잘까 ᄒ노라
>
> — 한우 —

이 작품에서 지은이는 종장을 통하여 '녹아 잘까 하노라'라고 하는 주관적 의지를 표명하고 있다. 객체에 대응하는 주체의 의지가 적극적인 자세로 나타나고 있는 것이다. 자신의 상황을 수동적으로 받아들이는 것이 아니라 적극적 자세로 대응해 나가는 면모를 엿볼 수 있는데 여기서는 갈등의 정서가 불가능의 좌절이나 체념으로 그치지 않는 소망의 정서로 이어지고 있다.

객체에 대한 주체의 적극적 대응 자세는 다음과 같은 소춘풍의 시조
작품에도 단적으로 나타나 있다.

> 당우를 어제 본 듯 한당송을 오늘 본 듯
> 通古今 達事理 ㅎ는 明哲士를 엇덧타고
> 저 설 띄 歷歷히 모르는 武夫를 어이 조츠리 -소춘풍-

> 前言은 戲之耳라 니 말슴 허물 마오
> 文武 一體인줄 나도 暫間 아옵거니
> 두어라 趫趫武夫를 아니 좃고 어이리
>
> — 소춘풍 —

> 齊도 大國이오 楚도 亦 大國이라
> 됴고만 騰國이 間於齊楚 ㅎ여시니
> 두어라 何事非君가 事齊事楚 ㅎ리라
>
> — 소춘풍 —

계단 혹은 황진이의 작품으로 전해지기도 하는 위 작품에서 주체인
'나'는 객체인 문관과 무관에 대응하여 적극적인 자세를 취하고 있다.
연희의 자리에서 지어진 것으로 추정되는 이 시조들은 기생의 입장을
암유하고 있지만, 앞에 열거한 한우의 시조와 같이 현실 대응의 적극적
태도를 보인다는 점에서는 궤를 같이 한다고 볼 수 있다. 주관적 의지
의 적극적 표출은 객체에 대한 여성의 적극적 삶의 자세나 인식을 반영
하는 것으로서 감추어진 자아의 능동적 표출이라는 점에서 그 의미를
찾을 수 있을 것이다.

2.2.2 극복의 자세

기녀 시조의 언술에서 특징적으로 나타나는 또 다른 의미 층위는 주
객 대응에 있어서 '님의 부재'란 절박한 상황에도 불구하고 절망하거나

체념하지 않는 극복의 자세이다. 이는 앞서 제시한 주관적 의지 표출과는 또 다른 의미를 지닌다. 주관적 의지 표출의 화답 시조가 일면 님과의 만남을 가능의 현실로 잇고자 하는 의식을 투영했다면 극복의 자세를 보이는 독백조의 시조에서는 '님의 부재'를 기정사실화하면서도 그 절박한 현실에 대응하여 극복 방안의 자세를 취하고 있는 것이다.

극복 자세는 대략 두 가지의 형태로 나타나는데 객체인 님이 언젠가는 나타나리라는 희망적인 미래 인식에로의 전이와 세속적인 현실로부터 탈출하는 초월적 인식이 그것이다.

님의 부재란 절박한 상황에서도 기녀 시조가 단순한 체념이나 수동적 자세에서의 신세 한탄으로 끝나지 않는 것은 다음과 같은 시조 종장의 언술을 통해서도 확인된다.

> 오냐 말 아니 짜나 실커니 아니 말랴
> 하늘 아래 너뿐이면 아마 내야 흐려니와
> 하늘이 다 삼겼으니 날 괼 인들 업스랴
>
> — 문향 —

님이 부재한 현실을 비관하거나 절망하기보다는 오히려 주체인 '나'의 미래 현실에 대하여 '날 괼인들 업스랴'라고 발화함을 통하여 다분히 긍정적인 면모를 드러낸다. 언젠가는 나를 사랑할 님을 만날 것이라고 하는 종장의 적극적 의미 부여로 인하여 이 시조는 체념하지 않는 여성의 극복 의식을 보여 준다.

> 綠楊紅蓼邊에 桂舟을 느져매고
> 日暮江上에 건너리 ㅎ도홀샤
> 어즈버 順風을 만나거든 혼ᄌ 건너 갈이라
>
> — 桂丹 —

이 시조는 외형상 외로움을 한탄하는 시조인 것 같으나 사실은 '혼자

건너가리라'라는 종장을 통하여 눈물로 그치지 않는 적극적 미래 인식을
보여 준다. 이러한 극복의 자세는 여성의 적극적인 삶의 태도가 투영되
어 나타난 결과라고 할 수 있다.

다음의 황진이 시조 역시 님을 기다리면서 극복의 의지를 표출하고
있다는 점에서 같은 맥락으로 이해된다.

> 冬至쏠 기나긴 밤을 한 허리를 버혀 내어
> 春風 니블 아레 서리서리 너헛다가
> 어론님 오신 날 밤이여든 구뷔구뷔 펴리라
>
>   - 황진이 -

님을 기다리는 상황에서 지은이는 자신의 상상력을 동원하여 '情'이라
는 의미를 매우 적극적으로 전달하고 있다. 시간조차 베어서 자신의 것
으로 만들려는 적극적 의지 표명에 대해서는 뒤에서 거론할 시간 의식
에서도 다시 논의될 것이다.

위와 같은 적극적 극복의 자세를 넘어서 주어진 현실을 초월하는 탈
속적 자세 또한 극복의 한 방법이라 할 수 있다. 이러한 초월적 탈속의
자세는 희망적 미래 인식과는 차이가 있으나 극복의 또 다른 형태라 할
수 있다.

> 산은 녯 산이로더 물은 녯 물 아니로다
> 晝夜에 흐르거든 녯 물이 이실소냐
> 人傑도 물과 ᄀᆞ도다 가고 아니 오ᄂᆞᆫ쏘다
>
>   - 황진이 -

님이 부재한 현실을 있는 그대로 수용하면서도 절망하거나 체념하지
않는 화자는 자신의 현실을 인간사의 보편적 문제로 환원시키고 있다.
절망의 절박한 경지를 겪고 난 자아는 인간과 자연의 보편적 현상으로
전환되는 초월적 자세를 보여 준다. 이러한 초탈의 자세에서 드러나는

언술의 특징은 시조 종장에서 주관적 의지를 직접적으로 토로하지 않고 감추는 양상으로 나타난다는 점에 있다.

> 니 언지 無信ᄒ여 님을 언지 속엿관더
> 月枕 三更에 온 뜻지 전혀 업니
> 秋風에 지눈 닙 소리야 닌들 어니 ᄒ리오

　황진이의 시조에서 특히 흔하게 나타나는 언술의 특징의 하나로는 종장에서 주관적 의지를 배제하고 자신의 상황마저 객관화시키는 초월적 자세의 발화를 들 수 있다. 이러한 양상은 다른 기녀의 시조에서는 흔히 나타나지 않는 것으로서 황진이 시조만의 고유한 독창성이라 할 수 있다. 황진이의 의식 세계가 자신의 문제를 인간과 자연의 보편적 문제로 치환시키는 독창적 내면 세계를 구축하고 있었다는 것은 개인적 경험의 보편적 공감대 형성이라는 점에서 주목할 만하다.

2.2.3 체념의 자세

　기녀 시조에서 나타나는 언술의 또 다른 특징의 하나는 '더욱 망연하여라'나 '눈물 계워 하노라'와 같은 소극적 체념의 주관적 자세를 드러내는 발화 양태이다. 초창기 기녀 시조에 대한 연구는 이같은 언술에서 드러나는 의미에 초점이 맞추어져 조명되었다. 그러나 필자가 살펴 본 바 체념과 좌절 상실감을 드러내는 시조는 의외로 많지 않다.

> 기러기 우눈 밤에 니 홀로 줌이 업셔
> 진등 도도히고 진진불상 ᄒ눈 ᄎ에
> 창밧긔 굴근 비 소리에 더욱 망연ᄒ여라
>
> 　　　　　　　　　　　　　　　　　- 강강월 -

> 천리에 맛낫다가 천리에 이별ᄒ니
> 천리 꿈 속에 천리님 보거고나

꿈쩨야 다시금 생각ᄒᆞ니 눈물 계워 ᄒᆞ노라

- 강강월 -

이러한 부류의 독백조 시조는 님이 부재하는 상황에 대하여 소극적으로 대처하는 체념과 절망의 비극적 인식을 드러낸다. 앞에서 살펴 본 대응 자세가 적극적 능동적인 여성의 삶의 태도를 반영한데 반해 여기서 파악되는 여성의 대응 자세는 소극적 수동적 삶의 태도를 보여 준다.

지금까지 살펴 본 바와 같아 종장의 언술을 통하여 드러난 기녀들의 삶의 태도의 일면에는 체념적 소극적인 면만 있는 것이 아니라 자신의 경험을 능동적 적극적인 자세로 표출하는 면이 있다는 점에 주목할 필요가 있다.

2.3 시간 의식과 공간 의식

2.3.1 시간 의식

시간을 어떻게 의식했는가를 살펴보는 데에는 여러 가지 해석 방법이 있을 수 있다. 여기서는 여성 작자들이 시간을 어떠한 방법으로 대응하여 파악했는가를 살펴보기 위해 '시간의 계기성을 인식하고 파괴하지 않은 채로 태도를 형성했는가' 아니면 '시간에서 오는 갈등을 극복하는 시간의 가역성을 추구했는가' 하는 관점에서 적용해 보고자 한다.

파니커에 의하면 시간의 논리를 중심으로 한 긴장 처리 방식에는 크게 두 가지가 있다. 하나는 극복의 방식이며 하나는 수용의 방식이다.[9] 수용의 방식은 위엄의 방식과 절망의 방식으로, 극복의 방식은 변형의 방식과 거부의 방식으로 나눌 수 있다.

화답 시조에서 나타나는 시간 의식은 수용의 방식이라 할 수 있고 독

___

9) 이승훈(1983), 『문학과 시간』, 이우출판사, 184~187쪽.

백조 시조에서 나타나는 시간 의식은 극복의 방식이라 할 수 있다. 그러나 모든 시조가 여기에 꼭 들어맞는 것은 아니다. 이를 좀더 면밀히 분석해 보자.

수용의 방식의 시조에서는 현재의 어떤 순간이나 심리적 갈등이 야기되는 순간 속에서 그 순간을 그대로 수용한다. 현재의 한 순간을 신뢰하는 삶의 태도이지만 삶의 갈등이나 긴장을 극복한다기보다는 그대로 수용한다는 점에 그 특성이 있다. 앞서 예로 들었던 화답 시조에서는 일반적으로 이러한 시간 의식이 나타난다. 특히 화답 시조에서 나타나는 시간 의식은 수용하되 위엄의 방식을 취하고 있다. 말하자면 시간을 절망적으로 수용하는 것이 아니라 위엄의 방식에 입각한 인간주의적 태도에서 수용하는 것이다.

> 渭水에 고기 업서 呂尙이 듕되단 말가
> 낫대을 어듸 두고 육한枚을 디퍼는다
> 오눌랄 西伯이 와 계시니 함긔 놀고 그려 홈이라
>
> — 평안기 —

여기서 나타나는 시간은 초월하거나 미래에 대한 신뢰 혹은 과거에 대한 신뢰로 나타나지 않는다는 점에서 수용의 방식을 드러내는 실존적 시간이라 할 수 있다.

독백조 시조 중에서도 다음과 같이 밤이라는 시간을 노래한 경우 그 시간 의식은 수용의 방식으로 나타난다.

> 기러기 우는 밤에 니 홀로 줌이 업셔
> 잔등 도도쳐고 전전불상 ᄒ는 츳에
> 창밧긔 굴근 비 소릭예 더욱 망연ᄒ여라
>
> — 강강월 —

> 임이 가신 후 消息이 頓絶하니
> 窓밖의 앵도화가 몇 번이나 피였는고

밤마다 燈下에 홀로 앉아 눈물겨워 하노라

- 송대춘 -

예문의 시조는 화자의 잠못 이루는 밤의 시간을 배경으로 하고 있는데 밤에 대한 의식은 폐쇄적인 상실과 공허함을 바탕으로 한다. 여기서 밤은 망연하고 눈물겨운 절망의 시간이며 상실감을 안겨 주는 시간이다. 밤의 시간을 불가역적으로 인식하는 태도에는 화자의 절망적인 비애의 정서가 자리 잡고 있다. 이러한 기녀 시조에서 밤을 의식하는 태도는 지극히 폐쇄적이고 제한적이다. 이같은 시조는 현재의 시간을 수용하되 절망의 방식으로 수용하고 있다. 시간을 수용하되 위엄의 방식으로 의식하는 것과는 사뭇 다르다.

그러나 '님의 부재'라는 절박한 상황에서 시간에 대응하는 기녀 시조의 또 다른 특징은 시간을 가역성의 것으로 보기도 한다는 점이다. 다음의 홍랑의 시조에서 밤은 단순히 폐쇄적인 절망의 시간으로만 인식되고 있는 것은 아니다.

묏버들 갈히 것거 보내노라 님의 손더
자시는 窓밧긔 심거두고 보쇼셔
밤비예 새닙곳 나거든 날인가도 너기쇼셔

- 홍랑 -

여기서 님이 부재하는 밤의 시간은 슬퍼하거나 망연해 하는 시간이 아니라 '새닙'을 돋우기 위한 준비의 시간이다. 밤을 곧 절망의 시간으로 의식하는 것이 아니라 새 잎을 피우기 위한 재생의 시간으로 의식하고 있는 것이다. 이는 시간을 극복의 방식으로 의식하되 일종의 변형의 방식을 취하고 있는 것이다. 여기서 밤의 시간은 절망으로 소멸하는 시간이 아니라 재생하는 시간 곧 변형될 수 있는 시간이다. 파니커의 용어에 의하면 실존적 시간에 대응하는 초월적 시간이라 할 수 있다.

다음의 황진이 시조는 시간에서 오는 갈등을 극복하고 시간을 자유로운 상상력으로 극복하는 단적인 예의 하나이다.

冬至쓸 기나긴 밤을 한 허리를 버혀 내어
春風 니블 아레 서리서리 너헛다가
어론님 오신 날 밤이여든 구뷔구뷔 펴리라

- 황진이 -

여기서는 님의 부재라는 현실과 님을 기다리는 이상 사이의 괴리감이 시간의 무한한 확장을 통하여 극복되고 있다. '동지달 긴 밤'의 한 부분이 님이 오실 밤으로 연장되면서 작자의 갈등은 소망적인 미래에의 인식으로 전이되고 있는 것이다. 이러한 시간 의식은 곧 님이 부재하는 상황의 극복과 맞물려 있다. 시간을 극복하는 의식은 곧 님의 부재 상황을 극복하는 태도를 형성하게 되는데 이는 시간을 극복하되 변형의 방식으로 의식했음을 잘 보여 준다.

시간을 극복하는 또 다른 한 가지는 시간을 자유로운 상상력으로 변형시키는 것이 아니라 시간에서 벗어나고자 하는 거부의 태도라는 점이다. 이는 이상과 현실 사이의 괴리를 초월적 태도로 극복하는 하나의 방편이라 할 수 있다.

산은 녯 산이로되 물은 녯 물 아니로다
주야에 흐르거든 녯 물이 이실소냐
人傑도 물과 ζ도다 가고 아니 오는쏘다

- 황진이 -

여기에서 화자가 시간을 의식하는 태도는 일상적 경험을 벗어나 있는 그것이다. 자연의 영속적 시간에다가 인간의 시간을 견줌으로써 단순히 시간을 자유로이 늘리는 가역적인 태도가 아니라 시간조차 無化시키는 일상적 경험의 無化를 드러낸다. 이러한 속성 때문에 이 시조는 다분히 禪詩적인 분위기를 자아낸다고 볼 수 있다. 여기서 나타나는 시간 의식은 극복하되 거부의 방식을 내포한다고 볼 수 있다. 다음의 시조 역시 같은 맥락에서 이해될 수 있다.

> 山村에 밤이 드니 먼데 개 짖어 운다
> 柴扉를 열고 보니 하늘이 차고 달이로다
> 저 개야 空山 잠든 달을 짖어 무삼하리오
>
>   - 千錦 -

이 작품에서도 역시 밤의 시간은 시적 주체에게 단순한 절망이나 밤의 시간이 아니다. 개가 짖어 우는 행위를 거부하는 주체의 발화에는 그 시간성을 거부하는 無心의 경지가 나타나 있다. 일상적 경험조차 거부하는 無化의 태도는 곧 그 시간성마저 거부하는 극복 의식을 내포하고 있는 것이다.

2.3.2 공간 의식

화답 시조의 경우 특별히 공간에 의미를 부여하여 작품을 창작했던 시조를 발견하기는 어렵다. 다만 작품 내에 등장하는 공간적 배경이 '방'이라는 것을 짐작할 수 있을 뿐이다. 앞서 예로 들었던 한우의 시조와 같은 작품은 방을 그 공간적 배경으로 한 것인데 방의 의미가 작품을 분석하는데 특별한 기여를 하는 것은 아니다.

독백조 시조의 경우에는 공간을 통하여 여성 의식을 발견할 수 있는 실마리를 제공한다. 독백조 시조에 나타난 공간의 의식은 두 가지 측면에서 살펴 볼 수 있는데 그 하나는 방을 통해 나타나는 의식이고 또 다른 하나는 자연 공간에 대한 의식이다.

2.3.2.1 방

기녀 시조에서 방은 문면에 직접적으로 드러나는 것이 아니라 '창'이란 시어를 통해 나타난다. 여성 화자인 주체가 노래하는 공간은 대개

창의 안쪽인 방의 공간이며 객체인 님이 존재하는 곳은 창의 바깥인 밖의 공간이다.

기러기 우는 밤에 니 홀로 줌이 업셔
잔등 도도혀고 전전불상 ᄒᆞ는 추에
창밧긔 굴근 비 소리예 더욱 망연ᄒᆞ여라

　　　　　　　　　　　　　　　　　　- 강강월 -

碧天鴻雁聲에 窓을 열고 내다보니
雪月이 滿庭ᄒᆞ야 임의 곳 비추러니
암아도 心中眠前愁는 나뿐인가 하노라

　　　　　　　　　　　　　　　　　　- 금홍 -

　이같은 시조의 공간적 징표는 창의 밖으로 표현되어 있지만 창 밖은 창안의 공간을 전제로 한다.10) 여기서 창은 바깥과 안의 공간을 매개해 주는 곳인데 주체는 '망연한' 혹은 '근심 어린' 자아가 놓인 방이란 공간을 폐쇄적인 상실의 공간으로 인식하고 있음을 알 수 있다. 즉 창은 주체와 객체를 분리시키는 매개물로 형상화되고 있는 것이다.

　독백조의 시조에서 방안에 위치한 주체가 '님의 부재' 상황을 상실감과 체념 속에서 인식하는 것으로만 나타나는 것은 아니다.

묏버들 갈히 것거 보내노라 님의 손더
자시는 窓밧긔 심거두고 보쇼셔
밤비예 새닙곳 나거든 날인가도 너기쇼셔

　　　　　　　　　　　　　　　　　　- 홍랑 -

　이 시조는 창의 바깥쪽에 위치한 님에게 주체의 마음의 상징인 묏버들을 보내면서 주체인 시적 화자가 창의 안쪽인 방의 공간에서 의식하고 태도를 취하는 내용을 발화하고 있다. 그런데 여기서 주체가 의식하는 방은 절망이나 상실에 휩싸인 공간이 아니다. 밤의 시간 속에서 기

―――――――――――――――――――――――――

10) 신은경, 앞글, 44쪽.

다림을 재생의 시간으로 회귀시키는 소망의 공간이다. '새닙'을 '나'로 여기라는 주체의 정서는 기다림을 가능한 한 소망의 경지로 끌어올리고 있는 것이다. 이 작품은 시간 의식이 공간 의식과 맞물려 있음을 보여 주는 작품으로서 시간 의식에서 본 바와 마찬가지로 그 공간 의식 또한 기다림과 소망을 바탕으로 한 재생의 소망 의식을 반영하고 있음을 알 수 있다. 황진이의 시조에서도 방에 대한 공간 의식이 재생과 소망으로 이어지는 경우를 볼 수 있는데 그 대표적인 예가 '동짓달 기나긴 밤을-'이다. 이 시조에 대해서는 더 이상 상론할 필요가 없을 것이다.

2.3.2.2 자연

기녀 시조 중 자연에 대한 공간 인식의 단서는 독백조의 시조에서 찾을 수 있다. 자연에 대한 공간 의식은 독백조의 시조 중에서 극복의 자세를 취하는 작품에서 그 특징을 찾을 수 있다. 대개 시적 배경의 공간으로서 자연물이 등장하거나, 자아의 경험적 표출의 비유물로 자연이 등장하는 경우가 흔하다.

> 山村에 밤이 드니 먼데 개 짖어 운다
> 柴扉를 열고 보니 하늘이 차고 달이로다
> 저 개야 空山 잠든 달을 짖어 무삼하리오
>
>   - 千錦 -

여기서 산촌이나 공산은 주체의 정서를 드러내기 위한 도구로서 주체의 無心의 정서를 배가시키기 위한 시적 장치로 등장할 뿐 사대부의 시조에서 드러나는 이념적 자연과는 다르다.

> 청산은 내 뜻이오 綠水는 님의 情이
> 綠水 흘러 간들 청산이야 변홀손가
> 綠水도 청산을 못니져 우러 예어 가는고
>
>   - 황진이 -

이 시조 역시 자신의 경험 현실에서 파생한 결과를 자연물에 비유하고 있는데, 청산은 '나'로 녹수는 '님'으로 표상되고 있다. 자연물을 인간의 문제로 결부시키는 이러한 경험적 자연 인식은 인간과 자연을 등가로 인식했던 여성 의식의 한 단면을 보여 준다.

> 산은 녯 산이로디 물은 녯 물 아니로다
> 晝夜에 흐르거든 녯 물이 이실소냐
> 人傑도 물과 ㄳ도다 가고 아니 오는쏘다
>
> — 황진이 —

인간과 자연을 비유하여 내가 곧 자연이 되기도 하고 님이 곧 자연이 되기도 하는 자연에 대한 경험적 인식은 사대부의 자연에 대한 자연 인식의 틀과는 엄청난 차이가 있다. 여성의 경험적 자연 인식은 유교주의적 자연관에서 벗어난 일탈의 양상을 보이는 것으로서 크게 주목된다. 이 문제 역시 남성 작자층 시조와의 비교를 통해 뒤에서 다시 언급할 것이다.

3. 남성 작자층 시조와의 비교를 통해 본 기녀 시조의 의미

3.1 주객 대응의 양상과 그 의미

여성의 시조에서 화답 시조는 주객의 대응이 동반자적 관계에서 이루어진다. 그러나 독백조 시조에서는 주객대응의 관계에서 '나'는 고정된 존재로 '님'은 떠나는 존재, 부재하는 존재로 나타났다. 그렇다면 사대부의 시조에서 주객의 대응은 어떠한 양상으로 나타나는지 살펴보자.

> 봉래산 님 겨신 디 오경 틴 나믄 소리

성 넘어 구름 디나 슌풍의 둘리 ᄂ다
강남의 ᄂ려옷 가면 그립거든 엇디리
- 정철 -

이 시조에서 드러나듯이 주체는 객체인 님이 계신 곳을 구체적으로 알고 있다. 님은 떠나가는 존재, 부재의 존재가 아니라 구체적으로 현존하는 고정된 존재이다.

辛君望 校理적의 내 마춤 修撰으로
上下番 ᄀ초와 勤政門 밧기러니
고은 님 옥 ᄀ툰 양지 눈의 암암 ᄒ여라
- 정철 -

역시 은연중에 님이 계신 곳을 드러내고 있는 경우인데 남성 작자층 시조에서는 님이란 존재가 부재하지 않기 때문에 여성의 시조에서처럼 절박한 마음의 정서가 표출되지 않는다. 따라서 고정적 대상인 님에 대한 주체의 발화는 조화로운 관계에서 파생된 것으로 갈등의 정서라고 할 수 없는 무갈등의 정서를 드러내는 것이 일반적이다.

내 ᄆᆞ옴 버혀 내어 별돌을 밍글고져
구만리 댱텬의 번드시 걸려 이셔
고온 님 계신 고더 가 비최여나 보리라
- 정철 -

님 보신 둘 보고 님 뵈온듯 반기노라
님도 너를 보고 날 본 듯 반기는가
출하리 저 둘이 되여서 비최여나 보리라
- 이원익 -

〈속미인곡〉과 흡사한 위의 작품에서도 '님이 계신 곳'이라는 표현을 통하여 객체가 고정된 존재임을 알 수 있는데 객체에 대한 주체의 발화는 특별히 절망적이지 않다. 이는 님을 부재하는 존재가 아니라 나와 관계를 맺을 수 있는 가능성의 존재로 파악하기 때문이다. 님이 계신 곳을 알지 못한다고 해도 남성 작자층의 시조에서 님은 늘 나에게로 올 수 있는 가능성을 가진 존재로 표현되고 있는 것이다.

> 離別 셔름을 아나 소야란만 다 못ᄒ다
> 織錦圖 龜文詩로 먼ᄃᆡ 님 오게 ᄒ니
> 織女도 그러곳 ᄒ면 烏鵲橋ㅣ들 이시랴
>
> — 김상용 —

남성 작자층의 시조에서 객체와 주체의 대응은 동반자적 관계로 나타나는 것이 아니라, 흔히 님에 대한 주체의 일방적인 순응의 관계로 나타난다.

> 쓴 나물 데온 물이 고기도곤 마시 이셰
> 草屋 조븐 줄이 긔 더욱 내 분이라
> 다만당 님 그린 타스로 시롬 계워 ᄒ노라
>
> — 정철 —

> 기울 계 대 니거니ᄯ나 죡박귀 업거니ᄯ나
> 비록 이 셰간이 판탕홀 만졍
> 고온 님 괴기 옷 괴면 그롤 밋고 살리라
>
> — 정철 —

객체인 님에 대한 주체의 순응적 자세는 기녀 시조에서 구현했던 대응 양상과는 크게 다르다. 특히 여기서도 나타나듯이 님이 나를 '사랑만 해 주신다면'이라 하여 조건적인 단서를 붙이는 배경에는 님이 사랑히는 한 믿고 따르겠다고 하는 보상적 계산 심리가 깔려 있다. 이같이 여성성을 구현했던 남성 작자층의 시조에서는 님에 대한 일방적 순응 자세를 보이고 있어 기녀 시조의 그것과는 변별되는 양상을 드러낸다. 다음의 언술 양상을 통해 구체적으로 살펴보자.

3.2 언술의 양상과 그 의미

기녀 시조에서 화답 시조의 경우 적극적 대응의 언술을 표명하거나, 독백조의 경우 님의 부재 상황에 대하여 절망하는 체념, 혹은 극복의 자세를 취했던 양상과 달리 사대부의 시조에서는 님이 부재하는 상황에 당면해서 지은 것이 아니기 때문에 여성의 시조와는 다른 성격을 드러낸다. 남성작자층의 시조는 여성주의를 구현했다 하더라도 님이 현존하기 때문에 여성의 작품에서와 같이 절박하지 않다. 남성 작자층의 시조는 경험에서 우러나온 표출이 아니라 머리 속에서 상상하는 소망의 표출이라서 내가 님에 대해서 '취해야 할 자세'를 드러내는데 초점이 맞춰져 있기 때문이다.

님을 미들것가 못미들슨 님이시라
미더온 시절도 못미들줄 아라스라
밋기야 어려오랴마는 아니 밋고 어이리

- 李廷龜 -

이 시조에서도 보이듯이 종장의 언술에서 나타나는 주체의 자세는 '믿기 어렵더라도 믿어야 한다'는 순응적 자세이다. 이러한 면모는 유교 질서 속에서 순응지향적 태도로 일관했던 사대부의 질서 의식에서 파생된 자연스러운 결과라 할 수 있을 것이다.

남성 작자층 시조에서는 봉건적 계급주의에의 체제 순응적 수동적 태도로 인하여 그 언술의 양상은 기교적이다. 기녀 시조는 자아의 경험 표출에서 우러나온 언술의 양태를 띄기 때문에 적극적 혹은 체념, 극복의 자세를 취한 반면 남성 작자층 시조는 상상적 소망의 표출이기 때문에 그 언술의 양상 또한 다분히 기교적이고 사회적인 양상을 띤다.

님의게셔 오신 편지 다시금 熟讀ᄒ니
無情타 ᄒ려니와 南北이 머러세라

　　죽은 後 連理枝되여 이 因緣을 이으리라

- 庚世信 -

　여기서 주체가 취하는 자세는 죽은 후에도 지금의 인연을 잇겠다고 하는 소망의 자세이다. 언뜻 보면 적극적 의지의 구현인 것 같으나 사실은 자신만이 지닌 고유한 경험적 의지 구현이 아니다. 이 시조의 종장은 〈연리지〉에 얽힌 일반적 설화를 차용하여 보편적 관념으로 회자되었던 당대의 '인연'에 대한 사고를 그대로 수용하고 있을 뿐이다. 따라서 이 시조는 극복의 자세를 드러내는 것이 아니라 기교적인 화자의 태도를 드러내고 있는 것이다. 이와같이 남성 작자층 시조에서는 개인적 경험의 발화가 아닌 보편적 소망의 발화가 대부분이다. 남성 작자층 시조에서는 님에 대한 자세를 취하되 자신의 경험에서 우러나온 개인적 경험의 발화가 아니기 때문에 다음과 같이 사회적인 성격의 언술 양상을 띤다.

　　淸溪쇼 달 발근 밤의 슬피 우는 져 긔러가
　　雙雙이 놉피 써서 느를 그려 우는고
　　우리는 반짝기 되여 님만 그려 우노라

- 강복중 -

　이 시조에서도 알 수 있듯이 님에 대한 나의 태도는 개인적 발화가 아니라 비교적 집단적인 시선의 사회적 성격을 지닌다. 종장에서 '우리는'이라는 언술을 통해 님을 그리는 화자는 단순히 '나'만이 아닌 '우리'로 집단화되는 성향을 드러낸다.

　일반적인 사대부의 시조에서도 인간과의 유대를 강조함으로써 동류의식을 형성하고 그럼으로써 고립의식을 벗어나고자 하는 태도[11]는 시조 종장의 언술을 통해 확인되는데, 아무리 여성성을 구현했다 하더라도 남성 작자층의 작품이라는 점에서 역시 예외일 수는 없었던 것이다.

---

11) 김대행(1986), 『시조유형론』, 이대출판부, 233쪽.

이러한 성격은 작자 미상의 시조라 하더라도 여성의 시조인지 남성 작자층의 시조인지를 변별할 수 있는 하나의 단서를 제공한다.

　기녀의 시조가 개인적 자아의 경험적 표출에서 우러나온 자전적 성격의 언술을 표방함으로서 능동성, 소극적 체념, 극복의 태도와 같이 다양한 태도를 드러낼 수 있었던 반면 여성성을 구현하는 남성 작자층의 시조에서는 '님'에 대한 언술 조차 이념적 당위를 밑바탕에 깔고 있었기 때문에 다분히 사회적이고 기교적인 전형화된 성격으로 나타날 수밖에 없었던 것이다.

3.3 시공간 의식과 그 의미

3.3.1 시간의식과 그 의미

　기녀 시조에서는 시간을 수용의 방식으로 의식하거나 혹은 거부의 방식으로 의식하는 양자의 방법이 함께 나타나 있음을 보았다. 특히 긴장 처리 방식에 있어서 기녀 시조는 시간을 가역적인 것으로 파악하면서 극복하거나 거부하는 변형의 방식을 취하고 있음을 알 수 있었다. 그러나 남성 작자층 시조에서 나타나는 시간 의식은 그와 다르다.

> 이 몸이 俊傑이런돌 님이 언제 브리시니
> 출하리 俗士라쟈 님을 조차 노닐러니
> 俗士도 아니니 님 못 볼가 ㅎ노라
>
> 　　　　　　　　　　　　　　　　　　　- 정철 -

　예에서도 볼 수 있듯이 여성성을 구현한 남성작자층 시조에서는 극복이나 체념의 정서가 나타나지 않는데 여기서 시간에 대응하는 방식은 실존적인 태도라고 할 수 있다. 즉 시간을 현실의 문제로 받아들임으로써 생활 속에 그대로 수용하는 태도를 취하고 있는 것이다.

> 엇그제 꿈 가온대 廣寒殿의 올라 가이
> 님이 날 보시고 フ쟝 반겨 말ㅎ시데
> 머근 ᄆᆞᆷ 다 ᄉᆞᆸ노라 ᄒᆞ이 날 새눈 줄 모ᄅᆞ로다
>
> — 장경세 —

이 시조에서도 시간의 계기성을 인식하고 그것을 파괴하지 않은 채로 태도를 형성하고 있다. 사대부의 시조 작품은 시간의 계기성을 불가피한 것으로 받아들이고 그 같은 인식 위에서 실존적 태도를 형성하는 것이 하나의 전형성을 이루고 있다.12) 사대부가 비록 여성성을 구현하는 태도로 시조를 지었다 하더라도 사대부의 보편적 관념과 태도에서는 벗어날 수 없었던 것으로 이해된다.

여성의 시조에서는 현실과 이상 사이에서 오는 괴리감을 극복하거나 거부함으로써 시간을 초월적으로 의식했던 양상이 드러나는 반면 여성성을 구현했던 남성 작자층의 시조에서는 시간을 실존적 시간으로 의식했을 뿐 초월적 시간으로 의식했던 측면은 나타나지 않는다는 점에 주목을 요한다. 이는 여성의 경우 당면한 현실을 있는 그대로 받아들이지 않고 가역적인 대응의 자세를 취했던 반면 사대부의 경우 주어진 현실에 순응하면서 조선조 사회의 관념적 사고에서 벗어나지 못했던 삶의 자세와 사고를 견지했음을 간접적으로 보여 주는 것이기 때문이다.

3.3.2 공간의식과 그 의미

남성 작자층의 시조에서 집이나 방에 대한 공간의 표현은 흔히 나타나지 않는다.

> 千里에 글이는 님을 꿈속에나 보려 ᄒᆞ고
> 紗窓을 倚支ᄒᆞ야 午夢을 니루더니
> 어듸셔 無心ᄒᆞ 黃鶯兒는 나의 꿈을 찌오ᄂᆞ니
>
> — 박영수 —

---

12) 김대행(1986), 197쪽.

여기서 방에 대한 화자의 의식은 폐쇄적인 고독감으로 표백되어 있다. 기녀 시조에 비해 그 상실이나 공허감이 크지 않은 것은 꿈이라는 가상적 현실을 통해 기교적으로 표현되었기 때문인데 방을 통해 무엇인가를 드러내는 의식은 거의 발견하기 어렵다. 사대부 의 시조에서는 대개 삶의 공간이 자연으로 설정되어 있기 때문이다.

고시조에서 사대부의 자연 인식을 살펴볼 수 있는 대표적인 작품의 예로는 다음과 같은 시조가 있다.

> 말 업슨 청산이오 態 업슨 流水ㅣ로다
> 갑 업슨 淸風과 임즈 업슨 明月이로다
> 이 듕에 일 업슨 닉 몸이 分別 업시 늘그리라
>
> — 成渾 —

위 시조에서 시적 화자는 '이 중에'라고 하여 자연 속에서 시적 화자가 조화를 이루며 살아가고자 하는 의식을 표출하고 있다. 자연이 인간의 조화로운 대상으로 표현되는 이러한 부류의 시조는 조선조 사대부 시조의 한 전형을 이룬다.

> 山村에 눈이 오니 돌길이 뭇쳐셰라
> 柴扉을 여지마라 날츠즈리 뉘이스리
> 밤듕만 一片明月이 긔벗인가 ᄒ노라
>
> — 신흠 —

여기서 시적 화자는 집안에 존재해 있다. '시비'를 매개로 외부와의 소통이 단절된 존재로 설정된 듯하나 궁극적으로 종장에서는 달과 나의 조화로운 친화 관계로 끝을 맺는다. 이는 조선조 사대부의 자연에 대한 조화로운 의식을 반영하고 있는 앞서 예로 든 작품과 궤를 같이 하는 것이라 볼 수 있다.

그러면 여성성을 구현했던 남성 작자층의 시조에서는 자연에 대한 의식이 어떠한 양태로 표출되었는가를 살펴보자.

내 ᄆᆞᆷ 버혀 내어 별둘을 밍글고져
구만리 댱텬의 번드시 걸려 이셔
고온 님 계신 고디 가 비최여나 보리라

- 정철 -

여성성을 구현했던 시조 작품에서는 이와 같이 시적 화자가 '별'이나 '달'이 되기도 하는데, 이는 기녀 시조에서 자연물을 인간의 문제로 비유했던 양상과 일면 유사함을 보여 준다. 그러나 여기서 주목해야 할 점은 여성의 작품과 여성성을 구현했던 남성의 작품이 경험적 자연을 그리되 극명한 차이점을 보인다는 것이다. 위 시조에서 자연물은 화자의 마음이 투영된 것으로서 '物'과 '我'가 일체가 되는 물아일체의 경지를 표상한다.

山村에 밤이 드니 먼데 개 짖어 운다
柴扉를 열고 보니 하늘이 차고 달이로다
저 개야 空山 잠든 달을 짖어 무삼하리오

- 千錦 -

이 기녀 시조는 앞에서 이미 살펴보았듯이 자연에 대한 의식이 이념적이지도 않으며 사대부의 시조에서 보이는 자연과의 합일을 취하지도 않는다. 여기서 자연은 시적 배경으로 등장하면서도 서정적 자아와 대립된 긴장의 현실로 표현될 뿐이다.13)

청산은 내 뜻이오 綠水는 님의 情이
綠水 흘러간들 청산이야 변홀손가
綠水도 청산을 못니저 우러 예어 가는고

- 황진이 -

---

13) 성현경(1982), 「기녀시조와 사대부시조」, 『조선 전기의 언어와 문학』, 형설출판사, 302쪽.

'녹수'와 '청산'은 각각 님과 나를 표상하고 있는데 천금의 시조에서와 마찬가지로 자연은 이념적이지 않다. 여기서 자연은 주체와 조화를 이루는 일체감의 경지를 노래하는데 동원되는 시적 장치가 아니라, 나와 님을 표상하는 경험 현실의 비유로 동원되고 있을 뿐이다. 이들 작품에서 자연물은 갈등의 대립을 형상화하는 장치로 사용되고 있는 것이다. 이런 점에서 볼 때 여성성을 구현했던 남성 작자층 시조와는 달리 이질적인 양상을 드러내고 있음을 알 수 있다.

> 천만리 머나먼 길희 고은 님 여희옵고
> 니ᄆᆞᆷ 둘터업셔 닛ᄀᆞ의 안자시니
> 져물도 니 ᄋᆞ 곳ᄒᆞ여 우러 밤길 녜놋다
>
> — 왕방연 —

이 시조도 앞서 예로 든 정철의 '내마음 버혀내어'의 시조에서와 마찬가지로 시적 주체와 흐르는 냇물이 동일화 합일화를 이루고 있는 경우이다. 자연물이 '나'로 대치되는 비유는 기녀 시조에서도 보이는 바이나 여기서는 '나'와 자연물이 합일화되는 속성을 드러낸다는 점이 특징적이다. 기녀 시조에서 자연물이 시적 자아의 긴장된 현실을 표현하는 장치로 드러나는데 반해 여성성을 구현했던 남성 작자층의 시조에서는 궁극적으로 '내마음'을 자연물로 합일시키는 자연과의 조화로운 태도가 드러나고 있는 것이다. 이런 점에서 볼 때 여성성을 구현했던 남성 작자층의 시조는 표면상 사대부의 시조와 다른 기법을 구사하고 있으나, 자연에 대한 의식의 기저는 일반적인 사대부 시조의 그것과 다를 바 없음을 발견할 수 있다.

자연을 경험적으로 의식하고 시적 주체와의 대립된 현실로 자연을 표출했던 기녀 시조의 성격은 사대부 시조의 전반적 성향과는 큰 차이가 있는데 이는 곧 사대부의 시조와 여성의 시조가 그 자연 인식의 틀에 있어서 크게 달랐음을 말해 준다. 자연을 인간의 경험적 사고 방식으로 표현했던 기녀 시조의 모습에서 우리는 당대의 가치 체계나 관념으로부터 일탈하는 면모를 엿볼 수 있다. 자연을 이념적으로 표현하거나 조화로운 대상으로 인식해서 자연 속에 주체가 합일화되는 사대부의 시조와 달리, 기녀의 시조에서 보이는 자연에 대한 경험적 의식은 당대의 사회 구조나 관념의 체계에서 볼 때는 분명 탈구조적인 의식 체계라 할 수 있을 것이다. 이는 유교주의적 자연관으로부터 일탈한 여성 의식의 한 특징을 극명하게 보여 주는 것이다.

4. 기녀 시조와 연행의 기반

시조와 기녀의 관계를 조명하는데 있어서 그 연행성이나 당대 집단의 성격을 살펴보는 일은 매우 중요하다. 기녀 곧 기녀 집단은 조선조 사회에서 매우 특이한 성격 집단이라 할 수 있다. 왜냐하면 천민 집단인 동시에 사대부 집단과 교유할 수 있는 통로로서의 집단이었기 때문이다.

당대에 기녀들이 천민 집단으로 대우를 받고 그 사회적 지위 또한 천기로 취급되었던 사실은 문헌에도 흔히 나타난다.

> 우리나라의 기생 종류는 본디 양수척(楊水尺)에서 나왔다. 양수척이란 버들고리를 만드는 유기장을 말하는 것이었다. 고려에서 백제로 쳐들어 갔을 때, 이들이 가장 제어하기 어려운 유종(遺種)이었다. 후에 이희문의 아들 지영이 그들을 기첩. 자운선이라 하고 적에 올리고 세공을 받지 않았다.
> 뒤에 읍적(邑籍)에 붙여 사내들을 노(奴)로 삼고 여자들을 비(婢)로 삼았는데, 많은 노비가 수령들의 총애를 받게 되므로 얼굴을 단장하고 가무를 익히게 되어 기생이라 이름하였나.14)

이같이 기생은 노비의 일종인 천민 집단이었다. 조선조 때 기생은 모두 관비로서 관아에 매여 있었는데 사회적으로 미천한 대우를 받았다.

---

14) 李瀷 〈星湖僿說〉 9卷 , 官妓條.

그러나 이들 기녀들은 당시 양반 사대부와의 교유를 통하여 교양을 확대하였고, 교방(敎坊)을 통해서 정식으로 예악에 대하여 교육을 받기도 했기 때문에 양반 사대부들과 동반자적인 관계에서 풍류의 대상으로 詩를 주고받음으로써 사대부와의 통로를 열 수 있었을 것이다. 기녀와 사대부가 동등한 詩友의 관계에서 기녀가 풍류와 멋을 즐기는 대화의 상대역으로 참여하였던 예는 서화담과 황진이의 교유, 유촌은과 이매창의 관계, 최고죽과 홍랑의 관계15)를 통해서도 미루어 짐작할 수 있다.

기녀 집단이 사회적으로 천대를 받던 천민 집단으로서의 목소리와 사대부와의 교유를 통한 동반자적 목소리라고 하는 이중적 목소리를 발화했던 면모는 시조 작품을 통해서도 확인된다. 화답 시조의 경우 사대부와 기녀의 화답이 긍정적 대응 관계에서 이루어졌음은 앞에서 살펴 본 바와 같다. 긍정적 대응 관계를 바탕으로 연행된 화답 시조의 경우 그 문학 속에 내재한 여성 의식 또한 적극적이고 능동적인 대응 자세를 바탕으로 한 것이었다. 앞서 작품을 분석해 본 바와 같이 기녀들은 사대부에 대응하여 수동적이거나 종속적이 아닌 능동적이고 자율적인 대응 자세를 취함으로써 조선조 사회의 계급 논리에서 벗어나 감추어진 자아의 능동적 표출로 인간 본연의 자세를 구가하고자 했던 것이다.

한편 기녀 집단은 천민 집단인 동시에 여성이었기 때문에 가부장제 사회에서 그들이 받았던 억압과 갈등은 양반 부녀자에 비해 오히려 더 컸을 수도 있다. 양반 부녀자들이 여성이란 굴레에서 종속적 이데올로기를 수용해야 했다면 기녀 집단의 경우에는 천민이라는 굴레와 여성이라는 굴레를 동시에 지녀야 하는 이중적 억압을 받아야 했을 것이기 때문이다. 실제로 조선 시대의 기생들은 그 어머니가 기생일 경우 그 딸도 또한 기생이 되는 과정을 답습해야 했다. 그러나 양민의 일원이었으면서도 생업으로 종사해야 했던 기생도 있었는데 우리는 당대 사회에서 경제를 해결하기 위해 기생이란 활동을 하지 않을 수 없었던 그들의 한계에 주목할 필요가 있다. 그들이 생래적으로 창기가 아니라 계급 사회

---

15) 박을수(1989), 「시화를 통해 본 여류시조고」, 『이종출박사화갑기념 논문집』.

에서 주어지는 신분적 답습과 경제적 궁핍에서 벗어나기 위한 생업 활동으로서 기녀라는 활동을 했다는 점 그리고 시화에 능하거나 역사적으로 節, 義, 孝, 智를 행했던 기생의 일화를 볼 때 기생이라는 집단이 인간 본연의 결함을 가지고 있었다고 볼 수는 없을 것이다. 오히려 사회의 구조적 모순에 의해 희생된 소외 계층의 하나로 보는 것이 자연스러울 것이다. 다음과 같은 예는 당시 기생들이 법이나 제도에 대해 나름대로의 확고한 주관과 시각을 가지고 있었음을 단적으로 보여 준다.

> 수원의 기녀가 손님을 거부하였다 하여 매를 맞았다. 수원기가 여러 사람에게 말하기를 "어우동은 음탕한 짓을 즐겨 하였다고 하여 죄를 받았고, 나는 음탕하지 않았다고 하여 죄를 받았으니 조정의 법이 어찌 이같이 같지 않은가?"라고 하였다. 그 말을 듣는 사람들이 모두 그의 말이 정론이라고 하였다.16)

기녀 집단이 당시 사회의 중심 체제로부터 벗어난 소외된 천민 계층이었다는 점은 그들의 문학 세계에서 드러나는 탈 중심적 구조와 매우 유사하다. 고찰한 바와 같이 사회적 억압과 갈등 속에서 표출된 내면 세계는 특히 기녀 집단의 독백조 시조에서 독특한 표현의 틀과 방식을 통해 나타난다. 독백조 시조는 사회적 불일치감에서 오는 객체와의 대응에 당면해서 화답 시조와 달리 자신의 내면 세계를 곡진하게 나타낼 수 있는 도구가 되었을 것이다.

시조창이라는 형식의 틀 속에서 현실에 대한 갈등을 직설적으로 토로하지는 않았으나, 시간 의식이나 공간 의식을 통해 발견할 수 있는 시간의 거부 방식이나 자연 인식의 틀은 사대부의 시조나 규방 가사에서 볼 수 없는 이질적인 가치 체계를 반영한 것이있다. 이런 측면에서 볼 때 당대의 사회적 관념으로부터 벗어나 구조적으로 일탈한 기녀들의 탈 구조적 의식과 시조 작품의 내면 구조의 기저가 일련의 관계성 속에서

---

16) 成俔, 〈慵齋叢話〉, 제6권. 水原妓 以拒客被者 謂諸茸曰 於于同以喜 淫而獲罪
朝廷之法 何如是不同乎 問者以爲確論

형성되었을 것이라는 추정을 가능케 한다.

기녀 집단이 발화한 시조의 특이성은 갈등과 억압이란 사회 현실 속에서 소극적인 방어 기제로서의 체념적 수동성에만 머무르지는 않았다는 점이다. 그들은 오히려 당대의 보편적 관념이나 인식의 틀을 거부하고 극복 변형해 나가는 능동적이고도 적극적인 방어 기제를 취함으로서 능동적인 삶의 자세도 구현하고자 했던 것이다. 그 같은 삶의 태도는 시조 작품뿐만 아니라 당대를 살았던 그들의 일화를 통해서도 확인된다.17) 이런 점에서 볼 때 우리는 당대 현실을 살았던 천민 기녀 집단의 의식과 현실 대응의 일탈적 자세에 대하여 새롭게 주목하지 않을 수 없다.

5. 결 언

지금까지 기녀 시조에 나타난 문학성과 여성 의식에 대하여 살펴보았다. 기녀에 의해 형성된 시조 문학은 크게 두 가지 특징을 지닌 것으로 요약할 수 있다.

첫째 기녀 시조는 사대부의 시조와 달리 독자적인 표현의 틀과 표현 방식을 갖는다는 점이다. 앞서 살펴본 바와 같이 기녀시조에 나타난 시간이나 공간 의식의 표현 방식은 당대의 사대부의 그것과는 이질적인 내면 구조를 바탕으로 한 것이었다. 사대부의 시조 중 여성성을 구현했던 작품이라 하더라도 기녀의 시조와는 그 기저가 달랐음을 알 수 있었다.

둘째로는 여성이면서 천민 집단이었던 기녀들이 당대의 억압과 갈등이라는 현실에 당면해 나가면서도 현실에 순응하는 체념으로 그치지 않고, 현실을 극복하거나 거부하는 변형의 극복 자세를 간접적이나마 시조라는 문학 형식을 통하여 구가했다는 점이다.

---

17) 이능화(1992), 『조선해어화사』, 동문선, 1992.

보이지 않고, 들리지 않던, 억압된 기녀 집단의 존재와 의식 세계를 새롭게 발견하고 그들의 문학 활동이 수동적이 아니었음을 인식하게 된 것이 본 논문에서 얻은 중요한 결과이다. 그러나 여기서 얻은 결과는 조선조 여성 의식의 한 부분에 불과하다. 조선조 여성 의식과 여성성의 전모를 파악하기 위해서는 양반 부녀자들에 의해 창작된 규방가사와의 비교도 함께 이루어져야 할 것이다.

규방가사의 문학성과 여성 인식

1. 서 언

규방가사에 대한 학적 관심은 여타 가사 작품에 비해 활발하지 못한 것이 지금의 실정이다. 기왕의 규방가사 연구는 그 교훈적 실용성에 중점을 두고 파악되거나 혹은 신세 한탄의 정서를 드러내는 주제적 측면에 국한하여 이루어졌다.[1] 그러나 규방가사는 여성 발화자가 자신, 동유, 딸, 가족을 수신자로 하여 여성의 내면 세계와 경험을 발화했다는 점에서 일반적인 가사 장르의 속성과는 다르게 조명되어야 한다.

특히 계녀가류, 신세 한탄류, 화전가류 등의 규방가사에서 드러나는 '여성의 경험과 특수성'은 문학적으로 올바로 이해되기보다는 일종의 여류문학이라는 막연하고 피상적인 개념에 가려져 신세 한탄조의 발화

---

1) 이재수(1976), 『규방가사연구』, 형설출판사.
    권영철(1980), 『규방가사연구』, 이우출판사.

정도로 인식되어 왔다. 이러한 경향은 남성 중심주의의 문학적 시각과 잣대로 파악되어 온 우리 문학 이해의 편협하고 왜곡된 자세에서 비롯된 것이기도 하다. 따라서 우리는 규방가사에 대한 문학사에서의 정당한 자리를 되찾아 주어야 할 것이다.

본고에서는 규방가사에서 특징적으로 나타나는 여성의 갈등과 소외 양상을 살펴 그 문학적 특성을 고찰하고, 남성 작자층 가사 일군과의 비교, 변별을 통하여 규방가사의 문학적 특수성을 규명해 보고자 한다.

가사이면서도 양반의 남성 가사가 아닌 규방가사는 여성이 여성과 관련한 여성의 문제를 노래했다는 점에서 양반가 여성의 삶과 인식을 읽어낼 수 있는 단서를 보여 준다. 규방가사에서 보이는 여성적 경험의 표출이 단순한 자탄의 문제를 벗어나 논의될 때 문학사에서 변두리로 밀려난 본래의 자리도 회복할 수 있을 것이다.

2. 규방가사와 규방의 의미

규방가사는 본래 양반 부녀자 사이에 〈가사〉라는 이름으로 통용되던 문학의 한가지였다. 이것이 학자들의 연구 대상이 되면서 '閨中歌道', '閨中文道', '閨房歌辭', '內房歌辭'라는 명칭으로 불리게 되었다. 여기서 규방 혹은 내방이 의미하는 것은 무엇일까? 규방가사의 문학적 의미는 '규방'의 상징성과 특수성을 살펴볼 때 구체화 될 수 있다.

양반 여성이 지은 규방가사의 특성을 발견하는 일은 그들의 신분과 성을 함축적으로 표현한 규방이라는 공간의 의미를 읽어내는 것에서부터 시작해야 할 것이다.[2]

'규방'이란 양반가 여성에게 허용된 六尺四房의 방으로서 바깥 세계와는 유별되는 개념이다. 바깥 세계란 곧 남성의 전제 세계이며 삼종지

---

2) 신은경(1991), 「조선조 여성텍스트에 대한 페미니즘적 조명 시고-내방가사를 중심으로-」, 『석정 이승욱선생 화갑기념논총』, 576쪽.

도라는 불문율로 채색된 남성 지배의 세계이다. 반면 규방이란 상층 양반가 여성과 더불어 그 거주 공간을 지칭하는데 양반 남성의 바깥 세계와는 근본적으로 다른 상황적 조건을 함축한다. 규방은 바깥 세계로부터 고립된 안의 세계, 안과 밖이 만날 때 야기되는 갈등을 안고 있는 세계이기도 하다.

조선조의 단순한 남녀 구별은 권력이 집중화되고 지배/피지배의 관계로 사회가 조직화됨에 따라 위계 서열적인 남존여비의 이념으로 굳혀진다. 이 원리는 '생물학적 성은 운명적이다'는 숙명론과 '여성은 남성의 보조적 역할 수행에 만족해야 한다'는 규범으로 체계화되어 조선 사회의 남녀 관계를 지배하게 된다. 비록 가난하여 초가 삼간에서 산다고 할지라도 한 칸은 부엌으로, 나머지 두 칸은 각각 내실과 사랑으로 분리시켜 돌아 앉혀 놓는 가옥 구조에서 볼 수 있듯이 조선조에는 엄격한 안/바깥채라는 공간적 구분과 내외 관습의 배경이 존재했다.[3]

규방가사에서 나타나는 여성 화자는 안과 밖의 경계인 문을 벗어나지 못하며 따라서 안의 세계인 규방에 갇혀서 늘 매인 몸으로 형상화된다.

>밧그로 맛튼일을 안호로 간여말고
>안으로 맛튼일을 밧그로 미지말고

이같이 여성은 안과 밖의 경계를 분명히 해야 했으며 그 경계를 중심으로 안의 세계에 위치한 여성은 '여자로 매인 몸'이 되어 바깥 세계와는 철저히 단절되어 있었다. 고립과 단절을 의미하는 규방의 상징성은 근본적으로 안/밖의 갈등과 대립을 내포하는 심리적 공간이라 할 수 있다. 이는 곧 당대 여성성의 상징과 규방이 맞물려 있음을 말해 준다.

여성이 딸에게 전언하는 계녀가류의 경우 여성 화자는 어머니란 존재로서의 역할과 위치를 담당하나 신세 한탄류나 화전가류의 경우 여성이 자신이나 동유에게 전언할 때의 위치는 안사람인 아내의 입장에 있다.

---

3) 조혜정(1988), 『한국의 여성과 남성』, 문학과 지성사, 74쪽.

따라서 규방가사에서는 여성의 이중의 목소리가 등장하게 된다. 여성이 여성에게 언술하되 딸에게는 유교적 덕목과 종속의 태도를 강조하는 반면 친구나 자신에게는 남성 위주의 유교 사회를 거부하면서 결혼을 기점으로 달라지는 여성의 괴로운 삶에 대해서 발화한다. 규방이라는 여성의 심리적 공간은 곧 이중의 목소리를 발화하는 갈등의 공간이며 그 갈등이 해소되지 못하기 때문에 끊임없이 외부로부터 단절과 소외를 경험하는 공간이기도 하다.

3. 규방가사에 나타난 갈등과 소외의 양상

3.1 안/밖의 갈등 양상

앞서 언급한 바와 같이 계녀가류나 신세한탄류, 화전가류의 경우 안과 밖의 갈등 양상은 각기 차이를 보인다.

계녀가류의 경우에는 어머니가 딸에게 전언하기 때문에 언술의 문면에 여성의 내면적 갈등이 명확히 드러나지 않는다. 밖의 세계가 경계의 대상임을 인식하고 어머니 내부에 잠재된 갈등이 딸을 걱정하는 마음으로 이어지기는 하나 전체적인 어조가 일방적인 훈시의 양상을 띤다.

어버이	꾸중커든	황공ㅎ여	감수ㅎ고
가장이	꾸중커든	우스면	되답ㅎ라
우스며	되답흠이	공경이	부족ㅎ이
부부간을	뽈작시면	화순ㅎ기	심난이라
아희야	드러바라	쏘흔말	일으리라(계여가)

이같이 계녀가류에서는 훈시의 어조로 삼강오륜을 지키고 출가해서는 삼종지도를 따르며 봉제사, 접빈객, 육아 등의 유교적 덕목을 지킬 것을 강조한다. 조선조에는 후기로 내려올수록 여성의 활동의 폭이 넓어

져 생계 유지를 비롯하여 봉제사, 접빈객, 자식 교육에 이르기까지 모두 여성의 몫이었다. 그러므로 여성들은 이러한 활동을 통하여 공식적, 비공식적인 인정을 받았다.4) 여성들은 규방에 위치하면서도 양반가 여성으로서 상층의 제도권 속에 있는 지배자의 목소리를 발화하는데 비록 바깥 세계로부터 소외를 당한 입장이기는 했으나 가정 내에서 禮를 전달할 수 있는 입장에 섰던 이는 여성이었기 때문이다. 어머니로서의 여성은 안의 세계에서는 당당한 지배자의 목소리로 경계와 규범의 체제 순응적 태도를 발화할 수 있었던 것이다. 이는 조선조 유교사회의 권위주의적 윤리를 오히려 적극적으로 수용하면서 체제에 무조건적으로 순응했던 어머니로서의 여성의 모습을 보여준다.

일부 화전가류의 경우, 계녀가류에서와 같이 젊은 여인의 신변 탄식은 나타나지 않고 여성의 반규범적 태도를 나무라는 지배자적 위치에서의 발화가 나타나는 경우도 있기는 하나, 대개 체제 순응적 태도가 드러나는 것은 계녀가류에서이다. 계녀가류에서는 여성인 어머니가 바깥 세계와 대립하여 생기는 갈등을 보이지 않는다는 점에 그 특징이 있다.

대개 결혼을 기점으로 시작되는 여성의 갈등은 남녀 유별이라는 여성을 종속화하는 제도적 장치에서 비롯된다. 규방가사 중 외형상 여성이 자신에게 발화하는 탄식가류나 여성이 동유에게 발화하는 화전가류의 경우 갈등의 대상이 명확하게 나타나지 않는 경우도 있다. 그러나 대개의 작품에서 갈등을 야기하는 요인은 여성에게 굴레를 씌우는 당대의 제도로 나타나며 그 구체적 갈등의 대립 양상은 안과 밖의 대조로 표현된다.

남여를	키우실적	이출ᄒ기	일반니라
슬푸다	우리여ᄌ	젼싱의	무슨회포
이싱의	여ᄌ되여	십육시	되덧마덧
부모의	깁혼자의	싱아육아	깁혼ᄌ의
쇽졀업시	이별ᄒ니	그안니	가련ᄒ며
그안니	원통할가		

---

4) 조혜정, 앞책, 81쪽.

원슈로다	원슈로다	옛법이	원슈로다
원부모	우리법은	뉘라셔	니엿던고

〈소지라〉

가만이	즈셩하니	우리들이	여자된둘
이달코도	절통하다		
팔즈조흔	남즈들은	싱졍노셩	안이련가
가등할ㅅ	우리여즈	각각가셔	미엿신이
오리잇기	쉬울손가		

〈형제소회가〉

싱남싱녀	셰상스람	인간자미	죳컨마난
여즈된	이니마음	암암스지	싱각하니
남즈의	죠흔팔차	이달코도	부럽드라

〈여자탄식가〉

여자딘	우리팔즈	원통하고	이달희라
우리도	남자르면	의셩김씨	문즁에
죵자죵손	항열ㅅ라	지즈지숀	이름지여
……	……	……	……
통분하다	우리여즈	시시이	싱각하니
열가지예	호가지로	혼혼세계	못볼너라
깁고깁흔	이규중에	여자들이	싹자하니
빙옥갓흔	이졀을	유슌키만	쥬장하고
……	……	……	……
열노름에	호노름도	임의디로	다못놀고
십리츄립	오리츄립	임의디로	어이가리
지옥갓흔	이규중에	등잔을	비겨안자
인도가위	차즈놋코	즁침셰침	골나니야

〈여자탄식가〉

안의 세계는 '지옥갓흔 이 규중에'라고 하여 제도, 범절을 지키고 종속, 침묵해야 하는 당위의 세계이다. 반면 밖의 세계는 부러운 존재로서의 남성이 존재하는 곳이며 자유가 보장된 세계이다. 이같이 안과 밖의 절대적 경계선으로 인해 넘어설 수 없는 현실은 여성에게 고통으로 다가오며 자연히 탄식으로 일관하거나 이루어질 수 없는 불가능의 좌절로 이어질 수밖에 없는 것이다.

우리난　　너의시졀　　책짐지고　　절간가셔
두달석달　잇다와도　　저른쑬　　　아니햇다
나의천성　무슨죄로　　여ᄌ몸이　　되엿던고
주저안ᄌ　울어볼가　　울기조츠　　자유업니

〈싀골색씨 설은 타령〉

이같이 여성은 당시의 사회 제도가 자유가 없는 모순된 것이었음을 인식했다. 다만 자신의 무능함으로 인해 도전할 수 없는 현실을 탄식하기도 했으나 다분히 현실의 모순을 인식하고 있었던 것이다. 신세한탄류나 화전가류에서는 계녀가류와 달리 여성이 수동적이고 종속적인 유교 사회의 희생물로 묘사되고, 작품 속에서의 여성은 현실 사회의 모순을 인식하고 비판하는 성향을 보이기도 한다. 앞서 예문에서도 보았듯이 여성 자신이 지탱하고 있는 사회의 법을 원수로 표현하는 것 등은 그러한 특징을 반영하는 일례라 할 수 있다.

3.2 단절과 소외의 양상

규방가사에서 특징적으로 나타나는 현상은 현실 사회에서 겪었던 여성들의 소외 양상이다. 이러한 양상은 자탄가류나 화전가류에서 뿐만 아니라 계녀가류에서도 나타난다. 당대의 여성들이 겪었던 단절과 소외의 양상은 구체적으로 세 가지로 요약될 수 있다.

첫째 입신양명, 출세 등 정치 사회로부터의 소외이다.

칠팔세　　비운글을　　십오세　　　통달ᄒ여
낙슈상　　청운교에　　단계화을　　썩거쥐고

문무관   죠입ᄉ로   입신양명   하올적에
교리슈찬   승지당상   참의참판   영돌영을
계제보고   활유보아   환북듸로   드호후에
결나감ᄉ   츙청감ᄉ   남북병ᄉ   통제ᄉ을
외임으로   홀이ᄉ라   호ᄉᄉ치   극진ᄒ니
남자몸이   되엿드면   긴들아니   좋을손가

〈여자탄식가〉

무심하신   남자들아   우리말좀   들어보소
팔자좋은   남자들이   부럽고도   애닯으다
소년공명   기남아로   문장명필   포부배워
혈기방장   젊은때에   한양서울   올라가서
국가태평   무무과에   입신양명   하실적에
……   ……   ……   ……
팔자좋은   남자일신   이에보니   부럽도다
규중안   여자라도   이리놀줄   알건마는
남자놀음   열가지에   한가지도   못하오니
가소로운   여자신세   어리고도   어린마음
그아니   애닯은가   애닯고도   애닯도다

〈일권본화전가〉

　이와 같이 여자들은 밖의 세계로부터 철저히 단절되어 있어서 그 소외감은 극단적으로 치달을 만큼 심각한 것이었다. 남자의 세계는 부러운 대상으로서 사회 제도에 얽매여 쳐다볼 수도 없는 것으로 표현되고 있는 반면 여자의 처지는 '여ᄌ 몸이 되여나서 긴들안이 원통한가'라는 표현으로 집약되기도 한다. 바깥 세계 중에서도 정치 사회를 관장하고 이끌어갔던 것은 당대의 양반 남성의 몫이었기 때문에 상대적으로 여성이 느꼈던 단절과 소외는 극심한 것일 수밖에 없었다.

　둘째 구경, 놀이 등 문화로부터의 소외이다.

츈풍삼월　츄구월아　단풍구경　쇼수경을
곳곳마다　명승지예　그어딕로　가자든고
금강산　만이천봉　기암괴셕　드본후에
쥭셔누　경포대논　관동팔경　노라잇고
……　　……　　……　　……
그릇치도　못할진딘　쏘훈가지　조흔노름
향중친구　도닉친구　우슴웃고　반겨만닉
압스랑에　바둑장기　뒷스랑에　화투골픽
동작마에　기장취회　셧장마에　탁쥬신양
주야장쳥　모여안즈　홍왕잇기　노름ᄒ니
남즈몸이　되얏스면　긴들안이　죠홀손ㄱ

〈여자탄식가〉

　　남자들이 자유롭게 누릴 수 있었던 놀이나 구경은 조선 시대에는 밖
의 세계에서만 가능한 것이었다. 상대적으로 안의 세계에서는 규문 생
활인 일과 시집살이로 여성 생활의 전반이 이루어졌기 때문에 놀이나
구경에 대한 집착은 클 수밖에 없었다.

산천구경　하자하고　천리승지　찾아가서
석달열흘　묵어가며　산천구경　한다든가
그리도　못하오면　도화시절　좋은때에
동리친구　향중친구　웃음웃고　마주앉아
서편에　음주시회　동쪽에　계잔치며
앞사랑에　장기바둑　뒷사랑에　투전골패
주야장천　모여앉아　홍왕있게　놀음하니
팔자좋은　남자일신　이에보니　부럽도다
규중안　여자라도　이리놀줄　알건마는
남자놀음　열가지에　한가지도　못하오니
가소로운　여자신세　어리고도　어린마음
그아니　애닯은가　애닯고도　애닯도다
규중이　깁다한들　몇길이나　깊었던고
십리출입　오리출입　마음대로　어이하리

친구고   사군자와   봉제사   접빈객에
규중의   여자일신   조심되기   그지없고
명주길삼   삼배길삼   길삼방적   골몰하다
이런걱정   저런걱정   어느여자   놀잔말고

〈일권본화전가〉

이와 같이 화전가류에서 보이는 놀이의 소망은 문화적 소외를 경험하는 여성의 입장에서는 매우 강렬한 것이었다. 당시에 문화란 것은 남성에게만 존재했던 것이지 사실상 여성의 문화란 규방에서 이루어졌던 것이 고작이었다. 엄격한 의미에서 여성은 문화 자체를 경험하지 못했다고 해도 과언이 아닐 것이다. 당대의 문화 자체가 양반 남성에 의해 만들어진 남성문화이기 때문이다.

셋째 가족, 동유 등 사회 집단으로부터의 소외이다. 결혼을 하고 나면 친정 동기들과 떨어져야 하고 친구와 멀어져야 하는 조선조 여성은 남편과 관련된 시집과의 친연성 만을 강요받게 되고 출가외인이라는 이름 아래 자신의 과거와 단절하는 고통을 겪게 된다.

여ᄌ유힝   옛부터   무슨법고   가련ᄒ다
부모동싱   이별ᄒ고   일가진쳑   멀리ᄒ고
동서팔방   훗터져서   싱면목이   친구로다
구곳ᄌ   봉양이고   부부가   화목ᄒ여
외면이ᄉ   조커니와   니면조차   좋을손가

〈화전조롱가〉

예문에서 보듯이 여성은 자신의 과거와 단절하는 경험을 통해서 조선조 윤리 사회의 법이나 세도에 대해 상한 반발을 느낀다. 그리하여 남녀의 권리에 대한 문제를 다음과 같이 발화하기도 한다.

아모리   여ᄌ라도   죠혼줄   알건마는
알고도   못ᄒ오니   ᄉ람갑세   가든말ᄀ

보고도	못ᄒ오니	눈쁜소경	안닐런가
무용ᄒ	우리여ᄌ	이달하고	가련ᄒ다
당죠에	우리부모	우리나혀	기를적에
철윤으로	타난자식	남ᄌ여ᄌ	다를손ᄀ

〈여자탄식가〉

'철윤으로 타난 자식 남ᄌ 여ᄌ 다를손가'에서 보는 바와 같이 여성의 인간 평등권에 대한 강한 자의식에도 불구하고 실제 상황은 남성 위주의 사회 구조였기 때문에 여성의 소외 의식은 증폭될 수밖에 없었다. 우리는 여기서 당시의 사회 구조와 제도적 장치가 여성에게는 얼마만큼 커다란 벽이었는가를 확인하게 된다.

4. 사대부가사와 규방 가사의 문학적 성격 비교

앞에서 규방가사에 나타난 여성의 갈등, 소외, 단절의 양상을 살펴보았다. 갈등, 단절, 소외 이런 것들이 곧바로 신세 한탄과 이어져 규방가사의 특징으로 규정지어진 것이 그간의 연구 동향이다. 심지어 규방가사는 사대부 남성 가사와 비교되어 그 문학으로서의 가치가 열등한 것으로 평가되기도 했다. 다음에서 양반가사와 규방가사의 내용 면을 비교한 다음의 몇 가지 예문을 살펴보자.

규 : 母女 또는 姑婦間의 효친적 성격이 강하게 표출되어 있으며, 그 무대는 규방이 아니면 남성으로부터 격리된 일정 장소의 會聚場이며 여기서 사친,남녀 등 혈육의 정을 그리워하는 것이 많다.

양 : 환로에 있거나 강호에 은거하여 있거나 그 장소에 구애됨이 없이 憂時戀君하는 忠의 표백이 대단히 많으며 정치에의 관심도가 매우 농후하다.

규 : 여성이기에 소외된 현실,주어진 숙명 속에서 몸부림치는 탄식성이 가느다라한 선율을 타고 흐르고 있으며 눈물의 문학이라고 할 수 있

　　　을 만큼 애상적인 데가 있다.

양 : 남아로서의 학문과 풍류와 지기와 이상 등이 굳굳하게 표출되어 있다.

규 : 여성인 고로 경제권은 없고 더구나 당시의 남성들은 不顧家事하고
　　학문만을 위주로 하여 경제나 부엌은 아예 모른 채 하는 것이 풍조
　　였으니 여기에 대한 의식주문제,봉제사,접빈객 문제 등 생활고를 뼈
　　에 사무칠 정도로 델리게이트하게 많이 나타내고 있다.

양 : 남성들은 아무리 가난해도 이것 또한 천명이라 하여 安貧樂道, 守己
　　安分하면서 哀而不傷 樂而不淫하는 면이 다분히 표출되어 있다.

규 : 여성들은 한정된 생활 무대에서 〈가스〉의 소재를 구했는지라 이의
　　빈곤을 면하지 못하였으며 문학적 교양 또한 남성 수준에는 未及인
　　지라 자연 일반적으로 그 내용은 사대부가사에 대해 문학적 수준이
　　낮음은 어찌할 수 없었다.

양 : 높은 문학적 교양과 광범한 생활 무대가 있었기에 규방가사의 일반
　　적 문학 수준보다는 높은 데가 있다.5)

　여기서 보듯이 기왕의 연구에서 규방가사는 문학으로서의 수준이 낮
은 것으로 평가되었다. 그러나 이러한 비교의 잣대는 문제의 여지가 있
다. 양반가사를 지은 남성과 규방가사를 지은 여성의 문화는 엄격히 달
랐기 때문이다. 앞장에서 본 바와 같이 여성은 규방에 갇힌 몸이 되어
바깥 세계의 경험을 할 수 없는 상황에 처해 있었다. 여성의 문화와 남
성의 문화가 엄격히 구분이 되어 있었던 상황에서 파생한 문학을 전적
으로 남성적 시각에서 조명하는 것은 그릇된 관점이 될 수밖에 없다.
규방에서 살았던 여자들의 경험은 곧 규방에서 이루어진 것이고 거기서
파생한 문학적 경험이 곧 열등의 문학일 수는 없는 것이다. 따라서 규
방가사가 지니는 독특한 경험성과 문학적 특수성은 자주적 여성성의 입
장에서 살펴져야 비로소 그 진면목을 드러낼 수 있을 것이다. 기왕의
규방가사 연구는 자주적인 여성성의 의미를 파악하지 않고 남성적 시각
과 잣대로 이루어졌기 때문에 허무나 자탄의 정서로 귀결될 수밖에 없

---

5) 권영철, 앞책, 36쪽.
　편의상 양반가사는 '양'으로, 규방가사는 '규'로 줄여서 표기한다.

었다. 이러한 문제점을 염두에 두고 규방가사와 사대부가사의 비교를 통해 그 문학적 성격의 차이를 밝혀보기로 한다.

4.1 사대부가사와 규방가사의 미학

4.1.1 미학적 성격

사대부 남성가사에서는 일반적으로 외형상 갈등이 노출되지 않는 특징이 있다. 출세간의 욕망이나 갈등이 뒤로 숨고 경물의 흥취나 교훈적 덕목을 노래함으로써 훈시나 교화, 상황 묘사로 이루어져 있다. 다음은 사대부가사의 대표적 예로 볼 수 있는 〈상춘곡〉과 〈면앙정가〉의 일부분이다.

松間 細路에 杜鵑花롤 부치들고
峯頭에 급히 올나 구름소긔 안자보니
千村 萬落이 곳곳이 버러 잇너
煙霞 日輝는 錦繡롤 재폇는듯
엇그제 검은 들이 봄빗도 有餘홀샤
功名도 날 쯰우고 富貴도 날 쯰우니
淸風 明月 外에 엇던 벗이 잇스올고
簞瓢 陋巷에 훗튼 혜음 아니 ᄒ니
아모타 百年行樂이 이만흔들 엇지ᄒ리

〈賞春曲〉

블니며 투이며 혀이며 이아며
온가짓 소리로 醉興을 비야거니
근심이랴 이시며 시룸이라 브터시랴
누으락 안즈락 구부락 져츠락
을프락 프람ᄒ락 노혜로 노거니
天地도 넙고 넙고 日月도 혼가ᄒ다
羲皇을 모을러니 니 적이야 긔로괴야
神仙이 엇더턴지 이 몸이야 긔로고야
江山風月 거눌리고 내 百年을 다 누리면

> 岳陽樓上의 李太白이 사라오다
> 浩湯 情懷야 이에셔 더홀소냐
> 이몸이 이렁굼도 亦君恩이샷다
>
> 〈면앙정가〉

남성의 가사 작품에서 두드러지게 나타나는 특징은 무한한 시간 의식과 광범위한 공간에 대한 의식이다. 외형상 갈등이 없이 자연과의 조화를 추구하는 태도는 흥취의 정서로 일관한다. '백년'으로 상징되는 시간 의식은 사대부 남성들의 현실 영속에 대한 소망을 표상한다. '천지', '강산' 등의 확대적 공간 속에서 유유자적하는 화자의 태도는 바깥 세계인 자연과의 조화 속에서 항구적인 영속을 염원하는 사대부들의 의식에서 비롯된 묘사라 할 수 있다. 군은에 대한 감사의 마음조차 자연과의 조화 속에서 표출되는데 자연이나 현실과의 조화로운 태도는 제도적으로 보장받은 남성 화자의 상황적 조건에서 파생한 자연스러운 결과일 것이다. 사대부 남성 가사에서는 무심이나 흥취의 미학을 표방한 가운데 갈등이 있다 하더라도 위장되어 있다. 이것은 가진 자만의 여유로운 태도에서 나올 수 있는 묘사라 할 것이다.

규방가사와의 비교를 위해서 늦은 시기의 것으로 보이는 사대부가사 작품을 다시 예로 들어 보자. 다음은 헌종 대의 작품으로 추정되는 〈한양가〉의 일부이다.

> 기산이 여기로세 북악의 긔린 놀고
> 종남의 봉황운다 경성은 명오ᄒ고
> 경운은 담담ᄒ다 태고시절 못보거든
> 자고급금 쏘 잇스랴 업더여어 비ᄂᆞ이다
> 북극젼의 비ᄂᆞ이다 우리 나라 우리 인군
> 본지빅셰 무강휴를
> 여텬지로 해로ᄒ셰
> 비ᄂᆞ이다 비ᄂᆞ이다
>
> 〈한양가〉

〈한양가〉에서도 역시 '천지'로 확대되는 공간의식과 '백세'로 이어지는 무한한 시간의식이 나타나 있는데 시간과 공간에 대한 영속적 관념은 조선 전기의 가사에서 드러나는 것과 다를 바 없다. 자연 속에서 유유자적하며 흥취로 일관하고 군은에 감사하는 태도 또한 지속적으로 나타나는 공통적 현상이다. 일부 현실비판류 가사를 제외하고 나타나는 이러한 양상은 사대부가사 작품에 나타난 흥취나 무심의 미학이 작자나 시대에 상관없이 공식적이고도 관념적인 허구성에 기초하고 있음을 말해준다.

다음에서 이와 대조적으로 나타나는 규방가사 작품을 보기로 하자.

동순이	소슨희가	선산보고	슬허홀지
아랏스리	처음부터	꼿도피면	다시지고
아침힌도	져역되니	셔산낙일	더는힌도
빅일이며	다시든다	우리쳥츈	한번가면
피오르는	죽을죽순	비바람이	썩는다니
원수로다	원수로다	비바람이	원수로다
송죽갓튼	우리쟝니	썩일논이	원통ᄒ다
......	......	......	
엄동셜한	찬바람의	동산의쓴	져달보고
홀노안즈	그마음의	임의거치	평안할까
금일갓흔	셜한풍의	어나곳의	제시난고
이것저것	싱각호이	가슴이	무너지며
스졍업는	피눈물이	치마자락	다적실다
억지로	진졍하고	써난몸을	위로ᄒ야
달도보고	비럿스며	힌도보고	비럿스며
마음으로	기도ᄒ여	임의거치	평안할까

〈청년자탄가〉

앞장에서 살펴보았듯이 단절과 소외를 경험했던 여성에게 당시의 제도적 장치와 가부장제 이데올로기는 밖에 대한 갈등을 지속적으로 야기하는 요인이 되었다. 그러한 갈등의 결과 여성은 고통과 슬픔 속에서

자신의 경험을 형상화시킨다. 규방가사에 나타난 시간의식이나 공간의
식은 모두 폐쇄적이고 제한적으로 나타난다. 남성의 그것처럼 영속적인
‘백세’나 ‘백년’의 시간과는 달리 ‘피었다가 다시 지는’ 제한된 시간의
순환이나 일회적 시간으로 나타나 있다. 공간의 경우도 마찬가지로 남
성 사대부가사와 같이 ‘천지’나 자연 등의 확대된 공간이 아니라 ‘홀로
앉아 있는’ 규방의 폐쇄적 공간이다. 자연에 대한 공간 의식도 남성의
가사처럼 일관된 조화와 합일의 대상이 아니라 작품에 따라서 자연은
‘원수’가 되기도 하고 ‘님’이 되기도 하고 조화와 합일의 대상이 되기
도 하는 등 다양한 의미로 변화한다.

쌍쌍지어 나는새는   제집으로 찾아든다
후기약을 다시하고   어서속히 집에 가자
집에계신 부모님은   저무다고 걱정한다
이만하고 가자하니   섭섭하기 그지업다
이런생각 저런생각   슬픈마음 먹지말고
명년기약 다시하고   오던길로 돌아가세
서산에 지는해는   뉘라서 말릴손가
      ……
그럭저럭 이별하고   각각이 돌아오니
연연하기 그지업고   섭섭하기 그지업다
오늘감회 풀길업서   규중에 깊이앉아
화전가를 지어노코   문장명필 자처하네

〈화전가〉

이와 같이 놀이의 흥취를 발화하는 화전가류에서조차 ‘규중에 깊이
앉아’ 즐거움이나 기쁨보다는 슬픈 정서를 표출한다. 여성의 팔자와 운
명을 발화하는 제한된 공간 의식과 시간 의식의 저변에는 좌절에의 비
애가 자리하고 있는 것이다. 규방가사에 거의 공통적으로 깔려 있는 비
애의 정서는 당대의 여성 문학이 지닌 본질적 정서라 할 것이다. 여성
자신의 정서를 애써 미화시키지 않고 경험을 사실적으로 표출함으로써

자기 위안을 얻는 미학 세계는 규방가사의 문학적 형상화의 한 방식이라 할 수 있다.

여성문화와 남성문화가 근본적으로 달랐던 사회 속에서 탄생한 가사 작품을 대별하여 규방가사가 사대부가사에 비해 열등하다고 판단하는 것은 오류가 아닐 수 없다. 일부 사대부가사 중 문학적으로 형상화가 우수한 작품과 규방가사 중 설명적이고도 신세한탄적인 작품을 놓고 단선적으로 비교하는 시각 자체를 우리는 회의해 볼 필요가 있다.

사대부가사가 공식적이고도 관념적인 허구적 미학을 드러내는데 비해 규방가사는 오히려 여성 자신의 경험을 자신의 관점에서 형상화하고 있어 보다 구체적이고도 사실적인 미학 세계를 구축하고 있음을 살펴 볼 수 있다.

4.1.2 시적 자아의 성격

사대부가사에서 나타나는 시적 자아는 개인적이다. 개인적 자아의 발화 내용이 일반적으로 유사하여 공식적 성격을 띠기 때문에 집단성을 띠는 듯하나 '나'라는 개체가 대상에게 말을 건네는 양태는 집단적이지 않다.

'홍진에 뭇친 분네 이내생애 엇더ᄒᆞᆫ고'에서와 같이 대상에게 시적 자아의 개인적 생애나 삶을 발화하는 태도를 취하는 양상은 남성의 가사 작품 전반에서 나타나는 현상이다. 〈고공답주인가〉의 '어와 저양반아 도라안자 내 말 듣소'에서 보이듯이 시적 자아는 발화 내용이 '나의 말'임을 강조한다.

박인노의 〈누항사〉에서 '어리고 우활홀산 이 닉 우힉 더니 업다' 역시 '나'의 상황을 발화하고 있는 것이다. 이러한 양상은 조선 후기 사대부 가사에서도 지속적으로 나타나는 현상이다. 설령 구체적인 '나'가 표면적으로 제시되지 않더라도 '늘고 병든 몸을 주사로 보닉실시'(〈선상탄〉)와 같이 자신을 드러내는 직접적인 의미를 제시하는 경우가 흔하다. 이렇게 볼 때 사대부가사에서의 시적 자아는 자기를 드러내고자 한 자아 표방에 적극적이었음을 알 수 있다. 뒤에서 살펴보겠지만 이는 규방가사와는 크게 변별되는 특징이다.

사대부가사에서 남성의 시적 자아는 적극적으로 자아를 표방하나 자아의 실체를 드러내기보다는 관념으로 표백된 관념적 자아를 드러내는 특징이 있다. 따라서 찬양조의 관념적 자아가 일관되게 발화하는 것은 유교라는 이데올로기의 명분이다. 다시 말해 사대부가사는 개체적인 시적 자아가 자신의 말을 하고 있기는 하나 그 말의 내용인 즉 공적인 이념 표상에 치우쳐 문학적으로 공식화된 유형성을 창출하는 것이다.

사대부의 작품 중 시적 자아가 여성 화자인 경우, 주의를 기울여보면 남성 작자의 작품이라는 특징을 발견할 수 있는데 그 까닭은 시적 자아가 적극적으로 '나'를 표방하고 있음에 있다.

> 녜 가논 뎌 각시 본 듯도 ᄒᆞ뎌이고
> 천상 백옥경을 엇디ᄒᆞ야 이별ᄒᆞ고
> 히 다 뎌 져믄 날의 눌을 보라 가시ᄂᆞᆫ고
> 어와 녜여이고 이 내 ᄉᆞ셜 드러보오

정철의 〈속미인곡〉에서 시적 자아는 여성을 표방하고 있으나 '각시'를 부르는 화자는 '나'를 제시한다. 앞서 살펴보았듯이 이는 사대부가사에서 공통적으로 나타나는 현상이다. 이에 대해서는 좀더 깊은 고찰을 필요로 하나 '나'를 표방하는 적극성으로 보아 외견상 여성성을 구현하고 있더라도 그 시적 자아의 실체는 남성임을 알 수 있다. 이러한 특징은 〈사미인곡〉에서도 마찬가지로 발견된다.

> 이몸 삼기실 제 님을 조차 삼기시니
> ᄒᆞᆫ싱 연분이며 하ᄂᆞᆯ 모롤 일이런가
> 나 ᄒᆞ나 졈어 잇고 님 ᄒᆞ나 날 괴시니

여기서도 님에 대한 '나'의 표명을 적극적으로 드러내고 있는데 님과 나의 관계를 형성하더라도 동류 의식을 갖는 관계가 아니라 나와 님의 계급적 관계를 구축하고 있다는 점이 특징적이다. 따라서 님은 나와 동질적인 집단이 아니라 나의 이상적 세계이며 이상적인 대상으로 형상화된다. 이상적 세계에 몰두한 '나'의 표명은 그것이 아무리 적극적이라 할지라도 관념의 답습에 불과할 수밖에 없는 것이다. 이같이 사대부가사에서 적극적으로 자신을 표방할 수 있었던 태도는 사회적으로 자신의 발화가 용인되고 수용되었기에 가능한 것이었다. 사대부의 유교적 이념과 명분의 표방이 창출되었던 당대의 사회적 분위기를 엿볼 수 있게 하는 대목이다.

반면 규방가사에서 드러나는 시적 자아의 특징은 남성의 가사와 크게 다르다. 규방가사에서는 '나'의 직접적 표명이 명확히 드러나지 않고 '나'가 아니라 '여자'로 묶이는 동류의식을 드러낸다. 신세한탄류의 규방가사나 화전가류의 규방가사에서 시적 자아는 보편적으로 '어와 동유들아 이니말슴 들어보소'라 하여 자신의 말로 시작하더라도 곧 이어 '우리 동유' '우리 여자'와 같이 자신을 '우리'라는 동류항으로 묶어버린다. 다음에서 몇 가지 예를 보자.

<pre>
어와우리   동유들아   화전놀이   하여보세
이해가   어느해냐   …년   길년이오
이때가   어느때냐   춘삼월   호시절에
규중심처   우리동류   아니놀고   무엇하리
백년유수   헛튼인생   춘색으로   빛을내니
상하촌   동류불러   화전놀음   가자스라
유수같은   이세월에   부운같은   우리인생
</pre>

〈일권본화전가〉

<pre>
어와우리   동유들아   여자탄식   드러보소
건곤이   기벽후에   혼돈이   쵸판ᄒ여
쳔황지황   삼긴후에   우리인싱   툰싱ᄒ니
</pre>

강유을   분간ᄒᆞ여   음양이   비합되야
건삼연이   남즈되고   곤삼졀이   여자로다

〈여자탄식가〉

이같이 시적 자아는 '여자' '우리'라는 동류항으로 자신을 환치시켜 발화하는 집단적 자아의 양상을 드러낸다. 이는 '나'를 적극적으로 표방하고자 했던 남성 가사 작품 군에서 보이는 것과는 사뭇 다르다. 즉 개체적 자아의 공적 이념 표방이 아니라 집단적 자아의 구체적 삶의 표현이라는 특성을 지닌다고 할 수 있다.

'나'가 아닌 '우리 여자'라는 동류 의식의 저변에서 우리는 시적 자아에 감추어진 두 가지 면모를 발견할 수 있다. 그 하나는 떳떳하게 나를 표방할 수 없는 상황에서 즉 사회적으로 여성의 의견이 수렴되고 용인될 수 없는 입장에서 자신을 감추고자 하는 의도의 일단이고, 또 다른 하나는 고립감이나 소외감에서 탈피하고자 하는 집단 의식의 일단이다. 따라서 규방가사에서는 '우리'를 표방하는 상황조차 정체적으로 머물러 있는 것으로 나타난다. 시적 자아의 정체적 상황은 '독수공방', '잠'이나 '꿈', '팔자나 운명'과 같은 시어들을 통해서 확인된다. 이러한 정체성은 시적 자아가 주로 자신의 과거나 현재에 집착해 있기 때문에 나타나는 현상인데 나아가 극단적인 허무성으로 귀결되기도 한다. 그리하여 '아니 놀고 어이리'와 같은 허무적 발화를 하게 되는데 이는 실상 당대의 여성이 자신의 현실 문제에 골몰하였기에 취할 수 있었던 태도였을 것이다. 현실의 문제를 심각하게 받아들이지 않았다면 자기 상실에서 오는 허무감이란 있을 수 없기 때문이다. 규방가사의 시적 자아가 정체성을 드러냄에도 불구하고 반면 정체성에만 머무르지 않았던 까닭은 갈등과 소외의 경험 속에서 현실을 사실적으로 바라볼 수 있었던 현실 인식의 태도에서 찾을 수 있을 것이다. 이에 대한 문제는 다음 장에서 거론될 것이다.

규방가사 중 계녀가류는 화전가류나 신세한탄류와는 그 갈등 양상에 있어서 이질적인 면모를 드러낸다. 그러나 시적 자아가 '나'를 표방하지

않는다는 점에서 볼 때 그 동류의식에 있어서는 계녀가류, 화전가류, 신세한탄류의 가사는 공통적 일면이 있음을 보여준다. 계녀가류에서는 보편적으로 '아희야 드러바라'라는 발화를 통해서 자신의 말을 전언하되 '아희' 즉 딸과 자신을 동일한 부류로 설정하고 있다.

아희야	드러바라	쏘흔말	일으리라
부모와	지아비는	인정이	지극ᄒ여
허물이	잇다ᄒ도	내리쓰려	보던이라
그중에	어렵기는	동싱과	지친이라

이와 같이 동생이나 지친에 대해서 받은 어려움을 토로하고 딸이 받게 될 어려움을 걱정하는 태도에서 어머니가 자신과 딸을 동류의 집단으로 묶는 의식의 일면을 발견할 수 있다. 다만 여기서 발견되는 특징은 화전가류나 신세한탄류에서의 작품과 같이 시적 자아가 정체성이나 허무성에 머무르지 않고 현실에 순응하되 당당한 태도를 취한다는 점이다.

결국 규방가사에서 지속적으로 나타나는 시적 자아의 발화는 동류 집단 속에서 '나'를 표방하지 않고 내밀의 '우리'를 표현하는 '표현하되 우리만이 교유하는' 자기 위안적 속성과 의미를 갖는다고 할 수 있다. 그러한 자기 위로는 종종 '이 가ᄉ 지어내여 벽장에 기록ᄒ고 다시 보고 다시 보니 부모싱각 위로된다'와 같은 표현에서도 확인된다. 동류 집단의 결속 의식을 통한 자기 위로와 소외감 극복을 형성하면서 시적 자아는 꿈의 세계에서 벗어나 사실의 문제를 문학적으로 토로하는 또 다른 여유도 가질 수 있었을 것이다.

4.2 현실 인식의 태도

사대부가사에서는 현실을 관념적으로 인식하는 관념적 미화의 경향이 강하게 나타난다. 현실과 화합하거나 현실을 도피하거나, 현실을 사실적으로 바라보기보다는 관념적으로 수용했기 때문에 권위주의적 윤리 사회에 대한 체제 순응적 태도 표명이 일관되게 나타날 수 있었던 것이다. 이러한 성향은 사대부의 시조에서도 드러나며6) 정치 사회적으로 소외된 심경을 노래하는 유배가사에서조차도 강하게 드러나는 현상이다. 유교적 관념의 미화를 통해 자신의 발화 의미를 표백하는 사대부가사에서 우리는 당대의 남성이 제도적 장치에 대해 전혀 갈등하지 않았던 의식의 편린을 엿볼 수 있다. 물론 17세기 이후 등장하는 현실비판류 가사에서 현실에 대한 비판적 인식과 갈등이 드러나고 19세기 현실비판류 가사에서 대 사회적 현실 인식이 강하게 나타나기도 하나 일반적인 사대부가사에서의 사정은 그렇지 않다.

그러나 규방가사에서는 현실을 사실적으로 바라보는 시각을 견지한다. 물론 시적 자아의 경험적 상황으로 인해 정체성과 허무성으로 나타나는 탄식조의 상황 묘사가 문학적 형상화보다는 설명적 서술로 흐른 한계도 가져 왔을 것이다. 그러나 당시 여성의 삶이 철저하게 밖의 세계와 단절되었기에 안의 세계에 자리했던 여성들은 피지배자의 입장에서 지배자의 그릇된 논리와 모순을 오히려 정확하게 읽어내는 힘을 지니고 있었다. 따라서 여성들은 계녀가류에서와 같은 남성주의적 시각에서 벗어나 화전가류나 신세한탄류의 규방가사에서 보이는 여성 중심적 시각7)을 견지할 수 있었던 것이다.

규방가사의 여성들은 소외에 의해 무력해지며 가정 내의 철저한 육체적 정신적 소모에 의해 자아의 존재 능력이 상실됨을 인식함으로써 제도의 모순점과 사회적 문제점을 파악하고 있었다. 다음의 예문을 보자.

옛법이　　고이흐다　　여필종부　　무삼일고
만복지원　혼인되스　　출가외인　　되든말고
싱부모의　양육은혜　　버린드시　　썰쳐주고

---

6) 이러한 성향은 앞장에서 살펴 본 시조 장르의 성격에서도 파악된 것이었다.
7) 박명희(1990), 「고소설의 여성중심적 시각 연구」, 이대 박사논문. 이 논문에서 여성 중심적 시각에 대해 상세하게 고찰한 바 있으므로 자세한 설명은 생략한다.

동성삼촌	오륙촌을	남본드시	이별ᄒ고

〈여자탄식가〉

어와	여즈들아	이너말숨	드러보소
천지만물	싱긴 후이	뉴인치령	ᄒ여서나
숨강오륜	마련후이	남녀유별	더욱발다
……	……	……	……
가연츠셔	셩인ᄒ니	원슈로다	원슈로다
여즈유힝	옛부터	무슨법고	가련ᄒ다

〈화전조롱가〉

예문에서도 알 수 있듯이 여성들은 당시의 '법'이란 틀을 그릇된 것으로 바라보는 현실 인식의 시각을 갖추고 있었다.

비교적 후대의 것으로 보이기는 하지만 다음과 같은 가사에서는 고부 간의 갈등을 단순한 가정 내부의 갈등으로 보지 않고 보다 근본적인 유교주의의 문제점으로 지적하기도 했다.

시부모	원망보다	공명자가	원수로다
우리만일	사나히면	사회사업	하였실걸
불행이	여자되야	규중심처	자러나니

〈화수답가〉

유교주의의 문제점이 언급되는 내용은 다음과 같은 예를 통해서도 확인할 수 있다.

남날때	낫것만은	남자몸이	못되고서
여자몸이	더엿난고	분하고도	원통하다
한탄한들	무엇하며	서러운들	엇지하랴
애들원통	하다하나	서러운들	엇지하랴
남자녀자	동권이라	무엇을	지탄하랴

〈경계사라〉

위의 작품에서도 나타나듯이 당시의 여성에게는 인간의 기본권과 인

간 평등에 대한 자각이 있었다. 본래 인간은 태어날 때 음양의 원리에
의해 각각 남녀가 되었으나 그 동등한 권리에도 불구하고 유교 사회의
모순으로 인해 자신의 권리를 누리지 못했던 현실을 탄식하는 대목은
많은 규방가사 작품에서 발견된다.

  일찍이 이재수 교수는 '여자로서 숙명적 시집살이 고통을 숙명으로
감수하지 않고 남자가 못되고 여자로 된 것이 '극분하다'고 한 것은 놀
라운 인권의 자각이 아닐 수 없다'[8]고 하면서 다음과 같은 대목을 예
로 들어 그 현실 인식의 측면을 거론한 바 있다.

  오호라 우리 여자 남자로 못되고
  여자로 되었으니 극분하기 그지업다

  이와 같이 여성의 인권의 자각으로 인하여 무능한 남성에 대한 비판
과 공격은 매우 신랄하게 표현되기도 한다.

어와	눕자들아	너희 소위	눕자로서
지각이	그럴손가	학업은	간터업고
공명도	의스업셔	춘흥는	낮잠ㅈ고
추동은	골픠투전	……	

  여성을 구속하는 지배 논리와 남자에 의해 정해진 운명을 한탄하면서
도 남자들을 가소롭다고 표현하는 대목은 단순히 신세 한탄을 넘어서
기존의 가치 체계에 대한 여성의 부정적 의식과 더불어 현실을 보다 실
질적으로 인식했던 현실 인식의 일면을 보여준다.

여자몸	태어나서	정저와가	되지말고
居而內	不言外란	엣도덕의	철강속을
선선이	벗어나서	자유로	활동하고

---

8) 이재수(1976), 『규방가사연구』, 형설출판사, 119쪽.

자유로   놀아보자

〈천등산화전가〉

이와 같은 여성의 현실 인식은 자유, 평등의 개념을 구가한다는 점에서 반봉건적 근대적 의식과 근접하는 면모를 드러내는 것이라고 할 수 있다.

5. 결 언

이상에서 규방가사의 성격을 살펴보았다. 본고는 기왕의 연구에서 도외시되었던 규방가사의 감추어진 면모를 드러내는데 충실하고자 했다. 규방가사는 단순히 여성의 신세 한탄이나 읊었던 열등의 문학이 아니라 당대의 현실을 사실적으로 바라보았다는 점에서 새롭게 평가되어야 할 것이다.

신분제와 종속제의 사회구조 속에서 사대부여성들은 상층이면서도 한편으로는 소외를 겪게 되는 하층적 삶을 통해 이중의 목소리를 발화했다. 계녀가류에서 보이는 상층적 지배 원리는 어머니로서, 혹은 양반가의 상층인으로서 체제에 순응하는 유교주의에 바탕을 둔 것이었다. 그러나 자탄, 화전가류에서 드러나는 아내인 여자로서의 발화는 인간의 종속 논리를 거부하고 사회의 모순을 인식했던 근대적 성격을 보여준다. 이러한 측면에서 볼 때 규방가사의 문학사적 의미도 재조명되어야 할 것이다.

규방가사에서 드러나는 문학적 성격은 사대부가사와의 비교를 통해 보다 명확히 드러날 수 있었다. 사대부가사의 미학이 관념적 허구성에 기초를 두었던 데 반해 규방가사는 비애의 정서를 표출하되 보다 사실적인 현실의 미학에 그 기반을 둔 것이었다. 사대부가사의 시적 자아가 개인적인 '나'의 적극적 표명에 중점을 두었다면 규방가사에서의 시적 자아는 '나'의 표명이 아닌 집단적 동류 의식을 드러내는데 치중하는 차이점을 드러냈다. 사대부가사가 '나'를 표현하되 이상적 관념으로 나를 표백했던데 반해 규방가사에서는 '우리'라는 동류 집단의 결속을 통해 자기 위로와 소외감 극복을 형성하면서 정체성에서 벗어나고자 하는 사실적인 시각을 견지할 수 있었던 것이다.

사대부가사가 권위주의적 윤리 사회에서 체제에 순응하는 순응 지향적 현실 인식을 보인데 반해 규방가사는 유교주의의 모순과 문제점을 자각하고 있었다는 점에서 그 현실 인식의 새로운 측면을 살펴볼 수 있었다. 물론 규방가사는 조선 후기의 문학 장르로서 시대적으로 유교주의의 문제점이 노정되었던 현실의 조류 속에서 파생된 것이기 때문에 보다 구체적인 시대성과의 연계 속에서 조명되어야 할 것이다. 이 점은 본고의 한계이기도 하다. 앞으로 19세기 현실비판류 가사와 더불어 규방가사에서 드러나는 자유, 평등의 근대적 의식은 이행기 가사 문학의 한 성격으로서 새롭게 평가되어야 할 것이다.

본고는 그간 여성의 문학으로서 규방가사의 문학사적 위치와 문학적 성격이 남성중심주의적 시각으로 얼마나 그릇되게 평가절하 되었는가를 밝힌 것으로서 여성 중심적 시각으로 시가를 바라보는 연구의 서론에 지나지 않는다. 규방가사뿐만 아니라 고전 시가에서 나타나는 조선조 여성 작품의 문학성이 전반적으로 다시 검토되어야 할 것이다.

〈절명사〉의 문학성

1. 서 언

「전의 이씨 유문」은 영조 때 곽내용(郭乃鎔)의 아내인 전의(全義) 이씨(李氏)가 남편을 잃은 슬픔을 담은 〈절명사〉와 제문으로 이루어진 두 유작이다.

전의 이씨 부인은 경종 3년(1723)에 경북 달성군에서 태어났는데 특히 시문으로 이름이 높던 학옹(鶴翁) 이응신(李應臣)과는 오누이 사이로서 명가의 후예로 태어났으나 일찍이 어려서 어머니를 여의는 슬픔을 겪었다. 23살 되던 영조 22년 병인(1746)에 성혼하였으나 남편 곽내용이 이듬해인 영조 23년 정묘(1747)에 독질로 죽자 음식을 전폐하고 목숨을 재촉하였으나 친정 아버지의 당부로 마음을 달래기도 하였다. 그러나 병석의 친정 아버지마저 죽자 한스러움에 젖어 슬퍼하다가 영조 24년(1748) 9월 26일에 25살의 나이로 자진하였다. 이때 남긴

것이 〈절명사〉 一関이었다. 그리고 또 하나의 유문인 제문은 〈절명사〉
보다도 1년 앞선 정묘 영조 23년(1747)에 남편이 죽자 지은 것이다.
그 내용을 종합해 볼 때 전의 이씨 作임은 의심의 여지가 없는데 일찍
이 유문의 작가와 작품에 대해서는 상세하게 거론된 바 있다.1)

그러나 그 이후 지금까지 〈절명사〉에 대한 문학성 연구는 거의 이루
어지지 않았다. 규방가사의 21유형 중 하나로 제문가사를 분류하여 전
의 이씨 제문을 제문가사의 초기 형태로 보고 영남 지방의 규방가사와
연관하여 살펴 본 연구2)도 있으나 〈절명사〉에 대한 구체적인 언급은
심재완 홍재휴님을 제외하고는 거의 없었다. 최근에는 〈절명사〉의 작시
방법이나 형태가 일반적 가사와는 달라 한시 전통에서 작용한 가사가
아닌가하는 문제가 조심스럽게 제기되었을 뿐이다.3) 분명 가사적 전통
에서 볼 때 〈절명사〉는 형식이나 내용이 매우 독특한 작품이다. 그런데
유문 중 제문과 〈절명사〉가 그 내용이나 형태에 있어서 유사성을 띄고
있어 우리의 눈길을 끈다. 특히 내용적 형식적 측면에서 볼 때 '슬프다',
'오호 통재' 등의 감탄사를 삽입하여 단락을 나누면서 서술하는 방법은
제문류에서는 흔히 보이는 것이지만 일부 제문 가사를 제외하고는 흔치
않은 예라 할 것이다.4)

본고는 이 점에 착안하여 논의를 시도해 보고자 한다. 〈절명사〉와 전
의 이씨 제문은 장르적 차이에도 불구하고, 서로 상관성을 가지고 변용
창작되지 않았을까 하는 점이 본고의 기본적인 시각이다. 김동규님이
연구한 규방가사 중에는 분명 제문 가사라고 할만한 정격과 변격의 제

---

1) 심재완(1996), 「전의 이씨 〈절명사〉」, 『국어국문학연구』 9집, 청구대학교 국
　어국문학회, 79~82쪽.
　홍재휴(1973), 「전의 이씨 유문고」, 『국어교육논지』 1집, 대구교육대학 국어국
　문과, 1~46쪽.
2) 권영철(1980), 『규방가사연구』, 이우출판사, 31쪽.
　김동규(1991), 「제문가사연구」, 효성여대 박사논문.
3) 성기옥(1999), 「고전 여성 시가의 작가와 작품」, 『한국고전여성작가 연구』, 태
　학사, 141~142쪽.
4) 이 점에 대해서는 홍재휴 님도 앞글에서 문제를 제기한 바 있다.

문가사가 다양한 형태로 존재하고 있으나5) 전의 이씨 제문을 가사 장르에 귀속시키는 문제는 아직 성급한 결론이 아닌가 한다.

본 연구는 전의 이씨 제문의 가사 장르 귀속 문제는 논외로 한다. 굳이 언급한다면 제문으로서의 양식적인 장르로 보는 것이 본고의 입장이다. 고전 문학에서 운문체의 성격을 보이면서도 산문 장르에 귀속된 문학 작품들은 고전 소설을 비롯하여 다양하게 존재하므로 제문에서 보이는 율문적 요소를 가지고 가사로 규정하는 것은 매우 위험한 결론이기 때문이다. 다만 〈절명사〉가 제문과 어떠한 유사성을 바탕으로 창작되었으며 가사적 전통 속에서 〈절명사〉라는 작품이 지니고 있는 위상을 점검해 보는 것이 본고의 주된 의도이다. 따라서 제문과 〈절명사〉의 상관성을 구성방식, 정서, 서술 방식의 측면에서 검토해 보고 〈절명사〉의 문학적 특성에 대하여 살펴보고자 한다.

앞으로 제문 가사와 〈절명사〉에 대한 연구가 활성화되길 기대해 보며, 이 연구 또한 〈절명사〉의 본격적 연구를 위한 전 단계로서 그 전반적인 장르적 성격을 검토하는데 목적이 있음을 밝혀 둔다.

2. 제문의 성격

2.1. 제문의 구성방식

제문이란 죽은 사람을 조상하는 글로서 제물을 올리고 주문처럼 읽는 일종의 의식문이다. 제문은 짓는 사람의 처지와 격에 맞게 지어야 올바른 제문이 된다. 예컨대 슬픔의 범람만이 제문의 요건은 아니다. 자기 자신에게만 고유한 슬픔을 격에 맞게 표현하는 것이 제문의 요체라 할 것이다.6)

---

5) 김동규, 앞글.
6) 장덕순(1995), 『한국수필문학사』, 박이정, 191쪽.

대개 제문은 일정한 격식을 이루고 있는데 처음과 끝부분에 투어가 있고 중간에 소단락마다 '오호통재' 혹은 '오호애재' 등의 어구와 더불어 심정을 피력하는 것이 일반적이다. 전의 이씨 제문에도 역시 제문의 일반적 형식인 투어가 처음과 끝에 놓여 있다. 중간 부분은 전의 이씨가 남편과 만나서 헤어지기까지의 과정과 심정을 그리고 있는데 '오호 통재라' 혹은 '오호 애재라' '오호라' '슬프다' 등의 어구를 반복적으로 구사하면서 내용을 전개하는 형식으로 이어지고 있다.

維歲次 丁卯 九月 戌子朔 二十六日 癸丑에

家母 李氏는 三天의 용납지 못홀 큰 죄 冤抑훈 懷抱룰 품어 六膜이 스라잘 듯 흐고 에그처질 듯흐야 日月 黃昏흐야 形影이 흣터진 넉술 뫼화 힘씨 膽을 크게 흐고 고다듬아 家夫亡靈의 잠간 씀흐느니 아롬이 이시리잇가.

오호 통재라 첩의 前世 죄악이 하눌과 신명을 저브려 襁褓룰 면치 못흐여 慈愛룰 傷흐고 男妹 子子흐나 새로이 고즈샤 憐愛흐삼이 今世에 도시 업술지라.

일월이 오래매 惑 슬허흐며 惑 즐거흐야 昔年 懷抱룰 니즈며 쏘 男妹兄弟 곳고 一家和同흐니 인생의 즐거오미 기리 이러홀가 흐더니 去年 臘晦에 낭군이 기럭기룰 안아 첩을 마즈시니 연세 동갑이요 문호상적흐고 빈부귀천 이 무어시 고하리요. 가인이 일오디 진짓 원앙의 雙이요, 천정배우라 백년을 동락흐리라 흐더니 무슴쓰녀.

오호애재라 군이 妾의 곳의 두 순 이릇셔 종용히 경계흐야 이르디 尊當의 죄룰 엇지 말고 叔堂 諸弟룰 異姓同 室흐야 至干兄弟흐라흐시니 첩이 이씨의 무행소녀 菲薄之質노 郭郞 큰 가문에 宗宅의 重任을 밧들지라. 夙夜 조심흐고 두려움이 深淵春氷을 듸듬 곳더니.

오호애재라 첩의 큰 죄상이 애매훈 디 밋츠니 군의 신상 독질이 重極홈을 훈 번 드릇매 精神이 어린 듯 만신골절이 萬身骨節이 寸寸이 긋쳐지는 듯 懍然히 안준 사리룰 옴기시 못흐고 寢食이 불평훈디 연일 쑥우는 첩의 肝腸을 더욱 티오더니 정신을 진정흐야 書札을 계유 일워 星奴룰 急送흐고 하눌끠 생 도소식을 고만이 비더니,

오호 통재,오호 애재라 문득 흉음이 이릇니 창천 창천아 춤아 어이 이런 일을 흐느뇨. 훈 소릭룰 이루지 못흐야 오내 촌절흐고 백체 스라져 유유히 뜬 넉시 어더 머무릇노뇨.

이와 같이 제문의 중간 부분에서 지은이는 자신의 심정을 피력하기 위해 '오호 통재라'와 같은 슬픔의 어구를 '말 늘어놓기'의 방법을 통해 구사하고 있다. 즉 지은이의 심정을 드러내기 위해서 단락마다 '오호통재라'를 발화하고 난 후 거기에 덧붙여 내용을 전개하는 식이다. 일반적으로 제문의 첫머리는 물론 제문의 중간에도 수시로 삽입되고 끝에도 첨부되어 있는 '嗚呼哀哉' '嗚呼痛哉' 등 투식구의 존재는 제문이 哀의 情을 형식적으로 표출하는데 있음을 보여 준다. '오호통재라'를 화두로 단락마다 내용을 열거하는 형태는 여타 제문에서도 흔히 나타나는 보편적 현상으로서 이는 슬픔의 표현이 전형적이고도 유형화된 틀 속에서 표현되고 있음을 시사한다.7)

이러한 제문의 양식은 일찍이 중국의 한퇴지의 〈祭十二郎文〉의 구성 방식에서도 찾아 볼 수 있는데8) 특히 처음과 끝부분의 투어 뿐만 아니라 '嗚呼哀哉'를 반복하여 열거하는 형식이 우리의 그것과 매우 흡사하다. 이는 제문의 형식이 오랜 세월 동안 관습적이고도 유형화되어 이어져 왔음을 보여주는 예라 할 것이다. 그러나 제문의 형식적 틀이 유형화되었다고 해서 슬픔의 내용적 표현마저 양식적인 것은 아니다. 형식적 어구는 제의의 절차를 중시하면서 애도의 격식을 따르는 것을 의미하지만 중간부분에서 자신의 심정을 표출하는 대목은 제문에 따라서는 고유성을 띠면서 문학성을 내포하기도 한다. 홍재휴 님은 전의 이씨 제문의 구성방식을 다음과 같이 기승전결의 형식으로 제시한 바 있다.9)

---

7) 여러 제문에서 보이는 화자의 슬픔의 내용은 각각 다르나 그럼에도 불구하고 슬픔을 표현하는 형식은 모두 이와같이 양식화되어 있다.
8) 유경숙,(1996) 「조선조 여성제문 연구」, 충남대 박사논문, 24~27쪽.
9) 홍재휴, 앞글.

결 구	段	내 용
起	1	고우망령(告于亡靈)〈투사〉
承	2	천정배우(天定配偶)
	3	조리천행(操履踐行)
	4	독질측문(毒疾側聞)
	5	흉음당도(凶音當到)
	6	사생영결(死生永訣)
	7	의희낭군(依稀郎君)
	8	재봉무원(再逢無寃)
	9	부부대절(夫婦大節)
	10	삼종구절(三從具節)
	11	동귀입절(同歸立節)
	12	절명읍소(絶命泣訴)
	13	각몽허사(覺夢虛事)
	14	인생무상(人生無常)
轉	15	기원동귀(祈願同歸)
結	16	간원흠향(懇願歆饗)〈투어〉

  이는 전반적인 의미 구성 방식의 차원에서 볼 때 매우 유효한 분석 방법이다. 그러나 '維歲次 丁卯 九月 戊子朔 二十六日 癸丑에-'의 상투적인 투어가 나타나는 처음 부분과 흠향하면서 '尙饗'이라고 종결하는 마지막 부분을 제외한, 중간 부분은 지은이의 심정을 피력하는 부분으로서 서정적 내용을 포괄화하여 담고 있기 때문에 제문의 형식적 구성 방식은 크게 3단의 형태를 취하고 있다고 볼 수 있다. 따라서 형식과 내용을 포괄하는 구성방식으로서 전의 이씨 제문은 다음과 같은 유형화가 가능하다.

```
1. 처음(서사)-  망자에게 고함 (투어)
2. 중간(본사)- ① 만남 ─────────┐
              ② 이별의 상황      │  (오호통재, 오호애재, 슬프다 등
                                 │   의 어구가 삽입되어 있음)
              ③ 이별 후의 신세   │
              ④ 함께 하기를 기원 ─┘
3. 끝(결사)-  尙饗(투어)
```

　여기서 처음과 끝은 형식적인 투어로서 양식적인 측면에 기여할 뿐이다. 그러므로 전의 이씨 제문의 고유성도 중간 부분에서 나타난다.[10] 중간 부분은 개인의 의식과 슬픔을 독자적으로 표현하는 대목으로서 哀를 바탕으로 한 情의 양상을 질서화하여 드러내는데 기여하기 때문이다.

2.2. 정서의 양상

　전의 이씨 제문에서 가장 핵심적인 슬픔은 남편과의 단절이다. 여기서의 단절은 단순히 님과 이별하는 생의 차원에서의 단절이 아니라 삶과 죽음의 경계를 가르는 단절이다. 일찍이 〈가시리〉나 〈서경별곡〉에서 나타났던 이별의 아픔보다 한층 더 애절한 아픔이다. 그런 의미에서 전의 이씨 제문에 나타난 이별의 정서는 전통적 틀의 견지에서 보자면 〈공무도하가〉의 정서에 그 맥이 닿아 있다고 볼 수 있다. 그러나 〈공무도하가〉에서 '물에 빠져 죽은 님'에 대한 주체의 비애는 그 정서적 구조가 매우 단순한데 반해, 전의 이씨 제문에서의 비애는 매우 복합적으로 나타난다는 점에 차이가 있다.

　전의 이씨 제문에서 갈등의 요소에 대한 지은이의 태도는 여타 작품에서 나타나는 것과는 사뭇 다르다. 본래 이 제문에서 표출되는 갈등의

---

10) 필자가 이러한 분석을 하는 이유는 전의 이씨 제문의 형식이 일반적인 제문의 관습성을 바탕으로 한다는 것을 강조하기 위함이다.

주된 요인은 남편의 죽음이다. 갈등을 빚어내는 주체는 '나'가 아니라 '남편'이기 때문이다. 이는 임과의 이별을 소재로 한 대부분의 작품에서 발견되는 특징이기도 하다. 그러나 제문에서 지은이는 그 갈등의 요인을 다른 대상으로 전이시킨다. 그것이 하늘이다.

> 져 명명창천아 첩의 죄악을 깁히 다스림가 전세보응가   조물이 투기홈가 곽랑 종통을 ᄒ늘이 긋게 홈이냐.
> 하늘이 놉고 놉하 할 길이 업고 귀신을 보아 뭇고져 ᄒ나 쏘흔 군이 응치 안는디라.

이같이 남편과 지은이를 갈라놓은 원망의 대상은 하늘로 표현되고 있다. 하늘에 대한 원망은 일반적인 제문에서도 흔히 나타나는 현상이다. 대부분의 제문에서 슬픔은 하늘에 대한 원망 형태로 표출되며 天道라고 하는 원칙 자체에 대한 회의로 나타난다.

> "아! 하늘이 재앙을 내리는 것이 어찌 그리 혹독한가? 악한 사람이라고 반드시 재앙에 걸리는 것은 아니고 선한 사람이라고 해서 반드시 복을 받는 것도 아니로다. 장수하고 요수함이여. 그 이치를 밝히기 어렵도다. 이 바른 원칙이 어찌 극단에 이르렀단 말인가?"11)

인간이 행하는 모든 행위는 화복과 수명이라는 확연한 기준으로 보응되어야 한다는 것이 사람들의 믿음이었다. 이는 궁극 존재인 하늘과 인간이 맺고 있는 절대적 약속이자 현상 세계를 지배하는 중요한 원리로 받아들여졌으며, 인간답게 살기 위한 도덕적 근거로 인식되기도 하였다. 제문에서 표현되는 슬픔은 이러한 원칙이 이루어지지 않고 있는 현실에 대한 슬픔이다. 선악이라는 도덕적 가치가 인간의 행·불행과 직결되지 못하는데서 오는 현실적 부조리에 대한 포괄적 인식이며 죽음이라는 문

---

11) 성현〈祭金生員叔準文〉"嗚呼 天地降割何其酷耶 惡不必罹禍 善不必應福 壽兮天
　　兮 闕理難識 嗚呼正則 何至此極"

제 자체에 대한 근원적 물음이라고 할 수 있다. 이는 슬픔이 개인의 서정 차원에만 머무르는 것이 아니라 조화롭지 못한 현실과 실현되지 못하는 이상 등, 세계에 대한 폭넓은 인식의 차원에서 표현되고 있음을 말해준다.12) 이러한 인식은 남성의 제문에서만 나타나는 것은 아니다.

살펴 본 바와 같이 하늘에 대하여 관용적으로 표현한 대목을 통해 볼 때 여성의 제문이라 해도 제문 속에는 당대 사회의 보편적 인식이 내재되어 있다는 것을 알 수 있다. '蒼天'에 대한 원망으로 표출되는 대목을 통해 제문에서는 개인적 슬픔이 있는 그대로의 정의 차원에서 발현되는 것이 아니라 일면 사회적 보편적으로 공유되었던 의식의 차원에서 관용적으로 발현되었다는 것을 알 수 있다.

전의 이씨 제문에서 정서의 양상을 단순하게 체계화시켜 논의하는 것은 쉬운 일이 아니다. 그러나 남편의 죽음이 돌이킬 수 없음이라는 차원에서 생각해 볼 때 이는 한의 정서와 맞닿아 있다고 할 것이다.

> 둘은 창창ᄒ고 밤은 적막ᄒ디 한업슨 눈물노 줌을 이루지 못ᄒᆞᆫ들 뉘 알니요 낭군의 정령이 어느 곳의 비긔여 첩의 가련정사롤 보시ᄂᆞ냐.
> 첩의 자최 곳곳마다 외롭고 처량ᄒ여 추천의 외기러기라. 생시 중정과 사후 궁박 가련정사롤 알음이 잇거든 첩을 ᄃᆞ려가실지어다.

예문에서 보는 바와 같이 여기서 나타나는 단절감은 한의 정서로 요약될 수 있다. 지은이는 남편과 헤어진 상실과 비애를 한이라는 하나의 단어로 집약하여 표현하고 있다. 그러나 그러한 한스러움과 절망감의 밑바닥에는 원망과 기원이라는 매우 복합적인 정서가 자리하고 있다.

> 오호 통재라 유광이 살ᄀᆞᆺᄒ니 첩의 당황ᄒᆞᆫ 긴 꿈이 채 ᄁᆡ지 못ᄒ여 시디 장일이 다ᄃᆞᄅ니 무지노천이 이런 추롤 ᄂᆞ리오고 홀긔 죽어 이 한을 풀게 못ᄒ고 새 영구롤 호올노 도라보내게 ᄒᆞᄂᆞᆫ뇨.

---

12) 이은영,「제문에 있어서 슬픔의 형상화 방식」, 한국고전문학회 발표요지, 1998.8. 65면.

> 오호 통재라 언제 다시 보기를 기약홀고 동귀ᄒᆞ는 맹서를 져ᄇᆞ리니 동혈홈
> 을 원혼 ᄯᆞ름이로다

여기서 지은이는 '동혈하기'를 간절히 기원한다. 아직은 살아 있으나 죽어서 함께 동혈하는 것이 지은이의 간절한 바램이다.

그러나 이러한 바램은 이 제문에서만 고유하게 나타나는 것은 아니다. 다음의 예문을 보기로 하자.

> 싱각건대 내 신세
> 憂憂ᄒᆞ야 悲凉ᄒᆞ도다
> 그디 도라가고 내 홀노이시니
> 이싱에 므어시 즐거우리오
> 다만 도라갈 날을 기ᄃᆞ려
> 그디로 더불어 영묘를 호 가지로 ᄒᆞ리로다

이 제문은 영조때 병조판서까지 지냈던 윤숙(尹塾)이 부인이 죽었을 때 지은 제문이다. 물론 부부간의 정이 남달리 솔직하게 묘사되어 있다는 점에서 봉건사회의 관습을 깨뜨린 점이 엿보이기도[13] 하나 여기서도 지은이는 죽어서 함께 하기를 간절히 기원한다. 죽어서 다시 만나고자 하는 것이 어찌 보면 인지상정이기도 하나 단절된 현실에서 합일을 지향하는 주체의 정서는 우리 문학에서 관용적으로 나타나는 것이기도 하다. 일찍이 월명사의 〈제망매가〉에서도 궁극적으로는 '미타찰에서 만날 것을 기원하며 도닦아 기다리겠다'고 하는 만남에 대한 기원의 정서가 주조를 이룬다. 죽은 자와의 대응 관계에서도 그 관계를 단절로 끝내는 것이 아니라 만남과 조화의 관계로 파악하는 것이다. 이는 비극적 실체의 극복이 아니라 정서적 극복이라는 점에서 우리 문학의 특징적인 현상이기도 하다.[14]

그러나 제문의 말미에서는 이러한 정서적 극복이 추상적으로 끝나지

---

13) 김일근(1976), 「정경부인 이씨제문 -충숙공 윤숙의 한글 제처문-」, 『인문과학
   논총』 제9집, 건국대, 125~165쪽.
14) 김대행(1985), 「고려시가의 정서와 한」, 『고려시가의 정서』, 새문사, 285~296쪽.

않는다. 이것이 제문이 지니는 여타 문학 장르와의 차이점이다.

> 흐르는 눈물은 흔적이 자자ᄒ고 붕성지통과 만단회포 홍장을 막으니 붓을 드러 쓰이는 바롤 아지 못ᄒ야 만분의 일도 못 베푸느니 어진 신령아 아롬이 잇거든 ᄒ 잔 술을 흠향ᄒ시고 첩의 원을 다시옴 잇지 마르쇼셔.
> 오호 통재 오호 애재 상향

전의 이씨 제문의 말미에서도 죽은 자에 대해 산 자로서 주지를 시키는 부분 즉 '신령아 아롬이 잇거든'이라는 말을 통해 지은이는 다시 삶의 세계로 돌아와 죽은 자와의 거리를 새삼 인식하게 된다. 제문의 말미에서는 삶과 죽음이라는 엄청난 정서적 거리를 통해 발화자는 결국 의식 행위가 주는 심리적 단절감을 새롭게 인식하게 되는 것이다. 제문의 중간 부분에서 주체와 대상이 정서적 일치를 꾀한다 할지라도 제문은 궁극적으로 제사라는 의식을 매개로 한다는 점에서 공적 성격을 가지며, 정을 절제하는 예를 바탕으로 한다는 점에서 개인적 정서가 집단적 정서의 유형화로 전이된 모습을 보여 준다.

2.3 서술방식

전의 이씨 제문은 앞의 구성 방식에서도 살펴 본 바와 같이 중간 부분에서 일정한 서사적 흐름으로 전개된다. 서사적 전개라 하여 인물의 일대기가 전체적으로 그려지는 것이 아니라 지은이와 남편의, 만남과 이별의 과정이 일정한 짜임 속에서 서술되고 있는 것이다.

> 일월이 오래매 惑 슬허ᄒ며 惑 즐거ᄒ야 昔年 懷抱롤 니즈며 쏘 男妹兄弟 ᄀᆺ고 一家和同ᄒ니 인생의 즐거오미 기리 이러홀가 ᄒ더니 去年 臘晦에 낭군이 기력기룰 안아 첩을 마즈시니 연세동갑이요 문호상적ᄒ고 빈부귀천이 무어시 고하리요. 가인이 일오더 진짓 원앙의 雙이요, 천정배우라 백년을 동락ᄒ리라 ᄒ더니

예문에서 보듯이 지은이는 남편과의 처음 만남을 회상하면서 과거의 시간으로 돌아가 '천정배우'라 하여 '백년 동락'이 당시의 희망이었음을 발화한다. 그러나 이어서 '오호 통재라 쳡이 부모 형제를 브리고 이에 이르런지 몃 날이 아니로더 形容을 깁히 곰초아 혼 말을 아니ᄒ시니 엇지 이 지경에 이ᄅ거뇨.'라고 하면서 이별의 상황을 제시한다.

이같이 이 제문은 시간적 경과에 따라 지은이가 겪은 사건을 서술하고 있다. 특히 시간적 경과에 따라 의미있는 사건이나 행동들이 서술되고 있어 그 추이를 살펴보는데 있어서 시간성은 매우 중요하게 부각된다.

군이 망ᄒ연지 날이 오래더 오히려 쑴인가 의심ᄒ느니

둘 붉을 밤과 사룸 업순 째롤 타 하눌을 ᄀ만이 빌고 빌어 흔가지로 도라 가게 ᄒ라.

이와 같이 제문의 성격상 물리적 시간성에 입각하여 서사적 흐름이 전개되는 것은 보편적 현상이다. 다음의 예문을 보자.

가옹 안민혹근 유인 곽시 령젼니 고ᄒ뇌. 나는 이민숭이오. 자내는 갑인숭으로 뎡묘년 열엿샌날 합궁ᄒ니 그저기 나는 스물 다ᄉ신 저기오. 자내는 내히 열세힌 저기 나도 아바 업손 궁한흔 과 부이 ᄌ셔기오. 자내도 궁한흔 과 보이 ᄌ셔그로셔 서ᄅ 만나니 자내는 아히오. 나는 어론이오나 쓰디 ᄌ쇼로 독슬히 못홀 션비롤 비호고져 ᄒ로 부부이 유별이 인도애 대졀이모로 압닐케 말거시ᄒ여 자내와 나와 ᄒ여 압닐히 말인들 ᄒ마 히더셔 밥 머근 저긴 둘 이시마내 자내들여 바마나 나지나 미양 ᄀᄅ치되 어마님긔 보양올 지셩으로 ᄒ고 지이비롤 승슌ᄒᄂ 거시 부인니 도ᄅᄒ여 니ᄅ면 간이 십년톨 동듀ᄒ셔 불라는 거시이로더 그더 내 쓰돌 ᄋ밧고져 홀가마는 궁흔 지븨 과부 어마님 우히 잇고 나 ᄒ나 오홨고 졸ᄒ여 가스다히는 아조 츌호 못ᄒ니 고싯긔 보양ᄒ고 ᄒᄂ 졍 극ᄒ다 엇디 홀고?

내 니블 의복도 못ᄒ고 흥허 방젹기나 ᄒ여도 날 ᄒ여 주로라 ᄒ여 ᄒ니 그더는 거ᄋ 리라도 ᄋ무 란 져골 ᄒ나하 ᄒ고 영오 댱옷 ᄒ나히나 ᄒ고 눕덥치

마만 ᄒ고 바디도 붓고 쳔구달히셔 서어ᄒ 잘이 ᄒ고셔 견더니 인니 구독기야
이 우히 이실가 그디 졈졈 즈라 킈도 커가니 나 뫼양 부소ᄒ로라 닐오디 내라
시 그디롤 길어 내여신이 나롤 더고나 공경ᄒ라 ᄒᆫ 간이 그더라 넉시 되다 니
줄잇가?15)

　　이 제문은 죽은 아내를 위해 남편이 지은 것이다. 죽기 전의 과정이
시간적 순서에 따라 기술되고 있는데 시간성이 물리적 시간의 시간적
경과로 나타나고 있을 뿐이다. 이 작품에서는 지은이가 죽은 이의 살아
생전 행위나 느낌을 부각시키는데 치중하고 있을 뿐 지은이가 특별히
시간성에 의미를 부여하여 자신의 생각을 표현하지는 않는다. 대부분의
제문들이 이와 같은 서술 방법에 입각하여 기술되는 것이 일반적이다.
　　그러나 전의 이씨 제문에서는 지은이의 느낌이 시간성과 함께 끊임없
이 나타나는 것들이 특징적이다. 다시 말해 전의 이씨 제문에서는 물리
적 시간의 흐름을 서술한 부분 외에도 지은이의 내면 세계를 비유적으
로 보여 주고 있는 주관적 시간성이 나타난다는 점이다.
　　특히 '무지 노천이 이런 秋를 ᄂᆞ리오고'와 같은 서술에서는 가을이라
는 계절을 하나의 형벌로 생각하여 지은이의 생각을 드러냄으로써 삶의
허무성이라는 주제 의식을 시간성을 통하여 보여주고 있다. 또한 '슬프
다 사라 백년 동락이 朝露ᄀᆞ더니 이에 이르러는 一日如三秋ᄀᆞᆺ툿지라'와
같이 시간을 통해 삶의 허무성을 표현한 예들은 이 제문이 주관적 '시간
성'에 입각하여 주제를 드러내고 있음을 보여 준다.

---

15) 처음 학계에 보고된 것은 구수영 교수가 『문학사상』 77호(1979.2.)에 "400년
　　시신 위에 덮인 기적의 한글 문학"을 통해서였다. 본고에서는 최강현, 『한국수필
　　문학신강』(서광학술자료사, 1994.)을 참고로 했다.

3. 〈절명사〉의 성격

3.1 구성 방식

〈절명사〉는 모두 63句文(귀글)으로 이루어진 가사이다. 그러나 가사의 일반적 형식인 4음 4보격과는 어느 정도 거리가 있다. 가사의 음수율이나 음보율에 있어서 가사의 일반적 형식인 3.4조나 4.4조의 음수율에서 벗어나거나 4음보격에서 벗어난 것도 있어 귀글체의 형식으로 정리하지 않으면 가사의 형식에서 일탈한 讀感을 주는 것도 있다. 그러나 일반적으로 가사의 구문 형식을 보면 한 구문은 문장의 단복이나 중혼문을 막론하고 가사의 내용이 음보와 음수율을 지키며 대응된 짝을 이루고 있다. 그러므로 가사의 형식적인 특징 중의 하나는 무엇보다 귀글체로 이루어졌다는 것이다. 이런 점에서 생각해 보면 〈절명사〉를 가사의 범주 속에 편입시키는데 이의를 제기할 필요는 없을 것이다. 더욱이 홍재휴님이 언급했듯이 이 작품은 歌詞 또는 歌辭라는 의제 하에 씌어진 것으로서 가사의 형식을 보여 주는 작품이기 때문이다.16)

> 슬푸다 秋風은 어는 곳으로 오나뇨
> 외로온 ᄆᆞᄋᆞᆷ은 더옥 슬프고 슬푸도다
> 節序 임의 변ᄒᆞ니 丹楓은 錦繡帳을 둘넛고
> 누은 垂楊은 어즈러온 금사룰 드리웟다
> 鴛鴦은 서로 물화 곳 수풀을 일헛고
> 여안이 남비ᄒᆞ니 ᄊᆞ호 외롭이 아니ᄒᆞ고
> 추천 망월은 서리밭의 줌겨시니
> 空樑으로 디브리 비츨 비양ᄒᆞᄂᆞ도다
> 슬푸다 景物이여 뎡히 나의 명을 재촉ᄒᆞᄂᆞᆫ 째로다

---

16) 홍재휴, 앞글에서 이러한 점으로 보아 이 작품의 결사는 남성류의 가사에서 흔히 볼 수 있는 정격가사의 형식적 특징을 보이는 것으로 여성류의 가사에서는 볼 수 없는 가사의 전형을 고수한 작품이라고 했는데 필자의 견해도 그와 동일하다.

〈절명사〉의 형식이 가사 양식이라는 것은 앞에서도 언급되었지만 문제는 〈절명사〉의 형식적 독특함이 어디에서 기반한 것이냐는 점이다. 다음의 예문을 보기로 하자.

   ○ 슬푸다 秋風은 어느 곳으로 오나뇨
     -중략-
   ○ 슬푸다 景物이여 뎡히 나의 命을 재촉ᄒᆞ는 째로다
     -중략-
   ○ 슬프다 하놀이 ᄂᆞ케ᄒᆞ니 쏘흔 엇지 홀고
     -중략-
   ○ 슬푸다 이 비여 어디로 조차 스스로 가는다
     -중략-
   ○ 슬푸다 당당혼 天倫이 쇽절업시 긋쳐지고
     -중략-

예문을 통해 알 수 있듯이 이 작품에서는 '슬프다'라는 어휘가 시작되는 곳에서 하나의 의미 단락을 형성하고 있는데 대개 '슬프다'는 시상 전개의 전환을 가져오는데 기여하고 있다. 일반적으로 가사 작품 내에서 이와 같이 동일한 어휘가 반복되면서 지속적으로 나타나거나 시상 전개의 전환을 가져오는 경우는 찾아보기 힘들다.

홍재휴 님은 〈절명사〉의 내용을 다음과 같은 구성으로 분석한 바 있다.17)

결 구	문 단	구 문	내 용
기	1	1~2	悲痛之懷
	2	3~8	鴛鴦失耦
	3	9~16	孤舟身世
승	4	17~30	無嗣切痛
	5	31~38	父母謝恩
	6	39~49	促命同歸

---

17) 홍재휴, 앞글.

| 전 | 7 | 50~61 | 幻想相逢 |
| 결 | 8 | 62~64 | 可憐情狀 |

위의 분석을 토대로 보면 '슬프다'는 1, 3, 4, 5, 6문단 앞에 나타나는데 이것은 지은이의 비통함을 서정적으로 전개하는데 기여하는 역할을 하고 있다. 당시에는 시어의 구사가 모두 경적에서 인유되었음을 들어 '風雅賦比'의 체를 깊이 체득한 작풍임을 高評[18] 하기도 하였으나 무엇보다도 〈절명사〉가 문학적으로 특징적인 것은 '슬프다'의 반복적인 병렬 구조가 시적 의미를 강화시킨다는 점에 있다. 당시에 〈절명사〉를 읽으면 감동하지 않고 눈물 흘리지 않음이 없다고 한 논평이 나온 것도 모두 이러한 작품의 형식적 특이성이 자아내는 효과에서 기인한 것이 아닌가 한다.

3.2 정서의 양상

〈절명사〉에 내재된 정서는 주관과 객체의 대립적인 관계에서 표출되는 것이 아니다. 지은이는 갈등의 문제를 자신의 내면 문제로 보기 때문에 〈절명사〉에서는 '남편을 잃은 비극적 슬픔을 극복하기'보다는 오히려 자신의 죽음의 문제를 놓고 갈등하는 상황에서 갈등조차 초극하는 것이 주된 정서로 나타난다.

> 뎡히 나의 명을 재촉하는 째로다
> 遲遲我死여 何以至今고
> 有玆父母ᄒ니 隔天倫이로다.
> 遠父母 離兄弟ᄂ 女必從夫어늘
> 大滄 長橋ㅣ 中道의 부러지니
> 悽悽 橋上 一身이 기우러졋도다.

---

18) 丹城士林通文 「李氏本 全義李氏行錄」

여기에서도 드러나듯이 '여필 종부'인데도 불구하고 남편을 따라 가지 못하고 있는 자신이 안타까워 자신의 목숨을 촉박하게 재촉하는 지은이는 이제 남편의 죽음을 슬퍼하는 것을 넘어서 죽은 남편을 따라 가지 못하는 자신의 상황에 서러워하고 있는 것이다. 〈절명사〉에서는 '남편의 죽음'과 '나의 삶'이라는 단절의 갈등을 넘어서 '나의 살아 있음'과 '나의 죽어야 함'이라는 갈등의 대립이 주요한 정서의 형성 장치라는 것을 알 수 있다.

이러한 갈등은 한의 정서를 넘어서 있다. 즉 돌이킬 수 없는 상황에 대한 체념을 넘어서 자신의 죽음을 통해 갈등을 극복하려는 태도는 당면한 상황에 대한 초극적인 자세를 보여 준다. 이러한 초극의 자세는 작품의 결말부에서 특히 명확하게 나타난다.

> 郎君이 다시 도라 오실냐첩이 낭군을 ᄯ로냐
> 세상 離別을 못내 슬허 ᄒ엿더니 일세게 중봉홀 쥴 뉘 알니요.
> 瀟湘이 제로소니 우리 兩人의 淸名直節을 可히 알니로다.
> 祠祠혼 두 넉시 세상의 迥隔ᄒ니
> 거리길 집 압 뫼헤 우눈 이눈 尊舅시고
> 素帳을 즈음써 哀哭홈은 尊堂과 兩妹로다.

여기서 지은이는 이미 남편과 마찬가지로 죽음의 세계에 놓여 있다. 그리하여 어느새 지은이는 죽은 자가 되어 자신을 애곡하는 존당과 양매를 바라보는 시점에 놓여 있는 것이다. 이렇듯이 지은이는 슬픔의 비애를 자신의 죽음이라는 가상적 상황을 통해 극복하고 있다. 정서적 극복의 차원에서 볼 때 이는 그 어느 작품보다도 적극적으로 극복이 이루어진 예이다. 그러나 이와 같이 기원과 초극의 자세만 나타나는 것은 아니다. 지은이는 자신에게 부과된 갈등의 원인을 하늘의 탓으로 돌리기도 한다.

'슬프다 하늘이 ᄂ케 ᄒ니 ᄯᅩ혼 엇지 홀고'라고 하여 살 길 없는 자신의 신세를 한탄하며 하늘에게 원망을 돌리는 지은이의 태도는 제문에서

나타난 것과 매우 흡사하다. 그러나 〈절명사〉에서는 갈등의 궁극적인
대립이 지은이의 내면 세계 속에 있다는 점에서 자아의 내면적 극복이
작품의 주된 질서임을 부정할 수는 없을 것이다.

3.3 〈절명사〉의 서술 방식

〈절명사〉는 전반적으로 지은이의 느낌을 표현하는 쪽에 치중하여 있
기 때문에 비유를 통하여 느낌을 효과적으로 전달하는 묘사적 진술 방
식이 작품의 주조를 이룬다.

> 節序 임의 변호니 丹楓은 錦繡帳을 둘넛고
> 누은 垂楊은 어즈러온 금사롤 드리웟다
> 鴛鴦은 서로 굴화 곳 수풀을 일헛고
>
> 저즌 몸 촌 믈 우희 水風이 冷淡호디
> 夜色이 창창호여 月色 凄凉호다
> 水中 玉骨骸는 뉘라 저리 공교로이 지엿는이

여기서 '단풍'을 '금수장의 두름'에 혹은 '수양'을 '금사'에 또는 '원앙'을
'꽃수풀'에 비유하는 것은 매우 감각적이다. 제시한 예문 이외에도 이 작
품에는 다양한 비유가 많이 나타나고 있어 지은이가 감각 작용에 호소하
면서 자신의 내면 세계를 전달하고 있음을 엿볼 수 있다. 묘사적 방법에
서는 인상이나 느낌을 전달하는 것이 중점적이기 때문에 특히 감각 작용
이나 공간 인식이 중요하게 부각된다. 실제로 〈절명사〉에서는 전반적으로
공간성을 부가시키고 있음을 다음의 예를 통해서도 확인힐 수 있다.

> 창해 외로온 비여 짐대 썩거지니
> 저 배 이대로 힝호여 살 길롤 어이 어들고
>
> 슬푸다 이 비여 어디로 조차 스스로 가는다

'어느 곳' '바다' '양양유수' '어디로' '찬물 위' 등 공간적인 시어를 통해 자신의 기댈 곳 없는 삶을 서정적으로 형상화하고 있는데 이러한 모습은 지은이가 공간에 천착하면서 자신의 존재를 궁극적으로 '창황고주'에 비유하는 것에서도 나타난다. 자신의 허무감과 절망감을 공간성으로 표출하는 이러한 성향은 일반적으로 묘사적 진술 양식에서 발견되는 바 〈절명사〉는 전반적으로 서사적이기보다는 묘사적인 진술 방식에 근접해 있다고 하겠다.

4. 전의 이씨 제문과 〈절명사〉의 상관성

4.1 형식적 측면

이제 앞에서 살펴 본 제문과 〈절명사〉의 구성 방식을 토대로 어느 정도 두 작품의 상관성을 가늠해 볼 수 있을 것이다. 즉 제문의 처음과 끝 부분을 빼고 중간 부분만 보면 제문과 〈절명사〉의 형식은 매우 흡사하다는 것을 발견하게 된다.

슬푸다 이것이 진짓 거시냐 진짓 거시 아니냐 꿈이냐 상시냐 내 ᄆᆞᆷ과 내 몸이 오히려 낸듯ᄒᆞ더 다시 슬피고 싱ᄀᆞᆨᄒᆞ면 쏘ᄒᆞᆫ 내 아닌지라. 나ᄂᆞᆫ 어더 잇고 낭군은 어더 가시뇨.
애애 붕셩 지통이여 ᄀᆞ올 ᄇᆞ람니 입입ᄒᆞ니 모든 신부ᄂᆞᆫ 즐겨 도라가는 곳이 잇거늘 **슬푸다** 쳡은 녹의홍상을 낭군과 엇게롤 ᄀᆞᆯ아 존당의 잔을 밧드러 ᄒᆞᆫ 번 깃거ᄒᆞ샴을 어ᄂᆞᆫ 날 다시 볼고.

(제문)

슬푸다 당당ᄒᆞᆫ 천륜이 쇽졀업시 긋처지고
하해 ᄀᆞ튼 은애ᄂᆞᆫ 일석의 허사되니
구원의 도라가ᄂᆞᆫ 넉시 압히 업음도다.

(〈절명사〉)

위와 같이 '슬푸다'로 시작되는 구절이 각각 이어지면서 하나의 의미 단락을 형성해 나가는 형태는 두 작품에 지속적으로 나타나는데 내용상 차이가 있더라도 형식상으로는 상관성을 가지고 창작되었음을 짐작케 한다. 특히 제문의 처음과 끝부분에 나타나는 투식적인 양식적 어구를 제거해 보면 두 작품은 매우 유사하다는 것을 알 수 있다. 제문이 산문체의 장형인데 반해 〈절명사〉가 단형이기는 하나, 〈절명사〉가 일반적인 가사와는 달리 동일한 어구를 되풀이해서 제시하는 반복의 요소를 가지고 있다는 점도 두 작품 사이의 상관성을 가늠케 하는데 중요한 시사점을 던져 준다.

전의 이씨 제문이 창작되었던 18세기에 제문이면서도 일정한 제문으로서의 문형을 벗어나 가사의 형식으로 변형된 듯한 다음 작품은 전의 이씨 제문과 매우 흡사한 면을 보이고 있어 주목된다.

슬프다 금일의
군을 어더 봄가
우리 쓸은 어듸 가고
군을 보듸 못ᄒᄂ뇨
녯 히남으로 올 적은
쓸이 이셔 ᄒ가지로 깃거ᄒ더니
이제 남듕으로브터 오매
신녕이 어찌 알리오
은샤를 닙던 밤의
쓸의 깃거ᄒᄂ 모양을 보도다
―중략―
슬프다 우리 부모의
국휵ᄒ신 은혜를 갑지 못ᄒᆞᆸ도다
반포ᄒᄂ 가마귀 저녁의 우니
사롬이 오갓지 못ᄒ도다
눈물이 이셔 구텬의 ᄉ뭇고
혼이 이셔 ᄯ회셔 둣겁도다
인ᄒ야 그디 영묘의 우니
ᄒ 소리 긴 통곡이로다

이 작품은 남성작[19)]으로 한문 장시형인 귀글체의 형식으로서 가사와 매우 흡사하나, 예에서는 제시되지 않았지만 원문의 처음과 끝부분을 보면 제문이라는 것을 알 수 있다. 이 작품이 씌어졌던 시기는 전의 이씨가 제문을 쓰고 〈절명사〉를 지었던 때와 동시대로, 이 시기에는 제문과 가사가 특정 형식을 제외하고는 내용 면에서 넘나듦이 있었던 듯하다. 특히 '슬프다'로 시작되면서 귀글체로 이어지는 위 예문의 형식은 〈절명사〉와 매우 흡사하면서도 그 장르는 제문이라는 점에서 당시의 제문과 가사 간의 장르간 교섭 양상을 시사해 주는 예로 추정해 볼 수 있을 듯하다. 특히 18세기 영남 지방을 중심으로 나타나는 다양한 제문가사들[20)]이 이를 뒷받침하는 좋은 예라 할 것이다.

이 시기에 제문과 다른 장르의 교섭이 다양하게 이루어졌음을 살펴볼 수 있는 또 하나의 예로서 〈조침문〉을 들 수 있다. 정확한 연대는 알 수 없지만 유씨 부인이 지었다고 하는 널리 알려진 수필인 일명 〈제침문〉은 삼촌이 동지사로 연경에 갔다 오면서 사다 준 여러 쌈의 바늘 중 마지막 남았던 정든 바늘을 부러뜨린 후 애통한 마음을 달래고자 바늘을 의인화하여 지은 제문 형식의 수필이다. '연경의 동지사행'으로 미루어 짐작컨대 18세기 이후의 작으로 보이는데 제문의 형식으로 수필을 지은 점으로 보아 당시에는 제문이 규방에서 여타 문학 장르로 확장되거나 혼효되면서 -좀더 좁혀 본다면 가사나 수필로- 서로간에 교섭이 있었을 것으로 추정해 볼 수 있다.

다른 작품의 경우로 논의를 확장시키는 것은 어디까지나 하나의 가정이지만, 전의 이씨 제문과 〈절명사〉의 경우에 지은이가 간발의 시차를 두고 지었던 점이나, 구성 방식의 측면에서 볼 때 제문의 형식이나 내용을 바탕으로 가사가 지어졌다는 사실은 부인하기 어려울 듯하다. 지은이는 제문을 지었던 창작 상황을 추체험하면서 제문의 양식적인 애도를 벗어나 가사를 통해 자신의 절박한 심정을 그렸을 것이다. 특히 〈절

---

19) 앞에서 소개한 윤숙의 〈한글제처문〉을 말한다.
20) 김동규, 앞글.

명사〉와 같은 절박한 내용을 짓는 상황에서 새로운 경험을 담아내기 위해 특수한 형식이 구현되기 보다는 제문에 바탕을 둔 틀이나 어구를 차용하면서 자신의 심정을 표출했었을 것으로 짐작해 볼 수 있다. 게다가 자결하기 직전의 상황에서 새로운 작시법을 구현하기보다는 지은이에게 평소 내재되어 있던 문구들을 구사하면서 제문의 형식을 빌어 쓰는 것이 보다 용이했었을 것으로 보인다.

4.2 정서적 측면

동일 작가가 동일한 제재를 가지고 문학적으로 작품을 형상화하면서도 정서를 질서화하는 태도에 따라 그 장르적 성격이 달라질 수 있다는 사실은 전의 이씨 제문과 〈절명사〉를 통해서도 확인된다. 전의 이씨 제문에서는 삶과 죽음의 문제가 정서의 주된 구조를 이루는 근간이 된다. 이는 일반적인 제문에서도 나타나는 바 이른바 '幽明'의 문제로 집약되는데 주체와 객체 즉 자아와 대상 세계간의 문제에 정서의 핵심이 놓여 있다. 실제로 작품 속에서도 나타나듯이 산 자와 죽은 자의 대립적 갈등은 체념의 정서를 형성하게 되고 죽은 자와의 소통에서 단절과 고립을 극적으로 확인하게 된다. 그러나 그럼에도 불구하고 지은이는 현실의 비극을 정서적으로 극복하면서 '동혈하기'를 기원하는 상징적 합일을 꾀한다. 여기에는 늘 집단적 시선의 화자가 존재한다. 전의 이씨 제문 뿐 아니라 이러한 정서적 틀은 다른 제문에서도 흔히 발견되는 것이다. 제문을 지을 때는 늘 산 자와 죽은 자의 입장이 되기 마련이며 이미 관용화된 슬픔의 양식화된 틀을 따라야만 하는 관습적 이념적 틀이 작용하기 때문이다.

반면 〈절명사〉에서는 지은이 자신의 삶과 죽음이 정서의 구조를 이루는 근간이 된다. 이는 〈절명사〉가 제문에 비해서 주체의 내면 세계로 시선을 돌리면서 개인적 차원의 문제에 장르적으로 접근하고 있음을 보여 준다.

> 우우흔 두 넉시 세상의 逈隔ᄒ니
> 거리길 집 압 뫼헤 우는 이는 尊舅시고
> 素帳 을 즈음꺼 哀哭홈은 尊堂과 兩妹로다.

특히 이와 같이 지은이가 자신의 죽음을 기정사실화하면서 정서적 초극을 꾀하는 마지막 결말 부분은 〈절명사〉라는 가사가 제문에 비해 허구적 상상력을 적극적으로 동원하면서 내면 지향적 성격을 더욱 강하게 반영하고 있음을 보여 준다. 이렇게 자신이 죽은 자의 시점이 되어 죽음의 세계로 돌입하는 태도는 정서적 극복을 다루었던 여타 작품에서도 찾아 보기 어려운 매우 특이한 점이다.

물론 제문이나 가사에서 하늘을 원망하는 정서적 양상은 당대에 관용적으로 사용되었던 보편적 정서가 투영된 것을 보여 주는 것으로서 제문이나 가사가 일정 부분 관습적 정서를 내포하면서 문학적으로 형상화되었음을 보여 주기도 한다. 그러나 궁극적으로 보편적 정서를 답습하되 제문이 인간의 상징적 만남을 보여 주는 형식적 교류의 문학이라면, 〈절명사〉는 보편적 정서를 공유하되 내면의 갈등 세계를 표출하고 개인적 정서를 질서화하는, 그리하여 궁극적으로는 자아의 서정 세계에 치중하는 서정적 양식의 문학이라는 특성을 확인하게 된다.

4.3 서술 방식의 측면

전의 이씨 제문과 〈절명사〉에서는 공통적으로 유사한 서술 어구들을 발견할 수 있다.

> 슬프다 사라 백년동락이 朝露ᄀᆺ더니(제문)
> 사라 백년이 한 풀긋 이실이요(〈절명사〉)

> 첩의 願이로디 우리 두 사롭의 이십여년 혼적이 무엇고(제문)
> 이십년 혼적이 전홀거시 업서디니(〈절명사〉)

두 작품의 중심 의미라 할 수 있는 핵심적인 허무 의식을 드러내는 어구들은 그 장르적 차이에도 불구하고 매우 흡사하게 서술되고 있다. 이는 두 작품이 어떠한 방식으로든 간에 서로간 교섭이 이루어졌다는 것을 암시한다. 부분적으로 그러한 내용적 착종 관계를 보이면서도 전반적인 서술 방식은 다르게 나타난다.

제문에서는 남편과 지은이라는 인물의 관계 설정을 통해 시간적 흐름에 치중하여 회상 형식을 취하되 시간의 계기적 순서에 입각하여 만남과 이별의 사건을 그려 나간다. 이같이 인물간의 행위를 문맥적으로 연관시켜 나가는 과정에서 중요한 서술 방식은 대화체의 방식이다. 죽은 자가 살아 돌아 올 수는 없지만 지은이는 마치 살아 있는 자에게 말하는 듯한 서술의 방식을 취한다.

> 오호 낭군아 고금역대에 열사 정열을 우러러 흠모ᄒ더니 이 엇지 첩이 지금 사라 기리 궁박 원왕ᄒ 혼을 품어 인세 윤생이 삼사삭이라.
>
> 낭군의 정령이오시나 올러니잇가.
>
> 낭군아 낭군아 다시옴 힘써 도모ᄒ쇼셔.
>
> 오호 낭군아 다시 원ᄒᄂ니 삼생연분을 다시옴 잇지말고 첩을 수이 ᄃ려가쇼셔.

이같이 지은이는 대상인 남편을 '낭군아'라고 부르는 대상 지향적 언어를 사용하고 있다. 이렇게 '낭군아'라고 진술하는 방식은 언어의 3대 기능인 표출, 부름, 진술 가운데 부름의 기능을 주로 강화하는 방식으로서 이는 청자를 향해 직접적 관계를 형성하는 특성21)이기도 하다. 이는 제문의 속성이 죽은 자와 산 자의 관계성 속에서 이루어지기 때문

---

21) 김우창(1960), 「관습시론」, 『서울대학교 논문집』 제 5집. 여기에서 제시한 것은 관습시의 성격이나 '관습성'이라는 측면에서 볼 때 제문에서도 유사한 모습으로 나타난다.

에 나타나는 필연적인 서술 방식이라고 하겠다.

반면 〈절명사〉에서는 남편과의 관계를 그리기보다는 지은이의 처지를 주관적으로 형상화하는 서술방식을 취하기 때문에 지은이의 내면 세계를 비유를 통해 그려 나가는 수사법이 주류를 이룬다. 따라서 앞에서도 살펴보았듯이 〈절명사〉에서는 지은이가 공간성과 연관시켜 묘사를 하면서 내면 세계를 인상적으로 그리는 자기 표현의 서술이 일반적이다.

大滄 長橋ㅣ 中道의 부러지니
悽悽 橋上 一身이 기우러젓도다.

天地 초판시에 이 몸을 삼기기는
명절을 내미로다

하늘이 날을 내고 명절을 붉히시미로다

예문에서도 알 수 있듯이 '-로다', '-이도다'는 주관적 상황을 명시적으로 표현하는 서술 방식이다. 이러한 서술 방식은 절대적인 자기 내면 세계를 구축하는 독백적인 어법으로서 자신의 주관화된 감정을 환기하는데 기여하는 것이다. 이는 전기 가사에서 드러나는 자기 완결적 독백의 형태와 매우 유사하다. 〈상춘곡〉이나 〈면앙정가〉에서처럼 발화의 초점이 외부가 아니라 내면에 맞추어진 토로방식은 특별히 수신자로서의 청자를 필요로 하지 않으므로 화자의 일방적인 독백 내지는 혼자서 하는 이야기를 다른 자기가 듣는 형식을 취하고 있다.22) 이렇게 볼 때 〈절명사〉는 담론의 특징상 전기 가사의 전통과 이어져 논의되어야 할 것이다.

---

22) 조세형(1998), 「가사 장르의 담론 특성 연구」, 서울대 박사 논문, 34~36쪽.

5. 결 언

　지금까지 전의 이씨 제문과 〈절명사〉의 성격을 살펴보고 그 상관성에 대하여 고찰해 보았다. 〈절명사〉는 가사 장르의 전통에서 볼 때 형식이나 내용이 매우 독특한 작품인데 그러한 성격은 제문의 형태와 내용에서 부분적으로 빌어 온 것으로 보인다. 제문의 관용적인 구성방식과는 차이가 있지만 〈절명사〉는 제문의 형식을 차용 변용하면서, 정서나 서술 방식에 있어서도 부분적으로는 공유하면서 그러나 지은이의 내면적 독창성을 발휘하여 새롭게 창조된 작품이다. 그런 측면에서 볼 때 〈절명사〉는 초기적 형태의 제문 가사에 편입되어 문학사적 위상이 정립되어야 할 것으로 보인다. 특히 영남 지방에 유포된, 가사 장르의 고유한 속성을 지니고 있는 율격 정연한 제문 가사와의 관련성이 좀더 심도있게 논의될 때 비로소 입론의 여지가 있을 것이다.

　내용적 형식적 특수성의 측면에서 보더라도 〈절명사〉의 고유한 문학성은 가사 문학의 전통 속에서 지속적으로 연구되어야 할 것이다. 특히 본고에서는 언급되지 않았지만 〈절명사〉의 내용과 한시 전통과의 관련 문제는 좀더 세밀하게 검토되어야 한다. 또한 〈절명사〉 논의에 있어서 무엇보다도 중요한 것은 작품에 내포된 여성 문학적 성격이다. 이에 대한 조명은 앞으로 가사 문학의 전통 속에서 여성 작가 작품의 특수성을 밝혀내는데 긴요한 과제라고 생각된다.

제4장

가사와 여성성의 시학

1. 서 언

고전 문학에 대한 여성 중심적 시각의 접근은 최근 활발하게 진행되고 있으며 이러한 추세는 일부 연구자들에게 상당히 고무적이기도 하다. 그러나 한편 이러한 흐름이 80년대 이후 페미니즘이라는 유행적 조류를 타고 학문적으로 편승하는 것이 아닌가하는 도전을 받기도 한다. 여성성의 문제를 다루는 것에 대해서 '왜 여성과 남성의 문제를 편가르기 식으로 행하는가'라는 물음은 분명 불식되어야 한다. 여성 중심적 시각이란 그동안 제대로 읽어내지 못했던 여성 문학을 올바로 읽어내기 위한 관점과 방법일 뿐 그간의 연구 성과에 대하여 부정하는 것도 아니며 여성 문학을 범주화하여 오히려 폄하시키고자 하는 것은 더욱 아니기 때문이다.

이제, 연구의 결과가 미숙한 마당에 아직 이른 단계이기는 하지만 가사 장르에서 여성 문학에 대한 관심에서 이루어졌던 그간의 연구 동향을 다시 한번 짚어 보고 앞으로 여성성 혹은 여성적 원리를 밝혀 내고자 하는 연구가 어떠한 방향으로 진전되어야 할 것인가를 점검해 볼 필요가 있다. 이것이야말로 여성문학이 왜 제대로 읽혀져야 하는지를 반증하는 것이기 때문이다.

최근 여성 중심적 시각의 접근은 고전 문학 연구에서도 각 분야별로 상당한 관심을 보이면서 논의의 진척을 가져 왔다. 그러나 그간의 연구는 거의 대부분 전통사회의 특성을 매개로 가부장제적 성격과 관련하여 하나의 측면만을 강조한 나머지 다양성의 측면에서 볼 때 매우 제한되어 있었다. 이러한 점 때문에 '그간 여성주의를 표방해 왔지만 여성 작품을 다루는 실제에 있어서는 상이성을 예외적인 것으로 취급하고 하나로 보편화시키고자 했던 '가부장주의적 습관'을 그대로 사용해 왔다.'는 비판을 받기도 했다.1) 그렇다면 이러한 한계를 극복하고 여성 중심적 시각에서 작품을 읽어내는 또 다른 방법은 없는 것인가?

그런 점에서 볼 때 지금까지의 여성 문학 연구를 점검해 보고 새로운 길을 모색해 보는 것은 무엇보다도 긴요한 일이 될 것이다. 본고에서는 여성작 가사2)를 중심으로 여성성의 문제에 접근하는 단서를 마련해 보고 단일한 규범의 틀을 벗어나 새로운 여성성의 시학을 정립할 수 있는 가능성의 한 측면을 살펴보고자 한다. 여성성이라는 특성을 살펴보는 것은 사실 지난한 일이며 그것의 정립 체계를 마련하는 것 또한 그러하다. 그러나 늘 기존의 틀에 얽매여 여성성을 획일화한다면 여성 문학의 특성을 온전하게 읽어내지 못하는 한계에 머무를 수밖에 없을 것이다. 이러한 한계를 극복하기 위하여 여성 문화, 여성적 감성과 정서의 측면에서 여성성의 시학을 정립할 수 있는 단서를 찾아 이에 대한 가능한 지표를 마련해 보고자 하는 것이 본고의 목적이다. 따라서 17, 18세기

---

1) 신경숙(2000), 「고전시가:전망과 과제」, 한국고전여성문학회 학술대회 발표 요지, 최근의 연구사에 대하여 상세히 정리하면서 이러한 문제을 제기하고 있다.
2) 본고에서는 사대부 가사와도 변별되며 후기 탄식류 규방가사와도 변별되는 의미에서 '여성작 가사'라고 하는 용어를 사용하기로 한다.

여성작 가사를 중심으로 하여 여성 화자가 발화하는 언술의 특징적 현상들을 살펴보고 거기에는 여성적 말하기의 문화적 관습이 일정 부분 존재할 것이라는 가정하에 그 특성을 여성성으로 보고 여성의 의식주 생활 문화, 감성, 정서적 차원에서 공통 부분을 추출해 보고자 한다.

물론 전통 사회에서는 여성의 글쓰기가 지극히 제한되어 있었다는 점에서 본고에서 제시하는 자료들을 여성 고유의 것이나 여성들의 것으로 일반화하는 데는 표본 추출의 한계가 있을 수 있다. 그러나 비교적 기명 여성 작가의 작품을 대상3)으로 함으로써 그러한 문제성을 피해 가고자 한다. 다만 초기 여성작 가사와 후기의 이른바 보편화된 규방가사와는 시대적 편차, 사회문화적 성격의 변모 등으로 인해 동일한 여성성을 지속적으로 간직하고 있다고 보장할 수 없는 것이 문제로 남을 수 있다. 그러나 여성 문화의 고유성이란 측면에서 본다면 그것은 그렇게 쉽게 변질되는 것이 아니라는 일면의 견해도 설득력을 얻을 수 있다. 특히 초기 여성작 가사에서 나타나는 탄식류의 작품들은 이후 후기 규방가사에서도 지속적으로 나타나는 하나의 흐름으로서 실체를 드러내고 있기 때문이다.4)

이러한 연구는 궁극적으로 여성 작가의 작품을 연구하는 데에만 목적이 있는 것이 아니라 우리 문학의 상당수를 차지하는 남성작 여성 화자의 작품을 분석해 내는 데에도 긴요할 것으로 생각되며 앞으로 이에 대한 다양한 고찰이 이루어지기를 기대해 본다.

2. 규방가사에 대한 기존의 관점

일찍이 도남 조윤제는 '규방가사'라는 용어를 쓰지 않고 '가사문학'이

---

3) 지금까지 남아 있는 여성작 가사 가운데 작가의 논란이 있기는 해도 여성작으로 간주되거나 확실히 여성작인 기명의 규방가사를 중심으로 살펴보고자 한다.
4) 서영숙(1996), 『한국여성가사연구』, 국학자료원.

라는 용어로 여성작 가사를 지칭하였는데 그는 주로 작가층, 유통 경로에 대해 관심이 많았다.5)

    즉 그때까지 경상북도 일부 규중에서는 이 가사문학이 대유행하고 있었는데 그 유행하고 있던 상황을 보면 가사는 그들에 있어 유일한 학문이요. 또 한없이 좋아하야 한 여자가 수십 편의 가사를 비장하고 있는 것은 보통이었었다. 특히 이것은 젊은 여자에 있어 심하야 규중여자로서 가사를 모른다 함은 일종의 수치같이도 생각되어, 어려서 그 어머니와 형들에게 가사를 배워 출가하게 될 때는 수 십편의 가사가 시집밑천이 될 뿐 아니라, 개중에는 가사를 능히 창작할 수 있는 여자도 결코 적지 않았다. 그럼으로 규중에는 그들의 작품이 구을러 다녔고 그것이 좋은 작품이라면 원근 친척의 연줄을 타고 널리 전파되고는 하였다.

이와 같이 초기의 여성작 가사에 대한 관심은 주로 경상도 지방을 중심으로 한 규방의 문학으로 제한되어 있었으나, 유통 경로와 전승 방식에 대한 관심이 발전하여 형성과 기원에 대한 문제로 이어졌고 이는 김사엽6) 이후 지속적으로 학자들의 관심이 되어 왔다. 형성과 기원에 대한 관심은 최근까지 이어지고 있으며7) 이러한 관심은 최근에는 규방가사 중에서도 계녀가류에 집중되고 있다.8)

여성작 가사에 대해 본격적으로 문학성이 논의된 것은 이재수, 권영철에 의해서다.9) 그들은 주로 후기 규방가사를 체계적으로 정리하면서 '섬세' '열등' '몰개성' '놀라운 인권의 자각' 등이란 평어를 통해 주제적 차원에서 작품에 접근하였다. 그러나 이것은 대부분 후기 규방가사에 치우친 것이고 비교적 초기의 기명 규방가사에 대해서는 단편적인 연구

---

5) 조윤제(1948), 『국문학사』, 동국문화사, 345쪽.
6) 김사엽(1956), 『이조시대의 가요 연구』, 대양출판사.
7) 서영숙, 앞책, 385~495쪽. 여기에서 시대별 연구사 정리가 상세히 되어 있으므로 연구사 정리는 생략한다.
8) 양지혜(1998), 「계녀가류 규방가사의 형성에 관한 연구」, 이화여대 석논.
9) 이재수(1976), 『내방가사연구』, 형설출판사.
   권영철(1980), 『규방가사연구』, 이우출판사.

가 있을 뿐이다. 대개 작품을 소개하고 지은이, 창작 상황 등에 대하여 서지적으로 접근하고 있어 문학성을 연구하는 측면에서 보자면 다른 장르에 비해 요원한 편이라고 할 수 있을 것이다.10) 여성 중심적 시각에서 규방가사를 논의한 본격적인 연구는 서영숙에 의해 이루어졌다. 그는 규방가사나 내방가사라는 용어조차 '여성 가사'로 수정되어야 함을 강조하고 한국문학사 속에서 여성가사의 올바른 위상이 정립되어야 할 것을 강조하였다. 사실 이종숙이 '내방가사란 불모지 같은 당시의 안방 문학에 한 자리를 차지하게 한 곧 부녀자들의 제작에 그 의의가 부여되는 것이지, 작품상의 문학성이 논의될 대상으로의 작품들이라고 볼 수는 없다.'11)고 단정한 이후 여성작 가사의 실체는 폄하되어 왔다. 그런 점에서 서영숙의 연구는 새로운 전환의 국면을 제시한다는 점에서 주목된다. 다만 여성 가사의 문학성이 다양하게 접근되어야 하지 않을까 하는 아쉬움이 남는다.

이후 규방가사연구는 페미니즘적 고찰이 시도되기도 하고 여성 의식에 대한 규명을 통해 문학성이 조명되기도 하였으며 최근에는 역사적 관점에서 혹은 장르적 관점에서 다양하게 접근되는 추세에 있다.12)

그러나 새로운 해석을 꾀한다고 하는 90년대 중반 이후의 논의에서도 공통적으로 발견되는 점은 여성의 현실을 억압과 가부장제라는 틀로 보고 그 틀을 전제로 작품을 분석하는 것이다. 이러한 시각은 전통 사회 특히 조선조 사회의 여성 현실을 고려할 때 매우 타당하기도 하다. 사실 당대의 실상을 고려하지 않은 문학 연구란 있을 수 없는 것이기 때문이다. 다만 고전 여성 작품을 논할 경우 이러한 틀은 여성의 현실을 획일화시키는 결론에 도달하게 한다는 한계성을 내포한다13).

---

10) 성기옥(1999), 「고전여성시가의 작가와 작품」, 『한국고전여성작가연구』, 태학사. 기명 여성 작가와 작품에 대한 기존의 연구 동향을 제시하면서 자료 검토를 하고 있다.
11) 이종숙(1970), 「내방가사연구 1」, 『한국문화연구원논총』 15집, 이화여대. 「내방가사연구2」, 『한국문화연구원논총』17집, 이화여대, 1971.
12) 신경숙, 앞글, 참조.

결국 이러한 한계에서 벗어나기 위해서는 '억압과 가부장제'라는 사회적 잣대를 들이대지 않고도 여성작 가사에 내재된 문학적 고유성을 발견해냄으로써 그것이 사회 문화적 차원의 성격을 설명해 낼 수 있는 단서와 지표들이 된다는 것을 제시할 때 비로소 가능할 것이다. 이제 우리의 연구는 바로 이러한 시점에 와 있다. 다양성의 모색이라는 측면에서 새로운 해석의 관점들이 개발되고 동원되어야 할 것이다.

3. '여성성' 모색을 위한 몇 가지 단서들

3.1 의식주와 관련한 여성 문화

예로부터 여성들은 생활 문화에 익숙하다. 특히 조선조 사회 여성들의 경우에는 공적인 영역에서 배제되고 안채에서 생활하는 삶의 방식이 일반적이었다. 부녀자들에게 요구되는 내외의 관습으로 인하여 여성들의 생활은 곧 집안이라는 거주 공간과 직결되는 형태로 나타났다. 따라서 당시 사회의 여성들은 자연스럽게 의식주와 관련한 생활 문화에 친숙한 삶을 살 수밖에 없는 상황이었다. 이러한 생활 문화는 곧 여성들의 행위 영역을 제한하게 되었다.14) 그런 점에서 당시 여성들의 문화는 근본적으로 남성들의 문화와 다를 수밖에 없었으며15) 이러한 여성

---

13) 이러한 점 때문에 신경숙은 앞서 제시한 「고전 시가의 전망과 과제」를 통해 비판하고 있으나 한편 이러한 재단은 위험한 것이기도 하다. 왜냐하면 문학과 사회의 관계는 가장 우선적으로 고려해야 할 대상으로서, 고전시가에서 여성 문학을 논의할 때 가부장제란 현실을 외면하고 논의할 수는 없기 때문이다.

14) 본고에서 다루는 비교적 이른 시기의 노래가 16세기 말엽으로부터 17세기로 볼 때, 그 이후에는 점차 내외법이 공고해졌으므로 이러한 논의는 충분히 가능할 것으로 본다.

15) 이러한 여성의 고유한 문화적 특징은 동양이나 서양 사회에서 모두 적용되는 현상이기도 하다. 게오르그 짐멜(1993), 『여성문화와 남성문화』, 이화여대 출판부. 이 책에서 서양의 여성 문화에는 여성만의 고유성이 있다고 역설하고

문화의 고유한 특징적 현상들은 여성작 가사 작품을 통해서도 두루 나타난다.

> 녀공을 긋친 후의 듕당에 밤이 깁고
> 납촉이 발가슬제
> 나옴나옴 고초 안즈 흰 구슬을 가른 마아
> 빙옥 갓흔 손 가온디 난만이 기여 니여
> 파ㅅ국 겨 데후의 홍순호을 혀쳐는 듯
> 심궁 풍유 절고의 홍슈궁룰 마아는 듯
> 섬섬훈 십지상의 슈실로 감아 느니
>
> 〈봉선화가〉16)

> 절서(節序) 임의 변ㅎ니 단풍은 錦繡帳(금수장)을 둘넛고
> 누은 수양은 어즈러온 금사룰 드리웟다
> 원앙은 서로 굴화 곳 수풀을 일헛고
>
> 〈절명사〉

'여공을 그친다든가' 혹은 '슈실로 감아니니' '금수장', '금사' 등의 표현은 모두 의생활과 관련한 생활 문화의 익숙함에서 자연스럽게 나온 것들이다. 〈규원가〉에서 나타나는 다음의 비유도 '베틀에 날아 오른 베올 사이의 북'으로 세월의 빠른 흐름을 말하고 있어 여성과의 친연성을 지녔던 의생활 문화의 한 단면을 보여 준다.

> 봄바람 가을 믈이 뵈 오리 북 지나듯
> 설빈화안 어디두고 면목가증 되거고나
> 내 얼골 내 보거니 어느 님이 날 괼소냐
> 스스로 참괴ㅎ니 누구를 원망ㅎ리
>
> 〈규원가〉

있다.
16) 이하 작품의 예시는 편의상 필요한 부분만 발췌하여 싣는다.

이와 같은 표현법들은 남성들의 실제 삶과는 상당히 거리가 있어 결코 남성들이 쓸 수 없는 표상들이다.17) 민요 〈베틀 노래〉에서도 흔히 다루어졌던 이러한 제재나 비유들은 민중의 부녀자들뿐만 아니라 양반 부녀자들에게도 친숙했던 생활 문화에서 표출되었다는 것을 말해주고 있다. 물론 민요에서 드러나는 것과 가사에서 드러나는 것과는 당시 여성들의 노동의 질이나 내용면 혹은 시대면에서 현격한 차이를 보이나 여기서는 여성들에게 의식주와 관련한 생활 문화가 오랫동안 보편화되어 있었음을 말하기 위한 것에 논의의 중점이 있으므로 그 이외의 것은 논외로 한다.

정확한 연대나 작자를 알 수 없지만 여성의 발화로 보이는 〈과부가〉에서는 자신의 목숨을 '실낱같이 가는 이내 목숨 흐르는 것이 눈물이요 짓는 것이 한숨이다.' 라고 표현하고 있다. 목숨을 '실낱'이라고 하는 사물에 비유하고 있는 이 발화 대목을 통해 짐작해 보건대 이는 여성의 작이라고 보는 편이 타당할 듯하다. 목숨을 실에 비유하는 이러한 표현은 추상적 개념을 구체적인 사물로 환원시키는 방법으로서 이러한 비유는 생활 속에서 자연스럽게 우러나온 생활 문화의 한 단면이 투영되지 않고는 사실 동원되기 쉽지 않기 때문이다.18)

이같은 추론은 〈노처녀가〉에도 역시 적용될 수 있다. 〈노처녀가〉의 여성 화자로 보아 과연 이 작품이 여성작인가 아니면 남성작인가 논란의 여지가 있을 수 있는데 이를 어떻게 보는가에 따라 작품의 성격은 달라진다.19) 그러나 〈노처녀가〉를 꼼꼼히 읽어보면 특히 〈노처녀가〉II의 경우에 이 작품의 지은이는 여성 문화가 몸에 체득된 인물로서 의식의 생활 문화를 작품 속에 투영시켜 지었다는 것을 알 수 있다. 다음의 예문을 보자.

---

17) 그렇다면 '바느질'과 같은 남성작의 여성적 발화에 대해 의문을 가질 것이다. 이에 대해서는 뒤에서 살펴보기로 한다.
18) 물론 이러한 단서만으로 여성작이라고 하는 것은 매우 위험한 논리이다. 이외에도 〈과부가〉에 대해서는 뒤에서 다시 거론할 것이다.
19) 김대행(1991), 『시가시학연구』, 이화여대 출판부, 227~228쪽.

이니힝실 이만ᄒ면 어디가셔 못술손가
힝실ᄌ랑 이만ᄒ고 지조ᄌ랑 드러보소
도포짓눈 슈품알고 홋옷시며 핫옷시며
누비상침 모를손가
함박족박 ᄭᅵ아지면 솔ᄲᅮ리로 기워닌고
보선본을 못어드면 닛뷔ᄌ로 제일이오
보ᄌ를 지울제눈 안반노코 말나니니
슬긔가 이만ᄒ고 지조가 이만ᄒ면
음식슉셜 못ᄒ손가
슈슈젼병 부칠제눈 외쪽지를 닛지말며
상치쑴을 먹을제눈 고초장이 제일이오
쳥국장을 담올제눈 묵은콩이 맛시업닌
쳥디콩을 삼지말고 모닥불의 구어먹소
음식묘리 이만알면 봉제ᄉ를 못ᄒ손가

〈노쳐녀가〉

여기서 묘사되고 있는 여인의 재주와 행실은 모두 의생활 식생활과 관련한 것들이다. '함박 족박 ᄭᅵ아지면 솔ᄲᅮ리로 기워닌고' '젼병 부칠제눈 외쪽지를 닛지말며'와 같은 표현법은 특히 생활 속에서 체득되지 않고는 형상화되기 어려운 것들이다. 이런 점에서 볼 때 〈노처녀가〉(Ⅱ)는 여성적 발화의 여성작에 근접해 있다고 보아야 할 것이다.

여성작이면서도 남성작을 모방했던 〈부여노정기〉의 경우를 보자. 이 작품에서는 정철의 〈관동별곡〉을 곳곳에 모방한 흔적이 엿보이는데 특히 '황정경 일자를 엇지타 그릇알고/인간에 적강ᄒ여 평생에 병이 만하'라든지 '백련화 한가지가 인연이 나라드러' 등은 〈관동별곡〉의 글귀를 그대로 차용한 것들이다. 이는 〈부여노정기〉의 지은이가 〈관동별곡〉의 상황과 자신의 상황을 가상적으로 결합시키면서 의사 남성적 상황의 체험을 문면에 표출한 것이라고 할 수 있다. 그러나 이런 상황을 구현하는 가운데에도 궁극적으로는 여성의 생활 문화가 집약적으로 드러나는 것이 특징적이다.

        당졍즁 뫼앗신들 죵죵효셩 젹을소냐
        우호로셔 주신쌀을 시진빙쳥 모아다가
        남산갓치 쩍을ᄒᆞ고 한강채로 술을비져
        죵누갓치 괴와올여
        병부찬 태수아해 국공ᄒᆞ여 헌수홀새
        연벽진ᄉ 즁제아는 죵후ᄒᆞ며 잔올드니

〈부여노정기〉

결국 쌀로 떡을 하고 술을 빚는 잔치 문화의 귀결로 작품을 마무리해
가는 지은이의 태도에서 여성들의 현실적 삶과 문화를 읽어 낼 수 있
다.

이러한 생활 문화적 성격들은 여성 한시의 경우에도 마찬가지로 나타
나는 현상이다. 상사의 괴로움, 슬픔, 시간 등 보이지 않는 추상적인 것
을 구체적으로 사물화하는 기법 특히 반지의 크기, 다듬이질, 혹은 바
느질이라는 여성적 생활 경험의 범주로 끌어들이는 표현 수법이야말로
여성 문학의 독자적 영역으로서 남성 작가들이 미치지 못하는 참신한
표현의 세계이다.20) 한시와 가사가 모두 사대부 부녀자들이 참여했던
장르라는 점에서 두 장르에서 나타나는 유사성은 주목될 만하다.

지금까지의 논의를 놓고 볼 때 그렇다면 〈사미인곡〉과 같은 작품에서
드러나는 다음의 대목과 같은 것은 어떻게 해석될 수 있을까하는 의문
이 제기될 수 있을 것이다.

        원앙금 버혀놓고 오색선 플터내어
        금자히 견화이셔 님의 옷 지어내니
        수품은 크니와 제도도 ᄀᆞ줄시고
        산호수 지게 우희 백옥함의 다마 두고
        님의게 보내오려 님 겨신딩 ᄇᆞ라보니

〈사미인곡〉

---

20) 박무영(1998), 「여성 한시의 시세계」, 『한국고전여성의 세계』(1), 이화여대
    한국어문학연구소 학술대회 발표요지.

정철의 〈사미인곡〉에서 '연지분을 하는' 행위나 바느질의 형상화는 여성적으로 말하기의 대표적 방식이라고 할 수 있다. 그러나 남성작에서 나타나는 '여성적'이라고 하는 속성은 의사 여성성일 뿐 여성성 그 자체일 수는 없다. 여성적으로 말하되 지은이가 남성이기 때문에 지은이의 정체가 진정한 여성이 아니라는 것은 작품 곳곳에 남겨 둔 흔적을 통해서도 확인되기 때문이다.

> 평생애 원ᄒᆞ요디 ᄒᆞᆫ디 녜쟈 ᄒᆞ얏더니
> 늙거야 므스 일로 외오 두고 그리ᄂᆞᆫ고
> 엇그제 님을 뫼셔 광한전의 올낫더니
> 그 더디 엇디ᄒᆞ야 하계예 ᄂᆞ려오니
> 올 저긔 비슨 머리 헛틀언디 삼년일쇠
> —중략—
> 위루에 혼자 올나 수정렴을 거든마리
> 동산의 ᄃᆞᆯ이 나고 북극의 별이 뵈니
> 님이신가 반기니 눈믈이 절로 난다
> 청광을 픠워 내여 봉황루의 븟티고져
> 누 우희 거러두고 팔황의 다 비최여
> 심산궁곡 졈 낫ᄀᆞ티 밍그쇼셔
>
> 〈사미인곡〉

여기서 '광한전'이나 '봉황루' 혹은 '북극'은 모두 임금이 계신 곳이나 임금을 지칭하는 것으로서 지은이는 작품 문면 어딘가에 충신연주지사의 발화라는 흔적을 남겨 놓고 있다. 박혜숙은 이와 관련하여 몸단장, 바느질, 규방의 치장과 관련한 어휘가 빈번히 등장함에도 불구하고 세련된 한자어 및 한문 표현이 주조를 이룸으로써 이 작품의 언어가 여성의 언어가 아니라 남성의 언어임을 짐작케 한다고 하였다.[21]

이러한 특징은 남성작 여성화자가 발견되는 〈만분가〉의 경우에도 역시 마찬가지로 나타난다.

---

21) 박혜숙(1998), 「고려 속요의 여성화자」, 『고전문학연구』 14집, 한국고전문학회.

> 오색실 니음 졀너 님의 옷슬 못 ᄒ야도
> 바다 ᄀ튼 님의 은을 추호나 갑프리라
> 백옥ᄀ튼 이 내 ᄆ음 님 위ᄒ여 직희더니
> 장안 어제 밤의 무서리 섯거치니
> 일모수죽의 취수도 냉박홀샤
> 유란을 것거쥐고 님 겨신 ᄃ 브라보니
> 약수 ᄀ리진듸 구름 길이 머흐러라
>
> 〈만분가〉

정철의 작품을 모방한 것으로 보이는 김춘택의 〈별사미인곡〉에서도 이러한 현상을 확인할 수 있다. '산호수 지게 위의 백옥함에 님의 옷을 담는다.'든가 '광한전'이나 '백옥경'을 임금이 계신 궁궐로 표현한 것 등은 모두 정철의 〈사미인곡〉과 매우 유사하다. 그런데 김춘택의 경우에는 자신의 말하기 방법을 통해 의사 여성적 말하기라는 것을 문면에 노골적으로 제시하고 있다.

> 어려서 이러훈가 미처서 이러훈가
> ᄆ암이 졀노나니 뉘라서 금홀손고
> 뫼서서 이래ᄒ기 각시님 갓도던들
> 서룸이 이러ᄒ며 싱각인들 이러홀가
> 초싱의 이러커든 후싱을 어이 알고
>
> 〈별사미인곡〉

임금 모시는 생각이 새댁과 같은 심정이라고 표현하는 이 대목은 여성성의 획득을 꾀하기 위해서 안으로 감추기보다는 겉으로 여성의 심정에 빗대어 연주의 마음을 표현했다는 점에서 여성인 체 말하는 다른 작품과는 또 다른 의미에서 구분될 필요가 있을 듯하다.

여기서 논의하는 가사 장르는 아니지만 고려 속요를 다루었던 박혜숙의 연구22)는 이와 관련하여 매우 흥미로운 내용을 제공한다. 〈가시리〉,

---

22) 앞글, 참조.

〈동동〉, 〈서경별곡〉은 모두 버림받은 여성의 노래라는 점에서 공통적인데 여성화자는 자신을 사물화된 존재로 비유하여 '물가에 버려진 빗'이나 '칼로 저며 놓은 열매'나 '소반 위에 올려진 젓가락' 등 사물과 등치시켜 형상화하고 있다는 것이다. 빗, 칼, 젓가락 등의 생활 소재들은 여성과의 친연성이 강한 것들로서 박혜숙의 견해는 본고의 입장에서 보더라도 나름대로 상당히 설득력이 있다.

의식 생활 문화뿐만 아니라 여성들의 작품에서는 주거 문화 또한 독특한 방법으로 형상화되고 있다. 여성들의 작품에서 주거 공간을 가장 명시적으로 드러낸 다음의 작품을 보자.

> 옥난간 긴긴 날의 보아도 다 못 보아
> 사창을 반기ᄒ고 차환을 블너니여
> 다핀 꼿츨 키여다가 수샹ᄌ의 담아 노코
> 녀공을 긋친 후의 듕당에 밤이 깁고
>
> 〈봉선화가〉

여기서 '듕당'은 집 안채를 말하는 것으로서 화자는 안채의 반경 안에서 모든 행위를 하고 있다. '난간에서 본다'든지 '사창을 반쯤 열어둔다'든지 하는 표현에서 여성들의 행동 반경은 안채와 가까운 주거 공간에 제한되어 있음을 알 수 있다. 이러한 성향은 다음의 작품에서도 역시 발견된다.

> 옥창의 심근 매화 몃 번이나 피여 진고
> 결울 밤 차고 찬 제 자최눈 섯거 치고
> 여름 날 길고 길 제 구준비는 므스 일고
> 삼촌화류 호시절의 경물이 시름업다
> 가을 둘 방에 들고 실솔이 상에 울 제
> 긴 한숨 디는 눈물 속절업시 헴만 만타
>
> 〈규원가〉

> 븬 방안 혼자 말이 돌돌괴사 쓴이로다
> 녯 셜움 새 셜움과 잇던 병 업던 증이
> 시시로 발작ᄒ니 심간의 불이 난다
> 하일의 도라오며 하시의 상봉ᄒ고
> 분ᄒ다 장승 장검을 무어싀 쓰쟌 말고
> 소두세면 전폐ᄒ니 형해ᄂᆞᆫ 토목이오
> 창상을 겻거오니 심장은 철석일다
> 한의기식 다 ᄒ면셔 피골상연 무슴일고

〈명도자탄사〉

두 작품에서 보이는 '옥창'이나 '방'이란 공간은 여성 작품에서는 매우 중요한 공간적 징표이다. 여성들의 안채 문화에서 파생된 형상화 방식의 특징들은 여성작 가사에서 두루 나타나는 것으로서 지극히 제한된 공간 속에서 살았던 여인네들의 부자유한 삶을 간접적으로 표상화하는 것이기도 하다. 이러한 공간적 징표들은 후기 규방가사뿐만 아니라 여성 한시에서도 흔히 보이는 것으로서 분명 남성작 가사에서는 보기 드문 것이다. 앞장에서도 살펴본 바와 같이 대부분의 사대부 가사에서 나타나는 공간은 매우 확장적이고 광대한 공간의 성격을 띤다.23)

주목할만한 점은 남성작의 경우 의사 여성성을 취한다 하더라도 매우 미묘하게 여성작과는 이질적인 측면을 드러낸다는 것이다.

정철의 〈사미인곡〉을 보자.

> 동풍이 건 듯 부러 적설을 헤텨 내니
> 창 밧긔 심근 매화 두세 가지 피여셰라
> 황혼의 돌이조차 ᄌᆞ득 냉담 ᄒᆞ디 빗최니
> 늣기ᄂᆞᆫ 둣 반기ᄂᆞᆫ 둣 님이신가 아니신가
> 뎌 매화 것거 내여 님 겨신디 보내오져

여기서 '창'이라는 공간적 징표는 여성작품에서도 흔히 나타나는 제재

---

23) 나정순(1995), 「내방가사의 문학성과 여성 인식」, 『고전문학연구』, 10집.

이다. 그런데 여성작가사에서는 '옥창에', '사창에'라고는 표현하고 있어도 '창밖'이라는 바깥의 표현은 쓰이지 않는다.24) 남성의 경우 창을 표현하되 창안의 좁은 공간보다는 창밖의 넓은 공간을 발화함으로써 자신에게 내면화된 공간은 안이 아니라 바깥이라는 것을 암시하고 있다. 이는 남성의 사회적 영역이 바깥 세계에 있었음을 상징적으로 보여 주는 징표라 할 것이다. 동일한 공간적 징표들이 아주 미묘하게 다른 차이를 보이며 쓰이고 있다는 것은 그만큼 여성성의 시학 또한 세밀하게 검증되어야 함을 시사해 주는 것이기도 하다.

지금까지 논의한 것으로 보아 가사나 한시 혹은 고려 속요에서 드러나는 여성성의 속성은 일정 부분 공통성을 함유하고 있다는 것을 알 수 있다. 어휘 표출이나 형상화의 방법이 의식주 생활과 관련한 도구적 물질적 문화와 관련된다는 점에서 이는 여성들의 용구적 현실적 삶의 기반을 말해 주는 것이기도 하다.25) 이것이야말로 여성들의 고유한 문화적 속성이며 이러한 생활 문화와의 관련성을 살펴보는 것은 여성성의 시학을 정립하는데 하나의 단서가 될 수 있을 것으로 생각한다.

3.2 창조와 양육의 감성

'여성성'이 무엇인가에 대해 논의할 때 우선적으로 떠올리게 되는 것은 모성성이라고 할 수 있다. 동서양을 막론하고 전통 사회에서는 특히 여성의 '어미됨'이 자연적 섭리이며 질서라고 생각했다.26) 따라서 여성

---

24) 홍랑의 시조에서 '주무시는 창밧긔 심거두고 보쇼셔'라는 부분은 남성이라는 대상에 대해 발화하면서 '창밖'이라는 제재를 사용하고 있다. 이는 암묵적으로 여성들에게 남성들의 공간은 바깥에 있음을 인식하는 표현법으로 볼 수도 있고, 한편으로는 기녀들의 인식 공간이 사대부 부녀자들과는 차이가 있다는 점을 시사하는 것일 수도 있다. 이에 대한 섬세한 고찰이 요구된다.

25) 이동연(1998), 「여성고전시가작가들의 의식세계」, 『한국고전여성문학의 세계』, 이화여대 한국어문학 연구소 학술대회 발표요지. 필자와 논의의 관점은 다르지만 양반 여성의 작가의식을 범박한 의미의 '현실주의'로 규정하였다.

26) 오조영란(1999), 『남성의 과학을 넘어서』, 창작과 비평사.

들의 의식 속에는 '낳아 기르는 것'에 대한 중요성이 자리잡게 되었다. 이는 생물학적인 성과 사회학적인 성의 개념에서 꾸준히 논란이 되는 부분이기도 한데 양자의 개념을 아울러 생각해 보는 것이 타당할 듯하다.

분명 여성작의 경우에는 남성작에서 볼 수 없는 섬세한 감성이라는 것이 존재한다. 이성이나 논리로 따지는 것이 아니라 감각적으로 표상되는 내면화된 질서가 있다. 여성 가사에서 가장 '섬세하다'는 평을 받아 온 〈봉선화가〉의 일부를 보자.

진유의 옥쇼소리 주연으로 힝흔 후의
규듕의 나믄 닌연 일지화의 머므르니
유약흔 프른 입흔 봉의 쏘리 넘노는 듯
주약히 붉은 곳춘 주하군을 헤쳐는 듯
빅옥셤 조흔 흙의 종종이 심어너니
츈슴월이 진는 후의 향긔 업다 웃지 마소

〈봉선화가〉

이 작품을 섬세하다고 하는 평의 이면에는 아마도 '종종이 심어 낸' 봉선화를 잘 '길러내어' 손톱에 장식하는 과정이 감각적으로 묘사된 데에 있을 것이다. '만들어내고', '길러내는' 것이야말로 여성들의 생물학적인 성의 차원에서나 전통사회의 사회적 성역할 차원에서나 가장 중요한 여성성의 특질이 아닌가 한다. 창조와 양육에 대한 여성의 본능적 사회적 감성은 가사 작품에서도 두루 발견되는데, 사회적 모성 이데올로기가 겉으로 드러나 있지는 않지만 감추어진 가운데 창조와 양육의 감성을 내면화시켜 보여주는 대표적 예가 〈봉선화가〉일 것이다. 반면 사회적 차원의 모성 이데올로기의 극대화를 보여 주는 예가 〈쌍벽가〉라 할 수 있다. 사직의 번영과 자식의 장래를 축수하는 어머니의 모성27)이

---

27) 성기옥, 앞글, 143쪽. 〈쌍벽가〉의 주류적 전통은 일반적 가사에 기대고 있어 규방가사의 전통에 넣기 어려운 점이 있으나 작품의 기조에 깔려 있는 어머니

드러난 다음의 예문은 그것을 잘 말해준다.

> 혁혁ᄒ신 일이삼의 오가소년 더어엿버
> 장원각을 즁슈ᄒ니 이등으로 스양ᄒ소
> 억만년 우리 국토 요천일월 슌시건곤
> 국티민안 ᄒ옵시고
> 나의 삼아 만세지영 빅디천손 만디유전 〈쌍벽가〉

'낳아 기르는 것'에 대해 여성들이 의식적으로든 무의식적으로든 각별하게 내면화되어 있다는 것은 〈규원가〉를 통해서도 확인할 수 있다.

> 엇그제 저멋더니 ᄒ마 어이 다 늘것다
> 소년행락 생각ᄒ니 일러도 속절없다
> 늙어야 서른 말슴 ᄒ자니 목이멘다
> 부모생육 신고ᄒ야 이내 몸 길러낼제
> 공후배필은 봇바라도 군자호구 원ᄒ더니
>
> 〈규원가〉

부모가 자신을 '낳아 길렀다'는 것을 회고하면서 그 은덕을 그리워하는 점은 특히 여성작에서 두드러지게 드러나는 특성이다. 부모를 그리워하는 이러한 표현은 자식이 어미가 되어 '어미됨'의 심정을 알아 차렸을 때 표현될 수 있는 것이다. 이같은 표현은 후기 규방가사에서도 두루 확인되는 바이다.

무수한 여성작 가사에서 작품 서두에 '낳아 기름'에 대해 관습적으로 노래했다는 것은 아주 후대의 규방가사인 은촌 송씨의 〈애련가〉를 통해서도 확인할 수 있다.

의 지극한 모성은 규방가사 특유의 여성적 감성과 통하지 않는 바는 아니라고 지적하였음.

야월삼경 적막한데 독수공방 이내신세
뉘를위해 살어가며 뉘를짜라 예왔는고
우리부모 날키울제 금지옥엽 갓치길러
남의가문 보낼적에 눈물짓고 안꼬나와
오색유리 사인교에 고히태워 보내면서
한님셋이 말을타고 가마뒤에 딸케하고

〈애련가〉

은촌 송씨는 개화기와 현대를 걸쳐 살았던 인물인데 〈애련가〉를 짓게된 동기에 대하여 말하기를 '〈애련가〉는 우리 어머니 때 결혼 생활을 그린 내방가사이다…(중략)…그 화제로 의해 책설기도 다 타버렸다. 그 주옥같은 글씨를 생각하면 아깝고 또 한심스러워서 옛날 기억을 더듬어 가지고 흉내만 낸 것이 이 가사이다.'28)라고 하였다. 이 말은 규방가사가 아주 오랜 세월 이어져 내려 왔던 여성들의 내면화된 감성과 생활 문화가 이룩해 낸 관습적 표현의 하나라는 사실을 반증하는 것이기도 하다.

여성의 창조와 양육에 대한 내면화된 감성과 사회화가 객관적으로 극화되어 나타난 경우가 〈노처녀가〉(Ⅱ)의 결말 부분이다.

혼인훈지 십삭만의 옥동ㅈ를 슌산ㅎ니
쌍틱를 어이알니 즐겁기 층양업니
긔긔이 영쥰이오 문지가 비상ㅎ다
부부의 금슬조코 ㅈ손이 만당ㅎ며
가산이 부요ㅎ고 공명이 이음ㅊ니
이아니 무면훈가

〈노처녀가〉(Ⅱ)

여기서 화자는 옥동자를 낳아 자손을 번영시키고 치산하여 가정을 일으키는 행복한 결말을 구사하고 있다. 이는 당시 사회에서 여성의 궁극

---

28) 조애영(1971), 『은쫀 내방 가사집』, 한림문화사, 14쪽.

적 목표가 '낳아 기름'에 있다는 것을 은연 중에 부각시키면서 행복한 결말을 통해 여성 화자의 성취를 극대화시킨 사례라고 하겠다. 그러나 그 이면에는 여성은 남편 가문의 혈통을 잇는 것을 지상의 과제로 삼고 시집에 충성하는 것 이외에는 다른 어떤 가능성도 없는 삶을 살았던 모습을 드러내는 것이라고 해석해 볼 수도 있다.

'낳고 기름'의 문제가 여성의 고유한 독자적 영역이라는 것은 여성적 발화를 구사한 남성작과 견주어 보아도 확인할 수 있다.

> 이몸 삼기실 제 님을 조차 삼기시니
> 흔싱 연분이며 하놀 모롤 일이런가
> 나 흐나 졈어 잇고 님 흐나 날 괴시니
> 이 무음 이 스랑 견졸 디 노여 업다
>
> 〈사미인곡〉

정철은 자신의 '삼기심'을 임금과 더불어 존재하는 것에서 말하고 있을 뿐 '낳아 기름'에 대한 모성적 감성을 내면화시키거나 사회화하여 말할 수는 없었다. 창조와 양육의 문제야말로 여성성의 고유한 독자적 세계이기 때문에 남성 작가의 작품에서 의사 여성성을 구현한다고 해도 '님이 존재할 때만 내가 존재할 수 있다'는 수동적이고도 소극적인 여성의 모습을 묘사하는데 치중했을 뿐 진정한 모성성의 내면화된 감성까지 흉내낼 수는 없는 것이었다. 그런 측면에서 지금까지 고전에서 여성의 모습으로 일반화되고 전형화된 여성적 속성 즉 수동성 복종성에 대한 관습화된 속성은 재고될 필요가 있으며 보다 내밀화된 여성성의 성격이 새롭게 규명되어야 할 것이다.

3.3 '서러움의 내면화' 방식

여성작 가사의 세계에서 특징적으로 포착되는 것은 '서러움'이라는 정서이다. 일련의 작품에서 지속적으로 나타나는 이러한 정서는 여성작

가사의 일반화된 전형을 보이고 있다는 점에서 주목을 요한다.

> 삼촌화류 호시절의 경물이 시름없다
> 가을 둘 방에 들고 실솔이 상에 울 제
> 긴 한숨 디는 눈물 속절업시 헴만 만타
> 아마도 모진 목슴 죽기도 어려울사
> 도로혀 풀쳐 헤니 이리ᄒᆞ야 어이ᄒᆞ리
>
> 〈규원가〉
>
> 암암이 스러ᄒᆞ고 낫낫치 쥬어 두ᄀᆞ
> 쏫다려 말 붓지디 그디는 흔치 마쇼
> 시셰 년년의 쏫빗츤 의구 ᄒᆞ니
> 허물며 그디 ᄌᆞ최 니 손의 머무러지
> 동원의 도리화ᄂᆞᆫ 편시츈을 ᄌᆞ랑 마쇼
> 니십번 쏫바롬의 격막히 쩌러진들
> 뉘라셔 슬허ᄒᆞ고
> 규듕의 남은 닌연 그디 흔 몸쑨이로셰
>
> 〈봉선화가〉

〈규원가〉의 경우 '장안 유협 경박자'인 남편과의 만남에서 파생된 화자의 불우한 삶은 슬픔의 정서로 표출되고 있는데 이러한 경우 슬픔의 원인은 무엇인지 독자들이 대개 알아 차릴 수 있는 상황으로 묘사되고 있다. 반면 〈봉선화가〉와 같은 경우 화자가 외견상 꽃이 떨어지는 것을 보고 슬퍼하지만 실상 이것은 화자의 내면화된 슬픔을 낙화에 투사시킨 것으로서 작품의 정서를 간접적으로 드러내고 있다.

정서의 직접적 표출이거나 간접적 표출이거나 간에 양자는 모두 화자의 서러움의 정서를 드러내는 것에 작품의 주된 질서가 있다. 정서를 만들어내는 주체와 객체의 관계에서 볼 때 객체와의 합일을 꾀하는 것에 작품의 결말이 있는 것이 아니라 주체의 서러움의 정서를 드러내는 데에 비중이 있다. 그렇기 때문에 이러한 서러움의 내면화는 대개 여성 화자의 몸 특히 신체의 일부로 말해진다. '간장이 구곡되야 구븨구븨 쓴쳐서라'와 같은 자기 반영적 표현은 여성의 작품에서 흔히 산견되는 것들이다. 앞서 〈과부가〉의 경우 여성작일 가능성이 크다고 한 것은 이러한 측면에서도 확인될 수 있다.

> 화류구경 다 ᄇ리고 빈 방으로 도라오니
> 야월삼경 깁흔 방의 실솔성 더옥 셥다
> 이리 가도 슯흔 소리 뎌리 가도 슯흔 소리
> 이 간쟝 둘디 업셔 친구 벗을 ᄎ자가니
> 이 집도 가쟝 잇고 뎌 집도 남편 잇네
>
> 〈과부가〉

여성화자의 자기 반영적 표현을 극대화시켜 보여주는 대표적 예가 〈절명사〉와 〈명도자탄사〉일 것이다. 이 두 작품은 모두 남편이 죽자 자신도 함께 따라 죽으려고 다짐하면서 자결하기 직전에 남겨 놓은 것들이다. 〈절명사〉의 경우 주체가 객체와의 합일을 죽음이라는 가상적 상황을 통하여 꾀하기도 하지만 두 작품의 주된 질서는 죽은 남편과의 단절에서 오는 절망적 현실 상황을 표출하는 서러움의 정서로 일관하고 있다.

> 소녀의 됴고만훈 몸을 훈홀 배 아니로더
> 이십년 흔적이 전훌 거시 업서디니
> 조상은 뉘게 젼고 무탁ᄒ신 존구는 무어슬 의디ᄒ고
> 슬푸다 이 비여 어디로 조차 스스로 가는다
>
> 〈절명사〉

이들 작품에서도 역시 화자의 서러움의 정서는 여성의 신체 일부분을 통해 말해지는데 '조그마한 몸'이나 '뼈에 사무친다'[29]는 표현들이 그것이다. 여성들은 서러움을 몸으로 말하는 것을 통해 자신의 상황을 총체적으로 드러내려는 데에 집중했으며 그것은 여성들의 정서가 자신에게 내면화되어 있음을 보여 주는 표현법이기도 하다. 여성작 가사 중에서 비교적 남성적 발화를 구사하였던 〈부여노정기〉의 경우에도 이러한 특징이 부분적으로 드러난다.

---

29) 〈명도자탄사〉의 예문은 앞에 실린 내용을 참조할 것임.

유자유손 유귀거니 옛글에도 잇거니와
당당훈 동상방에 너를엇지 못안치며
이 조흔 이세계를 너를엇지 못보이나
오내에 맷친 한이 골슈에 박혓스니
속광전 풀릴소냐

〈쌍벽가〉

부여 관아의 생활이나 남편의 수연 잔치와 성은을 감축하는 상황에서도 서러움의 정서는 빠지지 않고 드러난다. 남편의 죽음은 아니지만 장부의 병과 그 아이들의 요절을 생각하며 읊은 위의 대목은 슬픔의 정서를 표현할 때 몸의 일부를 통해 자신의 내면 세계를 표현하고자 했던 여성 발화의 관습적 표현의 한 특징을 보여주는 예라 하겠다.

물론 남성작 여성 화자의 경우에도 '몸'을 통하여 자신의 세계를 드러내는 경우가 있다.

ᄒᆞ르도 열두 째 ᄒᆞᆫ 둘도 셜흔 날
져근덧 성각마라 이 시름 닛쟈 ᄒᆞ니
ᄆᆞ음의 미쳐 이셔 골수의 ᄭᅦ텨시니
편작이 열히 오다 이 병을 엇디ᄒᆞ리
어와 내 병이야 이 님의 타시로다

〈사미인곡〉

그러나 여기서의 여성 화자는 모든 것을 '님의 탓'으로 돌리고 있어 대상인 님이 존재할 때만 자신의 존재 가능성이 있으며 그렇기 때문에 님이 나를 반겨할 때는 나의 정서는 언제든지 기쁨과 반가움의 정서로 변화될 수 있는 유동적 성격을 띤다.[30] 따라서 이러한 경우의 주체는 늘 대상과의 합일을 꾀하고자 애쓰며 그렇기 때문에 화자의 발화는 자기 반영적이라기보다는 대상지향적인 성향을 띤다.

---

30) 이러한 성격은 앞장에서 살펴 본 사대부시조에서도 두루 나타나는 특성이라 할 것이다.

그러한 이유로 여성작에서는 '경물이 시름업다'로 표현되지만 남성작에서는 화자의 눈에 비친 경물은 부정적인 것으로 묘사되더라도 궁극적으로는 님을 향해 존재하는 의미있는 긍정적 자연으로 표현된다. 〈사미인곡〉에서 '옥루고처야 더욱닐러 무슴ᄒ리/양춘을 부처내여 님겨신ᄃᆡ 쏘이고져'라고 하여 추운 겨울을 따뜻한 봄빛과 햇빛으로 녹이고자 하는 이러한 태도는 〈별사미인곡〉에서는 더욱 적극적으로 표현되는데 '츳ᄒ리 싀여저 구름이ᄂ 되어이셔/상광오싴이 님 계신ᄃᆡ 덥헛고져/그도 무소ᄒ면 ᄇ람이ᄂ 되야이셔/ᄒ일청음의 님 계신ᄃᆡ 부러고져/그도 무소ᄒ면 일눈명월 되어니셔/영영반야의 두려시 비최고져/그도 무소ᄒ면 명슌 대쳔 되어니셔/농비봉무ᄒ여 님의 집의 둘러잇고/그도 무소ᄒ면 천심노목 되여니서/더하롤 괴와 노코 님의 몸을 밧들고져'라고 하는 연쇄적 확장의 기법으로 나타난다.

이와 같이 남성작 여성 화자는 자신의 상황을 여성의 상황으로 설정하여 새롭게 만들어 냄으로써 자신으로부터 사회적 지위를 벗기고 문학을 통해 해방하려는 풍류적 성향을 강하게 드러낸다.[31] 그렇기 때문에 대개의 사대부 가사는 흥취의 정서를 드러내는데 중점적이며 남성작에서 아무리 여성 화자가 서러움을 노래한다 하더라도 문면 어딘가에는 자연 속에서 여유를 부리는 풍정이 드러나게 마련이다.

> 한숨은 므스 일고 형강은 고향이라
> 십년을 유락ᄒ니 백구와 버디되여
> 함끠 놀자 ᄒ엿더니 어루는 듯 괴는듯
>
> 〈만분가〉

이같이 백구와 벗이 되어 노니는 여유로운 정서가 여성작에서는 발견되지 않는다. 남성작 여성 화자가 아무리 유폐되거나 소외된 상황이라 하더라도 대상과의 관계에서 합일을 꾀하거나 외적 세계를 지향하면서

---

31) 최미정(1998), 「조선 초·중기 여성화자 국문시가와 풍류」, 한국시가 학회학 술발표대회 요지.

즐기는 여유의 정서를 발화하는데 반해 여성작에서 여성 화자가 발화하는 작품의 세계는 자신의 내적인 면에 치중하는 극도로 내면화된 자기 고통에 대한 고백의 성격이 강하다.32) 여성작 가사의 작자들은 자신의 서러운 존재상황을 드러내기 위해 글쓰기를 한 것이며 그들은 그 누구보다도 글쓰기를 통하여 수식하거나 가식하지 않는 진정한 자아 표출을 시도했던 것이다. 이러한 점은 여성의 정서가 언제나 고립적이고 자기 폐쇄적인 것만이 아니라 생생하게 살아있음을 의미한다.33)

여성작가의 작품에서 일관하는 서러움의 정서를 내면화하는 방식은 여성들이 고통받았던 당대의 현실을 간접적으로 보여 주는 것으로서 이것은 궁극적으로 앞에서 살펴 보았던 가부장제와 억압의 성격에서 비롯된 안채 문화와 무관한 것이 아니다. 그런 점에서 그간 비판받아왔던 다양하지 못했던 여성성의 연구 시각에 대해 우리는 다양해져야 한다고 무조건 목소리를 높일 수는 없는 노릇이다. 전통 사회의 여성 문학은 기본적으로 조선조 사회라는 사회적 구조적 특성에서 기인한 바 이를 벗어나서 여성성의 문제가 새롭게 밝혀지기를 기대하는 것은 무리이기 때문이다.

4. 결 언

지금까지 여성작 가사를 통하여 여성성을 발견할 수 있는 몇가지 단서들을 제시해 보았다. 여성 문화나 감성들이 문학적으로 어떻게 형상화되었는가를 살펴보는 것은 궁극적으로 당시 사회의 시대적 성격과 결코 무관하게 논의될 수 있는 것이 아니다. 여기서 살펴 본 생활 문화나

---

32) 조금주(1994), 「여성가사의 표현의 특성과 그 변모 양상에 관한 연구」, 연세대 석논. 여기서 여성 가사의 진술 방식을 '내면 지향의 독백적 진술'로 보고 있는데 '자전적 고백'이라는 점에서 필자와 같은 견해라고 생각한다.

33) 이혜순(1998), 「여성 시인들의 시세계」, 『한국고전 여성문학의 세계』, 이대출판부.

창조적 감성, 서러움이라는 정서를 내면화하는 방식도 서로 연관되어 결국 가부장제라는 사회 구조 속에서 제한적으로 나타난 표상들인 것이다.

가부장제라는 틀이 여성들의 안채 문화를 형성하게 되고 그것이 결국은 여성들의 생활문화나 감성을 고유하게 만들어 낸 것이며 그로 인해 여성들의 문학적 형상화는 자기 생활 기반에 바탕을 두고 생겨날 수밖에 없는 것이었다. 문학적으로 형상화된 표상들을 통하여 전통 사회 여성들의 고유성을 읽어냄으로써 억압 체계에 대한 새로운 분석들이 나타날 수 있는지에 대해서는 앞으로도 지속적으로 논의되어야 한다. 특히 본고에서 제시된 여성성의 단서가 후기 탄식류 규방가사에서도 지속적으로 나타나는 지에 대한 검증이 필요할 것으로 생각된다. 초기 사대부 여성들의 가사와 후기의 규방가사 사이에는 담당층이나 역사적 조건 등에서 매우 큰 편차를 보일 수 있기 때문이다.

그러나 여성 중심적 시각의 내향성이라는 측면에서 볼 때 성이라는 것은 문학에서 하나의 결정소가 될 수 있으며 남성과 여성은 인생과 세계를 달리 경험하는 만큼 여성들의 작품은 일정 부분 공통적 속성을 갖고 있다는 견해[34]는 후기 규방가사와의 연관성을 어느 정도 가능케 하는데 하나의 대안이 될 수 있을 듯 하다.특히 전통사회에서의 가부장제 현실이 현대를 살아가는 여성들에게도 지속적으로 이어지고 있는 경험 현실에 비추어 볼 때 그것은 더욱 가능하다는 생각을 지울 수가 없는 것이다.

---

34) 김열규(1998), 「페미니즘 문학비평론은 왜 생겼는가 무엇을 하는가」, 『페미니즘과 문학』, 문예출판사, 12~13쪽. 모간 교수가 말한 것을 김열규 교수가 재인용한 것이다.

제5장

베틀노래의 유형구조와 의미

1. 서 언

베틀노래는 지역별로 볼 때 그 전승분포가 넓고 전승되어 오는 내용의 구성 방식이나 표현에 있어서도 독특한 면으로 인하여 일반적인 서사민요와도 차이가 있다. 특히 일종의 노동요이면서도 노동을 위한 조흥의 성격을 반영하기보다는 생활의 체험을 통해 여성의 의식 세계를 반영한다는 점에 베틀노래의 특이성이 있다.

본고에서는 베틀노래의 유형을 분류하고 유형에 따른 전반적인 표현 양상을 통하여 베틀노래의 성격을 살펴보고자 한다. 베틀노래 유형에서 나타나는 여성들의 삶과 의식 세계는 민중 부녀자들의 생활과 의식을 반영한다는 점에서 기녀시조나 규방가사에서 드러나는 성격과는 다른 의미에서 여성들의 생활 문화를 보여주는 좋은 예가 될 것이다.

2. 베틀노래 유형의 분류

베틀노래는 지역별로 볼 때 전승분포가 넓은 편으로 현전하는 베틀노래의 자료는 약 40수 정도이다. 대개 베틀노래의 하위유형은 다음의 세 가지로 나눠 볼 수 있다.1)

2.1 제1유형

이 유형은 베틀노래 유형에서 가장 보편적인 것이다. 6단락까지의 서사 단락을 살펴보면 다음과 같다.

① 선녀가 내려온다.
② 베틀을 설치한다.
③ 베를 짠다.
④ 님의 옷을 짓는다.
⑤ 기다리던 님이 칠성판에 누워온다.
⑥ 님이 보고 싶다.

이러한 유형을 드러내는 노래 1수를 다음에서 예로 들어본다.2)

바람은 솔솔부는날 구름은 둥실 뜨는날
월궁에 노든 선녀 옥황님께 죄를 짓고
인간으로 귀양와서 좌우산천 둘러보니

---

1) 조동일(1970), 『서사민요연구』, 계명대출판부, 64~94쪽.
본고에서 사용될 용어 중에서 각편과 유형, 유형구조, 하위유형의 개념 규정은 조동일 교수가 제시한 개념을 그대로 따라서 쓰기로 한다. 각편이란 개인적인 창작을 말한다. 그러나 실제로 불리어진 각편들이 지니는 보편적 내용으로서의 추상적 개념은 유형이라 한다. 즉 여러 각편들의 공통적인 단락들이 가지는 공통적인 체계라 할 수 있다. 유형은 유형구조로서 존재하는데 같은 유형에 속하면서도 단락 중 몇 가지가 더 있고 덜 있는 차이에 따라 하위유형이 존재한다.
2) 임동권(1961), 『한국민요집』, 집문당, 62쪽.

하실일이 전혀없어 금사한필 짜자하고
월궁으로 치치달아 달가운데 계수나무
동편으로 벋은가지 은도끼로 찍어내어
앞집이라 김대목아 뒷집이라 이대목아
이내집에 돌아와서 술도먹고 밥도먹고
양철간죽 백통대로 담배한대 먹은후에
베틀한채 지어주게 먹줄로   탱과내어
잦은나무 굽다듬고 굽은나무 잦다듬어
금대패로 밀어내어 얼른뚝딱 지어내니
베틀은   좋다마는 베틀놀데 전혀없네
좌우를   둘러보니 옥난간이 비었고나
베틀놓세 베틀놓세 옥난간에 베틀놓세
앞다링랑 도두놓고 뒷다링랑 낮게놓고
구름에다 잉아걸고 안개속에 꾸리삶아
앉을개에 앉은선녀 양귀비의 넋이로다
아미를   숙이시고 나삼을   밟아차고
부테허리 두른양은 만첩산중 높은봉에
허리안개 두른듯이 북이라고 나는양은
청학이   알을품고 백운간에 나드는듯
바댓집   치는양은 아양국사 절질적에
전못거는 소리로다 강태공의 낚싯대가
위수강에 잠겼는듯 사치미라 갈린양은
칠월이라 칠석날에 견우직녀 갈리는듯
보경잇대 치치는양 설은임을 이별하고
등을밀어 밀치는듯 잉앗대는 삼형제요
눌림대는 홀아비라 세모졌다 버기미는
올올이   갈라놓고 가리새라 저는양은
황룡청룡이 굽니는듯 용두머리 우는양은
새벽서리 찬바람에 외기러기 짝을잃고
벗부르는 소리로다 도투마리 노는양은
늙은신네 병일런가 앉었으락 누었으락
절로굽은 신나무는 헌신짝에 목을매고
댕겼으락 물렀으락 꼬박꼬박 늙어간다

한낱두낱 뱀댕이는 도수원의 숫가진가
이리두   지고   저리두   지고
궁더러꿍 도투마리 정저러꿍 뒤넘어서
장장춘일 봄일기에 명주분수 짜내어서
은장두   드는칼로 으르슬큰 끊어내어
앞내물에 빨아다가 뒷내물에 헹켜다가
담장울에 널어바래 옥같은   풀을해서
홍두깨에 옷을입혀 아당타당 뚜드려서
임의직령 지어낼제 금가새로 비어내어
은바눌로 폭을붙여 은대리미 대려내어
횃대걸면 몬지않고 개어두면 살잡히고
방바닥에 던져노니 조고마한 시누이가
들며날며 다밟는다 접척접점 곱게개어
자개함농 반다지에 맵시있게 넣어놓고
대문밖에 내달으며 저기가는 저선비님
우리선비 오시든가 오기야   오데마는
칠성판에 누어오데 웬말인가 웬말인가
칠성판이 웬말인가 원수로다 원수로다
서울길이 원수로다 서울길이 아니드면
우리낭군 살았을걸 쌍교독교 어데두고
칠성판이 웬일인가 임아임아 서방님아
무슨일로 죽었는가 배가고파 죽었거든
밥을보고 일어나오 목이말러 죽었거든
물을보고 일어나오 임을그려 죽었거든
나를보고 일어나오 아강아강 우지마라
느아버지 죽었단다 스물네명 유대군에
상엿소리 웬일인가 저승길이 머다더니
죽고나니 저승일세 저승길이 길같으면
오며가며 보련만은 저승문이 문같으면
열고닫고 보련마는 사자사장 옥사장아
옥문잠깐 따놔주오 보고지고 보고지고
우리낭군 보고지고

2.2 제2유형

제2유형은 제1유형에서 ④, ⑤, ⑥번 단락 중 하나 혹은 그 이상이 생략되면서 부분적으로 변형되는 경우이다. 대개 ①, ②, ③단락은 고정되어 있는데 다음에서 그 예를 들어본다.

월궁에　　노든선녀 옥황님께 덕기지어
인간에　귀양와서 할일이　정히없어
금자한필 짜자하니 비틀이　정히없네
서울이라 지치달아 대궐짓던 토대목을
얼른펄쩍 잡아다가 비틀한쌍 걸라하니
비틀, 근　정히없네 하늘이라 치치달아
달가운데 계수낡을 동남동쪽 뻗은가지
금도꾸로 찍어냉기고 옥도꾸로 다듬었네
굽은낡은 굽다듬고 자즌낡은 잣다다마
비틀한쌍 은대패로 밀었던가
먹줄한쌍 탱간후에 생틀낡을 다따담았네
비틀놀데 정히없어 좌우좌천을 둘러보니
옥낭강이 비었어라 옥낭강에 비틀놔여
앞다리는 동해동천 돋아놓고
뒷다리는 남해남산 낮게낳아
비틀몸은 새몸이라 이내몸은 헌몸이라
가로새는 질런양은 청룡황룡 버려논듯
비올이라 모은양은 경상도라 왕거무줄
이리저리 줄을쳤네 비아댁에 벋친양은
하늘이라 지치달아 앙금장금 저사침은
누수물에 띄어놓고 버구리라 질른양은
청룡황룡 버려난듯 저위에는 걸었느냐
우리나라 백두선사 삼천국을 모았던가
진치는것 한가지라 이예때는 삼형젠가
눌름대는 호부래비 강태공의 낚숫댄가
누수물에 띄워놓고 세월없이 바래본들

남우손때 노는양은 양귀비는 잔을들고
지양극에 근신한다 용두머리 우는양은
구슬프다 가련하다 앉은깨라 돋은양은
우리나라 금삼님은 옥경판에 앉은는듯
말코시라 낯기차라 부티시라 둘렀는냐
서울이라 삼각산에 허리안개 두르는듯
구름에다 구리감고 물잘치는 저질게는
초성달이 반달인가 구름삭듯 안개삭듯
불이라가 넘는양은 백해기가 말을안고
지항것을 넘노는듯 바래집을 치는양은
첩첩산중 깊은골에 벼락치는 기색이라
사자상금 치알밥은 남의남상 금모종아
시원하차 오려는가 저베가 늘찌는것
구시월의 시단풍의 떡가랑잎 지는듯
도투마리 노는양은 천년묵은 고목낡기
굽어굽어 디논는다 새낡이라 넘나는것
가련하다 길남장은 육남매에 목을매고
골방으로 돌아든다 그럭저럭 금자한필
다짜내어 병자년 원수로다
정철년에 다갚았네 그럭저럭 은자한필
짜는데나 세어보니 쉰데자가 되었도다
임진년 맥을끊고 한탄하니 임진년
왜놈적이 목떨어진 기생이라
목의나무 간치다가 박달나무 방마치라
담아이고 서울이라 지치달아
압록강을 나리서니 물도좋고 정자좋다
훼양청청 은하수 맑은물에 지쳤던
모계나무 반티담아이고 집이리 들어와서
양지쪽에 얹어쳐서 이리저리 척척걸쳐
삼사일을 바래가서 오류일만에 풀을해서
풀다듬이 정히해서 얼음같이 두디리니
시누마시 하는말이 문을열고 내다보니
홍아홍아 우리홍아 그베짜서 누줄라노

서울갔던 네오라배 알성급제 하러갔다
알성급제 해오거던 직림베고 도포베고
한자두자 남거들랑 너의적삼 해주꾸마
실리우소 실리우소 칠성판에 실리우소
일산대 띠울라하니 일산대가 왠일이노
아가아가 우지마라 너거아배 죽었단다.3)

2.3 제3유형

제3유형은 제1유형에서 '선녀가 내려온다'고 하는 ①단락이 빠지고
④, ⑤, ⑥ 단락의 내용이 달라지는 경우이다. 대개 ②, ③단락 뒤에 첩
의 죽음이라든가 아니면 남편의 죽음이라든가 혹은 시집살이의 서러움
을 내용으로 담고 있다. 다음에서 그 예로 2수를 들어본다.

하날에다 베틀놓고 구름잡아 잉어걸고
짤각짤각 짜느라니 편지왔네 편지왔네
한손으로 받아들고 두손으로 펼쳐보니
옳다고넌 잘죽었다 고기반찬 비리드니
소곰반찬 고솝고나 무슨병에 죽었더냐
분홍치마 발키드니 상사병에 죽었다네

하늘에다 베틀걸고 구름잡어 잉애걸고
안개잡어 선을둘러 형제나무 보드집에
대추나무 북에다가 올렁절렁 짜느랑께
웃집할매 불싸러와서 그베짜서 멋헐랑가
우리오빠 장개간다 청포도포 지여냈네
그남치기 멋헐렁가 우리아버니 후베가는
청포도포 지여내네 그남치기 멋헐랑가
우리성님 시집갈때 가매얼기 때라수요
그남치기 멋헐랑가 우리성님 시집가서

---

3) 한국정신문화연구원(1980), 『한국구비문학대계』, 273쪽. 성주군 대가면 민요.

반포수건 띠여갖고 횃대뿌리 걸여놓고
옴서감서 눈물딱기 다젖었네4)

3. 베틀노래의 이야기식 구성방식

3.1 제1, 2유형

베틀노래는 구비문학 장르 중 가장 특이한 짜임을 가진 장르의 하나로 볼 수 있다. 베틀노래의 이야기식 구성방식은 일반적인 서사민요의 구조와도 차이가 있다. 서사민요를 '서사'라 할 수 있는 근거는 ① 일정한 성격을 가진 인물 ② 일정한 질서를 지닌 사건을 갖춘 ③ 있을 수 있는 이야기5)라는 점이다. 서사민요의 인물이 일상적이고 평범한 인물이라는 점에서 볼 때는 베틀노래의 인물 유형 역시 그와 같다고 할 수 있다. 베틀노래에서 남편을 기다리는 여인, 시집살이를 은연중 부각시키는 시누이, 그리고 첩 등은 인물 성격상 일반적인 서사민요에서 등장하는 인물과 별 차이가 없다.

그러나 사건의 측면에서 볼 때 베틀노래는 서사민요와 구분된다고 할 수 있다. 서사민요에서의 사건은 단순한 단일사건이며 일상적이고도 현실적으로 전개되나 베틀노래에서는 현실적이기보다는 허구적인 요소가 지배적이다. 따라서 서사민요에 비해 베틀노래는 있을 수 있는 이야기의 성격이 비교적 약화되는 편이라고 할 수 있다.

앞에서도 언급했듯이 제1, 2유형은 크게 세 가지의 이질적인 이야기가 결합된 구성방식으로 나타나는데 앞부분은 선녀에 대한 이야기, 중간부분은 베틀에 대한 이야기, 뒷부분은 죽은 남편이 보고 싶다는 이야기의 구성이 그것이다.

---

4) 앞책, 6집, 905쪽, 함평군 신광면 민요.
5) 조동일, 43쪽.

‘선녀에 대한 이야기’는 허구적인 세계에 대한 이야기이다. 이와 같은 허구적 요소로 인해 베틀노래는 서사민요 장르와 구분되는 특징을 갖는다. 서사민요에서는 초현실적인 요소의 개입이 극히 드문데 비해 베틀노래 1, 2유형에서는 ‘선녀의 적강’이란 허구적 요소가 보편적으로 나타난다는 점이 독특하다.

‘베틀에 대한 이야기’는 각편에 따라 비유의 차이가 있기는 하나 베틀노래에서 변하지 않는 부분이다. 이 부분은 베틀 작업의 실상과 직접적으로 관련되는 고정적인 측면이라서 베틀노래가 베틀노래일 수 있는 존재 방식의 근거가 되는 부분이라 할 수 있다. 조동일 교수는 베틀노래를 길쌈할 때 부르는 대표적 교술 민요로 보고 있는데 이는 바로 이 부분에 대한 장르 규정이라 할 수 있을 것이다. 베틀 소재 각부분에 대한 명칭의 열거 부분은 교술적이라 할 수 있으나 베틀노래의 전체 짜임상 그것은 일부에 불과하다고 할 수 있다.

‘죽은 남편이 보고 싶다는 이야기’는 세속적인 삶의 이야기로서 각편에 따라 유동적으로 나타난다. ‘선녀에 대한 이야기’에서의 선녀가 죽은 낭군을 보고 싶어하는 女人으로 변화되는 이러한 짜임은 사실 내용적 전개상으로 볼 때 일관성이 없다. 이와 같이 이질적인 성격을 가진 세 도막의 이야기가 결합되어 나타나는 이야기식 구성 방식을 통해 볼 때 특히 제1, 2유형의 경우 교술 장르라고 단정짓기보다는 오히려 서정, 서사, 교술적 성격이 복합적으로 나타난다고 보는 편이 타당할 것이다.

세 도막의 이야기 중 ‘베틀에 대한 이야기’ 부분은 베틀노래에서 필수적으로 등장하는 고정성이 강한 부분이다. 여기서 ‘선녀에 대한 이야기’와 ‘남편의 죽음에 대한 이야기’, 즉 허구적인 이야기와 현실 속의 베틀의 이야기가 왜 결합되어 하나의 노래 속에 나타나는 지에 대한 해명이 필요할 것이다.6) 그것이야말로 베틀노래의 성격을 규정짓는 중요한 요

---

6) 특히 어떤 창자가 1, 2, 3유형 중에서 어떤 유형을 택하여 노래를 불렀으며 그것을 선택하는 창자는 개인적인 삶의 역사와 관련하여 볼 때 어떤 의미를 지니는지 살펴보는 것도 필요할 것이다. 그러나 제한된 여건으로 인하여 실제 제보자를 통한 생애와의 관련성을 검증하지 못한 점은 한계로 지적될 수 있을 것이다.

소이기 때문이다.

3.2 제3유형

제3유형은 베틀노래의 보편적인 제1유형에서 ①단락이 빠지고 ④, ⑤, ⑥단락의 내용이 달라지는 경우이다. 제3유형은 베틀에 대한 이야기 부분과 세속적인 삶에 대한 이야기 부분으로 결합되어 있다. '베틀에 대한 이야기'는 제1, 2유형에서와 같이 거의 고정되어 변하지 않는 부분이다. 반면 '세속적 삶에 대한 이야기' 부분은 각편에 따라 유동적인데 대체로 첩의 이야기, 남편의 죽음 이야기, 시집살이의 고됨에 대한 이야기로 나타난다.

이와 같이 두 도막의 이야기가 결합되어 나타나는 제3유형의 구성방식에서는 제1, 2유형의 '선녀의 적강'이란 허구적 요소는 나타나지 않는다. 선녀이야기가 생략된 이러한 유형에는 대개 현실적인 내용이 대부분을 차지한다. 특히 제3유형은 서사민요와 비슷한 유형의 경우도 있어 서로 넘나든 흔적을 엿볼 수 있는데 다음에서 그 예를 들어보기로 한다.7)

> 인간 이세상에 나려와서
> 순임금의 귀비되서 할 일이 전혀없네
> 베틀을 나려놓고 베틀놀자리 전혀없네
> 좌우한편 둘러보니 옥난간이 비었도다
> 베틀놓세 베틀놓세 옥난간에 베틀놓세
> 베틀다리/다리 사형제요
> 잎다릴링 돋이놓고 뒷다리 낮이놓고
> 가리새 질런호고 도투마리 얹어놓고
> 안채를 걸쳐놓니 그우에 앉은양은
> 우루나라 금상님이 용상에 앉인듯다/

---

7) 조동일, 253~256쪽.

용두마리 얹어놓고 잉애대는 삼형제요 눌림대는 호부래비
살강살강 사침이는 늙으신네 병인런가 살강살강 잘도간다
바디집에 치는양은 서울이라 시선배들 장구바닥 뜨는듯고
앙금앙금 체활아라 땅에솟은 무지겐가 앙금앙금 잘도간다
베보라 널진양은 구시월아 시단풍에 나무잎이 떨어지는
퉁다살작 도트마리 누웠실랑 앉아실랑 꼬지꼬지 말라간다
……하는거동 절로굽은 신낡으는
헌새끼에 목을매여 들락날락 하는구나
그럭저럭 하다보니 금사포를 다짰구나
금사포를 다짜놓고 첩으집에 구경가세
앞집에 동세들아 뒷집에 동세들아 첩으집에 가자사라
한모랭이 돌아가니 첩으집이 비었도다
두모랭이 돌아가니 참새겉은 조연바라
불티겉이 나려와서 나위한쌍 절을한다
에라요년 요망한년 니한테 절안받아도야 절받을때 있도다
큰어마님 와겼다가 머로자꼬 가오리까
우루집이 금동애나 들시보소
에라조년 요망한년 니집이 있는 것이 내집인들 없을소냐
큰어마님 와겼다가 머로자꼬 가오리까
우루점제 놋동애나 들세보소
에라조년 니집인들 없일소냐/내집인들 없일소냐
청도화레 불을담아 놋조롱에 담배담고
소상반죽 오백통에 동래부죽 별부죽에 맛치맞게 미와놓으
잡으세요 잡으세요 큰어마님 와겼다가 담배한대 잡으시오
에라요년 요망한년 니어집에 있는 것이 내집이 없일소냐
한모금 거듭땡게 목안에 실안개가 도는듯고
두모금 거듭땡기 칼겉이 먹은맘이 물결겉이 풀어낸다
에라요년 요망한년 처매귀가 조렇거든 남자눈에 비민하리
두루막귀가 조렇거든 남자눈에 비민하라
잘있거라 잘있거라 부디부디 잘살아라
간디간다 나는간다 우루집에 나는간다 너거둘이 잘살어라
오늘날로 이리보면 어느날에 만내볼고
아이고답답 내일이야 낭군잃고

내팔자가 웬일이고 이리될줄 내몰랬네
집이나 돌아오니 우는아기 젖먹인네
우는아가 밥먹어라 자는아가 젖먹어라
이리그리 살라하니 사자니 고생이요 아이고답답 내일이냐
청춘이 홀로늙어 청춘이야 홀로늙어
혼자독수공방 빈방안에 독수공방 왠인이고
길고길고 긴긴밤에 독수공방 못할레라
아이고답답 내일이냐 이리될줄 몰랬든가
우리부모 날낳서야 어이이리될줄 내몰랬다
눈물은 흘러서야 한강수가 되였구나
어이구답답 내일이야 이리될줄 내몰랬다 어이구어이구 왠일이고
오늘날은 여기서놀고 내일날은 어디가놀고
이팔청춘에야 홀로늙어 백수/
검든머리 백발되고 황금머리/백발머리 황금될줄
하늘도야 모르고야 땅도야 몰랬고나
이리저리 생각하니 속에불이 절로난다

이와 같이 시집살이 노래에서의 '첩'과 관련되는 소재나 '시집살이의
설움'과 관련되는 단락들은 시집살이 노래와 베틀노래가 서로 넘나들었
던 흔적을 엿보게 하는데 이러한 양상은 구비 전승의 측면에서 나타날
수 있는 자연스러운 귀결이라 할 것이다.

4. 베틀노래에 나타난 표현양상

4.1 베틀노래의 관용적 표현

베틀노래의 관용적 표현8)은 두 가지 측면에서 살펴볼 수 있다. 그

---

8) 조동일, 111쪽. 조동일 교수는 관용적 표현에 대해 다음과 같이 정의하고 있
 다. 첫째 한 類型의 여러 각편이나 여러 유형의 여러 各篇에 두루 存在하는 둘

하나는 관용적인 사물의 선택이며 또 다른 하나는 일정한 어법에서 오는 관용적 표현이다.

베틀노래 각편에서 가장 두드러지게 나타나는 관용적인 사물의 선택은 '옥난간'이다. 베틀은 '늘 놀 데가 없다'고 하면서 '옥난간'에 놓여진다. 이와 관련해서 나타나는 관용적인 인물은 '선녀'이다. 베를 짜려는 인물은 평범한 인물이 아니라 인간세계로 귀양오거나 할 일 없어 놀러 온 선녀이다. 이러한 관용적 표현은 베틀노래의 작품세계를 드러내는데 있어서 효과적인 역할을 하는데 현실적인 세계보다는 허구적인 세계를 반영함으로써 창자의 상상적 세계를 표출하는데 기여한다.

베틀구조를 설명하는 명칭의 나열 역시 관용적인 사물의 표현법이다. 베틀노래 각편에서 거의 빠짐없이 나타나는 부테허리, 북, 바디집, 눈썹노리, 잉앗대, 눌림대, 용두머리, 도투마리 등은 베틀구조의 명칭이기도 하지만 작품 속에서 관용적으로 나타나는 표현이기도 하다. 특히 '잉앗대는 三兄弟요, 눌림대는 홀아비라'는 비유는 베틀노래 각편에서 보편화된 관용적 표현으로 이것은 일정한 語法에 의해 가족 관계를 드러내는 관용적 표현이라 볼 수 있다. '앞집이라 김대목아 뒷집이라 이대목아 베틀연장 마련하게'라든가 '은도끼로 찍어내어 금도끼로 다듬어서'도 일정한 어법으로 보편화된 관용적 표현의 예들이다.

남편의 죽음을 노래하는 단락이 들어있는 각편에서는 '저기가는 저선비님 우리선비 오시든가 오기야 오데마는 칠성판에 누어오네 임아임아 서방님아 칠성판이 웬말이오'가 일정한 어법의 관용적 표현으로 나타난다. 이러한 표현은 모두 장황한 묘사보다는 설명을 단순화시키는 효과의 작용을 한다. 따라서 창자로 하여금 작품을 만들어 내거나 기억하는데 유리하게 작용하는 것으로서 이것은 개인적이고도 독특한, 독창적인 표현과는 거리가 먼 일반적이고도 보편적인 구비문학의 한 표현양상을 드러내는 표현법이라 할 수 있을 것이다.

째 個別的 表現으로서 셋째 전승적으로 고정되어 있는 것이다.

4.2 비유와 정서의 양상

베틀노래의 비유양상은 크게 두 가지 측면으로 나타난다. 베를 짜는 이에 대한 비유와 베를 짜는 상황에 대한 비유가 그것이다. 베를 짜는 이는 '앉을개에 앉은 선녀', '월궁에서 내려온 선녀'로 비유된다. 우리 문학에서 선녀를 소재로 한 설화는 많았으나, 선녀를 소재로 노래함으로써 노래 속의 주인공이 선녀로 비유되는 것은 베틀노래 만의 고유한 특성이라 할 수 있다. 베틀노래에서 베를 짜는 이가 왜 하필 '선녀'로 비유되는가에 대한 의문은 다양한 논의를 통해 풀어야 하겠으나 여기서는 베를 짜는 이의 의식세계와 관련지어 생각해 보고자 한다.

'선녀'는 천상적 세계의 고귀한 존재다. 고귀한 존재인 선녀는 베를 짜는 이에게는 일종의 선망의 대상이라 할 수 있다. 베를 짜는 이의 상황이 어렵고 슬픔이 클수록 현실에서 벗어나고자 하는 욕구는 더 강해질 수밖에 없을 것이고 그럴 때 그 욕구의 충족을 위해 상상으로나마 자신을 투사시키는 보상심리에 기인한 것이 바로 선녀의 등장이라 할 수 있다. 말하자면 가상적 현실 속에서 이루어질 수 있는 상상적 세계의 표출이 선녀의 등장인 것이다.

베를 짜는 상황에 대한 비유는 베틀구조의 명칭과 관련하여 나타난다. 베를 짜는 이의 모습은 '아미를 숙이고 나삼을 밟아차고 부테허리 두른 양이 양귀비의 넋'과 같은 과장된 표현으로 나타나는데 여기서 선녀의 모습이 고귀하고 아름다울수록 이별의 상황은 더욱 비극적으로 고조된다. 이러한 이별의 상황은 베틀노래 유형에서 공통적으로 나타나는 현상이다.

'용두머리 우는양은 새벽서리 찬바람에 외기러기 짝을잃고 벗부르는 소리로다'는 베를 짜는 이의 이별의 비애를 단적으로 비유한 예이다. 또한 '사치미라 갈린양은 칠월이라 칠석날에 견우직녀 갈리는듯', '보경잇대 치치는양 설은임을 이별하고 등을밀어 밀치는듯'은 모두 이별의 슬픔을 비유한 것들이다. 여기서 '외기러기', '견우직녀'는 모두 베짜는 이의 이별의 서정을 한층 고조시키는 역할을 하고 있다. 이처럼 일반적인 서사민요를 통해 선명하게 드러나는 감정의 여유 즉 슬픈 생활을 하면서도 슬픔에만 빠져들지 않는 낙천성이 베틀노래에서는 선명하게 부각되지 않는다.

　서사민요에서는 슬픔을 우습게 나타냄으로써 역설이 성립되고 역설은 슬픔의 의미를 더욱 강하게 하는데 반해 베틀노래에서는 슬픔의 의미는 슬픔의 의미로 끝나며 비애로 일관하기 때문에 골계는 거의 보이지 않는다. 서사민요는 비애로만 일관되는 것이 아니라 골계와 서로 상호작용을 하기 때문에 비관적 주제의 성립을 가능하게 한다. 비애와 골계의 갈등이 서사민요에서는 여러 각편에 두루 보이나 베틀노래에서는 거의 비애로 일관할 뿐이다. 이런 점에서 볼 때 베틀노래는 비교적 신세한탄류의 규방가사 쪽과 유사한 일면을 보여준다고 할 수 있다. 서사민요가 여성에게 가해지는 압제에 대해 적극적 항거의 면모를 보여준다면 베틀노래는 규방가사처럼 비애로 일관하는 소극적인 항거의 면모를 보인다고 할 수 있다. 서사민요에서는 남편에 대한 불만을 표현하고 있는데 비해 베틀노래에서는 남편에 대한 불만은 거의 나타나지 않고 다만 남편의 죽음이라는 이별의 상황을 슬퍼하는 것으로 묘사되고 있을 뿐이다. 베틀노래는 주인공의 고난에 대한 동정으로 인해 비애로 표현되고 끝까지 고통을 감수할 수밖에 없는 아픔을 보여주는 데 비해 서사민요는 고난으로부터 벗어날 수 있는 가능성이 골계로부터 확보되는 데에서 그 차이점을 발견할 수 있을 것이다.[9]

5. 베틀노래의 연행성

5.1 唱者와 구연상황

베틀노래도 다른 구비문학 장르처럼 보다 광범위한 전파와 오랜 전승

---

9) 앞책, 123쪽. 참조.

에는 견딜 수 없는 편이었으나 비교적 다른 민요에 비해서 전승적 고정성을 지닌 갈래로 볼 수 있다. 조동일 교수는 그것을 단락별로 구체화시켜 입증하고 있으나 그러한 이유는 베틀노래의 구연상황이나 창자의 성격과 연관되는 문제에서에서도 기인한 것이라고 할 수 있다.

베틀노래의 창자는 여성이다. 제한된 공간에서 청중이 없이 혼자서 부르는 1인칭 독백 조는 자신의 고민을 털어 내고 하소연하는데 매우 적합했을 것이다. 시집살이 노래처럼 베틀노래 역시 개인 창자의 감정과 전승된 집단의 감정이 거의 일치했기 때문에 공감의 형성은 자연히 컸을 것이고 그에 따라 전승적 고정성도 강화되었을 것이다. 베틀노래는 작업의 성취와 자기 감정의 표현을 동시에 수행하는 노래였기 때문에 전승적 창자의 동질성은 더욱 커질 수밖에 없었던 것이다. 특히 베틀작업의 성격이나 노래의 성격상 유장한 시간적 흐름으로 불려질 수밖에 없었기 때문에 창보다는 음영적인 측면에 치중했을 것으로 생각된다. 음영적인 측면은 자기 감정의 토로를 구체화시킬 수 있는 방법이다. 게다가 음영적으로 불려졌기 때문에 베틀노래는 이야기식 구성 방식을 전개시킬 수 있었던 것이다. 베틀노래는 말로 하더라도 대개 율격을 유지할 수 있었는데 이는 대부분의 베틀노래가 앞짝과 뒤짝이 정확하게 대응하면서 이야기식 구성방식을 전개했기 때문에 가능했던 방법이라 할 수 있다.

5.2 전승의 문제

베틀노래의 창작과 전승 문제는 구현상황과 창자에 따라 결정지어지기도 하지만 베틀노래에서는 창작적 요소보다는 전승적 요소가 훨씬 강하게 나타난다. 물론 창작적 요소와 전승적 요소는 결코 별개의 것이 아니어서 어떠한 노래라도 두 요소가 섞여 나타나게 마련이다. 그러나 베틀노래의 경우 개인적인 경험을 그대로 노출시켜 즉흥적으로 부르는 경우는 거의 드물고 대개가 공식적 표현으로 다듬어져 있거나 공통적인 짜임새로 이루어진 경우가 많다. 말하자면 창작적 요소를 가미시키는 경우보다는 전승적 고정적 요소를 강하게 지니고 있는 경우가 많다고 볼 수 있다.

전승적 고정성을 지니는 베틀노래의 유형은 대개 시간, 베틀 놓는 장소, 베틀 짜는 이, 베틀 구조의 명칭, 옷감의 완성, 님의 옷을 지음, 기다림, 남편의 죽음으로 일관되어 있다. 물론 단락별로 혹은 부분적으로 개인적 창자의 상황이나 개성에 따라 차이가 있기는 하지만 대개는 이와 같은 공식적인 유형에서 벗어나지 않는다. 그러나 간혹 창작적 요소가 짙게 가미될 때 앞의 유형 분류에서도 나타났듯이 시집살이 노래를 차용한 경우 남편의 죽음, 첩에 대한 미움, 시집살이의 고됨이 다양하게 드러나기도 한다. 그러나 이같은 노래도 개인적 취흥의 즉흥적인 노래라기보다는 고정된 유형의 짜임에서 몇 가지를 간략히 취사선택하는 방법을 취하고 있다. 결국 베틀노래는 개인의 창작적인 요소의 치중보다는 전승적인 요소에 더 많이 의존한 노래였음을 여러 유형을 통해 확인할 수 있다.

6. 베틀노래 유형의 이중적 구조

유형(type)은 공동적인 전승이어도 한 유형의 서로 다른 성격 (version)들은 개인적인 창작이라 할 수 있다. 구비문학이 그러하듯이 베틀노래도 공동적인 전승을 떠나서는 존재할 수 없다. 그러나 공동적인 전승이면서도 동시에 개인적인 창작이라 할 수 있는데 베틀노래의 생성은 기본적으로 이중적인 구조에 의한 것으로 볼 수 있다. 다시 말해 전승되어 오고 있는 베틀노래는 결국 두 가지의 기본 골격으로 이루어져 있다고 볼 수 있다.

하나는 베짜는 작업에 관한 부분인데 어떠한 베틀노래든 간에 모두 베짜는 작업에 대해 노래하고 있다.10) 이 부분은 노동요로서의 기능을 위해 필수적으로 불려져야만 했던 요소라 할 수 있다. 이와 같이 베짜는 작업에 관한 부분이야말로 전승적인 뼈대를 이루는 핵심적 근간이라 할 것이다. 또 다른 하나는 女性의 삶이나 생활에서 오는 고뇌와 의식을 전개시키는 부분을 들 수 있는데 이는 각편의 내용적 성격에 기여하게 되는 부분이다. 여성의 고뇌와 의식은 다음의 각편에서 대비를 통해 밝혀질 것이다. 결국 베틀노래는 베짜는 작업이라는 노동적인 측면과 여성의 삶을 드러내는 의식적인 측면이 합해져서 각편이 형성된다고 볼 수 있다.

6.1 베짜는 작업

베틀노래 유형에서 베짜는 행위와 관련되어 나타나는 핵심적인 요소로는 베틀 작업의 준비를 위한 과정과 베틀의 구조 및 각 부분의 열거와 설명 등을 들 수 있다. 베틀 작업의 준비를 위한 과정은 작품 안에서 베짜는 행위를 노래하는 서론 격에 해당하는데 대개 베틀 한 채를 짓는 것과 베틀을 놓는 것으로 나타나 있다.

베틀노래에서 베틀은 처음부터 존재하는 것이 아니라 하늘에서 귀양 온 선녀가 할 일이 없어 베를 짜게 될 때 大木에 의해 비로소 만들어지는 것이다.

> 달가운데 계수나무 동편으로 벋은가지
> 은도끼로 찍어내어 앞집이라 금대목아
> 뒷집이라 이대목아 이내집에 돌아와서
> 술도먹고 밥도먹고 양철간죽 백통대로
> 담배한대 먹은후에 베틀한채 지어주게
> 먹줄로　탱과내어 잦은나무 굽다듬고
> 굽은나무 잦다듬어 금대패로 밀어내어
> 얼른뚝딱 지어내니

---

10) 물론 3유형의 경우 '베틀을 설치하는 것'도 간략하기는 하지만 여기에 포함시킬 수 있을 것이다.

예시에서와 같이 다 만들어진 베틀은 대개 놓을 자리가 없어 옥난간
에 놓여지게 되는데 다음의 내용을 보자.

베틀은　좋다마는 베틀놀데 전혀없네
좌우를　둘러보니 옥난간이 비었고나
베틀놓세 베틀놓세 옥난간에 베틀놓세

그 다음에 작품 속에서는 베짜는 행위가 시작되는데 베짜는 작업의
행위는 대개 베틀 소재의 명칭을 열거하고 묘사하는 것으로 서술되고
있다.

구름에다 잉아걸고 안개속에 꾸리삼아
앉을개에 앉은선녀 양귀비의 넋이로다
아미를　숙이시고 나삼을　밟아차고
부테허리 두른양은 만첩산중 높은봉에
허리안개 두른듯이 북이라고 나는양은
청학이　알을품고 백운간에 나드는듯
바댓집　치는양은 아양국사 절질적에
전못거는 소리로다 눈섭노리 잠긴양은
강태공의 낚싯대가 위수강에 잠겼는듯
사치미라 갈린양은 칠월이라 칠석날에
견우직녀 갈리는듯 보경잇대 치치는양
설은임을 이별하고 등을밀어 밀치는듯
잉앗대는 삼형제요 눌림대는 홀아비라
세모겼는 버기미는 올올이　갈라놓고
가리새라 저는양은 황룡청룡이 굽니는듯
용두머리 우는양은 새벽서리 찬바람에
외기러기 짝을잃고 벗부르는 소리로다
도투마리 노는양은 늙으신네 병일런가
앉었으락 누었으락 절로굽은 신나무는
헌신짝에 목을매고

이와 같이 베틀 구조의 각 부분은 앞다리, 뒷다리, 부테허리, 바디집, 잉앗대, 눌림대, 도투마리, 용두머리 등의 명칭으로 나타난다. 이러한 각 부분의 명칭은 뒤에서 살펴볼 여성의 삶과 의식세계를 묘사하기도 하지만 노동의 측면과 관련지어 볼 때는 베짜는 행위의 실제 작업을 구체화시키는 기능적인 성격에도 기여한다고 볼 수 있다. 베틀노래의 전승적인 뼈대를 형성하는 기본 골격은 바로 이러한 베짜는 작업에 있다. 특히 베틀 각 부분의 명칭과 작업의 율동성이 어우러져 창자에게 행위의 구체화가 이룩될 수 있었을 것인데 베틀노래에서 이 부분이 존재하지 않는 각편이란 거의 없다. 베틀노래는 노동적인 기능요로서 존재했기 때문에 '베짜는 작업'을 노래하는 이 부분이야말로 전승을 가능케 할 수 있었던 요소라 할 수 있을 것이다.

6.2 女性의 삶과 의식세계

베틀노래 유형에서 베짜는 작업과 더불어 나타나는 것이 여성의 삶에 대한 의식세계이다. 女性의 삶에 대한 의식은 갈등의 해소를 위한 방편으로 각편에서 창자의 구연상황에 따라 독자적으로 나타난다. 따라서 이 부분은 바로 베틀노래 각편의 내용적 성격에 기여하게 되는데 물론 각편의 독자성과 더불어 전승적인 요소도 복합적으로 나타나 있다.

앞의 예문에서 살펴보았듯이 각편에 따라 소단락이 조금씩 다르기는 하나 대부분 님과 헤어진 상황이 보편적으로 나타나는데 여성의 내면세계를 전개시키면서 동시에 베틀소재의 각 부분에 맞춰 의식 세계를 드러내는 구실도 한다.

여성의 의식세계를 드러내는 양상은 앞서 세시했던 제1, 2유형과 제3유형이 서로 다르게 나타난다. 제1, 2유형의 경우에는 선녀의 적강이 드러나는 경우로 베틀 소재 각 부분에 따른 현실의 고뇌를 유추하면서 남편의 죽음이라는 사실을 등장시키고 있다. 여기서는 노래의 서두가 허구적인 세계를 지향하는 것으로 시작된다. 여기서 하늘에서 인간 세계로 귀양 온 선녀는 바로 현실에서 버림받은 여성의 삶이 투사된 것이라고 볼 수 있다. 여성은 남편의 죽음이란 비극적 현실 앞에서 현실을 벗어나고자 하는 욕구가 강했을 것이고 그 욕구의 충족을 위해 대상에 대한 美化的인 본능을 바탕으로 자신을 달11) 속의 선녀로 투사시켜 상상적 세계에서나마 버림받은 자신의 모습을 고귀한 존재로 나타내고자 했던 것이다. 특징적인 것은 여기서의 여성의 현실은 비애의 정서로 일관하고 있다는 점이다. 허구적 세계를 지향하는 '선녀의 적강'이란 요소는 바로 제1, 2유형에서 노래 속의 이야기를 만들기 위해 가상적으로 등장하는 부분이라고 할 수 있을 것이다.

'남편의 죽음'을 노래한 다음의 단락을 예로 들어보자.

> 접척접척 곱게개어 자개함농 반다지에
> 맵시있게 넣어놓고 대문밖에 내달으며
> 저기가는 저선비님 우리선비 오시든가
> 오기야   오데마는 칠성판에 누어오네
> 웬말인가 웬말인가 칠성판이 웬말인가
> 원수로다 원수로다 서울길이 원수로다
> 서울길이 아니드면 우리낭군 살았을걸
> 쌍교독교 어데두고 칠성판이 웬일인가
> 임아임아 서방임아 무슨일로 죽었는가
> 배가고파 죽었거든 밥을보고 일어나오

이 단락은 보고싶은 남편을 위해 다 짜놓은 옷감으로 정성스레 옷을 지어 기다리다가 뜻하지 않은 남편의 죽음이란 소식을 듣고 거기서 오는 충격을 노래하고 있다. '남편의 죽음'에 대한 단락 부분은 거의가 공식적인 표현으로 다듬어져 있는데 전승되어 오고 있는 베틀노래에서 가장 흔히 나타나는 단락이기도 하다. 남편의 죽음이야말로 비애로 일관

---

11) 임동권(1982), 『한국부요연구』, 집문당, 193쪽. 구속적인 생활을 했던 여성들은 밤중에 높이 뜬 달을 바라보면서 하늘의 세계를 부러워했고 또한 달은 슬픔을 호소하는 대상이기도 했을 것이다.

된 현실임을 강조하기 위해서는 더욱 절실하게 필요하였을 것이고, 거기에 덧붙여 일반적인 여인네의 모습을 묘사하는 것보다는 베틀노래 앞부분에서와 같이 자신을 선녀로 등장시켜 묘사하는 것이 비극성을 드러내는데 더욱 효과적이었을 것이다.

구속적인 생활을 했던 기대감이나 소망이 필요 없게 된 여인에게는 오로지 베를 짜기 위해 베틀노래의 서두에서처럼 '할 일이 전혀 없어 금사 한 필 짜려고 귀양 온 선녀'가 되는 것이 슬픔을 호소하는데 적합했을 것이다. 왜냐하면 선녀란 '하늘'이라는 소망의 세계와 단절된 가장 상징적인 존재이기 때문이다. 남편의 죽음이라는 절박한 생활에서 여성들은 대부분 세계와의 단절을 의식했을 것이고 단절에서 오는 좌절을 선녀에 투영시켜 이러한 노래를 불렀을 것이다. 제1, 2유형의 베틀노래에서는 허구적 세계 속에 여성의 현실을 투사시켜 남편과의 단절감 극복을 위해 노래로나마 갈등의 극복을 위해 해소하고자 하는 욕망을 투사시켰다고 볼 수 있다.

반면 제3유형의 경우에는 '선녀의 적강' 요소는 나타나지 않고 현실성이 강하게 부각되는 것이 특징적이다. '남편의 죽음'을 노래하기보다는 첩이나 시누이를 등장시킨 제3유형의 각편은 대개 개인의 창작적 요소가 짙게 가미되어 나타난다.

> 하날에다 베틀놓고 구름잡아 잉어걸고
> 짤각짤각 짜느라니 편지왔네 편지왔네
> 한손으로 받아들고 두손으로 펼쳐보니
> 시앗죽은 편질러라 옳다고넌 잘죽었다
> 고기반찬 비리드니 소곰반찬 고숩고나
> 무슨병에 죽있더냐 분홍지마 발키드니
> 상사병에 죽었다네12)

이 노래에서 여성은 자기의 현실을 그대로 노출시켜 현실에서의 고뇌

---

12) 임동권(1961), 앞책, 67쪽.

와 비애를 그리고 있다. 이와 같은 유형은 현실에서의 외적 갈등을 그대로 노출시켜 현실을 직접적으로 반영한 데에 그 특이성이 있는데 앞에서도 보았듯이 시집살이 노래와 서로 넘나든 흔적을 뚜렷이 엿보게 하는 예이다. 베틀노래에서 제3유형은 현실에서의 갈등이 그대로 노출되므로 서사민요에서와 같은 골계와 비애의 상호작용을 드러낸다는 점에서 1.2유형과는 다른 모습을 드러낸다고 볼 수 있다. 전자가 여성의 갈등을 내면화시켜 보여 준다면 후자는 여성의 갈등을 직접적으로 제시한다는 점에서 양자의 차이를 발견할 수 있을 것이다.

7. 결 언

베틀노래는 구비문학 중에서도 개인의 창작적 요소와 가미가 비교적적은 전승적 고정성이 강한 노래로서 이야기 구성방식이나 여성의 의식세계를 독특하게 드러낸다는 점에서 주목될 만하다. 베틀노래는 노동요의 기능상 베짜는 작업의 율동에 기여하면서 동시에 여성의 고뇌와 비애의 갈등을 해소하기 위해 불려진 노래이다. 일반적으로 베틀노래의 보편적인 유형은 허구적인 세계를 지향하면서 여성의 삶과 의식세계를 반영하고 있는데 특히 '선녀'의 적강을 설정하고 자신의 고뇌와 비애를 가상적으로 투사시키고 있는 점이 특징적이다. 베틀노래는 비애의 정서를 내면화시켜 보여 준다는 점에서 규방가사에서 드러나는 내면화의 정서와 일면 상통하는 점이 있다고 할 수 있다.

이는 사대부 부녀자들에게서 볼 수 있었던 것처럼 일반 서민 여성들의 삶 또한 '남편과 관련한 삶'이라는 가부장제의 숨은 구조 속에서 결코 자유로울 수 없었던 과거의 여성 현실을 반영하는 것이기도 하다. 서사민요와 서로 넘나든 흔적이 있는 소수 현실성이 강한 베틀노래에서도 역시 여성들이 처한 갈등의 세계는 결국 가부장제라는 가족 관계에서 파생한 것임을 알 수 있는데, 전통 사회에서 여성의 삶과 의식을 지배했던 측면에서 볼 때는 전자의 유형과 크게 다르지 않다. 유형의 외형적 차이에도 불구하고 다만 양자의 차이는 가부장제라는 숨은 구조 속에서 파생한 갈등을 내면화시키고 있는가 아니면 외적 갈등을 사실적으로 제시하는가에 있을 뿐이다. 그런 점에서 베틀노래는 과거 여성들의 '일'과 '가족관계'의 생활 문화를 집약적이고도 보편적으로 보여주는 장르로서 여성들의 생활에 기반한 가장 밀착된 장르였다고 할 수 있을 것이다.

찾 아 보 기

ㄴ

ㄷ(ㄹ)

ㅁ

ㅂ

ㅅ

ㅇ

저자소개

나정순

- 서울 출생
- 이화여자대학교 문리대학 국어국문학과 졸업
- 동대학원 석사, 박사학위 취득
- 충북대, 아주대, 호서대, 이화여대, 한남대 등에서 강의
- 현재 서울대학교 국어교육 연구소 특별연구원

【학위논문】

- 「한시의 시조화에 나타난 시조의 특성 연구」(석사논문)
- 「시조 장르의 시대적 변모와 그 의미」(박사논문)

한국 고전시가 문학의 분석과 탐색

- 초판 인쇄 2000년 10월 15일   ● 초판 발행 2000년 10월 20일
  2쇄 인쇄 2002년 01월 08일   2쇄 발행 2002년 01월 15일
- 저자 나정순   ● 펴낸이 이 대 현
- 편집 이은희 · 김민영 · 정봉구
- 펴낸곳 도서출판 역락 / 서울 성동구 성수2가 3동 277-17
  성수아카데미타워 319호(우133-123)
- Tel 대표 · 영업 3409-2058 편집부 3409-2060 FAX 3409-2059
- E-mail yk3888@kornet.net / youkrack@hanmail.net
- 등록 1999년 4월 19일 제2-2803호
  ISBN 89-88906-64-0-93810

  정가 18.000
*잘못된 책은 교환해 드립니다.